U0743180

转型之路

《转型之路》编委会 编

庆祝安钢集团公司 **60** 华诞

新闻和纪实通讯集

北京
冶金工业出版社
2018

图书在版编目（CIP）数据

转型之路：新闻和纪实通讯集／《转型之路》编委会编 .—北京：冶金工业出版社，2018.7

ISBN 978-7-5024-7850-6

Ⅰ.①转… Ⅱ.①转… Ⅲ.①新闻报道—作品集—中国—当代 Ⅳ.① I253

中国版本图书馆 CIP 数据核字（2018）第 142592 号

出 版 人　谭学余

地　　　址　北京市东城区嵩祝院北巷 39 号　邮编　100009　电话　(010)64027926

网　　　址　www.cnmip.com.cn　电子信箱　yjcbs@cnmip.com.cn

策划编辑　任静波　责任编辑　曾　媛　美术编辑　彭子赫

版式设计　彭子赫　孙跃红　责任校对　石　静　责任印制　牛晓波

ISBN 978-7-5024-7850-6

冶金工业出版社出版发行；各地新华书店经销；固安华明印业有限公司印刷

2018 年 7 月第 1 版，2018 年 7 月第 1 次印刷

169mm×239mm；23 印张；447 千字；351 页

78.00 元

冶金工业出版社　投稿电话　(010)64027932　投稿信箱　tougao@cnmip.com.cn

冶金工业出版社营销中心　电话　(010)64044283　传真　(010)64027893

冶金书店　地址　北京市东四西大街 46 号（100010）　电话　(010)65289081（兼传真）

冶金工业出版社天猫旗舰店　yjgycbs.tmall.com

（本书如有印装质量问题，本社营销中心负责退换）

《转型之路》编委会

李利剑　刘润生　李存牢　刘　楠　李福永

张怀宾　赵济秀　郭宪臻　姚忠卯　朱红一

刘增学　张纪民　成　华

总　策　划：李利剑

主　　　编：李存牢

副　主　编：刘增学　滑志宏　魏庆军

责任编辑：阎国强　张步宇　窦玉玲　徐长江

序　言

道路越走越宽广

——写在安钢建厂六十周年之际

星移斗转，岁月变迁，弹指一挥间，安钢迎来六十年华诞。

六十年一花甲，那是人生的暮年。但六十年的安钢，此时正值风华正茂，神采翩翩。

六十年漫漫征程，一路走来的安钢如同一部多姿多彩的宏伟画卷。尤其是近十年，安钢遇到了前所未有的困难和挑战，危机重重，举步维艰。但我们以大无畏的勇气，坚定信心，直面挑战，犹如凤凰涅槃，浴火重生，赢得了非同寻常的转型与发展。这本《转型之路》将安钢近十年来在转型发展方面发表的新闻和纪实通讯集结成书，集中展示了这十年发生的重要新闻事件。

十年间，波澜壮阔的生存保卫战打得异常艰难。正所谓任何事物的发展都不可能是一帆风顺。过去的十年，让安钢人刻骨铭心。整个行业产能严重过剩，钢价跌入低谷，行业大面积亏损，大多数钢铁企业面临着生存考验。安钢人不胆怯，不退缩，以超乎常人的勇气与担当，几万铁军众志成城，戮力拼搏，杀出了一条血路，全面打赢了生存保卫战。

十年间，我们发挥战略决策引领作用，让安钢这艘钢铁航母避暗礁，躲险滩，始终保证正确航线。我们着眼长远竞争，分析研判国际国内形势，不断调整和提升发展战略，适时提出并形成了"1143"发展战略，在之后的实践中，结合安钢实际，又进一步升级为"创新驱动，品质领先，提质增效，转型发展"总体战略。战略就是方向，战略就是安钢的旗帜，引领着全体安钢人朝着明确目标奋勇向前。

十年间，我们坚持走绿色可持续发展之路，环保攻坚战战绩连连。面对严峻的大气污染局面，国家环保"紧箍咒"越念越紧，安钢人不等不靠，主动作为，积极践行绿色发展理念，推动安钢绿色制造、生态转型，逐步探索出一条环境保护与转型升级、提质增效、经营发展协同共进的发展道路。科学制定"环境提升行动计划"，投入资金30亿元，以超低排放、近零排放为目标，全面启动一系列环保设施升级改造工程，环保治理效果达到"世界一流、国内领先"，实现了"既要企业发展，更要碧水蓝天"的夙愿。

十年间，我们深化企业改革，向改革要效益，全员深层挖潜。艰难困苦，玉汝于成。愈是艰难，愈是需要改革的锐气、勇气和魄力。安钢乘势而上、驰而不息，彻底破除一切不合时宜的思想观念和体制机制弊端，突破一切顽症痼疾，以改革的思维解决发展中的难题。以市场倒逼改革创新，在人力资源优化、绩效分配改革、管理职能调整、资源有效整合、"四供一业"等方面推出一系列重大改革，调动了方方面面的积极性，激发了企业经营活力和职工的潜力，形成一股股川流不息的动力之源。

十年间，我们持之以恒抓党建，为安钢转型发展提供坚强保障。企业的发展离不开党的坚强领导，安钢始终高度重视企业党建工作，在转型发展中，安钢创新提出了"四个三"党建工作法，切实发挥了党组织的领导核心和政治核心作用，鲜艳的党旗高高飘扬在广大干部职工的心中。安钢作为唯一一个地方国企在全国国有企业党的建设工作会议上发言，介绍"四个三"党建工作法，为安钢赢得了较高的社会荣誉和赞扬。结合新的工作重点，又提出了"五个紧紧围绕"的党建工作新要求和"六要六不"的干部标准，不断丰富完善"四个三"党建工作法的内涵。同时，扎实推进党风廉政建设，从严治企不松劲，监督、执纪、问责丝丝入扣紧上弦，党员干部遵章守纪已蔚然成风，工作作风明显转变，营造了风清气正的经营环境。

……

回首安钢走过的峥嵘岁月，我们心潮澎湃。展望安钢灿烂的未来，我们信心满怀。让我们继续保持昂扬的斗志，发扬只争朝夕的精神，锐意进取，重铸安钢新的辉煌，让安钢转型发展之路越走越宽广。

李利剑

2018.6.30

目　录

四、全面深化企业改革

五、大高炉、冷轧等重点工程建成投产

六、实施战略合作，延伸产业链条

七、发展循环经济，实现节能减排

八、信息化建设

九、创新驱动，质量强企

十、"四个三"党建工作法

十一、领导视察调研

一、制定发展战略，实现高质量发展

2008 年，安钢投资 200 亿元的结构调整项目即将完成之时，恰逢金融危机爆发，安钢和国内其他钢铁行业一样，陷入了巨大的生存危机。尤其是我们斥巨资建成的现代化生产线，还没来得及发挥应有作用，一场断崖式的灾难性危机在全球迅速蔓延，像洪水猛兽一样吞噬着我们的预期和信念，钢材价格急剧下跌、钢铁行业风声鹤唳。再加上我们前期高投入带来的高负债、新产线投运的高成本、钢材卖到白菜价的残酷现实，与其他企业相比，我们面临的境地更加凶险。面对持续的严重亏损、企业严重"失血"、资金链随时都可能断裂这样一种无解的困局，安钢集团领导班子经过多次认真研究，决定在战略层面做出深度调整，在集思广益的基础上，于 2014 年 9 月的厂处长研讨班上，李涛同志代表班子系统提出了"1143"发展战略。"1143"战略，与随之推出的"板块+专题"运作模式，以及"稳炼铁、强销售、降成本"等一系列战略举措，为安钢实现"止血保链"，做到队伍不乱、人心不散，保持企业平稳发展态势，发挥了重要的促进作用。

在宏观经济和钢铁行业发生深刻变化的情况下，安钢领导班子在客观审视宏观、行业形势，审视安钢优势劣势基础上，着眼于安钢未来更好发展，在"1143"战略基础上，2016 年底，推出了"创新驱动、品质领先、提质增效、转型发展"的"十三五"总体战略。

"十三五"总体战略的基本路径是，在保持现有一千万吨钢生产能力，不增加产能规模的基础上，重点从供给侧发力，以创新驱动为抓手，培育发展六大新优势：一是培育低成本竞争优势，二是培育产品竞争优势,三是培育产业竞争优势,四是培育管理创新优势,五是培育党建工作优势,六是培育人才队伍优势。

"十三五"总体战略的方向和目标:统筹谋划安钢"十三五"时期的发展愿景及目标,在"创新驱动、品质领先、提质增效、转型发展"总体战略统领下,提出了着力打造"六个安钢"的战略目标:要打造创新安钢,把创新作为引领安钢"十三五"发展的强劲驱动、核心引擎,靠创新增添新动能,靠创新激发新活力。要打造品质安钢,着力打造一批技术领先、附加值高、竞争力强的拳头产品、特色产品,培育代表安钢形象的旗帜性品牌,实现由中低端向中高端的转型,由普钢向优钢的转型。要打造精益安钢,全面推进精益生产、精益管理和精益制造,重点加快优势产线的工艺完善和装备升级步伐,持续提升生产运行质量,增强企业的市场竞争力。要打造绿色安钢,坚持产城一体、产城融合,打造"绿色、低碳、环保"的"公园式、森林式"园林化绿色企业。要打造多元安钢,坚持多元发展、多元创效的发展思路,做好顶层设计,发展混合所有制经济,尽快培育和发展一批具有较强竞争力的产业板块。要打造开放安钢,加强与央企、重点用钢企业的战略合作,引入外部投资和先进技术,推动安钢成为中原地区具有较强带动力、影响力和竞争力的开放前沿。

2017年下半年,安钢顺应时代潮流,站在优化全省钢铁产业布局的高度,主动担当河南钢铁工业发展重任,研究制定了《优化布局、提质增效、转型发展实施方案》,最终形成安阳、周口两大基地"比翼齐飞"的产业格局。安阳本部通过减量提质,保持"三炉三机",致力打造精品板材基地,实现产品升级,销售收入不减,效益明显提升。周口基地第一步先置换本部部分闲置产能,搭建承接全省钢铁产能转移和优化升级的平台,第二步将通过引进战略投资者,发展混合所有制经济,撬动河南省钢铁产能整合,最终建成千万吨级钢铁新基地。

集团公司董事长、党委书记李涛在领导干部学习研讨班上的讲话

（摘　要）

关于"1143"战略，即一个指导思想、一个目标、四个战略、三个依靠，安钢一切工作的指导思想是"适应市场，提高效益"。说到底我们取得的成绩，是因为我们离市场越近了，是我们贴近了市场，是我们把握市场、研究市场，是我们适应了市场，我们的原料、采购、销售、金融运作在适应市场，我们在从市场中找到需要的东西，从市场中寻找我们的价值，说到底是个市场问题。安钢的思想观念转变了，是转向市场了；安钢的行为模式转变了，是靠近市场了；安钢的真抓实干转变了，也是解决距离市场"最后一公里"的问题了。一切工作是适应市场，别的没办法，没有救世主。我们的服务型钢铁等也是适应市场。我们解危脱困就是提高效益，一切工作以效益为中心。我们总要有个指导思想，有个工作原则，就是适应市场，提高效益。

一个目标，就是"双千亿"。经过五六年努力，2020年以前我们努力实现两个1000亿，总资产1000亿，营业额1000亿，恢复安钢的形象和地位。根据今年工作进展情况，我们今年有希望实现双500亿。我们认为两个1000亿符合安钢实际，也是可以实现的目标。钢和非钢各500亿，利润水平钢10个亿，非钢10个亿。我们要做一个总体规划，主体1000万吨钢，一带三，总部带水冶永通、冷轧、舞阳铁矿，剩下的还有非钢的几个三。我们总得有个目标，有个方向，要鼓舞人。

实现这样一个目标，要有"四大战略"：**第一是低成本战略**。这个我们正在实践，应付新常态，我们要告别高成本时代，要把低成本作为一个战略提出来，作为重要的措施和手段，坚定不移的推进。现在的钢铁时代已经进入低成本时代，只有低成本才能生存，只有低成本才能过下去。低成本战略就是要全覆盖的低成本，不仅是铁前，其他几个要害点也要实现低成本。一个是财务费用。现在很纠结，还得贷款，还嫌费用高，长期看，我们得限制贷款，得低成本融资，这已经构成整个财务成本的一个重要节点。河北钢铁已经提出来"贷款不增加"，我们还不敢提，因为我们还处在病快快的时候，我们的改造还没完成，1000万吨钢还没有系统起来，还得找钱，为了实现低成本还得投入，适当必要的投入才能产生低成本流程。但是我们已经有所控制了，高成本的融资不要了。还有一个人力资源。人力成本一直是我们的成本大头，这个也要一分为二，一方面我们得提高职工收入，另一方面我们还要提高人力资源的利用效率，让他最大限度地发挥作用，让他作为一种资本产出高效益。我们说系统的培训就是解决这个问题的，同样的人力资本获得的效益得大幅度增长。还要成比例，就是效益的增长和工资增

长紧密结合起来，或者工资增长受效益增长的控制，增效才能涨，这也是个大问题。还有，铁前是配煤、配料、配矿，钢后是辅料、合金料、备品备件，辅料的消耗很高，这个必须下决心降。所以低成本战略对我们是全方位的，作为一个战略，下一步怎么系统化，怎么深化，怎么深化到与每个人待遇有关系，人人都是降成本的主体。我过去在大调会上说过，你不是创效主体，就是费用主体，要么你增效，要么你减少费用，我们必须让低成本达到与人人挂钩，与岗位挂钩，真正做到全系统、全方位、全覆盖。**第二是服务型钢铁战略**。原来想提销售、营销，提品牌战略等，看来都没这一句好。厂情报告会上讲，产品要中高端，通过中高端产品占领中高端市场，这是我们的定位。我仔细想想，要作为战略来说，面更宽一些，涵盖更广泛一些，还是叫服务型钢铁战略。服务型钢铁战略包含的非常多，包括以客户为中心，延伸产业链条，钢材深加工，也包括产品出口，包括和客户的战略合作，是一个完整的体系，这也是省委郭书记反复给我们讲的。要由钢铁生产商转变为综合钢铁服务商，涉及销售理念，客户战略，直供比例，质量异议处理，一系列东西，就是让用户满意，就是提供个性化服务。只有为用户深入的服务，才能寻找新的市场增长点，才能共同开辟市场。

我们比以往任何时候都深刻认识到，占有客户，特别是占有直供和高端客户多么重要。要多为用户考虑，考虑用户的成本，考虑用户的性价比，他说怎么弄，我们就怎么弄，没有条件创造条件也要满足他的要求，直至生产半成品，这里面空间极大。要由坐商变为行商，你老坐在办公室，肯定解决不了问题。所以我们要把生产环节、研发环节、销售环节，通通构成服务型钢铁的主体，一体化运作，这里面有很多内容需要丰富。**第三是多元化发展战略**。我们也别讲适度了，就是多元化，因为我们有总的指导思想作基础，我们发展多元化就是适应市场、提高效益，我们搞房地产、搞金融就是适应市场、提高效益。市场有需求，而且有效益，我们干，不管哪个产业。实践证明，中国的钢铁业都走向了"一业为主，适度多元"的路子，安钢也不能例外，要想在生存的基础上继续发展，必须适度多元，有效多元。这8个多月，我们也在反复探索、反复思考、反复研究，应该说也有所推动，金融板块已经清晰出来了，房地产板块也要清晰出来，生活后勤板块、工程机械、设备制造、钢材深加工板块都要清晰出来，在年底职代会上要展现出来一个成型的多元化的规划，进一步指导我们的工作，也鼓舞人心。现在我们越来越认识到钢和非钢是一对孪生兄弟，他不是孤立存在的，下一步要让非钢为钢提供支撑，钢不能融资，非钢能融，钢没法合作，非钢能合作，钢引不来资，非钢能引，间接的支持钢，三十年河东三十年河西。这方面有的企业已经做得很好了，前面有标兵，我们就学，坚定不移地把多元化战略打赢。最近非钢单位都在做规划，不光你们研究，公司也要研究，底层设计和高层设计结合起来。我们多元化搞得晚了，但是也有好处，我们可以"拿来主义"，可以借鉴，可以少走弯路。**第四是**

国际化战略。开始还考虑要不要这个战略，后来一想，不仅要而且非常必要。首先我们已经置身在国际化之中了，我们一直从国外买矿石，我们的设备不也大量进口吗？我们不是还要扩大钢材的销售吗？不是还要出去办工厂、转移生产能力吗？总之，国际市场是我们不可或缺的一部分。全球一体化是趋势，世界经济已经整体融合在一起了，一体化已经到我们面前了，原料要国际化，市场要国际化，融资要国际化，我们已经启动了海外融资，因为国际市场的资本便宜，机会更多，有进有出，为什么不去国际化呢？还要引进技术、人才，学习先进经验，这么大的企业，不提国际化是不可能的。国际化是我们的必由之路，也有可能是我们的一个突破点。随着进一步发展，我们要出去办工厂，要转移生产能力，这都是很现实的东西。这方面恰恰我们有优势，国外建的都是我们80年代水平的小转炉、小高炉，大钢建这不在行，它只建大的，民营人员不齐备，还是我们在行。印度现在才5000万吨钢，它一旦发展起来得需要多少钢，有专家说将来估计要5亿吨，要是这样，给咱多大的机会啊。所以国际化一点也不含糊，就我们这样一个规模、这样技术水平的企业，在国际化进程中肯定有我们的一杯羹，这也是我们三产的一个空间。回头来说，作为一个1000万吨钢的企业，作为要打造双千亿的企业，你可能不国际化吗？当然不能，我们是要借助国际化腾飞的，而且现在的大企业无一不是国际化的。我们搞强强合作，搞产业链融合，也是在搞一体化，现在这种经济发展态势，越来越觉得一体化是好的，抱团取暖形成链条是好的。

跟陕鼓也讲这个观点了，咱是跨行业的产业链联合，咱俩的联合就战胜了你的行业的另外一个企业，咱俩是链条，就能战胜那个独立的企业，这叫产业链，这叫一体化。国内有一体化，跨国同样有一体化。

要实现这样一个目标和战略，到底靠什么，还是要靠管理，靠技术，最终靠人力资本，要有"三个依靠"支撑。

第一依靠管理。管理问题，安钢是有经验的，当年小炉成大器，挖潜增产，我们创造了很多奇迹，既是管理的应用，也是技术的应用，或者说是管理与技术的同时支撑。2008年以来，由于金融危机，由于我们的装备在这个过程中没有遇到很好的市场，我们探索大型设备的管理还在路上，特别在这种新常态下，对管理要求急需转型的时候，我们感到一下子适应不了。实事求是讲，我们管理落后了，跟兄弟企业，跟先进企业比，确实管理粗放了。但是我们毕竟有基础，对此我们没有必要妄自菲薄，但是得痛下决心，得规范我们的管理，得提升我们的管理。最近各单位换领导多，新领导到新单位有新的视野，到新环境发现了问题，不是说之前领导不负责任，前任到另外一个地方也发现了问题，你们都发现新问题了，所以这种调整才正确。但是它暴露的是管理问题，无论是风险，无论是库存，无论是低效率，各专业管理都暴露出一些问题。要正视安钢管理落后了，正视和邯钢、莱钢、唐钢有差距了。管理是永恒的主题。

我们实现四大战略，靠管理的提升，靠管理的转型，靠管理的新理念、新思路、新办法。我们从根本上打赢生存保卫战，要靠真本事，就是管理的本事。管理问题最近要考虑两个方面，或者说近期一个，中长期一个。近期就是今年年底之前，把管理机构进一步理顺，也就是我们通俗说的机构改革、机构整合。标准是符合我们的四大战略，符合适应市场、提高效益的要求，借鉴先进企业的一些做法，和国际惯例接轨，和市场接轨，把我们的管理体系再规范、再理顺。首先是职能理顺，职能的理顺、丰富、添加，招投标、物资集中采购、信息化手段在管理中的应用等，这些都要再完善、再提升。总之就是要建立适应市场、快速反应的管理机构和机制。中长期看，我们得把管理框架进一步优化，说通俗点，就是让股份公司独立。股份公司是管钢铁生产经营的，就得是一个快速、高效、优秀、精干的钢铁生产经营团队。非钢产业五花八门，包括房地产、金融，有些与钢铁生产经营风马牛不相及，差太远了，管钢铁的怎么管它呢？管不了。钢铁就是钢铁，就是一个精干高效、适应市场的股份公司，股份公司独立就是要解决这个问题。现在我们成立了非钢板块，实际上非钢板块与钢铁板块是不一样的，非钢板块各是各的管理，金融小额贷款公司与酒店差距太大了，怎么能统一管理呢？股份公司独立，自然集团公司就干这个事了，就更高效、更精干了，不会超过100人，主要研究战略，研究金融，研究资本运作，研究人才，专注于培育产业。这时非钢就不互相依靠了，不互相扯皮了，和股份公司是兄弟关系，是市场和服务关系，优先保证你的市场，但不照顾你的价格，需要补贴，可以在集团层面上斡旋。

集团公司管你，就像国资委管安钢，这个事我越看越得提前，越晚越麻烦。我们实在没有找到既能管住又能放活的办法，也可能在这种体制下就没有办法，让人家多创多得我们实现不了，给你放权以后不出事你又实现不了，为什么？没独立，你负赢不负亏，你管赢不管赔，损害你一点利益你叫唤，给你再多你不管，所以管理架构、管理机制、管理制度以及管理的方法，我们都得适应新的常态，来一个创新。我们今年以来已经在做了，我们板块运作不也是一种创新吗，尽管还不是很定型，但已经在起步。所以，在不太长的时间内要实现管理的优化，要高效，要快速适应市场。

第二依靠技术。 安钢比以往任何时候都需要技术的支撑，说到底我们装备大型化了，没有发挥应有的作用。根本解决问题，技术得进步，研发得上去，得解决先进装备不能生产先进产品问题，得解决工艺稳定、生产顺行问题。在技术上我们80年代做得很好，90年代做的也不错，新世纪也有新亮点，但是今天到了全面提升的时候了，思想得提升，理念得转变，机构得再造，考核得优化。特别是冷轧投产以后，我们技术的跟进，技术的吸收与消化，技术的支撑，没有解决，这是摆在我们面前的严峻问题，不说彻底解决也要基本解决。通过体制机制，通过人才的吸收和引进，通过考核政策的激励，必须解决这个问题，让设备稳定下来，让工艺稳定下来，质量稳定、品种稳定、成本稳定。

我们还谈不上新技术的开发和研究，但是让我们的装备发挥它的作用，总是应该做到的。某种程度上技术差距比管理还要大，但我们也要看到我们的信心。那天到冷轧调研我也讲了，大高炉顺利开炉，今年冷轧能够取得那么好的成绩，也证明了我们的技术队伍还是可以信赖的，还是有基础的。现在讲技术问题，还不光是技术中心和工程技术人员的问题，是全体员工的技术能力问题，操作的技术能力问题，跟我们的培训都是结合起来的。怎么样系统地把我们的装备水平发挥到极致，让我们"三步走"的成果，转化成生产力、效益，适应市场的产品，是管理问题，是技术问题。我们的技术管理落后了，技术体系落后了，技术政策落后了，技术考核机制落后了。我们一定要深刻认识到依靠管理和技术问题，对我们来说带有创新的性质，当然我们这个创新不是原创，主要是学习，主要是"拿来"。

第三依靠人力资本。所有事还是要人来干，解决管理、技术问题，最终要依靠人力资本的提升。

说人力资本，不是泛泛指一般人，我们投入要素，矿石、煤炭、辅料、备件，我们也在投入人力资本，要讲究投入产出。安钢在人力资本上，第一是有基础，第二是潜力很大，无论是管理技术人才，无论是高层、中层和基层，如何在现有的基础上把潜力发挥出来，让优秀的团队去提升管理、提升技术，让人尽其才，所有人都有事干，所有事都有人干，这是我们要共同努力的一件事，是公司两级领导班子要认真思考的问题。这几个月以来，大家的积极性调动起来了，但是不够、不充分，担当的精神有了，不够、不充分，牺牲的精神也有了，也不够、也不充分。我们的团队，"羊"的属性多，"狼"的属性少，一个优秀的队伍得有狼性，得嗷嗷叫，能咬能撕，否则在这种困难的局面下，我们很难走出来一条新的路子。我们这个队伍基础是好的，是敬业奉献的，是很热爱安钢的，但是提升技能，提升责任心，也是非常需要的。培训是一方面，政治学习是提高责任心，我们的爱厂教育、企业文化、日常工作也是要提高责任心的，要有好的态度，把态度转化成能力，让能力转化成效益，这些事情我们做得不够。所以人力资本的问题，是一个大课题，是全体领导同志都要做的事，是一个综合的事。要关心职工，关心每一个人，不是简单的生活关心、待遇关心，要对成长、职业生涯关心，要创造环境，创造平台，让每一个人都有事业成就感。这个年代就是残酷竞争，就是团队竞争。国家也是这个阶段了，总书记反复讲，提高执政能力，甚至讲到执政能力是一种风险，是一种考验。我们何尝不是啊，要做到总体提升，区别优化。所以要依靠人，依靠我们的队伍，完成我们的近期和长远目标，近期要由后三分之一进入中间三分之一，明年进入前三分之一，长期要搞双千亿，朝着这个目标不懈奋斗！

（原载 2014 年 9 月 23 日《安钢》报）

安钢召开 1000 万吨精品钢
总体发展规划汇报会

元月 4 日下午，安钢 1000 万吨精品钢总体发展规划汇报会在会展中心召开。集团公司领导李涛、李利剑、李存牢、刘润生、王新江、刘楠、李福永、张怀宾、赵济秀、郭宪臻、闫长宽、姚忠卯出席会议。会议由集团公司副总经理赵济秀主持。

会上，冶金设计公司经理王宏伟首先从安钢现有工艺装备存在的问题、规划产品定位、近期规划方案、远期规划方案等方面就 1000 万吨精品钢总体的发展规划进行了详细汇报。各生产单位和管理部室的负责人先后就汇报内容展开讨论，并提出意见和建议。

随后，结合安钢当前实际，集团公司领导李存牢、刘润生、王新江、刘楠、李福永、张怀宾、郭宪臻、阎长宽、姚忠卯也发表了各自的看法和意见，就发展规划中的一些具体问题提出了明确要求。

集团公司总经理李利剑在讲话中指出，此次安钢制定的 1000 万吨精品钢的发展规划，跟以往历次制定的规划内容有所不同。前期的每次规划都是围绕生产规模扩大、产品结构提高、增强安钢综合竞争实力等内容制定的，而这次规划是在国内经济形势增速放缓，钢铁产能严重过剩的情况下制定的，因此不能以增产为目的，而要以效益第一、提高产品档次、改善产品结构以及能源综合利用增效为首要目的。

李利剑强调，在制定此次规划前，首先要考虑的是项目投资的回报和收益，制定整体规划时必须立足于改善安钢的产品结构，以增强市场竞争力和整体盈利能力为目的。要本着少花钱、多办事，花了钱，快见效的原则，优先考虑实施那些不干不行的项目，以及投资回报快、效益好的项目。他要求相关部门要认真整理在此次会议上收集到的好意见好建议，对 1000 万吨精品钢总体发展规划进行再修改、再完善。

集团公司董事长、党委书记李涛在会上发表讲话，他首先对此次制定的1000 万吨精品钢总体发展规划给予了充分肯定。他强调，在当前严峻的形势下，制定发展规划首先要立足经济效益的提高，其次要立足于产品结构档次的提高，第三要把产品定位在中高端，第四要包含淘汰落后项目以及环保、节能降耗项目。

针对此次规划的内容，李涛指出，要把思想统一到以下四个方面上来：一是要正确认识 1000 万吨钢的概念，所谓"1000 万吨"，是在效益平衡的基础上对安钢现有生产能力的"填平补齐"，其目的是完善千万吨级钢厂的配套设施；二是无论安钢的年产量达到多少万吨，都要把产品本身定位于中高端市场，以确保安钢产品竞争力的稳步提升；三是要抓紧实施那些效益好的、对当前解危脱困贡献大的项目，同时也要兼顾当前生产经营的水平和好转情况，兼顾当前安钢的效益状况；四是要在这些项目还未能实施和投入之前，要立足现有的设备和条件，继续干好当前的生产经营工作，来加速实现这些规划，推动生产经营水平的进一步提升和安钢解危脱困目标的实现。

（记者　杨之甜）（原载 2015 年 1 月 6 日《安钢》报）

安钢召开发展规划咨询报告会

5月19日下午，安钢发展规划咨询报告会在会展中心举行。报告会邀请了冶金工业规划研究院院长李新创等七位专家，为安钢的发展出谋划策。集团公司领导李涛、李利剑、李存牢、刘润生、王新江、刘楠、李福永、张怀宾、赵济秀、郭宪臻、闫长宽、姚忠卯及安钢部分生产厂、职能部室主要负责同志参加了会议。

报告会由集团公司副总经理王新江主持。

会上，冶金工业规划研究院院长李新创首先通报了钢铁行业面临的严峻形势，分析了安钢在同行业中面临的竞争压力，介绍了安钢发展规划总体思路，发展方向、发展定位及重点探讨的内容。

之后，冶金工业规划研究院的五位专家分别从"安钢主业发展规划初步探析""多元发展规划""能源诊断及优化""环境战略初步建议""物流环节开源节流的思考"等五大方面对安钢发展规划做了全面系统的分析与介绍。与会的集团公司领导及专家还针对规划中的有关问题与冶金工业规划研究院的领导、专家进行了深入探讨、沟通与交流。

集团公司董事长、党委书记李涛在总结讲话中对冶金工业规划研究院长期以来对安钢的大力支持和各位专家付出的辛勤劳动表示感谢。

他说，李新创院长和各位专家为安钢做了一个很好的规划，听了以后感到很受启发，总体上符合安钢的实际，对安钢今后的发展具有较强的指导作用。

李涛指出，安钢经过多年的发展，曾经取得过良好的经济效益，具备了1000万吨钢的生产能力，进入钢铁行业第一方阵。

近几年来，受市场的影响，安钢也和全国钢铁企业一样，生产经营在低位徘徊。但是，在这种情况下，安钢没有停止不前，而是将发展的目光瞄向更高的目标。

结合目前冶金行业发展态势和企业实际，制定了与千万吨钢配套的发展规划，并进行多次论证。安钢目前的发展面临着四方面问题，一是资产负债率高；二是劳动生产率低；三是1000万吨钢不平衡，综合能力不配套；四是非钢产业滞后，没有形成有力的支撑，没有形成较好的、较大的产业布局。针对四方面问题，我们邀请冶金工业规划研究院来咨询报告，就是使发展规划更完善、科学、合理，更符合安钢的实际，希望冶金工业规划研究院将冶金最新工艺技术与安钢实际结合起来，立足河南市场，拿出更加科学合理、符合实际的规划，使安钢发展得更快更好。

李涛最后强调，安钢最大的优势就是河南市场，河南的工业化、城镇化、农业现代化都处在快速发展阶段，河南的市场空间非常大，这是安钢的机遇，河南发展需要的钢，安钢自己能生产的，或是创造条件能生产的，就一定要占领应该占领的市场份额，或是比较大的份额，这是安钢市场研发的方向、产品开拓的方向，要有这样一种决心和不动摇的信心。安钢要深入地分析河南省今后几年的市场情况，更好地指导安钢的发展规划。

（记者　孟安民　通讯员　刘亚楠）（原载 2015 年 5 月 21 日《安钢》报）

明确发展方向　理清发展思路
为夺取安钢"十三五"新胜利而努力奋斗

集团公司党委书记、董事长李利剑在2017年工作会暨
七届三次职代会上的讲话（摘要）

安钢"十三五"发展目标及战略路径

近年来，我们结合形势发展，从实践中提炼总结了"一一四三"战略部署，在打赢安钢生存保卫战的过程中，发挥了不可替代的重要作用。当前，经济形势再次发生深刻变化，中国经济整体进入增速换挡、结构优化、动力转换的新常态，预计2017年GDP增速将进一步降至6.5%，下行压力继续加大，提高发展的质量和效益，成为今后经济发展的大逻辑。上个月召开的中央经济工作会议明确指出，2017年是供给侧结构性改革的深化之年，要以推进供给侧结构性改革为主线，减少无效供给、扩大有效供给，着力提升整个供给体系质量。钢铁去产能作为"三去一降一补"的一项重点工作，更是引起了国家的高度关注，钢铁行业拼产能、拼规模的发展模式已经成为历史。面对未来、面对挑战，有必要重新审视我们的发展思路，主动把安钢放在供给侧结构性改革的大局中去谋划，找准安钢在钢铁供给市场中的定位，在继承和完善"一一四三"战略的基础上，进一步明确安钢"十三五"的发展目标及战略路径，不能走着走着忘记了走过的路，更不能走着走着迷失了方向。

这次职代会提出的，要打造创新、品质、精益、绿色、多元、开放安钢，"六个安钢"既各有侧重，又相辅相成，是今后一段时期安钢的具体愿景和目标。综合考虑形势发展和企业实际，还需要一个全局性、统领性的战略布局作为引领，需要找出一条可操作的实现路径。要把**创新驱动、品质领先、提质增效、转型发展**作为安钢"十三五"时期的总体战略，在保持现有一千万吨钢生产能力，不增加产能规模的基础上，重点从供给侧发力，以创新驱动为抓手，以"六个安钢"为目标，不断培育发展新优势。**一是培育低成本竞争优势**。要不断创新生产经营管控模式，大力推进实施低成本战略，强化板块一体化运作，把低成本运行贯穿于生产经营的各个方面，突出抓好与先进企业的对标挖潜，全方位加大降本力度，尽快实现生铁成本达到行业平均水平、进入行业前1/3的目标。**二是培育产品竞争优势**。要不断完善自主创新体系，强化产品研发和市场开拓，大力发展服务型钢铁，尽快形成一批行业领先的拳头产品、品牌产品，使吨材利润提升到行业中上游水平，实现产品全面迈向中高端的市场定位和产品定位。**三是培育产**

业竞争优势。要加快优势产线的工艺完善和装备升级步伐，以创建三条精品板材线为重点，进一步提升钢铁主业竞争力。要坚持多元发展战略，理清优势产业发展方向，重点培育装备制造、钢材加工、节能环保、信息技术、物流、金融等产业板块，形成"钢铁做优、非钢做强"的产业布局。**四是培育管理创新优势**。要强化管理创新，集团公司由管资产向管资本转变，子分公司实施国有体制嫁接民营机制，发展混合所有制经济，成为市场竞争主体；要推进三项制度改革，实现"收入能增能减、干部能上能下、员工能进能出"；优化人力资源配置，钢铁主体劳动效率达到人均产钢 1000 吨。**五是培育党的领导优势**。要持续创新国企党建工作，不断丰富和完善"四个三"党建工作法，推动党建工作与生产经营深度融合，切实发挥党组织的领导核心和政治核心作用，为企业转型升级、持续发展助力护航。**六是培育人才队伍优势**。要坚持"以人为本"的理念，发展依靠职工、发展为了职工，让全体干部职工成为我们发展的重要力量，共享发展的成果。要培育优秀企业文化，培养一支专业突出、技术过硬、爱厂如家的人才队伍，为强企兴企提供坚强保证。要把培育"六大优势"和打造"六个安钢"，作为"创新驱动、品质领先、提质增效、转型发展"总体战略的重要组成，作为贯穿"十三五"的发展目标和实现路径，靠扎扎实实的战略措施，把安钢建设成为位居我国钢铁行业第一方阵的现代化钢铁强企。

实现战略目标的工作布局

　　面对形势和挑战，我们既要理清发展思路，明确战略路径，同时也要更加注重掌握科学的工作方法，把我们近年来从实践中总结出来的"四个全面""精细严实""四预"方针和问题导向等，一以贯之地推进下去，把工作谋划好，把任务落实好。

　　要坚持"四个全面"的总体部署。全面降本、全面增效、全面挖潜、全面堵塞漏洞，重点在于"全面"二字，体现的是工作的力度、深度、广度和决心。近年来，我们围绕铁前一体化降本、钢后降本增效、人力资源优化、压缩外委用工、健全管理制度、堵塞管理漏洞等方面，采取了很多应对措施，也取得了较好成效，但客观上还存在一些反复。下一步，要把"四个全面"延伸到各个层面，贯穿到每项工作，落实到每个环节，措施再升级、力度再加码，深度挖掘降本增效潜力。凡涉及到集团公司整体战略部署、重要工作、重大事项的安排，要强力推进、强行推进。

　　要坚持"精细严实"的工作理念。"精"是精益、精准、精湛，管理上要做到精益，经营上要做到精打细算，建立持续改进的工作机制；措施上要做到精准，抓住制约安钢提质增效、转型脱困的主要矛盾，精准发力；技术上要做到精湛，促进生产经营质量持续改善。"细"是全面细致，横向到边、纵向到底，把方方面面工作做细、做好、做到极致；"严"是标准要严、考核要严、制度要严，要高起点谋划工作，关键指标敢于向先进企业看齐，真刀真枪、动真碰硬、严格兑现；"实"是务实、扎实、实干，要进一步提高执行力，增强落实工作的主动性和创造性，始终保持踏石留印的干事劲头，一级带着一级干，一级做给一级看，努力干出实实在在的业绩。

要坚持"四预"管理方针。要变事后补救为事前管控，抓好基础管理工作，从完善制度、规范流程、消除隐患入手，全面增强"预知、预测、预防、预控"能力，减少各类问题发生。要不断丰富知识储备，提高专业管理水平，注重对事物运行规律的整体把握，在科学分析的基础上，精准预测、超前谋划，采取有针对性的防范措施，系统制定应急预案，加强事前、事中、事后管理，牢牢把握工作的主动权。

要坚持问题导向。要善于思考问题，颠覆传统理念，认真剖析问题产生的根源；要善于发现问题，找准影响安钢提质增效、转型脱困的薄弱环节；要敢于提出问题，发扬担当精神和责任意识，不当老好人、不怕得罪人；要善于解决问题，不揽功诿过，不上交矛盾，主动研究对策，带头攻坚克难，以问题为导向，解决一个问题就形成一套机制，堵塞一个漏洞就构建一套制度，促进工作持续改进、不断提升。

（原载 2017 年 1 月 14 日《安钢》报）

集团公司举办2017年第一期
领导干部学习研讨班

集团公司党委书记、董事长李利剑做专题辅导报告。报告客观分析了安钢面临的形势和任务，第一次就"创新驱动、品质领先、提质增效、转型发展"的"十三五"总体战略实现路径进行了详细解读。

5月11日至13日，在安钢处于"生存、改革、环保"三大攻坚战的关键时期，集团公司2017年第一期领导干部学习研讨班在安钢康乐园举行。河南省政府国资委主任李涛，集团公司领导李利剑、刘润生、李存牢、李福永、郭宪臻、闫长宽、姚忠卯参加研讨。

5月11日上午，集团公司党委书记、董事长李利剑首先为首期参加学习研讨班的75名领导干部做专题辅导报告。报告客观分析了安钢面临的形势和任务，第一次就"创新驱动、品质领先、提质增效、转型发展"的"十三五"总体战略实现路径进行了详细解读，对加强干部队伍建设提出了明确要求。

在分析面临的形势和任务时，李利剑重点围绕未来经济形势会怎么走、钢铁行业还有没有前途、需要什么样的钢铁行业三个方面进行了详细阐述。他指出，形势是一定会逐步好转的，我们要保持定力、坚定信心；中国钢铁行业仍大有所为；国家需要的是更高质量、更高水平的钢铁行业，传统的粗放发展道路已经走不通。

李利剑指出，在错综复杂的大形势和背景下，要把"创新驱动、品质领先、提质增效、转型发展"作为安钢"十三五"时期的总体战略，在保持现有一千万吨钢生产能力，不增加产能规模的基础上，重点从供给侧发力，不断培育低成本竞争优势、产品竞争优势、产业竞争优势、管理创新优势、党建工作优势、人才队伍优势等"六大优势"，力争把安钢建设成为位居我国钢铁行业第一方阵、资产总额与销售收入"双千亿"的现代化钢铁强企。

关于"创新驱动、品质领先、提质增效、转型发展"总体战略的实现路径，李利剑指出，"创新驱动、品质领先、提质增效、转型发展"是辩证的有机统一体。创新驱动是手段，品质领先是方向，提质增效是目的，转型发展是根本，它们相辅相成、互为补充、缺一不可，共同构成了安钢未来发展的总体框架。

在"创新驱动"方面，一是要强化技术创新，强化创新体系建设，强化工艺技术研究，强化技术人才培养，从政策、待遇、收入等方面入手，营造重视技术、鼓励创新的氛围，鼓励技术人才以技术贡献参与分配，激发技术人才的干事创业热情。二是要强化管理创新。要坚持"精细严实"理念，坚持"四预"管理方针，坚持问题导向，促进管理持续改进、不断提升。三是要强化体制机制创新。要完善法人治理结构，推进混合所有制改革，继续加大考核机制创新力度，继续强化干部管理机制创新。

在"品质领先"方面，一是要启动品牌创建工程，二是要强化产品研发，三是产品要实现"中高端"，四是要大力发展直供直销，五是要发展服务型钢铁，解决好安钢的产品定位问题，产品和质量要达到领先水平，定位"中高端"，树立安钢的产品品牌，要在中高端产品领域，创建在国内叫得响，甚至在国际上有名声的安钢品牌。

在"提质增效"方面，一是要提高工作质量。要坚持"四个全面"的工作部署，提高执行力，凡是涉及到公司整体战略部署、重要工作、重大事项的安排，要强力推进、强行推进。要对重点工作进行督导，对于落实不力的，视情节给予经济、行政追责，甚至降职、免职处理。二是要提升产品质量。三是要提高运行质量。四是要提高资金效率。五是要提高劳动效率，解决好安钢的经营定位问题，从行业后三分之一，进入行业前三分之一，综合实力要力争进入钢铁行业第一方阵。

在"转型发展"方面，要通过转型升级，实现"钢铁做优、非钢做强"的产业布局。要完善非钢产业发展规划，强化法人主体意识，强化市场意识，各子分公司要按照非钢产业规划布局，明确各自的产业定位和发展方向，依托但不依赖钢铁主业，加大外部市场开拓力度，打造竞争力强的拳头产品，培育新的增长点和竞争优势。

李利剑强调，"创新驱动、品质领先、提质增效、转型发展"战略是基于对经济形势的分析，基于对安钢实际的把握，根据国家供给侧结构性改革和钢铁去产能的总体要求，所做出的全局性、统领性的战略抉择。创新驱动是总体抓手，品质领先、提质增效、转型发展分别回答了安钢的产品定位、经营定位、产业定位问题，这"一抓手、三定位"对于我们建设国内一流方阵的现代化钢铁强企，实现"双千亿"目标，具有重要的指导意义。务必要统一思想，提高认知，全力抓好贯彻落实。

"政治路线确定之后，干部就是决定因素"。不管是打赢安钢生存保卫战，还是实施"十三五"总体战略，实现"双千亿"目标，必须要建设一支适应安钢发展需要的高素质干部队伍，为安钢转型发展提供强有力的干部人才支撑。关于干部队伍建设，围绕"怎样是安钢的好干部？怎样成长为安钢的好干部？怎样把安钢的好干部用起来？"李利剑进行了详细阐述，提出了具体要求。

李利剑强调，"六要六不"包含"忠诚、担当、干净、创新、大局、业绩"六个方面，是立足当前政治形势，结合安钢工作需要和干部队伍现状，经过深思熟虑提出来的，符合全面从严治党的政治形势，符合习总书记对国企领导人员提出的"20字"要求，符合安钢生存发展的现实要求，是新形势下对安钢党员干部的高标准、严要求。在安钢面临着生死存亡的严峻形势下，必须认清形势提高认识，认真践行"六要六不"，讲政治讲廉洁，讲奉献讲担当，坚决把中央、省委从严治党的决策部署变为实际行动，义无反顾扛起搞好安钢的历史责任，拿出"宁可少活两三年，也要打赢安钢生存保卫战"的使命担当，为了生存、尊严、荣誉而战。

李利剑强调，领导干部要有本领不够的危机感，努力增强本领，提高解决实际问题的水平。要抓好干部的思想教育、党性锤炼和实践锻炼，加强干部转岗交流，加大复合型干部培养，营造成长成才的良好环境，搭建施展才华的广阔平台。

李利剑强调，在干部使用上，要科学合理使用干部，用当其时、用其所长。要进一步推进干部人事制度改革，拓宽干部选拔渠道，推进干部能上能下，加强干部的管理监督。

李利剑最后强调，2017年对于安钢而言是极为关键的一年，生存、改革、环保三大任务都非常重要，都是必须要迈过去的坎。力保全年盈利目标，时间紧迫，任务艰巨，一点都不敢放松，一点都不能松懈，一定要再咬咬牙，再使使劲，共同努力，促进安钢尽快扭亏为盈、渡过难关，全面打赢生存保卫战。

这次领导干部集中学习研讨过程中，担任授课的既有外聘专家，又有安钢内部的专家。

5月13日下午，集团公司总经理刘润生在认真听取各小组讨论情况汇报后，对本期学习研讨班做了总结讲话。他指出，这次厂处级干部学习研讨，是集团公司在关键时期举行的一次非常重要的集体学习培训，是党的思想理论建设的根本要求，是安钢自身发展的要求，是提升干部素质的需要。在学习过程中，端正了学风，提升了能力，理清了思路，也增强了信心，学习培训达到了预期目的。

刘润生指出，安钢面临的形势有喜有忧，总体依然严峻。生存保卫战依然十分艰难，实现全年盈利目标困难重重。改革攻坚战整体进展比较顺利，但啃"硬骨头"才刚刚开始。环保攻坚战时间紧迫，任务异常艰巨。在此关键时刻，更要辩证地看待生存、改革、环保三大考验，要看到三大考验是我们必须解决的三大难题，攻克它，安钢将实现新的发展，站上新的高度，务必要迎难而上、奋起直追，按照供给侧结构性改革和国企改革的要求，顺应行业发展趋势，担当起河南省钢铁工业的发展重任，全力提质增效、转型升级，培育安钢发展新优势。

刘润生强调，"创新驱动、品质领先、提质增效、转型发展"是安钢的新名片。下一步，要从完善管控体系、构建运营模式、打造管理体系、实现创新发展四个方面着手，不断丰富总体战略内涵，激发安钢转型发展新动能。一是要系统完善"二三三二"新型管控体系。即构建"两大体系"，坚持"三个原则"，做到"三个跑赢"，做到"三个结合"，实现"两头链接"，丰富安钢特色管理内涵，为破均线、保底线奠定坚实的基础。二是要建立安钢特色的"中心"运营模式。要把铁前板块打造成降本中心，把钢后板块打造成增效中心，把非钢板块打造成创利中心。

三是要打造安钢特色的精益管理体系。要通过精益管理实现精益制造，突出标准化建设，强化信息化和数字化。四是要坚持创新驱动，实现企业转型发展。要以科技创新为核心，全面优化产品结构，以装备升级为关键，不断提高供给质量，以绿色发展为理念，打造绿色生态清洁工厂。

在干部队伍建设上，刘润生提出了五点具体要求，一是要忠诚企业。在思想认识、工作行动上，始终与集团公司决策部署保持一致。二是要吃苦耐劳。发扬吃苦耐劳的作风，多比奉献，多比担当，切实把自身放在安钢解危脱困大局当中，加强调研抓落实，破解难题抓落实，强化执行抓落实。三是要提升素养。要不断丰富学习内容，始终坚持学以致用，从打赢三大战役的实际出发，进一步加深形势认识，保持清醒头脑，增强忧患意识，不断提升政策水平和应对市场挑战、驾驭复杂局面的能力。四是要勇于担当。要有强烈的责任意识，把高标准履职尽责作为基本要求，做到日常工作能尽责、难题面前敢负责、出现过失敢担责。五是要狠抓落实。要形成抓落实的工作机制，以制度刚性祛除"中梗阻"。集团公司将抓住领导干部关键少数，在集团公司重要决策部署、政策方针上，看是否坚决执行；在本单位职能作用发挥上，看是否主动谋划工作；在个人履职上，看是否尽职尽责；在共性和个性问题上，看是否查漏补缺、改进提高。6月份，还将成立工作组，进一步加大督察力度，工作落实不力的，将严格追究、严肃问责。

刘润生最后强调，使命重在担当，实干铸就辉煌。让我们坚定不移地围绕既定战略和任务目标，始终保持高昂的斗志、百折不回的干劲和闯劲，努力想办法、寻出路、求突破，全力打赢安钢三大战役，实现安钢转型发展，奋力夺取新的更大胜利。

（记者　柳海兵）（原载 2017 年 5 月 16 日《安钢》报）

全面从严治企　致力转型升级
开启安钢现代化强企建设新征程

集团公司党委书记、董事长李利剑在安钢2018年工作会
暨七次四次职代会上的讲话（摘录）

新时期安钢的战略构想

党的十九大指出，中国特色社会主义进入新时代，我们既要全面建成小康社会，实现第一个百年奋斗目标，又要乘势而上，开启全面建设社会主义现代化国家新征程，向第二个百年奋斗目标进军。新时代不仅对党和国家提出了许多新要求，也给安钢带来了重大机遇。

站在新的历史起点，安钢必须顺应时代潮流，进一步找准自身的发展定位，明确未来的发展方向，把"创新驱动、品质领先、提质增效、转型发展"作为"十三五"乃至今后一个时期的总体战略，力争把安钢建设成为位居我国钢铁行业第一方阵的现代化钢铁强企。

不忘初心，方得始终。回顾安钢的发展历程，我们几经曲折、砥砺前行，几代安钢人始终把建设现代化钢铁强企，作为矢志不渝、为之奋斗的目标。六十年前，中原大地一炉铁水，结束了河南缺铁少钢的历史，安钢拉开了建设发展的大幕，实现了从无到有的重大飞跃。改革开放以来，安钢以"第一个吃螃蟹"的勇气，率先在全省实施承包经营，率先在地方钢铁国企突破100万吨钢，率先在全国完成股份制改造和集团公司组建，加快装备大型化、自动化、智能化、信息化、现代化建设，拥有了1000万吨钢的生产能力，实现了从小到大的重大飞跃。

近年来，中国经济进入新常态，钢铁行业产能过剩、供需失衡等问题集中爆发，传统的粗放式发展模式已经难以为继。为推动经济持续健康发展，国家把供给侧结构性改革作为主线，并对钢铁工业提质增效、绿色发展、优化升级提出了更高要求。着力提升供给质量和综合竞争力，实现从大到强的再次飞跃，加快建设现代化钢铁强企，成为安钢新的历史使命。

承前启后、继往开来。当前，我国社会主要矛盾已转化为人民日益增长的美好生活需要和不平衡不充分的发展之间的矛盾，我国经济已由高速增长进入高质量发展阶段，必须进一步转变发展方式，追求更高质量的发展。去年，我们从对接国家战略、主动担当河南钢铁工业发展重任的高度，审时度势、统筹谋划，做出了优化产业布局、产能异地置换的重大抉择。决定将本部的部分闲置产能和不匹配产能，异地置换到周口，并择机重组整合省内钢铁产业，优化钢铁产业布局，

再建一个新安钢。这不仅仅是为了破解安阳市环境容量不足的权宜之计，更是站位河南钢铁工业全局的长期考量，它是发展理念的重大跨越、发展方式的重大转折，安钢从此踏上了现代化钢铁强企建设的新征程。

新征程有新要求。习总书记在省部级主要领导干部研讨班上强调，"时代是出卷人，我们是答卷人"，"必须做到三个'一以贯之'和三个'决不'，即坚持和发展中国特色社会主义要一以贯之，推进党的建设新的伟大工程要一以贯之，增强忧患意识、防范风险挑战要一以贯之；决不能因为胜利而骄傲，决不能因为成就而懈怠，决不能因为困难而退缩。"安钢也踏上了新征程，我们作为"答卷人"，必须贯彻落实好三个"一以贯之"和三个"决不"要求，以时不我待、只争朝夕的精神，全身心投入到工作当中，不断开创安钢现代化钢铁强企建设新局面。

新征程有新构想。展望未来，安钢将形成安阳、周口两大基地"比翼齐飞"的产业格局，安阳本部通过减量提质，保持"三炉三机"，致力打造精品板材基地，实现产品升级，销售收入不减，效益明显提升。周口基地第一步先置换本部部分闲置产能，搭建承接全省钢铁产能转移和优化升级的平台，第二步将通过引进战略投资者，发展混合所有制经济，撬动河南省钢铁产能整合，最终建成千万吨级钢铁新基地。

到那时，安钢的现代公司治理结构全面建立，子分公司市场主体地位更加突出，各方面制度更加完善；安钢将拥有汽车钢、高强板等一大批优势品牌，产品全面迈向"中高端"，供给质量不断提高，效益大幅提升。

到那时，混合所有制改革、三项制度改革取得深层次突破，劳动效率不断提升，钢铁主体人均产钢达到1000吨以上，新基地人均产钢1500吨以上；新市场、新业务、新产业不断开辟，企业经营活力进一步释放。

到那时，安钢的厂区环境根本好转，花园式、森林式工厂、绿色安钢成为现实；职工收入显著增加，同步进入钢铁行业前列。

到那时，安钢干部作风为之一新，从严治企成为常态；党的建设全面加强，党组织在公司治理中的法定地位更加巩固，领导核心和政治核心作用充分发挥。

到那时，安钢综合竞争实力将大幅提升，安阳、周口两大基地优势互补、南北呼应，实现产能"双千万"、资产总额与销售收入"双千亿"的规模，以环境一流、管理一流、产品一流、效益一流的崭新姿态，大步跨入钢铁行业第一方阵，成为全国极具竞争力、影响力和带动力的现代化钢铁强企。

建设现代化钢铁强企的基本方略

实现新的战略构想，建设现代化钢铁强企，大步走向"二次辉煌"，是一场艰苦卓绝的奋斗历程，不仅需要全体干部职工发扬"创业"精神，继续保持拼搏进取、克难攻坚的势头，更需要一个全局性、统领性的战略布局作为引领，指引着安钢在正确的道路上不断前行。

建设现代化钢铁强企，必须践行总体战略。过去一年来，我们从实践中探索形成了"创新驱动、品质领先、提质增效、转型发展"总体战略，一年来的实践已经证明，总体战略符合宏观经济走势，符合安钢发展实际。其中，"创新驱动"是我们建设现代化钢铁强企的总开关、总引擎，要始终做创新的引领者、带动者，通过技术创新、管理创新、体制机制创新，为安钢发展注入源源不竭的动力。"品质领先"明确了安钢的产品定位和市场定位是"中高端"，要不断提升品牌形象，在中高端产品领域，创建国内叫得响、国际上有声望的旗帜性品牌。"提质增效"明确了安钢的经营定位是质量第一、效益优先，要以提高供给质量为主线，确保各项经济技术指标全面进入行业前 1/3，部分指标进入行业前三名，效益水平进入行业第一方阵。"转型升级"明确了安钢的产业定位是"钢铁做优、非钢做强"，要全力打造安阳、周口两大基地，积极开辟新市场、新业务和新的产业实体。

建设现代化钢铁强企，必须找准战略路径。为确保战略落地，去年初，我们提出要培育低成本、产品、产业、管理、党建、人才队伍等"六大优势"，这也是我们建设现代化钢铁强企的切入点。要打造低成本竞争优势，抓好与行业先进的对标挖潜，全方位加大铁前降本力度；要大力发展服务型钢铁，尽快形成一批有较强竞争力的拳头产品、品牌产品，吨材利润提升到行业先进水平；要坚持多元发展，在提升钢铁竞争力的同时，重点培育装备制造、钢材加工、节能环保等产业板块；要强化管理创新，着力构建更加贴近市场、灵活高效的管理模式，形成安钢自身的管理特色；要强化党建工作，不断丰富和完善"四个三"党建工作法，推动党建工作与生产经营深度融合；要强化人才培养与引进，使全体干部职工成为安钢转型发展的重要力量。

建设现代化钢铁强企，必须落实战略布局。"四个全面"总体部署、"精细严实"工作理念、"四预管理"工作方针和"问题导向"工作方法的战略考量，是建设现代化钢铁强企必须一以贯之的方法论。要坚持"全面降本、全面增效、全面挖潜、全面堵漏洞"的总体部署，在工作的力度、深度、广度、速度上下功夫，工作中不讲客观、不留余地，执行时真刀真枪、坚决有力。要坚持"精细严实"工作理念，提高工作标准，增强落实工作的主动性和创造性，始终保持踏石留印的干事劲头，把方方面面工作做细、做好、做到极致。要坚持"问题导向"工作方法，首先要善于思考问题、发现问题，找准影响安钢提质增效、转型升级的薄弱环节；其次要敢于提出问题，不当老好人、不怕得罪人；最后要思考解决问题的办法，带头攻坚克难，主动研究对策。要坚持"四预"管理方针，整体把握事物运行规律，做到科学分析、精准预测、超前谋划、提前防范，加强事前、事中、事后管理，牢牢把握工作的主动权。

建设现代化钢铁强企，必须突出战略重点。"本部减量提质、优化产业布局、非钢推向市场、实施集团化管控"是当前的战略重点，也是建设现代化钢铁强企的重要抓手。要坚定不移走品种、质量、效益之路，持续推进工艺完善、技术进步和装备升级，重点打造精品冷轧工程，不断延伸产业链条，提升发展的质量和效益。要优化产业布局，高起点建设周口钢铁基地，探索运用资本运作平台，对省内部分钢铁企业进行整合，全力争取更大的发展空间。要坚持非钢推向市场，按照"集团化管控、市场化运作、规范化管理"以及"分灶吃饭、分头突围"的思路，全面推进子分公司市场化改革，引入外部竞争，促进非钢产业在市场中壮大实力。要实施集团化管控，规范法人治理结构，真正实现集团公司由管小、管细向管大、管好转变，更为关键的是制定好游戏规则，让子分公司在严格的规则中自由搏击，最大限度激发企业经营活力。

建设现代化钢铁强企，必须坚持从严治企。省委书记谢伏瞻在省委经济工作会议上强调："实现高质量发展，必须在战略上坚持持久战，在战术上打好歼灭战，比以往任何时候更需要优良作风的保障。作风出了问题，政策再正确、措施再有力，最后也无法落到实处。"安钢要建设现代化钢铁强企，只有战略不行，还必须有过硬的作风，保障各项战略措施真正落地。近年来，安钢针对"管理"松懈、"作风"涣散，不作为、慢作为、乱作为、不担当、怕担当等问题，着重打好"歼灭战"，去年我们采取了很多举措，提出了"六要六不"好干部标准，开展了"强、促、推"专项活动，作风建设高压态势基本形成。今年，安钢将进一步开展"从严治企管理年"活动，以此为开端，从严治企将作为安钢作风建设的重要内容，贯穿始终、驰而不息。要强化制度建设，把各项管理纳入从严治企框架内，亮明规章制度的"红绿灯"，拉起管党治党的"高压线"，形成靠制度管人、管权、管事，违反制度必究的企业氛围，全面塑造从严治企文化。要加大追责力度，强化"三个必追责"，凡是违反党规党纪或集团公司制度、规定、要求的必追责，凡是岗位职责履行不到位、失职渎职的必追责，凡是损害集团公司利益的必追责，对于违规行为，发现一起查处一起。要通过严格管控、严格奖惩、严格追责，使干得好的得到奖励，干得不好的受到鞭策，干得差的受到惩罚，违法乱纪、严重失职的受到惩处。要进一步转变工作作风，强化落实执行，以"六要六不"为标杆，着力打造一支"纪律严明、执行有力、主动作为、作风过硬、勇于担当"的干部职工队伍。各级领导干部要勤勉工作，时刻保持任务压头、不进则退的紧迫感，真正使夙兴夜寐、激情工作成为常态，真抓实干、一抓到底，为建设现代化钢铁强企提供坚强支撑。

总体战略、战略路径、工作布局、战略重点、从严治企，五者之间紧密联系、相互贯通、相互作用、环环相扣，共同构成了安钢建设现代化钢铁强企的基本方略，是我们实现更高质量、更有效率、更可持续发展，走向"二次辉煌"的行动指南，必须久久为功、持之以恒、长期坚持并不断发展。

（原载 2018 年 1 月 20 日《安钢》报）

二、全员参与，打赢生存保卫战

2008 年金融危机爆发，受到影响的中国钢铁行业从此进入一个漫长的冬季。刚刚投入巨资完成设备大型化、工艺现代化的安钢也进入几年徘徊于亏损的边缘。2013 年尽管全体干部职工努力拼搏，加强管理，降本增效，减少了亏损，但是安钢已走到生死存亡的地步。于是，在 2014 年初召开的工作会上确立了"坚定信心，迎难而上，重点突破，全员创效，全力以赴打赢安钢生存保卫战"的工作中心，紧接着在农历春节刚过的 2 月 14 日又隆重举行了扭亏增盈实施动员大会，正式吹响了打赢生存保卫战的冲锋号角。这一年，安钢以破釜沉舟、绝地反击的决心，以猛药去疴、重锤敲鼓的状态，切实转变思想观念、转变经营管理模式、转变工作作风，铁前、钢后、非钢三大板块齐头并进，15 个非常设机构强力攻关，生产单位精心组织，管理部门加强协调，广大职工万众一心，真抓实干，在安钢这片曾经创造过无数辉煌的热土上，与低迷不振的市场作战，与持续下滑的价格作战，与高企的环保压力作战，与不断紧绷的资金链作战，展开了一场史无前例、轰轰烈烈的生存保卫战，打出了一系列降本增效的组合拳，走出了经济料使用的成功之路，迈出了冷轧工程合作的崭新步伐……这一战，安钢人打出了气势、打出了声威、打出了信心；这一战，扭转了安钢的被动局面，取得了阶段性胜利，实现了重大转折。

紧接着，锲而不舍，乘胜追击，在 2015 年的工作会上又提出了"解放思想，转变观念，适应市场，提高效益，全力夺取安钢生存保卫战决战胜利"的工作重点。2015 年，市场形势更加恶化，钢材价格持续下跌，钢铁行业寒风凛冽，成为安钢历史上挑战最为严峻、竞争最为惨烈、生存最为艰难的一年。困难面前，拼搏进取、坚忍不拔、永不言败的安钢人，发出了向困境抗争的不屈怒吼，奏响了誓保家园的最强音，展示了求生存的坚强决心，保持了发展活力，积蓄了内生动力，抵御住了一波又一波的"寒流"侵袭，为夺取生存保卫战的最后胜利赢得了时间和空间。

2016 年是生存保卫战发生重大转折的一年。安钢一手抓生产经营，一手抓改革、发展、环保，三大战场齐发力，确保了全年盈利一亿元目标的最终实现，生存保卫战取得了阶段性的胜利。这一年，安钢紧紧抓住全年盈利目标不放松，坚持全面降本、全面增效、全面挖潜、全面堵漏洞的总体工作部署，不断强化板块加专题运作模式，板块加专题管控模式日臻成熟，发挥出越来越大的效用。这一年，安钢推出"1+N"改革方案，集团公司坚持向改革要动力，以改革促解困、转型，在生存保卫战中，积极推进考核机制创新和人力资源优化等项改革，进一步激发了职工干事创业的活力，市场竞争能力显著增强。这一年，环保形势愈发严峻，环保压力层层加码，安钢站在讲政治、顾大局的高度，深刻认识到大气污染防治工作的重要性和紧迫性，把环保工作上升到第二场生存保卫战的高度，铁腕整治，铁责担当，全年共投入2.15 亿元用于环保设施改造，在原有达标排放的基础上，努力实现超低排放，为企业生存发展夯实基础。

历史的车轮滚滚向前，一刻不停地跨入 2017 年。安钢集团领导班子审时度势，做出了"创新驱动，品质领先，改革攻坚，转型发展，为全面打赢安钢生存保卫战而奋斗"的战略抉择。这一年，是安钢发展历程中极不平凡的一年。面对国家经济形势的深刻变化，面对巨大的环保压力，安钢认真贯彻落实省委、省政府工作部署，坚持"创新驱动、品质领先、提质增效、转型发展"总体战略，先后推出并实施了一系列新理念、新模式、新举措，上下求索、多方突围，解决了许多长期想解决而没有解决的难题，办成了许多过去想办而没有办成的大事。全年集团公司实现销售收入 400 亿元，同比增加 28 亿元，实现利润 20.6 亿元，再创历史新水平。终于，一场跨度四年之久，艰难超乎想象，复杂程度历史罕见，场景波澜壮阔的生存保卫战，取得了历史性的决定性胜利。

安钢隆重举行扭亏增盈誓师动员大会
集团公司董事长、党委书记李涛做重要讲话

　　骏马舞东风，新春上层楼。2月14日上午，安钢集团公司扭亏增盈誓师动员大会在安钢工人剧院隆重举行。集团公司领导李涛、张太升、张清学、李存牢、李利剑、刘润生、王新江、刘楠、安志平、李福永、张怀宾、总经理助理赵济秀、郭宪臻、总会计师闫长宽与安钢上千名干部职工一同誓师打赢安钢生存保卫战。

　　会上，集团公司副总经理、房地产开发领导小组组长张清学，集团公司副总经理、加快非钢产业发展领导小组组长、永通铸管对外合作工作组组长、安钢大厦对外合作工作组组长、淇县农场对外合作工作组组长、绩效考核委员会主任李存牢，集团公司副总经理、铁前一体化降本工作领导小组组长、加强外委业务管理工作组组长李利剑，集团公司副总经理、冷轧工程建设指挥部指挥长、舞阳铁矿工程指挥部指挥长、医院工程指挥部指挥长刘润生，集团公司副总经理、钢后营销创效领导小组组长王新江，集团公司副总经理、期货运作工作组组长刘楠，集团公司副总经理、体制机制创新及人力资源优化领导小组组长李福永，集团公司副总经理、加强物流和库存管理工作组组长张怀宾，集团公司工会主席、重点工作督导组副组长安志平等就自身业务分工和所负责的板块，先后做了专题性表态发言。他们在发言中讲目标、讲任务、讲举措，对全体干部职工进行再动员、再鼓劲，对工作进行再部署、再推进；更重要的是进一步统一思想、凝聚力量、理清思路、明确目标、振奋精神、系统联动，吹响冲锋号，团结带领广大干部职工，全力以赴打赢安钢生存保卫战。

　　最后，集团公司董事长、党委书记李涛发表了重要讲话。他说，去年12月21日新班子成立以后，集团公司先后召开两次党政联席会，就一些重大问题进行充分的讨论和研究；12月27日召开厂处级干部大会和计划工作会，宣布组建了15个非常设机构，提出了一些新的工作指导思想、原则和目标，初步勾画了2014年工作。1月16日、17日，集团公司成功召开2014年工作会和六届三次职代会，集中大家的智慧，集中方方面面的意见，确定和部署了2014年的各项工作任务和目标。今天召开誓师动员大会，就是要进行再一次动员，明确任务，明确目标，明确举措，鼓舞士气。

　　李涛指出，刚才9位集团公司领导的安排部署，把他们的分管工作和专题工作有机地结合起来，说清了问题，说清了目标，说清了举措，对整体的解危脱困、扭亏增盈工作进行了全覆盖，任务举措更加具体，更加细化。总的来说，2014年，集团公司要大力推动降成本、增效益工作，硬碰硬实现增效十七八亿元，就能够实实在在地走向盈亏平衡，实实在在地走出困境。

他强调，降本增效的宏伟目标和艰巨任务已经非常明确，各项工作的谋划、排兵布阵已经基本结束，总体工作应转向以抓落实为主，一定要把落实的工作抓得更好。就狠抓落实工作，他专门强调了八个方面：

第一，要进一步认清形势，增强紧迫感。当前，国际国内经济依然处在转方式、调结构的状态当中，弱势复苏，低位徘徊。钢铁行业整体形势低迷，钢铁需求量增长回升乏力，钢价跌至20年来最低点。在严峻形势面前，安钢生存已经没有了迂回的余地和空间，我们必须进一步增强紧迫感，按照集团公司的整体谋划和部署，以只争朝夕的精神，一分一秒也不耽误，全体行动，抓好落实。

第二，要真正抓落实，切实转变思想观念。思想是抓好抓实工作的总闸门，我们要加大思想转变的力度，加快思想转变的速度。一是牢固树立市场观念，市场是标准，市场是尺度，我们要一切围着市场转，研究市场，适应市场，跟上市场。二是树立低成本观念。在微利时代，钢铁企业稍不注意就亏损的时代，我们没有其他出路，就是要靠低成本去竞争。我们实施板块分工，理顺体制机制，推进流程再造，就是要走低成本的生产经营管理模式，把低成本理念贯穿到每一个人的心中，落实到工作实践的每一个环节当中。三是树立服务型钢铁的理念。我们的产品变化、销售工作、技术研发等方方面面都要贯彻服务型钢铁理念，以服务换取市场，以服务赢得用户。四是树立做好相关产业的理念，加大非钢产业发展力度，形成浓厚的三产发展氛围。五是树立内涵集约式的发展理念，进一步重视技术在品种优化、在质量稳定、在低成本战略中的作用。六是要树立自主发展的观念，要坚定不移地依靠我们自己来克服各种困难，实现解危脱困，打赢安钢生存保卫战。

第三，抓落实，各级领导干部必须带头。各级领导是抓落实的主体，也是抓落实关键性的、带动性的力量。

首先，要从集团公司领导班子做起，从我本人做起，集团公司层面要做一个合格的领导者。什么是合格的领导者呢？一方面要有谋划能力。如果作为集团公司层面的领导没有谋划，你就不是一个合格的领导；另一方面要有带队伍抓落实的能力，没有带队伍抓落实的能力，照样不是一个合格的集团公司领导。这是集团公司层面，欢迎大家来监督；厂处级领导干部要做优秀的管理者，也要会谋划，更多的是带队伍抓落实。厂处级干部是不是一个优秀的管理者，也需要在所管范围内谋划，但是安钢的整体管理框架，谋划主要在集团公司，管理部室、分子公司和生产厂，主要是对决策进行一些参谋、建议，更多的是落实、更多的是执行、更多的是管理。科级干部、车间主任，主要是执行，主要是带队伍，主要是身先士卒。大家要反思自己的职能发挥得怎么样，自己的履职怎么样。三级领导干部都履职了，都尽责了，都到位了，我们还有担心吗？我们的队伍，我们的职工，我们的岗位操作人员是优秀的，是好样的，就是我们怎么带，怎么谋划，怎么给方向，怎么给目标，怎么给政策。总体来说，我们的干部队伍是很好的，献身精神、奉献精神也是很好的，但是我们不能满足于现状，满足于低水平要求。因为当前这个形势必须高标准严要求。三级领导干部带头，弄清自己应该干什么，自己干了什么，每一个领导干部，特别是厂处级以上领导干部，包括我们集团公司领导班子，要经常反思自己工作到位了没有，做好了没有，是否对得起组织，是否对得起职工，工作中是不是在不断地创新，不断地出现活力，出现一些新的办法，是不是把一些问题及时解决了，这个非常重要。

第四，要抓重点，抓关键，抓主要矛盾。集团公司推出的十五个重点工作，就是抓重点，抓关键，抓主要矛盾。在这样一种严峻的形势下，我们没有空间和时间，没有回旋余地。我们除了兼顾主要工作和面上的工作以外，必须紧紧抓住这些关键环节。二级单位、各个部门要围绕公司的关键工作和重点工作，明确自己的重点工作在哪里，关键环节在哪里，怎么确保公司的重点？特别是二级单位的主要负责同志，要始终在工作上突出抓重点、抓关键、抓主要矛盾这样一种思想和方法。我们的事情很多，我们的矛盾也很多，但是，只要抓住主要矛盾，抓住关键问题，其他问题就能迎刃而解。集团公司抓住重点，兼顾一般，总的来说还是到位的，给你们带头了。各单位、各部门都要切切实实地把公司的工作和你们各自的工作结合起来。怎么保公司的工作，要列出你们的重点，列出你们每一个时期的重点，列出每一个阶段的重点。

第五，在落实的过程中，会有很多困难，首先是在集团公司层面，我们感觉到困难非常多，资金的困难、市场的困难、环保的压力等等，怎么办？要正视困难，客观地对待困难，我们在这种情况下绝地反击，背水一战。大家在各个环节都会遇到很多困难，在落实的过程中间碰到这些困难，怎么办？要硬着头皮走下去，咬紧牙关走下去！碰到困难往后退，今年的任务就完不成。但是要记住，山穷水尽的时候往往柳暗花明就快到眼前，要不怎么叫绝处逢生呢！坚持，首先精神状态不能倒，劲头不能松。大困难孕育大机会，孕育大成绩，后面是大光荣。没困难就不会有大成绩，我们每次取得的重大成绩都是克服困难之后才取得的重大成绩，所以要辩证地对待困难。我们对待困难的态度，对待困难的认识，对待困难的办法就决定了我们能否打赢这场生存保卫战。

第六，抓落实要善于总结。每一个专题、每一个板块、每一个厂和部门，都要及时总结在工作中取得的成绩、取得的经验，当然也包括安钢过去几十年取得的经验，哪些正确，哪些有用，我们就要进一步发扬，进一步利用好；哪些不对，我们就要及时改，总结一定要跟上。特别是新的设备有新的要求，很多事情我们过去没有做过，在别人的帮助下，在学习别人的基础上，我们取得了一点成绩，我们要赶快总结，看有没有规律可循，有没有需要完善的，要用总结的经验和规律指导我们的工作，因为我们太需要提升了。发现正确的我们要坚持，发现不足的我们改进完善，在总结的过程中不断创造一些新的办法，不断去抛弃扬弃那些过时的、落后的办法。

第七，要处理好阶段性和连续性的关系，处理好专题性战役和整体工作的关系。仗要一个一个地打，我们组建的所有专题，都有阶段性的目标要求。但是，整个工作的连续性还要保持，还要一致，要把二者有机地处理好，让这个局面变得生动起来，小仗和大仗结合起来。总体目标要实现，也要有一个个分战场，有一个个阶段性目标。一个又一个分战场的胜利，一个又一个的阶段性目标，就是奠定我们总体胜利的基础和前提。这个布局就是整体全面和阶段性的有机结合，我们在落实的过程中要打好每一仗，打好每一个阶段的仗，同时要有效地兼顾整体目标向前推进。

第八，党群系统要发挥政治思想工作的优势，发挥党组织的优势，给扭亏增盈、解危脱困提供政治保障。群众路线教育实践活动即将开展，我们要借这个东风，进一步加强党组织建设，进一步加强政治思想工作，进一步搞好"讲形势、讲任务、讲责任"的"三讲"活动，要把整个氛围进一步烘托出来，要让所有人都在谋划、都在思考安钢怎么解危脱困、怎么完成这么多专题和全面工作，人人都想事，人人都干事，人人都干成事，人人都不出事。政治思想工作、党的工作就是要提供环境，要提供保障，要加大宣传力度。

李涛董事长最后充满激情地说，在1987年，安钢召开了一次"突破100万吨钢誓师动员大会"，27年过去了，我们今天又召开了一次誓师动员大会。那次大会后，安钢实现了100万吨钢，成为全国地方钢铁企业的排头兵，成为河南省工业战线十面红旗之一，在长达20多年的时间里，安钢是很辉煌的，那次大会是一次转折，是一次里程碑。

历史很巧合，2008年我们开始遇到困难，内外因素叠加，进入亏损状态，持续到2012年5月进入谷底，2013年我们开始起步向上，2014年我们再次召开这样一次誓师动员大会，我和同志们一样，相信这次大会也会像上次大会一样，再次引领安钢20年！主持大会的集团公司副董事长、党委副书记、纪委书记、重点工作督导组组长张太升在会上强调，值此安钢生死存亡的重要关头，我们每一个同志都切实感受到，安钢扭亏增盈的任务艰巨，自己肩上担负的责任很大，同时也感受到，安钢仍然有深层挖潜增效的空间，安钢的前景依然光明。这次大会振奋人心、催人奋进，开得很圆满，也很成功。为贯彻落实好会议精神，他提出了三点要求：一是会后各单位、各部门要认真领会、传达、宣传好此次会议精神，营造战危机、求生存的浓厚氛围。二是要对照会议上提出的要求举措，层层传递压力，层层分解落实，迅速开展各项工作。三是要坚定信心、团结一致，解放思想、开拓创新，为全面实现2014年工作目标，打赢安钢生存保卫战，贡献我们的力量和智慧！

（记者　孟安民　高伟刚）（原载2014年2月15日《安钢》报）

自强不息奋力求生存　勇往直前携手渡难关
安钢隆重举行"止血倒逼保生存"动员大会

"今天，安钢已经到了生死存亡的关头，让我们同心协力，拿出安钢人自强不息、勇往直前的精神，为生存而战！为尊严而战！为保卫家园而战！"10月21日上午，安钢工人剧院内群情激昂，气氛庄重，充满了积极向上的浓郁氛围。

安钢集团公司"止血倒逼保生存"动员大会在这里隆重举行。

集团公司领导李涛、李利剑、李存牢、刘润生、王新江、刘楠、李福永、张怀宾、赵济秀、郭宪臻、姚忠卯及安钢全体处级干部、首席专家、正科级干部和部分职工代表近千人参加了大会。

上午7点52分，大会在雄壮激越、振奋人心的《国歌》声中开始。

集团公司总经理李利剑首先做了题为《奋力求生存，携手渡难关，全力以赴打赢"止血倒逼保生存"攻坚战》的动员报告；报告认真回顾了前三季度的工作情况，指出了存在的问题，分析了安钢面临的严峻形势和艰巨任务，指出了下一步的工作重点。

报告指出，在安钢面临生死存亡的关键时期，召开此次动员大会，就是为了对形势进行再认识，对目标进行再明确，对任务进行再分解，对职工进行再动员，对工作进行再推进。采取超常措施，深层倒逼攻坚，全力以赴保生存，渡难关，保家园。

报告就安钢长期积累的深层次问题进行了深度剖析：一是生产不够稳定，关键指标与行业平均水平差距较大；二是销售水平有待提升；三是采购降本力度不够；四是库存占用资金仍然较高，物流降本仍有潜力；五是高效产品比例偏低；六是技术工作基础薄弱；七是非钢板块起点低、行动缓、体量小；八是基础管理工作不扎实，考核机制创新不够；九是劳动生产率低；十是财务费用、融资成本较高，生产和非生产性费用控制还不严；十一是能源管理和节能降耗方面差距很大；十二是在继承发扬自力更生、艰苦奋斗、勤俭节约、勤俭持家的优良传统和作风方面有差距。

关于当前的形势与任务，报告指出，总体上看，钢铁行业真正进入了"严冬"。去年开始我国钢材表观消费量开始出现负增长，今年全国粗钢产量又首次出现负增长，这两个指标出现负增长，表明我国钢铁行业真正进入了深度调整期，进入了你死我活的残酷淘汰阶段。尽管我们的工作取得了一定成效，但最终的经营效果并不理想，安钢重新回到了失血状态，甚至是严重失血状态。面对如此严峻的局面，安钢如果不能迅速"止血保链"，就有随时被淘汰的危险。所以这次"止血倒逼保生存"动员大会，就是要明确：10月份实现第一档目标，减亏增效11572

万元；11月、12月至明年1月，实现第二档目标，月度减亏增效16473万元，实现止血。

报告指出，实现"止血"目标，困难巨大，但我们也要看到安钢的优势和潜力。一是我们找到了正确的战略方向和工作方法。"一一四三"战略部署和板块加专题的运作模式，在降本增效、扭亏增盈过程中发挥了重要引领作用。我们要保持战略定力，把"一一四三"战略部署和专题加板块运作模式坚定不移地贯彻下去。二是我们综合施策，很多举措走在了行业前面。我们推出了铁前、钢后、非钢三个"一体化"运作，在人力资源优化配置、减少外委劳务、全面降本增效、提升基础管理等各个方面，都采取了系统性的举措，有些已经开始见到成效。三是降本增效仍然存在实实在在的空间。无论是铁前、钢后还是非钢，都与行业平均水平有明显差距。这也说明我们在降本增效方面还有很多工作可以做，还有巨大的潜力可以发挥，还有巨大的提升空间。四是干部职工精神状态整体是好的，士气是高的。

针对实现全面止血，确保行动方案全面实现，报告从十二个方面强调了下一步的工作重点：一是推进止血控亏、倒逼攻坚。各单位、各工序要把指标层层分解下去，责任层层落实下去，倒逼生产、采购、物流、库存等各个环节，倒逼各产线的成本费用、产品结构，倒逼各个子分公司的利润水平，确保任务目标的实现。二是推进铁前稳定顺行和强力降本。铁前生产要坚持"稳产、高产、低成本"原则，既要保证高炉稳产、高产，更要促进生铁成本的显著降低。三是深入推进钢后一体化降本增效。要抓好钢后降本，优化产品结构，抓好钢后灵活经营，为销售工作做好支撑。四是提高销售工作水平。要强力开拓市场，多拿订单，多拿高效订单，大力发展直供直销，进一步理顺销售体制机制，系统推进销售工作。五是提升非钢创效水平。各子分公司要坚决完成"止血倒逼"目标，主动开拓外部市场，加快盘活闲置资产，进一步理顺非钢管理体制机制，增强持续发展能力。六是股份公司要进一步提高劳动生产率。加快定编、定岗、定职责"三定"方案的落实，精简主业从业人员。七是进一步规范和提升招投标工作。要坚持以"适应市场、服务成本"为指导，引入市场竞争机制，促进采购成本降低。八是最大限度减少外委支出。要进一步压缩"三外"支出，把这项工作做到极致。九是严保资金链安全。要切实树立过紧日子、苦日子的意识，全力压缩非生产性支出。十是充分挖掘能源资源创效潜能。要加强能源管理，加大一次能源节约和二次能源回收利用力度，做好发电攻关和发电创效工作。十一是强化基础管理和考核机制创新。要以三大规程为抓手，以三个重点单位为突破点，尽快建立和完善规范有序、科学长效、符合安钢实际的基础管理体系。十二是继承发扬安钢优良传统和作风。要发扬艰苦奋斗、自力更生的精神，发扬爱岗敬业、爱厂如家的精神，发扬难而不惧、创新进取的精神。

会上，集团公司财务部部长段金亮作了《安钢集团公司止血倒逼保生存行动方案》的说明。集团公司经营管理部部长魏群宣读了《安钢集团公司止血倒逼保生存行动方案专项考核办法》。

集团公司常务副总经理刘润生宣读了《中共安阳钢铁集团有限责任公司委员会、安阳钢铁集团有限责任公司止血倒逼保生存动员令》。号召全体安钢干部职工要统一思想认识，把"止血倒逼保生存"作为当前压倒一切的任务；要保持战略定力，坚持"一一四三"战略和板块专题运作不动摇；要抓好任务分解，把"一个讲话、一个报告、一个方案"落到实处；要强化责任担当，凝聚全员战危机、渡难关的强大合力；要发挥政治优势，为打赢"止血倒逼保生存"攻坚战提供坚强保证。

炼铁厂、第二炼轧厂、销售公司、技术中心等四家单位做了表态发言。

李利剑总经理代表集团公司与炼铁厂、第二炼轧厂、永通公司、舞阳矿业公司、工程技术总公司、销售总公司、技术中心等单位签订了《安钢集团公司止血倒逼保生存目标责任书》。

最后，集团公司董事长、党委书记李涛发表了重要讲话。李涛指出，今天我们开这个大会，因为安钢已经到了极其危险的时刻，为了求生存，为了活下去，为了保家园，安钢必须打一场"止血保链"的攻坚战！李涛强调，打这一仗，首先是外部严峻形势所迫，就内部而言，安钢正处于严重"失血"状态。上半年，安钢一直处于理顺生产过程，不具备在战役中发起一次冲锋的条件。8月份，我们发起了一个强化基础管理的活动。9月份，在条件基本具备的情况下，集团公司果断启动了"止血倒逼保生存"行动，10月21日，进行了这次声势浩大的总动员，提出要在打生存保卫战这场较长期战争中，再发起一个止血倒逼的冲锋战。

李涛强调，打这一仗，事关安钢生死存亡、事关职工根本利益，关系安钢生死、关系职工命运、关系家庭幸福，我们一定要从残酷的现实中吸取教训，在我们机会尚存、力量还在之际，加倍努力，迅速止血。

李涛强调，打这一仗，唯有万众一心。困难形势下，最宝贵的是精神，最难得的是士气。在生存保卫战进程当中，全体干部职工，总体看决心是大的，信心是足的，精神状态是好的。对职工中的一些议论，李涛在给予了正面回答同时，要求大家继续关心关爱安钢，对集团公司的工作给予支持和监督。他要求，要把正在"失血"的严峻形势讲给大家，把"止血"的信心和决心传递给大家，弘扬正气、鼓舞斗志、凝聚人心，使安钢凝聚成牢固的命运共同体，同舟共济，一起努力，闯过暗礁险滩，破浪前行！李涛强调，打这一仗，唯有打破常规。要在短时间内实现止血目标，不解放思想，不打破常规，不颠覆传统，不超越自我，根本做不到。摆在我们面前的，是一场极为痛苦的严峻的考验。只有"止血"才能活下去，活下去才有希望。我们这一仗是自己救自己，活不下去是自己不让自己活，自己没本事，埋怨什么都没用。我们必须不惜一切代价去确保目标完成，必须动员一切力量、全力以赴去赢得胜利。

　　主持大会的集团公司副董事长、党委副书记李存牢就贯彻落实大会精神提出三点要求：一是会后各单位、各部门要认真领会、传达、宣传好此次会议精神，营造止血倒逼的浓厚氛围；二是要对照会议上提出的要求举措，层层传递压力，层层分解落实，迅速开展各项工作。三是要坚定信心、团结一致，解放思想、开拓创新，为全面打赢安钢止血倒逼保生存攻坚战，贡献我们的力量和智慧！

　　（记者　孟安民　杨之甜）（原载 2015 年 10 月 22 日《安钢》报）

"止血倒逼保生存"动员令

集团公司各单位：

今年以来，宏观经济下行压力不断加大，钢铁行业出现大面积亏损，安钢也到了最危险的时刻。

在安钢面临空前危机、生死存亡的重要关头，召开这次"止血倒逼保生存"动员大会，这是集团公司向全体干部职工发出的总动员，是我们冒着市场炮火奋勇前行的冲锋号，是三万"铁军"共同开启救亡图存的新征程！这次大会既是统一思想、明确目标、倒逼攻坚的工作会，也是凝聚力量、振奋精神、鼓舞斗志的动员会，对于我们应对困难、渡过难关必将起到巨大的推进作用。在此，集团公司向全体干部职工发出号召：

一是要统一思想认识，把"止血倒逼保生存"作为当前压倒一切的任务。钢铁行业已经进入"严冬"，安钢还处于严重失血状态，随时有被淘汰的风险。全体干部职工都要深刻认识到，坚决打赢这场"止血倒逼保生存"攻坚战，是安钢自身生存发展的迫切需要，是广大职工及家属共同的目标和期盼，更是我们不可推卸的历史责任和重要使命。生存考验面前，我们没有退路、别无选择，必须把思想和行动统一到集团公司总体部署上来，始终保持"大战在即、危在旦夕"的紧迫感，始终挺起"时不我待、舍我其谁"的责任感，始终高昂"绝地反击、背水一战"的精气神。必须丢掉一切幻想，紧急动员起来，困难面前不畏惧，挑战面前不退缩，全身心投入到"止血倒逼保生存"工作当中去，坚决实现今冬明春全面止血的任务目标，以坚不可摧的钢铁意志，誓死保卫我们共同的家园！

二是要保持战略定力，坚持"一一四三"战略和板块专题运作不动摇。"一一四三"战略是指导安钢经营发展的重要纲领，板块加专题运作模式构建了适应市场、精干高效、快速反应的生产经营管理模式，经过近两年的实践检验，在公司降本增效、扭亏增盈过程中发挥着重要引领作用。生死攸关时刻，更需要保持战略定力，需要守正笃实、久久为功，需要把我们整体形成的"一一四三"战略和板块加专题运作模式，毫不动摇、坚定不移、一以贯之地推进下去，需要一张蓝图绘到底，以各个板块、各个专题、各个层面的深层挖潜，系统改进，确保"止血倒逼保生存"攻坚战的胜利。

三是要抓好任务分解，把"一个讲话、一个报告、一个方案"落到实处。会上，董事长、党委书记李涛发表了重要讲话，总经理李利剑作了《奋力求生存，携手渡难关，全力以赴打赢止血倒逼保生存攻坚战》的动员报告，公司制定并下发了《止血倒逼保生存行动方案》。"一个讲话、一个报告、一个方案"正式拉开了大战的序幕，同时也确定了铁前、钢后、非钢三大板块和归口费用控制等方面的具体指标，这些重要指标就是倒逼我们必须完成的刚性任务，是安钢实现生存和持续发展的重要保障。各单位要确保后墙不倒，迅速行动起来，按照集团公司统一部署，找准自身定位，把握工作重点，认真做好指标的承接，把任务层层分解下去，把压力层层传递下去，每项工作不留死角，每个指标盯紧看牢，以只争朝夕、功成不必在我的精神抓好工作落实。

四是要强化责任担当，凝聚全员战危机、渡难关的强大合力。困难时期，领导班子、领导干部的表率作用，全体干部职工的整体合力尤为重要，"命运共同体"意识尤为重要。各级领导干部要强化担当精神，非常时期尽非常之责，带头提高能力素质，带头转变工作作风，一级做给一级看，一级带着一级干，勇敢担当起团结带领广大职工克难攻坚、奋勇拼搏的重任。要继承和发扬安钢的优良传统，坚持自力更生、艰苦奋斗、爱厂如家，拿出艰苦创业时期的勇气和劲头，展现出我们危难之际不畏艰难、敢于冲锋的良好精神风貌。每一名安钢职工都要充分认识到，安钢的生存发展关系全体安钢人的切身利益，要最大限度发挥降本增效的主动性和创造性，最大限度发挥自身的聪明才智，以实际行动为公司求生存、战危机、渡难关做出贡献。

五是要发挥政治优势，为打赢"止血倒逼保生存"攻坚战提供坚强保证。各级党组织和党群各部门要继续坚持围绕中心、服务大局，发挥各自优势，扎实开展思想教育和形势任务宣传工作，为公司实现各项任务目标发挥好鼓舞士气、凝聚人心的作用，为打赢"止血倒逼保生存"攻坚战提供有力的思想保证、政治保证和组织保证。要抓好"三讲"，把严峻形势和生存危机讲清楚，把任务目标和应对举措讲明白，把岗位责任和使命担当讲到位。

抓好"三个转变"，进一步转变观念，用新思维解决新矛盾，用新举措解决新问题，进一步转变经营管理模式，创新体制机制，激发企业内生动力，进一步转变作风，扎实开展"三严三实"专题教育，以强有力的作风抓整改、抓落实。

严峻的市场形势并不可怕，面对巨大困难，消极麻木、精神不振、束手无策，才真正可怕。形势越是严酷，越要求我们坚定信心、振奋精神、鼓足士气、充满斗志。安钢"止血倒逼保生存"动员大会为我们指明了前进的方向，我们不仅具有再进一步的潜力和空间，更有再进一步的方法和能力。峰高无坦途，惟其艰难，才更显勇毅；惟其笃行，才弥足珍贵！只要我们统一思想行动，保持昂扬斗志，坚定必胜信心，积极主动应对，就一定能够战胜艰难险阻，挺过这个安钢历史上极为困难的时期，打赢这场"止血倒逼保生存"攻坚战！

中共安阳钢铁集团有限责任公司委员会

安阳钢铁集团有限责任公司

2015 年 10 月 21 日

（原载 2015 年 10 月 22 日《安钢》报）

稳炼铁　强销售　降成本　促转型

安钢上半年整体扭亏为盈

"1月份大幅减亏，2月份实现止血，3月份盈亏平衡，4月份以来连续盈利，上半年整体实现扭亏为盈。"7月19日，记者从安钢集团公司召开的厂情报告会上获悉，该公司牢牢抓住市场机遇，创新体制机制，着力抓好"稳炼铁、强销售、降成本、促转型"重点工作，上半年一举实现扭亏为盈，实现利润8126万元。

作为我省最大的国有钢铁企业，今年以来，安钢集团吹响全面深化改革集结号，坚持向改革要动力，以改革促转型，靠改革谋发展，最大限度激发企业经营活力。

从去年底开始，安钢抓住铁前生铁降成本、钢后营销创效益等"牵一发而动全身"的重点领域和关键环节，协同推进人事制度、分配制度、用工制度等一揽子深度变革。稳步推进承包经营试点，选取3家单位进行承包经营改革试点，集团公司最大程度放权，只对其考核利润、国有资本保值增值、对外营业收入三个指标；同时理顺产权关系、市场关系、价格关系，实现由管业务向管资本的转变；积极深化用工制度改革，着力精干钢铁主体，促进人员向非钢产业有序转移，目前钢铁主业人员已经降至1.26万人，主业劳动生产率提升至670吨/人；推进分配制度改革，单位绩效考核以效益为中心，对子分公司重点与利润水平、外部市场营业收入等挂钩，实现多增效多得，少增效少得，效益下降收入水平下降。

更难得的是，该公司还克服资金紧张压力，加快推进产业升级、节能环保等项目建设，着力提高环保设施的运行质量，强化环保管理体系建设，环境质量明显改善。

（记者　任国战　通讯员　杨之甜）

（原载 2016 年 7 月 26 日《河南日报》）

生存保卫战：取得决定性胜利

吹尽黄沙始到金

——安钢 2017 年生产经营回眸

2017 年，是安钢发展史上极不平凡、精彩绝伦，注定要载入史册的一年。

这一年，面对几乎持续全年的环保限产、停产风暴，安钢顶住重压，难中求进，全方位打响了生存保卫战，打出了安钢精神，打出了安钢气势，打出了辉煌成绩，生产经营喜讯连连、捷报频传，交出了一份令人惊艳的成绩单，创出了建厂 59 年以来前所未有的经营业绩，历时四载波澜壮阔的安钢生存保卫战取得决定性胜利。

铁前降本势如破竹

2017 年 7 月份，安钢生铁成本比行业平均水平低 35.21 元；8 月份仅比行业平均水平高 9.28 元；9 月份，生铁成本再度突破均线，比行业平均水平低 11.53 元；10 月份，更是比行业平均水平低 70 元，在 59 家大型钢企中排名第 18 位，历史性大踏步跨入行业前三分之一方阵。11 月份在环保管控严苛，"两炉两机"艰难生产条件下，生铁降本继续凯歌高奏，比行业平均低 27 元。三季度生铁成本比行业平均低 13.69 元 / 吨，实现了季度"破均线"目标。这是继 2014 年 10 月份之后，安钢生铁成本再次突破行业均线。

2017 年，集团公司以"创新驱动、品质领先、提质增效、转型发展"战略为引领，向创新要发展动力，推出了一系列重大举措，深化细化铁前一体化运作：建立以高炉为中心的产线负责制；强化"四位一体"精益标准化管控，抓好计量设施完善；整合铁前配矿、配煤、试验室等重要资源；建立月度资源对接例会制度，采购、运输、生产、技术等各方实现了面对面沟通、零距离交流，做到采购与使用相结合、结构与优化相统一、生产与市场相对接；强化铁前计划管理，确保计划执行的刚性，做到令行禁止，步调一致；借外智、引外力，从高校聘请专家教授，加强对试验、配矿的指导。

一个个重大创新，一项项有力举措，强力助推铁前工作取得质的突破，迈上新的台阶。2017 年上半年，环保管控频繁，1 号高炉停停开开达 6 次之多，每次停，停得平稳，开，开得顺利。3 号高炉经过几次休风，以及烧结环保管控变料，都能很快得到恢复。三季度，在生产节奏切换到三炉三机模式，生产组织换挡提速后，铁前降本增效潜能迅速得到释放，三个炉子干出了四个炉子的水平，为安钢抢抓市场机遇创效益，提供了来自铁前系统的强有力支撑。

灵活经营效果显著

2017 年上半年，安钢长期保持"两机两炉"尚不满负荷的生产模式，而同期全国粗钢产量增长 7.35%，环保重点管控地区河北省粗钢产量也增长了 5.49%，安阳地区整体限产幅度为 21%，而安钢限产幅度则高达 34%，停限产力度在全国都绝无仅有。

在严峻的挑战面前，灵活经营与装备提升、营销创效、铁前降本并列，成为安钢 2017 年生产经营工作的重要抓手，以四轮驱动的强劲动力，助推安钢砥砺前行。

早在 2017 年的 2 月份，集团公司就召开灵活创效专题工作会，对灵活经营工作进行了专题部署，加大节铁增钢、购坯轧材力度。

2017 年 1 到 10 月份，转炉综合铁耗降至 878kg/t，同比降低 93kg/t，增钢 40.7 万吨，全年可增钢 48.3 万吨，增效 4 亿元。购坯轧材共完成 29.3 万吨，比 2016 年的 24 万吨，超出 5 万吨。11 月份因采暖季到来，环保管控力度进一步加大，影响了铁的产量 18 万吨，而钢产量只影响了 12~13 万吨，材则影响了不到 10 万吨，呈逐渐递减趋势。节铁增钢和购坯轧材，为集团公司应对环保限产，实现效益最大化提供了非常坚实的保障。

装备提升恰逢其时

工欲善其事，必先利其器。

早在 2016 年底召开的计划会上，集团公司就提出，要加快工艺完善、技术进步和装备升级步伐，全力推进产品迈向"中高端"，提高产品市场竞争力。

2017 年初，有着 30 多年辉煌历史、功勋卓著的 260 生产线，在经过改造升级之后，焕发出新活力，以崭新的面貌投入到安钢生产序列。

甫一投产，正赶上国家出清地条钢机遇，抓住了建材效益攀升的市场机遇，踏准了市场节奏，充分发挥了生产创效主力军的作用。

2017 年 10 月份电炉快速复产，仅用时 3 个月，创国内新纪录。在秋冬季严格环保管控中，与生产组织形成了无缝对接，极大对冲了高炉停产、限产带来的影响，为安钢生产经营注入了强劲动力。

2016 年 8 月投用的热处理线淬火机配套工程，是钢铁行业中厚板现代化大型离线热处理线的核心设备，成为支撑安钢承接郑煤机全球最大液压支架用高强板订单的重要利器。

2017 年年初，30 万立方米高炉煤气柜、65MW 发电机组相继投运，100 吨和 35 吨转炉煤气回收工程分别于 2 月 15 日和 3 月 16 日实现回收并网，安钢所有转炉实现煤气回收。

善谋者行远，实干者乃成。在环保管控力度比 2016 年进一步加大的情况下，安钢 2017 年生产组织质量进一步提高，整体生产基本保持稳定运行，这一系列装备的密集投用也功不可没，为生产组织提供了极大的缓冲空间，紧密衔接了火热的市场行情，牢牢抓住了千载难逢的市场机遇，为安钢黄金季节抢"黄金"立下了汗马功劳。

钢后创效节节攀升

2017 年，安钢充分发挥销售的龙头带动作用，强化产销研一体化运作，坚持以高端客户、高端产品"双高"为引领，大力加强品牌建设，吹响了全面迈向中高端，实现产品转型升级的号角，取得了重点产品销量突破、产品直供比例大幅提升的双丰收。

6 月份，安钢品牌创建两大主打产品之一的高强钢成功中标郑煤机世界最大矿用液压支架订单，创高强钢单笔销售订单总量最高纪录，实现了高强钢首个亿元大单。

全年高强钢产销量实现井喷式增长，达到 40.6 万吨，同比翻番。其中高级别高端创效品种突破 50%，不仅实现了量的突破，更是实现了质的提升，品种结构进一步优化，创效能力进一步增强。在郑煤机、北煤机、平煤机等国内主流煤机制造企业的采购领域占据主导优势，煤矿液压支架用高强板市场占有率达到 35%，成为行业最优。

品牌创建另一主打产品汽车用钢享誉业界，从加工配送中小企业向北奔、陕汽、中集华骏等主流制造企业迈进，行业排名稳步提升。汽车系列用钢和 700MPa 级以上产品销量创 8 年来的历史新高，全年分别达到 62 万吨和 30.6 万吨。高强钢和汽车用钢全年销量实现了可喜的 100 万吨突破。

2017 年，安钢重点品种销售量 225.2 万吨，同比增加 48.4 万吨，增幅达到 27.4%，单月最高达到 23.87 万吨，刷新历史纪录。直供比例达到 48.8%，同比提升 13.4%，四季度以来保持在 50% 左右，实现跨越式增长。

各种好消息纷至沓来，安钢产品转型升级，提质增效迈出了坚实的步伐。安钢品牌创建步履铿锵，道路越走越宽广，品牌影响力越来越大，认可度越来越高。

锅炉和压力容器用钢板荣获冶金产品实物质量"金杯奖"，耐候结构钢和冷镦钢热轧盘条被评为冶金行业品质卓越产品。

安钢被中联钢企业综合评级委员会评为全国桥梁板、带肋钢筋优秀制造商，被冶金工业规划研究院评为中国钢铁企业竞争力特强企业。

安钢的客户群也正悄然发生可喜变化，高端客户朋友圈越来越大，含金量进一步提升。央企及重点直供用户数量由 2015 年的 92 个，2016 年的 105 个，增至 2017 年的 129 个。

生产经营给力，市场锦上添花，安钢 2017 年利润水平节节攀升，无论是单月、季度，还是全年盈利水平，均破历史最好纪录，创出新的高度，在生产经营历史上写下了浓墨重彩的一笔。

千淘万漉虽辛苦，吹尽黄沙始到金。历经四年艰苦卓绝的不懈奋斗，安钢波澜壮阔的生存保卫战取得重大突破，实现重大转折。意气风发的安钢人，正踌躇满志、风雨兼程，奋力夺取生存保卫战新的更大的胜利，力争在 2018 年建厂 60 周年、生存保卫战进行到第五个年头之际，能够自豪地宣告：安钢生存保卫战全面告捷，取得彻底胜利！

（柳海兵）（原载 2018 年 1 月 6 日《安钢》报）

转型发展的安钢实践

1月中旬，一份成绩单令安钢人欢欣鼓舞：2017年集团实现销售收入400亿元，同比增加28亿元；实现利税36.12亿元、同比增加22.51亿元，利润20.6亿元、同比增长1775%，超历史最高水平8.37亿元。

"这是安钢建厂59年来的最好业绩，为历时四载的'生存保卫战'画上了一个圆满句号。"一位长期关注安钢发展的业内人士称。

改革攻坚迸发活力

2017年3月2日，全省国企改革推进会在郑州召开，会议提出将国企改革向纵深推进。此时的安钢，改革正进入攻坚期，矛盾和问题交织叠加，考验着安钢人的智慧和魄力。

安钢将何去何从？

"改，彻底地改！不改革，安钢就没有出路，更没有活路！"安钢企业中层干部会上，董事长李利剑大声疾呼。

在决策层强力推动下，安钢的改革步入"深水区"，各项举措全面发力。

——集团管理部室由16个减至8个，取消5人以下科室和100人以下车间；

——打破中层管理人员"终身制"，择优选拔，竞聘上岗；

——剥离企业办社会职能，"四供一业"改造移交全面推进；

……

虽然道路崎岖，荆棘载途，但开弓没有回头箭，安钢坚定前行。

"去年上半年安钢就已经百分之百完成了供水、供电、供暖、供气和物业管理移交的全部改造，在全省是最快的。"2月1日，安钢规划发展部对外合作科科长段永卿说道。

在安钢职工总医院，院长王红建领着记者来到住院部参观，他指着温暖如春的病房告诉记者，去年年底，安钢集团与中信产业基金控股的新里程医院集团签约，对安钢职工总医院实行股份制改造，引进了高端人才，盘活了医疗资源，医院焕发出了新的生机和活力。

在完成一系列"治标"改革任务之后，安钢又绘制出深化企业治理结构和产权结构改革等"治本"路线图，改革路上蹄疾步稳。

转型发展激发动能

冷轧强，则安钢强；冷轧兴，则安钢兴。

这句话，安钢人耳熟能详，多年来一直在孜孜以求。2016年三季度投产的安钢 300 万吨 1550mm 冷轧项目，是安钢产品结构调整、转型升级的重点工程。当年年底，生产线轧制出符合国际要求的第一卷冷轧卷，整个车间沸腾了。

2017 年 1 月 23 日，冷轧工程再传捷报：镀锌机组进入全面冷负荷调试阶段，3 月 18 日热负荷试生产成功，3 月 20 日生产出机械性能、锌层附着性能及表面质量均达到国标要求的第一卷镀锌卷。

至此，安钢冷轧工程三大机组全线贯通，不仅填补了河南省高端冷轧产品的空白，同时对安钢的结构调整、转型升级也极具意义。

安钢"生命工程"再发力。

与转炉相比，电炉具有环保和生产过程短、快、简等优势。安钢 100 吨电炉工程，被安钢人称作"生命"工程。该工程 2003 年投产，一度占据国内同类炉型"头把交椅"，后因"地条钢"的冲击被迫停产。随着国家全面取缔"地条钢"，安钢电炉复产迎来难得机遇。

诊断、梳理、优化工艺、升级改造，2017 年 10 月 20 日，安钢 100 吨电炉顺利复产，产量质量跃上一个新台阶，这标志着安钢转型发展迈出更为坚实的一步。

以此为基点，安钢推动产品大步迈向"中高端"，实现由"普钢"向"优钢"的华丽转身。2017 年，高强板、汽车用钢产销量均创历史新高，锅炉和压力容器用钢板荣获国家"金杯奖"。

环保治理浴火重生

2017 年 2 月，环保部下发《京津冀及周边地区 2017 年大气污染防治工作方案》，要求当年 9 月 30 日前，"2+26"城市行政区域内的所有钢铁企业大气污染物排放执行特别排放限值。

关键时刻，省委书记谢伏瞻、省长陈润儿等先后到安钢视察指导，为安钢环保提升、转型升级树信心、定基调、明方向。

安钢集团科学制定"环境提升行动计划"，投入资金 30 亿元：以超低排放、近零排放为目标，全面启动焦炉烟气超净排放、烧结机机头烟气超净排放等一系列环保设施升级改造工程，拉开了新一轮环保提升大幕。

车间里、焦炉边、高炉旁，生产前、检修时、整改中，倒排工期，挂图作战，"五加二""白加黑"，安钢人创造着安钢速度和安钢质量。

以焦炉脱硫脱硝工程为例，2017 年 4 月招标，5 月施工，8 月 19 日，安钢 7 号、8 号焦炉烟道气脱硫脱硝工程顺利进行新旧烟道对接。该项目原计划工期为 1 年，安钢仅用 4 个月的时间，就使首个环保提升项目进入调试阶段。经过试运行，8 号焦炉烟道实现了超低排放。

目前，安钢环保提升项目所有的除尘设施已完成升级改造，实现了由达标排放到接近零排放，厂区环境面貌焕然一新。

百舸争流奋楫者先，千帆竞发知行者勇。"2018 年是安钢建厂 60 周年，也是安钢重要转折之年，安钢人将以全新的姿态站上新的起点，乘势而上，驰而不息，开启再创辉煌新征程。"李利剑表示。

（记者　任国战　通讯员　张遂旺　魏庆军）

（原载 2018 年 2 月 4 日《河南日报》）

三、环保攻坚，实现钢城碧水蓝天

自金融危机以来，安钢一直行进在求强图存的征途中。在竞争激烈、形势严峻的钢铁市场中寻求立足之地，在成本居高不下、效益明显降低的严酷市场中苦思破冰之策，一度成为安钢面临的常态。然而，安钢面临的考验不止如此！

作为一个城市工厂，且毗邻世界文化遗产殷墟，又属于京津冀重点管控的"2+26"城市之一，安钢面临的环保压力显而易见。多年来，安钢始终坚持"环保优先、清洁生产"的生产与发展理念，蓬勃发展时如此，面临困境时亦然。2015年1月1日，安钢生存保卫战前途未卜之时，被称为史上最严的环保法正式实施。随之，环保攻坚战成为安钢人面临的又一场大考。作为一个负责任、有担当的大型国有企业，安钢把环保攻坚提升到第二场生存保卫战的高度，不仅把减产限产当作政治任务、民生任务来不折不扣地完成，而且以超低排放、近零排放为目标，以最先进的技术、最成熟的工艺、最好的装备，高起点、高标准抓环保提升改造，于2017年3月9日集中启动了总投资30多亿元的焦炉烟气超净排放、烧结机机头烟气超净排放、炼钢转炉一次除尘改造、原料场全封闭等重大环保提升项目，以及所有除尘器布袋全部更换等一系列现有环保设施升级改造工程。这其中，无论是2016年11月的控制扬尘污染攻坚战，还是2017年12月的大气污染防治攻坚战，从与安阳市携手共同打造碧水蓝天，到执行落实"绿色转型、生态发展"的战略目标，安钢在环保攻坚的征途中行动迅速、意志坚定、方向明确。

环保攻坚的成效关乎着安钢的当下与未来，难忘市场形势一片大好时，安钢却因大幅限产而忧心如焚。但我们也欣喜地看到，随着安钢所有的除尘设施完成升级改造，原料场封闭投入运行，转炉干法除尘4套湿改干投入2套等一大批环保项目的实施、落地、完成，安钢逐步品味到了甘甜的收获。其中，5套焦炉烟气脱硫脱硝项目于2017年9月底投用，引起环保部、省市领导、行业协会和同行企业的高度关注，成为国内首家实现焦炉多污染物综合治理、废弃物资源化的企业，获得了同行业的好评，达到行业新高度、树立行业新标杆，被权威媒体评为"世界钢铁工业十大技术要闻"之一。

为了使环保项目早日投入使用，更为了安钢的长远发展，环保工程建设者们倒排工期、挂图作战、昼夜奋战，谱写出了一曲曲无私奉献、砥砺奋进、铿锵前行的动人赞歌。

而这些只是安钢向"绿色转型、生态发展"迈出的第一步，集团公司七届四次职工代表大会明确提出：要加快环保项目建设，着力实现"绿色转型"；要加强内部环保管控，着力实现"绿色制造"；要持续优化能源结构，着力打造"绿色产品"；要破解运输瓶颈，着力打造"绿色物流"；要实施美化亮化工程，着力打造"绿色厂区"。

2018年3月的初春时节，全国政协委员、集团公司党委书记、董事长李利剑在赴京参加全国政协十三届一次会议期间，接受多家媒体采访时向社会各界传递出安钢打造"近零排放"花园式工厂的信心与决心。打造"公园式、森林式"园林化绿色企业是安钢发展的方向，打造出彩钢城，建设美丽安钢是安钢努力的目标。

环保攻坚，安钢正勇往直前、一路进发！

省环保厅副厅长王志华
到安钢考核市 2009 年环保项目落实情况

12 月 14 日，省环保厅副厅长王志华一行在市相关部门领导陪同下到安钢，对市 2009 年环保项目落实情况进行考核。集团公司副总经理李存牢介绍情况并陪同王志华一行实地考察西区污水处理厂、焦化酚氰废水处理系统扩容改造工程。

在酚氰废水处理系统扩容改造工程现场，李存牢副总经理就该项目进展情况进行了详细介绍。他说，安钢在加快发展的同时，大力发展循环经济、积极推进节能减排、加强环境综合治理，取得了一定成效。焦化酚氰废水处理系统扩容改造工程作为市 2009 年环保责任目标项目，安钢高度重视，在受金融危机影响、生产经营困难的情况下，仍投入大量资金进行项目工程建设，并为此专门成立了项目建设工程指挥部，明确各阶段任务，确保工程按期完成，目前该项目已投入试运行。

在考核过程中，王志华详细了解了西区污水处理厂、焦化酚氰废水处理系统扩容改造工程相关情况，对安钢环境保护、节能减排工作表示满意，称赞安钢作为国有大型企业，项目建设实施过程规范、节能减排效果显著，符合省市环保相关要求。

据了解，安钢焦化酚氰废水处理系统扩容改造工程于 5 月 10 日正式全面开工。该工程在原有酚氰废水处理站基础上进行扩能改造，优化后方案设计处理能力达到 180m³/h，能够满足 430 万吨 / 年焦炭生产规模要求。项目建成投产后，将进一步改善安钢外排水质和安阳河水质状况。工程已于 11 月底进水调试，投入试运行。

（记者　孟　娜）（原载 2009 年 12 月 17 日《安钢》报）

国家水污染防治考核组到安钢检查指导工作

4月1日上午，国家水污染防治考核组和省市有关部门的领导到安钢检查指导工作。集团公司副总经理李存牢向检查组汇报了安钢水污染防治和水处理利用情况，并陪同检查组视察了安钢污水处理厂。

该检查组由国家环保部、发改委、水利部、城建部、财政部、监察部六部委组成。这天上午8时30分，检查组来到安钢会展中心，在安钢厂区沙盘模型前，李存牢副总经理向检查组介绍了安钢厂区生产布局和水污染防治情况。随后，检查组来到安钢污水处理厂，实地察看了安钢的污水处理工艺，详细了解安钢在污水处理方面的具体措施和实施效果。

安钢污水处理厂工艺主要包括预处理和深处理两部分。预处理污水设计能力12万吨/日，深处理设计能力1.2万吨/日。不但把污水处理成合格的中水后送入厂区内净化水管网勾兑，而且采用了国际先进的反渗透工艺，把中水进一步处理，水质可达到一级除盐水水质标准，渗透的副产品浓水还可送到高炉和废钢作为冲渣泡渣水，提高了水资源利用率，对安钢及周边环境的改善起到巨大的作用。多年来，安钢外排废水达标率保持100%，外排废水污染物符合排污许可证要求，水污染物的排放总量达到了省、市政府对安钢总量控制的要求。安钢先后荣获全国环境保护先进企业、河南省环境保护先进企业、全国综合利用先进企业等荣誉称号。2009年，安钢荣获河南省污染减排十大领军企业。

检查组对安钢高度重视环境保护工作，不断运用现代技术提高水资源利用率，发展循环经济的做法给予充分肯定。在污水处理厂深处理工艺现场，检查组成员亲自接一杯经过反渗透处理后的清水饮用品尝，实实在在地感受到了安钢在污水处理方面所取得的可喜效果，并对安钢的经验和做法给予高度评价。

（记者　王广生）（原载2010年4月3日《安钢》报）

国家环保部核查组到安钢核查污染减排项目

7月12日下午，国家环境保护部核查组一行在省、市环保部门负责人的陪同下来到安钢，对安钢2010年上半年污染减排项目和在线监控设施的运行情况进行了现场核查。集团公司副总经理李存牢及安环处有关领导陪同核查组一行深入现场核查。

这次核查是国家环保部根据国家对二氧化硫和COD两项主要污染物减排要求，对承担减排任务的企业进行的核查，每年分上半年和全年进行两次核查。对安钢核查的项目包括：焦化酚氰水处理系统、中厚板热处理脱硫系统及污水处理系统。

这天下午，核查组先后来到第二轧钢厂中厚板热处理煤气脱硫站、西区污水处理厂、焦化厂酚氰废水处理站等处进行了现场核查。

核查过程中，集团公司副总经理李存牢向核查组详细介绍了安钢在环境保护和污染减排方面开展的工作和取得的成绩。

他说，近年来，安钢在保持生产经营快速发展的同时，高度重视环境保护和污染减排工作，先后投入大量资金，建成了一大批循环经济和节能减排项目，较好地完成了省、市下达的主要污染物的减排任务，取得了明显成效。

在此基础上，通过不断完善制度，加强管理，各项污染减排项目设施运行稳定，进出水（气）等污染物排放达到国家要求指标，加快了安钢向资源节约型和环境友好型企业的转变，企业实现了可持续发展。

通过现场核查，国家环保部核查组对安钢2010年上半年的污染排放工作给予充分肯定，认为安钢高度重视环保工作，整个环保系统设施运行稳定，达到设计指标，各项记录清晰、规范，符合污染减排要求，较好地完成了省、市下达的各项污染减排指标任务。

（记者　孟安民）（原载2010年7月15日《安钢》报）

国家环保部核查组到安钢
核查淘汰落后装备及污染减排项目

元月 10 日下午，国家环境保护部核查组一行在省、市环保部门负责人的陪同下来到安钢，对安钢"十一五"期间及 2010 年淘汰落后装备和污染减排项目实施情况及在线监控设施的运行情况进行了现场核查。集团公司副总经理李存牢及安全环保处有关领导陪同核查组一行深入现场核查。

这次核查是国家环保部根据国家淘汰落后装备和"十一五"二氧化硫和 COD 两项主要污染物减排的要求，对承担减排任务的企业进行的核查。核查的项目主要包括：炼铁厂 4 号高炉拆除、焦化酚氰水处理系统扩能改造及循环利用等实施情况。

这天下午，核查组先后来到安钢炼铁厂 4 号高炉拆除改造、焦化厂综合废水处理站等处进行了现场核查。

核查过程中，集团公司副总经理李存牢向核查组详细介绍了安钢在淘汰落后工艺装备及污染减排方面开展的工作和取得的成绩。他说，"十一五"期间，安钢在保持生产经营快速发展的同时，积极贯彻落实科学发展观、执行国家产业政策、淘汰落后产能，先后淘汰了包括 4 号高炉在内的一批落后的工艺装备。与此同时，高度重视环境保护和节能减排工作，先后投入大量资金，建成了一大批循环经济和节能减排项目，较好地承担了省、市主要的污染减排任务，取得了明显成效。在此基础上，通过不断完善制度，加强管理，各项污染减排项目设施运行稳定，进出水（气）等污染物排放达到国家要求指标，圆满完成了省、市下达的污染减排任务，加快了安钢向资源节约型和环境友好型企业的转变，企业实现了可持续发展。

通过现场核查，国家环保部核查组对安钢"十一五"期间淘汰落后装备及 2010 年的污染排放工作给予充分肯定，认为安钢高度重视环保工作，整个环保系统设施运行稳定，达到设计指标，各项记录清晰、规范，符合污染减排要求，较好地完成了国家、省、市下达的各项污染减排指标任务。

（记者　孟安民）（原载 2011 年 1 月 13 日《安钢》报）

李存牢在环保形势通报分析会上强调
要从思想上高度重视环境保护工作

9月22日下午，安钢环保形势通报分析会在会展中心召开。集团公司副总经理李存牢出席会议并讲话。安阳市环保局副局长黄晓海及安钢能源环保处等六个职能处室、焦化厂等九个生产厂主要领导和相关负责人参加了会议。

会议开始前，与会领导首先观看了由安阳市环保局拍摄的反映安钢近期环境现状的录像片。

安阳市环保局副局长黄晓海及监察支队负责同志在发言中通报了安阳市近期环境治理状况，对安钢多年来重视环境保护、节能减排等方面工作和取得的成绩给予高度评价，对安钢下一步环保治理工作提出了中肯的意见和建议。

能源环保处副处长刘永民对安钢的环保治理工作做了详尽的安排部署。

李存牢副总经理在讲话中指出，近几年，安钢成功实施了"三步走"和"内部做强、外部做大"两大发展战略，在企业实力得到明显提升的同时，在环境治理方面也做了大量工作，节能减排、能源动力、发展循环经济等方面实现了跨越式的发展，但和国内外先进企业相比、和构建美好社会园区相比，还有很多工作要做。

针对安钢下一步的环境保护工作，李存牢强调，环境保护工作功在当代、利在千秋，是涉及到一个企业生死存亡的大事。各单位要从思想观念上对环保工作引起高度重视，认清当前的环境形势，提高广大干部职工的环境保护意识，树立人人注重环保的理念；从日常管理上加大环境治理力度，认真梳理管理程序，认真排查不足，积极寻找改进点，对于排查出来的环境问题要抓紧进行整治，不断进行完善和改进；能源环保处要尽快制定一套详细的环境管理制度，加大环境管理的执法考核力度，奖罚分明，在公司内部形成一定的压力；同时，要进一步学习先进企业环境治理方面好的经验和做法，不断提高治污水平和能力。

主持会议的能源环保处处长马忠民要求各单位要把这次会议精神认真贯彻落实下去，各负其责，各尽其责，转变观念，加强管理，更好地抓好安钢的环保工作。

（记者　孟安民）（原载 2011 年 9 月 27 日《安钢》报）

国家环保部调研组到安钢调研

5月27日上午，由国家环境保护部环境影响评价司、评估中心、环科院等领导和专家组成的中原经济区发展战略调研组一行在省市环保部门负责人的陪同下到安钢调研。集团公司副总经理李存牢等在会展中心与调研组进行了座谈。

据了解，本次调研主要是为贯彻落实中央促进中部地区崛起战略，推进中原经济区生态文明建设。安钢作为被调研单位之一，主要了解钢铁行业的现状、发展规划、区域带动作用、环境保护等方面内容。

在会展中心沙盘模型前及座谈中，李存牢副总经理向调研组的专家介绍了安钢生产布局、工艺流程，以及开展环境保护工作的主要情况。他说，安钢以"绿色安钢、亮丽安钢、和谐安钢"，建设"无污染、园林式"企业为环境保护工作目标，经过多年发展，安钢建立了较为完善的环保管理体系，形成了较为严格的环境管理制度。2006年取得职业健康安全和环境管理体系认证，通过完善的管理体系和健全的制度，保证了国家各项环保法律法规的有机承接，保证了安钢各项环保工作的稳步提高和健康发展。

李存牢强调，特别是近几年来，安钢致力于结构调整、转变发展方式，淘汰了一大批落后生产工艺和设备，持续推进清洁生产，优化生产工艺，完善了配套环保设施，从根本上解决高耗能和高污染问题；通过一大批节能减排项目实施，实现了资源、能源的循环有效利用，污染物排放大幅度削减，取得了环境效益、经济效益的双赢。

李存牢表示，目前，安钢环境保护工作已不仅仅局限于稳定达标排放，满足总量控制要求，更重要的是强调源头削减、过程控制，实现清洁生产，污染物减排，坚持精料方针，延伸产业链条，变废为宝，综合利用，由工业污染治理转向工业污染预防，走新型化工业道路。

调研会上，安钢能源环保部负责同志还向调研组做了具体情况汇报，并对调研组领导专家提出的问题进行了解答。

（记者　孟安民）（原载2013年5月30日《安钢》报）

安钢焦炉干熄焦环保治理工程
荣获 2012 年度"河南省工程建设优质工程奖"

近日从省有关部门传来喜讯，安钢焦炉干熄焦环保治理工程（9、10 号焦炉工程）荣获 2012 年度"河南省工程建设优质工程奖"。

焦炉干熄焦环保治理工程包括 9、10 号焦炉炼焦和干熄焦及余热发电等内容。

工程建设期间，在集团公司领导大力支持下，技改工程处与工程建设指挥部等相关部门始终按照创（省或部）优工程目标要求，坚持从提高全员质量意识出发，制定了切实有效可行的措施，注重过程细节管控，加强工序及关键节点质量检查，严格执行施工质量验收规范，有效减少了质量通病的发生，提升了质量管控能力。坚持不断总结施工质量管理经验教训，进一步规范桩基施工、钢筋混凝土施工、钢结构制作安装、管道施工、装饰装修、通用设备安装等工序质量控制要点；把防止质量通病、回填工程、隐蔽工程检查验收作为质量管控的重点，不断完善以专检、巡检和联合检查为主的三级质量管理体系。同时，进一步加大对监理单位及工程参建各方的监督考核力度，对提高工程质量起到了重要作用。保证了对工程建设施工全方位的齐抓共管，在工程质量及安全文明施工方面取得了优异成就。

该工程自 2012 年 9 月份陆续投产以来，在较短的时间内，主要技术指标均达到或超过了设计要求。迈入了全国同类型机组的先进行列。

该工程奖项的获取，是该工程竣工后，由公司技改处组织相关单位整理并上报材料，经河南省工程建设质量奖审定委员会初审，专家组现场复查、河南省工程建设优质工程奖审定委员会审定、并经网络媒体公示后确定的。

据悉，"河南省工程建设优质工程奖"是河南省建设工程质量最高荣誉奖。

（王新昌）（原载 2013 年 8 月 27 日《安钢》报）

安钢集团投资 2 亿元加强环保

去年环保部华北督查中心对安阳钢铁集团公司提出整改要求以来，安钢牢固树立"环保优先、清洁生产"的理念，向污染宣战，坚决做到不环保不生产，全面提升安钢环保水平，打造绿色企业。

安钢集团相关负责人介绍，该企业多措并举，加强源头控制，遏制烟粉尘污染。全厂范围内清理土堆、渣堆，以无扬尘、无积水为标准，建立清扫、洒水机制。原料堆场建设防风抑尘设施，整垛成型，全部覆盖，并喷水抑尘，消除面源污染。加强物流车辆清洗、装载量、车速、篷布覆盖等管理，控制物流运输道路扬尘、抛洒。取消露天煤场，全部入储煤罐存放，根除煤场扬尘。转运站、皮带廊、高炉料槽等全部实施封闭通风除尘，控制污染源。

据了解，安钢近期投资 2 亿元进行环境综合治理，其中清理渣土堆 2.3 万平方米，建设 20 个密闭煤罐，取消露天煤场，铺设防尘覆盖网 40 万平方米，皮带廊、转运站、高炉料槽密封彩钢板 3 万平方米，绿化面积 6 万平方米，粉刷美化构筑物 15 万平方米、管廊和钢结构 5 万平方米，道路、作业场地硬化 1.2 万平方米，路沿石修复换新 2300 米，车辆密封改造 61 台，设立车辆冲洗装置 10 套等，环境综合治理成效明显。

（记者　邓 娴）（原载 2015 年 5 月 13 日《安阳日报》）

邀约蓝天
——安钢环境综合治理纪略

这是一次向蓝天碧水的诚挚邀约！

这是一次对生产污染的主动宣战！

这更是一次纵深推进环境综合治理、实施清洁生产的强力攻坚！

面对"史上最严环保法"的"零容忍"，如何与历史文化名城——安阳相互融合、为城市增光添彩，成为时代赋予安钢人的新课题。安钢陆续投入 2 亿多元进行提标改造和环境治理，钢城上空展露出让人心旷神怡的安钢蓝。

生产必须服从环保

"生产服从环保，任何时候生产都要以环保为前提，这是社会责任，是以人为本，是民生，是企业的底线，也是安钢的宗旨。"在安钢第二原料场，一块巨幅宣传牌格外醒目，安钢集团公司董事长、党委书记李涛的"决心"时刻提醒着广大干部职工要清洁生产、爱护环境。

曾几何时，作为高耗能、高污染行业，安钢和其他钢企一样，环境整治一直是"老大难"问题。

安钢人深知：不转变发展方式、不加快调整结构、不进行节能减排，环境容纳不下，社会承受不起，企业发展就难以持续。

该公司总经理李利剑反复强调：要坚持创新、主动、担当指导思想，坚决做到不环保不生产，实现安钢与城市的和谐共存。

面对新形势新要求，安钢人牢固树立"环保优先、清洁生产"的理念，坚定确立环保是企业生命线的观念，对环保工作进行重新定位、重新提高、重新动员，动员全体职工、调动一切手段向污染宣战。

一个以集团公司常务副总经理刘润生为组长的环境综合整治工作领导小组应运而生，常态化的工作机制迅速建立。《清洁生产管理制度》《8S 推进手册》《环境综合整治实施方案》重新修订完善，安钢的环境治理实现了有法可依、有章可循。

为了头顶的这一方蓝天，安钢集团公司以壮士断腕的气概，全力以赴，不惜代价地打响了环境综合治理攻坚战。

奏响绿色制造最强音

在半个多世纪的征程中，安钢始终把环保建设作为一项义不容辞的社会责任，实施环保"三同时"、遵循达标排放、开展清洁生产、加大节能减排力度，生产环境不断得到改善。特别是 2013 年以来，通过实施烧结机烟气脱硫、原料场综合治理、厂区环境综合整治，年减少二氧化硫排放 4000 吨以上，减少烟粉尘排放约 6000 吨。

进入 2015 年，许多原本符合环保要求的设施设备，在新的标准下，显得"力不从心"。

安钢在生产经营面临巨大困难的情况下，依然高擎环保大旗，把环境综合整治作为各项工作的重中之重，近期连续每天发动干部职工近 2000 人，调动运输车辆 50 台、钩机 17 台、装载机 25 台、推土机 15 台，全方位、立体化、全员参与开展环境综合整治。

——抓环保设施的运行：在严格制定环保设施运行标准的基础上，以设计参数为依据，以满足环保设施的运行条件为标准，制定环保设施标准的运行状态，消除污染源，实现污染物的达标排放。

——控制面源污染：全面清理厂区内垃圾、料堆、渣堆，实施道路定期洒水、清扫制度，尤其是原料场，坚决做到料堆成型，全部覆盖，并建设防风抑尘措施，实现面源污染的消除。

——对皮带廊、转运站实行全部密封，从根本上消除线源污染。

——加强物流运输管理：针对厂区物流运输量大、道路二次扬尘、物料抛洒问题，对汽车装载量、车数控制、行程路线重新进行规划和优化，解决移动污染源问题。

——对厂区进行整体规划，制订实施"一环、三线、五区、十二带"的绿化方案：对重点区域进行重点绿化，同时对管廊、厂区构筑物进行防腐和粉刷，达到美化和亮化的效果。

美丽安钢渐行渐近

五月的钢城，绿树葱郁，鲜花竞放，生机勃发。

放眼远眺，岿然耸立的焦炉尘烟不起，逶迤绵延的烧结生产线运行平稳，巍峨挺拔的高炉炉火正红。

如今漫步厂区，宽敞洁净的大道旁、错落有致的厂房间，绿油油的草地、精致典雅的景观、焕然一新的厂容厂貌，让人仿佛走进了美丽的风景画。

安钢秉承"不该花的钱一分都不能花，该花的钱一分都不能少"的原则，陆续投入资金 2 亿多元，强力推进环保配套工程项目的实施。焦炉装煤除尘、堆料场扬尘治理、酚氰废水输送管道改造、焦炉推焦溢散烟气收集等多个项目正在紧锣密鼓的实施当中，其中大部分项目已经建成投用。这些项目全部建成后，将从根本上强化安钢的生产控制与环保设施运行标准，彻底杜绝各类超标排放。

在这次专项整治中，安钢共清理渣土堆 2 万立方米，污泥垛倒运 8 万立方米，采购防尘覆盖网 40 万平方米，皮带廊、转运站、高炉料槽密封彩钢板 3 万平方米，粉刷美化构筑物 15 万平方米、管廊和钢结构 5 万平方米，车辆密封改造 61 台，设立车辆冲洗装置 10 套。有效地减少了烟气排放、降低了粉尘污染、改善了厂区环境。与此同时，安钢还在厂区可绿化区域内新栽灌木 67000 余株、乔木 2000 余株，新增绿化面积 6 万平方米，厂区绿化总面积达 200 多万平方米。

打造绿色制造企业，建设美丽安钢，是安钢人不懈的追求。如今，一个天蓝、云白、地绿、景美的新安钢让人耳目一新，一个生产与环境协调发展、与城市和谐共融的新安钢已渐行渐近。

（记者　任国战　通讯员　魏庆军　魏玉修）

（原载 2015 年 5 月 29 日《河南日报》）

安钢严格污染防治迎接环保督查

　　7月27日上午，安钢在会展中心召开专题会议，严格大气污染防治，迎接中央环保督查。集团公司常务副总经理刘润生出席会议并讲话，各主体厂、子分公司、相关部室主要领导，安钢大气污染防治工作小组成员以及关键岗位人员参加会议。

　　会议首先由集团公司大气污染防治攻坚战指挥部办公室主任刘永民宣读了《安钢大气污染防治攻坚执行方案》。方案明确了各个单位在此次迎检工作中的任务及标准，安排部署了方案的执行措施，制定了严格的责任考核机制。

　　六个专题工作组组长以及三个防治重点单位负责人分别发言，就工作组的管控标准、具体的工作措施、考核细则以及近期的污染防治工作的组织安排、下一步的工作打算一一进行了汇报。

　　主持会议的刘润生常务副总经理宣读了安阳市大气污染防治蓝天工程指挥部办公室文件，对其中与安钢相关的内容进行了解读，就下一步工作提出了三方面的要求：一是要把思想认识统一到公司的要求和部署上来。各个单位以及七个工作组要迅速行动，采取措施，把责任扛在肩上，抓在手上，落实在行动上，压死责任，并把责任和压力传递至基层，举公司之力，做好迎接此次中央环保组的督查工作。

　　二是要切实解决好以往环保工作、清洁生产、6S工作中，管理粗放、工作懈怠、标准不高、要求不严等问题，切实解决好工作和制度上落实不到位、执行力不高，考核实施中过宽、过软的问题，进一步加大工作力度，严肃管理，严肃考核，严肃问责。

　　三是要全力确保这次迎检工作的圆满完成。

　　要紧盯方案抓好落实，突出重点，明晰指向性，强化责任落实和考核督查，以更有力的措施和更严格的考核，更坚定的决心和信心，拿出破釜沉舟、背水一战的精神，尽全责，拼全力，坚决打赢此次迎检攻坚战。

　　　　　　　　　　　　（记者　陈曦）（原载2016年7月27日《安钢》报）

安钢与安阳市携手打造碧水蓝天

　　进入寒冬，雾霾频发，安阳采取严厉举措紧急应对，安钢也实行了减产限产。11月7日，安阳市常务副市长陈志伟到安钢，与集团公司总经理刘润生一起商谈大气污染防治事宜，意在市企携手，从根本上解决钢铁生产环保问题，打造碧水蓝天，构建安钢与城市和谐发展、共同成长的环境新格局。集团公司副总经理郭宪臻、市政府副秘书长王红兵出席会议。

　　面对严峻的环保形势，安钢把环保限产当作政治任务、民生任务，在全面稳定达标排放的基础上，实行减产限产，努力实现超低排放，满足安阳经济社会和谐发展的环保要求。

　　为了实现环保与发展的双赢，安钢提出了全新的环境提升行动方案，将按照六大板块具体实施，标本兼治，从根本上破解环保问题给安钢生存发展带来的困扰，一是封闭面污染源，对原料场进行全封闭新建和改造，二是实现散状料全部入仓及皮带输送改造，三是全面应用"三干"技术，四是对大型除尘器应用新技术改造，五是建设森林式、花园式工厂，六是对污水处理进行扩容改造。六大板块所有项目工程静态总投资约为21亿元，资金来源由安钢、安阳市、银团共同成立环保基金，按比例出资。

　　所有项目计划在2017年底前完成，届时安钢吨钢环保运行费用接近200元，达到行业环保先进企业水平；污染物控制水平大幅提高，实现污染排放由达标排放向超低排放的转变；企业清洁生产水平显著提升，将由现在的行业先进提升为行业领先水平；每年减排烟粉尘排放量5381吨，污染物减排效果明显。

　　陈志伟在会上提出，环保高压态势不是一阵风，不是暂时性的，今后将成为常态。要深刻认识当前环保形势的极端严峻性，深刻认识环保对企业的极端重要性、长远着眼、综合施策、定位一流，抓紧项目实施，确保按时完成，实现脱胎换骨变革；破除减产限产困扰，实现企业的持续健康发展，与城市和谐共存。

　　刘润生对安阳市委市政府的大力支持表示感谢，并表示，将借助好平台，利用好基金，打破常规，目标倒逼，全力推进，为企业长远生存发展夯实环保基础，为安阳市经济建设做出更多贡献。

　　（记者　柳海兵）（原载2016年11月10日《安钢》报）

以决战决胜姿态打好环保攻坚战

——集团公司开展扬尘污染治理活动纪实

进入冬季，雾霾频发。环境治理，刻不容缓。

11月18日，安阳市紧急启动清洁城市控制扬尘污染行动。

与安阳市唇齿相依，同呼吸、共命运的安钢第一时间召开紧急会议，广泛发动，全面动员，整体部署。全体职工及家属积极行动起来，从路面到楼顶，从墙面到绿化带，全方位清除厂区和生活区的楼宇、道路、绿化区域积尘污染，迅速打响了一场轰轰烈烈的立体式大气污染治理攻坚战，在十里钢城掀起了一场历时两天的全面清扫整顿高潮。

精心组织，广泛发动

在安钢召开的紧急会议上，集团公司副总经理郭宪臻对此次活动进行了具体的安排部署。他强调，虽然时间紧、任务重，但决胜的信念丝毫不容动摇，这既是一个民生问题，是对安钢职工以及安阳市民渴盼"蓝天白云"所必须做出的积极回应；又是一个责任问题，是一个大型省属国有钢铁企业必须承担的社会责任，是向中央和河南省看齐，坚决贯彻中央和河南省决策部署所必须完成的目标任务。要精心组织好此次活动，坚决打赢大气污染防治攻坚战。

一场为期两天的控制扬尘污染攻坚战序幕拉开。

第二炼轧厂在全线所有区域开展污染物清扫行动的指令下达后，有刚下夜班还没有来得及吃早饭的留下了，有本应上中班却一早就赶来了，双休日休息在家的机关工作人员也赶来了……一支由基层岗位职工、党员骨干、领导干部等组成的攻坚队伍迅速组成。

炼铁厂及时召开有各车间科室主管领导参加的环境治理专题工作会，认真传达集团公司紧急会议精神，动员广大职工快速行动起来，积极主动承接公司环保压力和工作要求，坚持环保工作不退让、不避让原则，不遗余力、不留余地，全力以赴打赢大气污染攻坚战。

缔拓公司紧急召开科级干部会议，迅速动员，细化责任，周密部署安钢七个生活区第一阶段清洗行动。

附企总公司精心组织，通过"附企风采"微信群下达了清洗行动要求，明确了具体参加人员。参加人员早早来到厂里，还有部分不在通知范围内的职工也自觉参加进来。

……在极短的时间内，各单位第一时间召集起精干有力、能征善战的攻坚队伍，控制扬尘污染攻坚战在生产厂区、生活区域如火如荼展开。每个人的心中都有一个共同的目标：一定要在最短的时间内让安钢所辖区域焕然一新，高标准严要求做好污染物的清理清扫和保洁工作，为安钢乃至全市的蓝天工程贡献一份力量。

地面屋顶，不留死角

此次清洗行动范围主要为厂区及生活区的道路、楼宇、绿化区域。道路要以克论净，每平方米积尘要控制在 10 克以内；楼宇建筑立面要进行清洗，对楼顶积尘进行清洗，楼顶积尘每平方米不得超过 5 克。绿化区域要及时清理落叶，实施喷灌降尘，减少植被积尘。

时间紧、范围大、任务重。面对近乎严苛的清洁标准，在这天气阴沉，寒气袭人，浓重的雾霾让更多人选择了足不出户的时刻，安钢职工却毫无怨言，铆足了劲头，瞄准了目标，热火朝天地干了起来，在厂区生活区各处建筑物的房顶、主要干道、绿化带，到处都是干部职工忙碌的身影。

在第一炼轧厂区域，只见干部职工们克服困难，人抬肩扛硬是把上百米的水袋拖上楼顶，边冲边拖，直到整洁如新。没有水源的地方，大家就先用扫帚扫，再用毛刷一点一点刷，最后用拖把拖。

"我们车间大大小小一共承包了 18 个房顶。前期厂机关人员义务劳动已经清扫了一遍，今天我和岗位职工一起进行再突击。你看，为保证清理效果，我们都是用抹布一点一点地擦，目的就是一定要达到以克论净的目标。"正在紧张忙碌的该厂运行车间主任白雪梅告诉记者。

在厂房与办公楼顶，综利公司的职工们按照分工，用拖把与汗水涤荡着浮尘。为清除设备设施上因粉尘遭遇水蒸气凝结成的硬块，大家有的手持大锤使劲敲打，有的手拿铁锹在用力地铲掉上面的锈迹，有的手持小锤照着异常坚硬的硬块耐心地敲凿，靠着小鸡啄小米般的韧劲，一点一点地将尘块敲掉。手磨破了，胳膊酸了，也顾不上休息一会。

运输部机关办公楼建筑年数较长，楼顶防水设施老化，防水涂层有的已经脱落，建筑垃圾较多，再加上落叶、杂草、积灰长时间积累，清理工作量巨大。大家划分区域，确定责任区，迅速投入到清理工作当中。为了保证清扫彻底，重点对死角旮旯工具不好清理的地方，用手去掏去抠，隐藏在内的积灰杂物被源源不断地清理出来。为了达到"以克论净"的要求和标准，大家又对整个顶层进行了"地毯式"冲洗，把整个顶层拖得一尘不染，防水毛毡上的字迹都清晰可见。

缔拓公司在此次环境治理攻坚战中的任务最为繁重，既要负责厂区全部道路清洗，又要负责生活区楼宇、绿化带的清洁。300 余名缔拓公司职工整装待发，划分小组、明确任务，奔赴老一区、四一区、六区、二区，开始突击作业。

老一区建筑年代久远，楼顶废旧物品、落叶尘灰、砖头、衣物、生活垃圾堆积。

该公司经理杨林玉以身作则，带领职工用铁锹铲积尘，用扫帚清杂物，用编织袋、塑料桶把垃圾一袋袋、一桶桶装起来，顺着光线暗淡的楼梯往楼下扛。女职工巾帼不让须眉，爬上 10 米扶梯，一丝不苟地拿着水管冲洗楼顶平台和楼体墙面的泥灰，然后将地面拖得一尘不染。擦洗门窗的时候，她们将一扇扇纱窗拆下，仔细冲洗，然后挽起袖子，摘下手套，在冰凉的水里沾湿抹布，一处处擦除玻璃上的泥点。

党政工团，全员行动

党政工团齐发力，共谱环保和谐曲，是此次活动的一个鲜明特色。

在老一区、四区、六区，只见红旗随风舞动，处处都有党团员志愿者忙碌的身影。六区的党团员志愿者们不畏寒风，不怕泥泞，从地面到房顶，进行全方位清扫、清洁。他们克服户外上房顶的困难，通过登高梯攀上商店房顶，徒手清理房顶上的杂物，分步骤用扫帚、拖把清理积灰。

为保证往地面清运垃圾时的安全，他们合理分工，做好信息传递、安全监护，做到喊话及时、明确，确保清理工作的安全高效。在最后的工序中，他们还把水管拉上房顶，边冲边擦拭，真正达到了无尘标准。

"环保事关安钢的生存与发展，事关我们每一个人的身体健康。作为安钢的一员，同时作为一名党员，我们通过力所能及的劳动，让我们的环境更清新，为打赢环保攻坚战贡献一份力量，是我们应尽的义务。"第一轧钢厂职工刘海丽说。

四一区的党团员志愿者，主要负责楼顶和煤球房顶的打扫。

在清理一煤球房顶时，因房屋老旧漏水，住户将砖头、树枝、塑料布堆放在房顶防止漏水，为了不影响整体效果，保卫处团员青年在清理开杂物的时候，还找来石棉瓦帮助住户重新修补漏水，既解除了住户的顾虑，也实现了清洁干净的效果，受到了用户的称赞。

"此次我们共组织了 100 余名志愿者，连续两天参与到环境治理攻坚战中，以实际行动助力集团公司大气污染防治工作。正在三个生活区巡查的集团公司团委负责人告诉记者。

集团公司工会近 20 余名工作人员，也利用周末休息时间，对工会办公楼、工人剧院的楼顶、广场，以及运动场地进行了全面的清洁和整理，对排球场南部看台两侧的垃圾，也利用此次机会进行了彻底清理。就连绿化树树根的土坑，也耐心地用铁锹铲、用手拔，把杂草一点点地处理干净。劳动过程中，大家的裤腿湿透了，也没有人往后退缩，干得满头大汗，也没一个人喊累叫苦。

经过为期两天的紧张有序劳动，环境治理初见成效，呈现在大家面前的是一个干净整洁的环境。行走在厂区和生活区，只见洒水清扫过的道路明光可鉴，房前屋后、楼顶地面、墙壁干净整洁，树木、绿化带风景亮丽。洒水车穿行在厂区大道上，喷射出的水柱将绿化带里的树木、花草冲洗得晶莹剔透、绿意盎然。

控制扬尘污染，加强环境保护是场攻坚战，更是一场持久战。为期两天的突击战结束了，但这场全员参与的环保攻坚并没有终止，按照市蓝天工程指挥部的要求，高标准实现"以克论净"，全区域更为彻底的清扫整顿依然在继续，更为系统、更为有力的环保举措逐步在制订施行，安钢正加速走在低碳环保、绿色发展的转型道路上……

（记者　柳海兵　陈　曦）（原载 2016 年 11 月 22 日《安钢》报）

提质增效　转型发展
安钢环保提升项目集中启动

3月9日上午，安钢提质增效、转型发展暨环保提升项目集中启动仪式在炼铁厂举行。集团公司领导刘润生、李存牢、刘楠、李福永、赵济秀、郭宪臻、阎长宽、姚忠卯，股份公司领导朱红一、刘增学、张纪民、成华及相关单位人员参加。

主持仪式的集团公司副总经理郭宪臻在讲话中强调：要高度重视，要把环保作为实现"创新驱动、品质领先、提质增效、转型发展"总体战略的重要前提和保障，作为当前工作的重中之重，切实抓好、抓紧、抓出成效；要倒排工期，按照9月底实现特别限值排放的要求，倒排招标、施工等各环节的时间节点，实施清单式管理，挂图作战，后墙不倒，力争提前完成各项任务；要压实责任，各项目的指挥长是第一责任人，既要挂帅，也要出征。纪委监察部将对全过程进行督导，确保每一个环节、每一个节点落地，对落实不到位的，要严肃问责、追责；要坚定信心。要认识到，环保看似是一种危机，但危中有机，也给我们带来了转型发展的重大机遇，只要我们咬紧牙关，挺起腰杆，勇于担当，安钢就一定能够迎来更加光明的未来。

随后，集团公司总经理刘润生与各项目指挥长签订了《投资项目目标责任书》。有关单位主要领导做了表态发言。

集团公司党委副书记、副董事长李存牢在讲话中说，当前的环保形势异常严峻，安钢的区域位置比较敏感，是城市工厂，是世界文化遗产殷墟的邻居，是京津冀重点管控的"2+26"城市之一，这也决定了我们必须走绿色发展、生态转型之路，除此之外别无选择。为此，集团公司于年初的职代会上，确定了"六大环境提升行动计划"；前期，公司又组织相关单位，到兄弟企业调研考察，研究确定安钢环保提升的工艺路线，做了大量准备工作；今天，我们终于迎来了环保提升项目的集中启动，这些项目事关安钢生死存亡，事关安钢转型发展，我们务必要以高度的责任感和使命感，全力以赴抓好项目的推进落实。

李存牢强调，一是要保工期。按照国家环保部的要求，9月30日之前，安钢必须实现超低限值排放。时间紧，任务重，各项目指挥部要迅速行动，抓紧制定具体的时间计划表，同时要注意预留好设备调试的时间。相关单位要夜以继日、争分夺秒，最大限度加快施工进度，确保后墙不倒、按时完工。二是要保质量。这次公司的指导思想很明确，就是要坚持"一步到位"，用最先进的技术，最成熟的工艺，解决好超低限值排放问题。要以对工作负责、对安钢负责的态度，精心组织，精心施工，严把工程建设质量关，努力创建优质工程、一流工程。公司也将做好项目的后评价工作。三是要保安全。各项目指挥部要认真落实安全责任制，制定完善的安全管理制度和风险预案，强化安全管控，把安全施工贯穿项目建设的全过程。四是要坚持按程序办事。要严格履行公开招标的程序，招标文件形成后，要在网上进行公示，整个过程必须依法合规。纪委监察部门也将全程跟进，各单位要主动接受监督。五是要加强协同配合。各单位、各部门都要从公司整体利益出发，根据各自职责，研究支持环保项目建设的具体措施，帮助解决项目建设中的各种难题，加强协同配合，主动搞好服务。

李存牢最后强调，环保提升项目建设，对于安钢提质增效、转型发展具有重要意义，我们要继续发扬艰苦奋斗、拼搏进取的精神，排除万难、勇于担当，为项目建设做出自己应有的贡献。

最后，刘润生高声宣布："安钢提质增效、转型发展暨环保提升项目集中启动！"

（记者　孟安民　邓　苗）（原载 2017 年 3 月 11 日《安钢》报）

绿色安钢　生态钢铁
——安钢推进环保治理、节能减排工作纪实

4 月的钢城，鲜花怒放，生机勃发。

漫步安钢厂区，在宽敞平坦的大道旁、错落有致的厂房间，入目可见一排排繁茂的大树、一片片绿油油的草地、一个个精致典雅的景观，让人流连忘返。

"环保关系到企业的生死存亡。企业要站在生存保卫战的高度，进一步下大力气抓好环境保护工作。"安钢集团公司党委书记、董事长李利剑说。2017 年初，按照国家环保最新要求，安钢确定了全新的环境提升行动方案，以原料场封闭改造、散装料入仓、"三干"技术（高炉煤气全干法除尘、转炉煤气干法除尘、干熄焦技术）全面应用、除尘器新技术改造等六大提升项目为重点，加快实施，标本兼治，从根本上突破环保问题给生存发展带来的制约。3 月 9 日，安钢隆重举行提质增效、转型发展暨环保提升项目集中启动仪式，计划投入 30 多亿元，开始新一轮的环保提升。

环保治理矢志不渝

"生产服从环保。任何时候生产都要以环保为前提，这是对社会责任的履行，是以人为本理念的体现，是民生和企业的底线，也是安钢的宗旨。"在安钢第二原料场，一块巨幅宣传牌格外醒目。在安钢，绿色发展的理念已经深入人心。

近年来，乘着结构调整、转型发展的"东风"，安钢环保治理驶上了"快车道"，累计投资 30 多亿元，建成环境保护、资源节约、综合利用和清洁生产项目 120 多个，所有生产工序均达到国家标准要求，做到了全面稳定达标排放，部分工序实现超低排放。

即便是在生产经营极度困难的时期，安钢依然坚持环保投入的项目不减、力度不减、进度不减。2014~2016 年，安钢共投入环保资金 7 亿元，采用国际最先进的环保治理技术，对高炉、烧结机等关键工序设备进行环保提升改造，在已稳定达标排放的基础上，将排放量进一步削减 50%。

如今，置身于安钢生产厂区，蓝天白云下的大高炉巍然矗立，格外壮观。高炉平台的出铁现场，火红的铁水源源不断奔流而出，巨大的防尘罩将出铁口处罩得严严实实，强劲的吸力将烟尘全部吸进了大烟道里，再导入到除尘设施中。整个高炉平台闻不到一丝异味，看不到一缕烟尘，出铁过程做到了烟尘零排放。

节能减排渐入佳境

从源头上治理污染，只是安钢在环保上迈出的第一步。提高钢铁生产产生的余热、余能等资源的利用效率，是安钢更为深远的目标。

数字为证：安钢建成的污水处理厂自投运以来，年处理污水 3000 多万吨，实现了厂区污水的零排放；开发出的新一代干熄焦高温高压技术，使安钢的干熄焦技术和焦化工序能耗一举跨入国内先进水平，一年大约可节省熄焦用水 124 万立方米、减少粉尘排放 3 万吨、利用余热发电 2.5 亿千瓦时。

事例为证：安钢所有转炉均实现了负能炼钢，炼钢工序消耗的总能量小于回收的总能量，低碳、节能化生产跨入行业先进水平。

安钢一机两拖发电项目，为国内首次应用，实现了鼓风和发电的同轴快速切换。安钢建成投运的 65 兆瓦高温超高压煤气发电项目，实现了煤气资源的高效发电。100 吨转炉配套完善煤气回收装置，标志着安钢实现了转炉煤气的全部回收利用。

一项项工程，一个个亮点。一大批重点项目和示范工程的建成投用，大大提高了安钢能源资源综合利用水平，减少了能源消耗，降低了排放总量，年节能能力超过 100 万吨标准煤，年创效能力近 20 亿元。

2016 年，安钢吨钢综合能耗完成 580 千克标准煤／吨，比"十一五"初下降 154 千克标准煤／吨，降幅为 21%；吨钢耗新水完成 3.4 立方米／吨，比"十一五"初下降 5.1 立方米／吨，降幅为 60%；余热、余能发电量完成 15.34 亿千瓦时，比"十一五"初增长 1700%。

打响大气污染防治攻坚战

2016 年下半年，大气污染防治环保风暴骤然刮起。安钢讲政治、顾大局、担责任，认真贯彻落实河南省、安阳市关于坚决打赢大气污染防治攻坚战的决策部署，严格落实停产、限产管控措施，力度之大，前所未有。

与此同时，安钢深入开展清洁生产活动，全体干部职工以辛勤的劳动，换来了焕然一新的厂容厂貌。去年冬季雾霾天气频发时期，在安阳市几个空气质量监测点中，深入安钢腹地，距离钢铁生产最近的铁佛寺监测点指数排名总体良好。

作为京津冀及周边重点区域"2+26"城市里的大型钢铁企业，开展新一轮的环保提升，打造环保升级 2.0 版，实现企业经济效益与社会效益的有机统一，成为安钢绿色发展新征程上的第一要务。当前，六大提升项目已进入密集施工阶段。

"绿色发展是安钢生存的条件，也是进一步发展的基础，必须利用环保提升倒逼安钢转型发展，走出一条企业与城市和谐发展的绿色之路。"安钢集团总经理刘润生说。

环保提升项目完工后，安钢污染物排放控制水平将大幅提高，实现污染物排放由达标排放向超低排放、近零排放的转变；企业清洁生产水平显著提升，将由现在的行业先进水平一跃升为行业领先水平。

（魏庆军　柳海兵）（原载 2017 年 5 月 25 日《大河报》）

安钢召开大气污染防治重点工作推进专题会

5月31日，安钢在会展中心召开大气污染防治重点工作推进专题会。会议就落实好河南省、安阳市环境污染防治攻坚电视电话会精神，强力推进2017年度各项大气污染防治工作进行了安排和部署。

集团公司领导刘润生、刘楠、李福永、张怀宾、赵济秀、郭宪臻出席会议。

会上，集团公司能源环保管理处负责人通报了近期上级部门检查中的重点问题，并对整改措施方案进行了部署。

集团公司副总经理郭宪臻宣读安钢大气污染防治重点工作实施方案，同时就具体工作任务和要求进行了说明，对分管负责的领导、牵头单位、负责单位、配合单位和督导单位进行了详细的安排。

集团公司总经理刘润生在讲话中指出，从目前的情况上来看，环保压力与日俱增，环保要求日趋严苛，环保检查已经逐步专业化和常态化，环保高压态势已经形成。从近期省、市的检查情况上来看，安钢目前的环保治理任务异常艰巨，基层干部职工在认识和意识上还有一定差距，这在一定程度上制约着安钢下一步的生存与发展。

面对环保成为压倒一切的主要任务，各级领导干部必须高度重视，责无旁贷，发扬主人翁精神，坚持标本兼治，发动职工共同参与，共同维护，为做好安钢环境治理的各项工作做出积极贡献。

在传达了5月26日习近平总书记在中共中央政治局第41次集体学习中的讲话内容后，刘润生就贯彻落实中央新的发展理念提出了要求。

就安钢目前的大气污染防治推进工作，刘润生发表重要讲话。他强调，一是关于项目推进。各相关责任单位一定要严格按照环保标准，盯紧时间节点，认清项目的重要性和关键性，全力以赴、开足马力，尽快使项目大头落地。要围绕国家最新出台的环保标准，抓紧对相关工作进行修改和完善，按照城市工厂的定位和标准，用最先进的技术、最成熟的工艺、最好的设备配置，实现近零的排放目标。二是关于污染源的深度治理。要按照近零排放的标准，做好深度排查。要把控制污染源作为工作的关键和核心，坚持一把手负责制，亲自安排和部署，制定具体方案，协同各个相关专业，从岗位到工序再到系统，对所有污染源点进行再梳理再排查，列出问题清单，制定好排放报告，明确改进措施，进一步强本固基，加大深度治理工作力度，逐个进行治理。要把界面管理做到极致，彻底将污染源进行封闭处理，体现出绿色的发展方式、绿色的生活方式、绿色的工作方式。要把环保设备和设施的运行放在更加突出的位置，把环保设备工况运行的参数放在更加重要的位置上，放在主要领导更加重视的位置上，体现出安钢环保先行、环保优先的理念，体现出安钢对于环保工作高标准、严要求的重视和谨慎态度。三是关于物流工作。要把火车运输作为下一步的主要运输方式，加大研究力度，加大统筹协调力度，重点抓好供销两头。要进一步减少汽车运输比例，规划制定出汽运专线，尽可能减少汽车运输的尾气排放。要深度挖掘工序间潜力，把环保理念带入各个工序间的运输倒运之中，进一步盘活存量，加大精细化管理力度。四是关于清洁生产。要坚持以克论净，持续拔高标准，把绿色生产、洁净生产的理念落实在生产现场、工作方式、管理方式、行为方式等方方面面。五是关于倒逼。要统一思想、高度重视，顺势而为，主动担责，把环保治理工作作为倒逼安钢转型发展、管理升级、绿色制造、理念方式转变的重要机会来对待。

　　针对下一步安钢的转型发展，刘润生着重强调，一要在减量经营这一常态下，积极探索新的生存发展模式，紧紧把握盈利这一中心任务，倒逼出能力，倒逼出水平，进一步凝心聚力，求新求变求突破，深挖能源优化、设备组织、二次能源回收利用等工作的潜力，争取拿出更多的措施和办法。二要立足减量发展，积极拓展闲置产能走出去这一新路径，争取更大的发展空间，挖掘出更多的发展潜力。三要进一步转变观念，转变思维，站位更高，目光更远，积极践行环保理念，同时围绕环保目标的达成，思考如何标本兼治、长短结合，如何做强做优企业、夯实河南钢铁基础。四要抓好责任落实。要结合工作实际，以精细化管理为中心，抓好关键少数，进一步量化责任，明确责任清单，进一步完善考核，加强督导，强化各级领导干部的考核和追责，进一步增强各级领导干部的大局意识和责任意识，确保各项工作抓实、抓细、抓出成效。

　　会议由集团公司副总经理赵济秀主持，他要求大家要正视不足，同心协力，上下联动，进一步抓好改进、抓好落实、抓好完善，全力以赴打好安钢环境治理攻坚战。

（陈　曦）（原载 2017 年 6 月 3 日《安钢》报）

再造一个绿色新安钢
——安钢环保提升项目探营

环保，已经成为国家意志，上升到政治高度，事关企业生死存亡。

今年年初，安钢投入近 30 亿元，以超低排放、近零排放为目标，全面启动原料场全封闭等大批环保项目，拉开了新一轮环保提升大幕。

9 月 30 日特别排放限值大限即将到来，这些项目进展如何，能否顺利通过环保大考，为集团公司生产经营提供有力的环保支撑？带着这些问题，笔者多方采访相关负责人，并深入施工现场，实地了解环保提升工作最新情况。

启动大批项目

2015 年 1 月 1 日，被称为史上最严环保法正式实施。2017 年 2 月，国家环保部下发《京津冀及周边地区 2017 年大气污染防治工作方案》，要求 9 月 30 日前，"2+26" 城市行政区域内的所有钢铁企业，大气污染物排放执行特别排放限值。

早在 2014 年，安钢就将环保上升到第二场生存保卫战的高度。2016 年以来，安钢认真贯彻落实习近平总书记"创新、协调、绿色、开放、共享"的发展理念，站在讲政治的高度，以一个大型国企的责任担当，立足"生态转型、绿色发展"，在环保达标的基础上，根据新标准、新要求，制定了环保提升行动计划，以最先进的技术、最成熟的工艺、最好的装备，高起点、高标准抓好环保提升改造，以实现超低排放乃至近零排放，进一步减少排放总量，再造一个全新的绿色安钢，实现企业与城市的和谐共融。

9 月 10 日，在烧结机烟气脱硫脱硝环保提升施工现场，只见高大的打桩机巍峨矗立，抓钩机、装载机机器轰鸣，运输渣土的车辆穿行不息，项目建设正全速向前推进。

正在施工现场忙碌的能源环保处副处长李志然介绍说："今年 3 月 9 日，安钢密集启动了焦炉烟气超净排放、烧结机机头烟气超净排放、炼钢转炉一次除尘改造、原料场全封闭重大环保提升项目，以及一系列现有环保设施升级改造工程，比如对安钢焦化分公司、炼铁厂、第二炼钢厂、第一炼轧厂、第二炼轧厂五个生产单位，共计 30 套除尘器 83000 余条布袋，全部进行更换，由原来的普通布袋更换为过滤效果更好的覆膜滤料或超细纤维滤料。这是安钢发展历史上的一件大事，以此为标志，我们向'创新驱动、品质领先、提质增效、转型发展'总体战略的落地，向安钢生态转型、绿色发展，又迈出了重要而坚实的一步。"

创造"安钢速度"

2 月份发布新标准，3 月份集中启动，9 月份要达到特别排放限值。时间紧、任务重、质量要求高。

抢时间、赶进度，每个项目工地上都是热火朝天的建设景象。

从原料场项目开工以来，项目指挥部办公室主任李鹏云就把办公室都搬到了现场。空旷的原料场上，全部都是露天作业，不管是酷热暴晒，还是风大沙多，或者是突如其来的暴雨，对于李鹏云来说，时刻坚守现场，协调工程进度、把好关键检查等，是他雷打不动的工作议程。

"2月份安钢收到国家最新标准发布后，马上进入了战斗状态，所有工作都24小时不停歇，昼夜不停在做。焦炉烟道气脱硫脱硝项目当月就立了项，3月份进入招标程序，4月份招的标，5月2日下达的中标通知书，中标单位便开始紧张的红线内设计、设备材料采购和现场施工，安钢工程技术总公司同时开展外围配套设计和施工。整个过程紧锣密鼓，一环扣一环。特别是8月份进入最后的攻坚期，基本上每天夜里都是灯火通明，一二百人同时挑灯作业。当前工程进展顺利，确保9月30日前投用，工期仅用5个月，而国内同类工程，正常情况下都需要8个月以上的周期。不仅是我们这个项目，其他项目都是如此，铆足了劲，夜以继日，快马加鞭，'五加二'、'白加黑'，放弃节假日和休息日，以加速度推动项目建设。"技改处副处长、焦炉烟道气脱硫脱硝项目指挥部常务副指挥长郝晓燕告诉笔者。

当前，除尘器整体更换高效布袋工作于8月初基本完成。转炉一次除尘干法改造项目，均已进入设备安装阶段，即将进行烟道对接。原料场环境提升项目将于近期完成全部封闭外板框架的合拢工作。烧结机脱硫脱硝工程正加速向前推进，完全可以在国家规定期限之内建成投用。

在巨大的挑战面前，能征善战的安钢人，用安钢精神创造了安钢速度，用安钢速度助力环保提升，以环保提升强力支撑安钢生存与发展。

建成一流标准

"8号炉烟道气排放在线监测数据出来了，颗粒物10毫克每立方米，二氧化硫6毫克每立方米，氮氧化物99毫克每立方米，而与此相对应的国家环保部焦炉特别排放限值分别是15毫克每立方米，30毫克每立方米，150毫克每立方米。也就是说，焦炉实际排放水平已经远低于特别排放限值，实现了超低排放。"9月14日下午，焦化分公司四炼焦车间安全环保员高庆华拿着最新的8号焦炉烟气在线数据监测值，掩饰不住激动的心情。

9月9日，8号焦炉烟道气脱硫脱硝完成全部调试任务，烟道气全部通入脱硫脱硝仓内，实现了烟道气全部脱硫脱硝，这标志着安钢的环保提升工程经过"春生夏长"，开始进入硕果累累的收获阶段。

"安钢作为一个大型国企，始终注重承担社会责任，加强环保治理，环保底子较好。9 月 30 日达到特别排放限值，对安钢主要的挑战是焦化工序脱硫脱硝，以及所有除尘器布袋更换。当前除尘器布袋更换已经完成，焦化环保工程 9 月 30 日前可投入使用。烧结机脱硫脱硝工程因国家环保部 2 月份之后又修改过一次排放标准，新标准执行时间相应顺延至明年 6 月 1 日。因此我们 9 月 30 日前达到特别排放限值是完全没有问题的。"能源环保处环保科科长卜素维说。

随着市场的越来越规范，环保管控得越来越严格，未来企业间的竞争，环保治理水平将起到更为关键的作用。谁的环保水平更高，治理能力更强，谁就能在激烈的市场竞争中占据更加主动的地位。无论是 9 月 30 日前，还是之后的环保提升项目，安钢均定位一流标准，采用国内外最先进技术，瞄准超低排放，乃至近零排放的更高目标。

焦炉脱硫脱硝项目采用的是国内首创、最先进的活性炭干法脱硫脱硝一体化技术，在全国同类型企业率先实现焦炉全覆盖，做到超净排放。建成投用后，焦炉排放将在环保部要求的特别排放限值基础上，再减排 30% 左右。

烧结烟道气脱硫脱硝项目采用国际最先进的、国内仅在宝钢湛江项目使用的活性炭多污染物联合控制技术。投用后，烧结排放将在特别排放限值基础上，再减排 50% 左右。

第二炼轧厂和第一炼轧厂的 4 座转炉一次除尘改造项目采用国内最先进的卧式干法电除尘技术，提高除尘效率，增加煤气回收量，达到超净排放目标。完成后，转炉烟尘排放将在特别排放限值基础上，再减排 50% 左右。

原料场全封闭项目，改造后堆、取料作业全部在封闭料场内完成，并实现智能化，基本达到无人值守，将彻底杜绝扬尘，实现近零排放。以往投入大量人力物力抑扬尘的现象将成为历史，每年因此而减少的料损也是一个可观的数量。

……全部项目完成后，安钢的环保治理将上升到一个全新的水平，大气污染物将在目前全部达标的基础上，排放总量进一步削减 60% 以上。

一个个重大项目，如同一根根坚实的桩基，拓展开企业正常生产经营的空间、产能释放的空间、国有资产保值增值的空间，支撑起安钢更加灿烂美好的明天。

（柳海兵　陈 曦）（原载 2017 年 9 月 19 日《安钢》报）

安钢环保提升项目进入收获期

"8 号焦炉烟道气排放在线监测数据出来了，颗粒物排放值为 10 毫克 / 立方米，二氧化硫排放值为 6 毫克 / 立方米，氮氧化物排放值为 99 毫克 / 立方米，远低于国家环保部焦炉特别排放限值，实现了超低排放。"9 月 14 日下午，安钢焦化分公司四炼焦车间安全环保员高庆华手拿最新的监测数据，告诉《中国冶金报》记者。

9 月 9 日，安钢 8 号焦炉烟道气脱硫脱硝系统完成调试。安钢其他 4 套焦炉烟道气脱硫脱硝系统也将于 9 月底前投用，再加上 8 月初完成的除尘布袋更换项目，安钢环保提升工程目前开始进入收获阶段。

今年 3 月 9 日，安钢投入近 30 亿元的焦炉烟气超净排放、烧结机机头烟气超净排放、转炉一次除尘改造、原料场全封闭改造等重大环保提升项目，以及除尘布袋更换等一系列现有环保设施升级改造工程集中启动。

截至目前，安钢焦化分公司、炼铁厂等 5 个生产单位共计 30 套除尘器 8.3 万余条普通布袋，已全部更换为过滤效果更好的覆膜滤料或超细纤维滤料布袋。另外，安钢 1 座 100 吨转炉和 3 座 150 吨转炉一次除尘干法改造项目，均已进入设备安装阶段，即将进行烟道对接。

"全部环保项目完成后，安钢大气污染物排放将在全部达标的基础上，进一步削减 60% 以上。"安钢能源环保处副处长李志然说。

"安钢始终注重承担社会责任，加强环保治理。环保部提出 9 月 30 日前大气污染物排放达到特别排放限值要求，对安钢主要的挑战是焦化工序的脱硫脱硝，以及所有除尘器布袋的更换。随着工作的顺利推进，安钢 9 月 30 日前达到特别排放限值要求完全没有问题。"安钢能源环保处环保科科长卜素维告诉《中国冶金报》记者。

（记者　魏庆军　通讯员　柳海兵）

（原载 2017 年 9 月 26 日《中国冶金报》）

第二炼轧厂3号150吨转炉一次干法除尘设备单体试车成功

9月30日下午，第二炼轧厂干法除尘项目施工现场传来喜讯：3号150吨转炉一次干法除尘设备单体风机试转一次成功。

据悉，针对此次除尘设备单体试车，该厂高度重视，周密安排部署。为了确保风机成功试转，各专业技术人员加班加点，认真做好管道内部清扫、检查和试压工作，并按节点提前完成了电气单体试电机和风机润滑油站管路连接工作。9月29日夜间，该厂电气和机械专业技术人员加班至深夜，分别进行了校线打点、测试、电机试转等工作，对3号除尘器风机电机、除尘器极板、极线振打装置、PLC程序操作画面进行逐一调试确认。针对施工难度大、夏季高温多雨、施工场地有限、安全管理难度大等特点，该厂统筹协调、精心组织，多次召开项目推进会，配合施工单位确定详细的调试方案，签订安全确认书，制定严密的安全防范措施。当天下午，伴随风机顺利实现高速转动，温度、震动等各项参数均达到设计标准。本次风机系统试车一次成功，不仅对前期工程质量进行了全面检验，同时也为后续单体试车积累了宝贵经验，标志着工程整体建设向进一步对接调试的目标又迈进了一步。

（杨 辉）（原载 2017 年 10 月 12 日《安钢》报）

安钢召开烧结机烟气脱硫脱硝项目专题工作会

10月13日，安钢1号、2号、3号烧结机烟气脱硫脱硝专题工作会在炼铁厂召开。集团公司总经理刘润生、副总经理赵济秀出席会议。

会上，技改工程处处长申景阁宣读了《安阳钢铁集团有限责任公司关于成立1号2号3号烧结机烟气脱硫脱硝项目指挥部》的通知。炼铁厂、工程技术总公司分别做了表态发言。中冶长天安钢项目组负责人介绍了整个工程的建设施工情况。

赵济秀在讲话中要求各参战单位，一要增强信心，坚决打赢烧结三套烟气脱硫脱硝项目建设战役。要立足安钢大局，立足当前的环保形势，按照集团公司要求，扑下身子，做好本职工作，确保工程按期完成。二要加强组织领导，高效协同推进。项目各方要扭成一股绳，形成合力，进一步明确任务，明晰职责，加大考核力度，提高考核强度，做到责任到人，考核到人。三要以科学创新的精神，推进工程进展。要秉持科学的态度，合理安排工程进度，确保工程建设有序，不出现偏差；要有创新的精神，敢于突破常规，积极制定特殊的措施，采取特殊的办法，做好工程的组织和建设；要分解任务，压实责任，重点做好设计收尾、设备监制、钢构制作、现场施工、质量管理、安全文明施工、计划分解等各项工作。

刘润生在会上做重要讲话。他强调指出，烧结三套烟气脱硫脱硝项目是降低排放总量的关键工程，也是安钢改善环境质量、实现绿色发展、践行绿色发展的核心生命工程，同时也是安钢承担社会责任、政治责任的重点工程，关乎企业生存和可持续发展的工程。无论是项目指挥部还是各个专业组一定要高度重视，将思想行动统一到集团公司对工程的总体要求上，下定决心、坚定信心，采取切实有效措施，全力以赴推进工程建设又好又快按期完成。

刘润生在讲话中提出了六点要求。一是指挥部要担当起历史的责任、现实的重任，进一步强化项目的领导、组织、控制和管理。要拿出科学与创新的态度，拿出决战的姿态，树立必胜的信心，采取超常规的措施，全力以赴抓好项目的建设与施工。二是要打破原有项目负责制，确保目标落地。要上升到集团公司层面，增强领导能力，强化施工过程组织管理，与总包方形成合力，强力推进项目进展；要针对各个重点工作，根据不同工作要求，明确主体单位，实现项目负责制，系统谋划分工与合作，提高工作效率；要突出专业管理，发挥专业优势，细化各专业小组的职责，确保实现新的工期目标。三是要盯紧目标和节点。要敢于干事，能干成事，围绕新调整的工期和目标，倒排工期，倒排计划，重建计划节点，重建包保措施，实现24小时连续作业、不间断作业。四是要抓好重点，扭住关键点，解决好难点。要做好统筹协同合作，顾全大局，主动配合，平衡好整体和局部的工作，确保工作整体推进；要不断强化措施，抓好重点环节，做好设备制作清单、设备监制、进出厂计划、钢结构制作等各项工作；要做好施工的组织协调，对现有施工力量进行优化调整，压实责任，确保措施落实到项目、落实到每个人。五是要建立目标实现的考核制度，进一步明确责任。要有制度，有落实，进一步提高执行力，坚决落实各项制度和要求，确保责任到单位，考核到个人。六是要保证工程质量，确保安全施工。要按照质量标准，形成过程计划，强化过程管理，采取创新性的措施和手段，实行重点环节、关键环节告知制度，严防各类安全事故，打造国内样板工程。

刘润生最后指出，时间紧迫，任务繁重。项目各个单位一定要提振信心，围绕工期节点，尽一切努力，齐心协力，打破惯例，创造性地推进工程按期完成。

（陈　曦　邓　苗）（原载 2017 年 10 月 14 日《安钢》报）

安钢焦炉环保指标国内领先

"经过一个多月的试运行，经实际检测，8号焦炉烟道气排放指标稳定保持在颗粒物 10 毫克 / 立方米、二氧化硫 8 毫克 / 立方米、氮氧化物 100 毫克 / 立方米以下，远远优于国家规定的特别排放限值标准。" 10月13日，《中国冶金报》记者在安钢集团焦化分公司 8 号焦炉热工管控中心采访时，焦炉烟道气脱硫脱硝项目工程指挥部副指挥长张汉卿手指监控数据高兴地说。

今年 2 月份，国家环保部下发《京津冀及周边地区 2017 年大气污染防治工作方案》，要求于今年 9 月底前，对 "2+26" 城市行政区域内所有钢铁、燃煤锅炉排放的二氧化硫、氮氧化物和颗粒物等大气污染物执行特别排放限值。经过科学论证，安钢决定投资 20 多亿元，全面启动焦炉烟道气脱硫脱硝、转炉一次除尘改造、原料场封闭等环保提升项目。

焦炉烟道气脱硫脱硝是安钢环保提升项目的重点，总投资为 1.56 亿元。为从根本上解决焦炉烟道气二氧化硫与氮氧化物排放量大的问题，安钢与上海宝冶集团有限公司合作，在焦炉烟道气脱硫脱硝工程中采用了国内首创、国际先进的活性炭干法脱硫脱硝一体化装置技术。

据悉，安钢现有 6 座焦炉，本次工程同时建成了 5 套焦炉烟道气脱硫脱硝装置。

（记者　魏庆军　通讯员　魏玉修　王　辉）
（原载 2017 年 10 月 17 日《中国冶金报》）

中央媒体大气污染防治主题采访走进安钢

12月15日，新华社、中央电视台、中国日报、中国青年报、中国环境报等十余家中央媒体走进安钢，聚焦环保提升，实地采访安钢大气污染防治工作。集团公司总经理刘润生对各个媒体的到来表示欢迎，并接受了联合采访。集团公司副总经理赵济秀陪同参观采访，股份公司副经理张纪民介绍了安钢焦炉烟道气治理情况。

近期，国家环保部组织中央媒体，对京津冀及周边六省市进行集中采访报道。在河南省，中央各大媒体记者们先后到郑州、许昌、鹤壁、安阳等多地采访。作为省属大型国企、河南省钢铁企业的龙头，安钢环境治理工作所取得的成绩受到了环保部门和社会各界的高度关注，是中央各大媒体采访的重要一站。

在安钢，媒体记者们先后到炼铁厂3号高炉、焦化分公司8号焦炉烟道气治理项目，以及烧结机机头烟气超净排放项目现场进行了参观采访。刘润生介绍了安钢环保提升工作情况，回答了记者们的提问。他说，安钢积极履行国有企业社会责任，始终将环境保护贯穿于生产经营与发展的全过程。特别是十八大以来，安钢坚决贯彻落实习近平总书记建设生态文明精神总要求，大力践行绿色发展理念，积极推动绿色发展和生态转型。

2013年到2016年，在生产经营十分困难的情况下，持续投入近10亿元，实施了包括煤场改煤罐等面源、皮带廊封闭等线源、转运站除尘等点源在内的大小26项环保治理项目。2017年再投资30亿元，在达标排放的基础上，立足总量大幅削减和环境改善，开始了新一轮环保提升。目前，国内首创的焦炉烟气脱硫脱硝项目已经投入运行，实现了污染物的超低、近零排放，成为行业标杆。现有所有除尘设施已完成升级改造，原料场全封闭已经投入运行，转炉干法除尘4套湿改干已经投入2套。其他项目也正全速推进，即将陆续投产。环境提升项目全部投运后，安钢年可再减少污染物排放70%以上，环保设施装备水平将达到国际一流、国内领先。

刘润生表示，下一步，安钢将致力于深化绿色安钢建设，打造公园式、森林式、现代化钢铁企业，建设一个全新的充满生机的绿色安钢，与城市共融、共生，共同成长。

（柳海兵）（原载2017年12月16日《安钢》报）

为了碧水蓝天

——安钢 2017 年"绿色转型、生态发展"环保攻坚回眸

如果让安钢人启动搜索引擎，在我们的脑海中"百度"2017年关键词，"环保"，绝对称得上是数一数二的"热词"。

这一年，安钢不仅实现了生产经营"生存保卫战"第一战场的绝地反击、大幅反转、捷报频传，而且在"环保攻坚战"这个第二战场也可谓是硕果累累、战绩不凡、亮点频现！

环保　环保，各项工作重中之重

2015 年 1 月 1 日，被称为史上最严环保法正式实施。2017 年 2 月，国家环保部又下发了《京津冀及周边地区 2017 年大气污染防治工作方案》，要求在 9 月 30 日前，"2+26"城市行政区域内的所有钢铁企业，大气污染物排放执行特别排放限值。

环保重压、高炉限产，给安钢人带来了不能承受之痛；市场火爆、生存需要，又使安钢人内心忍受着不可忍受的煎熬。尽管如此，安钢仍站在讲政治、顾大局的高度，深刻认识到大气污染防治工作的重要性和紧迫性，把环保工作上升到第二场生存保卫战的高度，铁腕整治，铁责担当。作为一个省属国有大型企业，安钢始终重视抓好环保工作，在加快结构调整、转型升级的同时，确立了"绿色转型、生态发展"的战略目标，坚持以环保为前提，坚决做到不环保不生产。

3 月 22 日，河南省委书记、省人大常委会主任谢伏瞻到安钢调研，对安钢环境治理工作取得的成绩表示肯定，并要求安钢继续加强大气污染防治工作，满足环保治理的最新要求，要全力以赴、背水一战，一手抓发展，一手抓环保，早日达到最新的超低排放标准，实现环保与发展的"双促进、双提升"。

3 月 31 日，河南省政府副省长张维宁到安钢实地调研，要求安钢要把环保治理作为一项长期的工作来抓，自我加压，拔高标准，在转型升级、产品结构调整上下功夫，在环境治理和生产经营中探索出新的发展模式。

集团公司多次召开大气污染防治工作会和环保专题会，要求全体职工要把环境保护当作严肃的政治任务，清醒地认识到环境问题是关系企业生死的问题，解决不了污染问题企业只能被淘汰。要把思想、认识、行动统一到国家绿色发展的理念上来，进一步提高认识，提升站位，把环保工作做好。

提升　提升，"六大工程"全面启动

环保形势异常严峻，环保管控越来越严，作为区域位置比较敏感的安钢，不

仅是世界文化遗产殷墟的邻居，也是京津冀重点管控的"2+26"城市之一，除了走"绿色转型、生态发展"之路，安钢别无选择。

为此，集团公司领导层审时度势，科学决策，于年初的职代会上，确定了"六大环境提升行动计划"：投入近30亿元，以超低排放、近零排放为目标，全面启动焦炉烟气超净排放、烧结机机头烟气超净排放、炼钢转炉一次除尘改造、原料场全封闭重大环保提升项目，以及所有除尘器布袋全部更换等一系列现有环保设施升级改造工程，以最先进的技术、最成熟的工艺、最好的装备，高起点、高标准拉开了新一轮环保提升大幕。

3月9日上午，安钢举行了环保提升项目集中启动仪式，要求把环保作为实现"创新驱动、品质领先、提质增效、转型发展"总体战略的重要前提和保障，作为一切工作的重中之重，切实抓好、抓紧、抓出成效；要倒排工期，实施清单式管理，挂图作战，后墙不倒，力争提前完成各项任务。

时间紧，任务重，质量要求高。要在短时间内完成如此重任，谈何容易？但是，任何困难都打不倒压不垮顽强不屈的安钢人！安钢人用安钢精神创造了安钢速度，"五加二"，"白加黑"，夜以继日，谱写了一曲曲动人的赞歌！

以焦炉脱硫脱硝工程为例，2月底发布方案，3月份密集考察，4月份招标，5月初中标单位施工，9月30日就要达到特别排放限值！

在各单位的通力协作下，8月19日，安钢7号、8号焦炉烟道气脱硫脱硝工程顺利进行新旧烟道对接。该项目原计划工期为1年，安钢仅用4个月的时间，就使首个环保提升项目进入调试阶段，充分诠释了"安钢速度"！经过试运行，8号焦炉烟道气排放指标稳定保持在颗粒物 $10mg/m^3$、二氧化硫 $8mg/m^3$、氮氧化物 $100mg/m^3$ 以下，比国家规定的特别限制指标分别低了 $5mg/m^3$、$22mg/m^3$、$50mg/m^3$。焦炉实际排放水平已经远低于特别排放限值，实现了超低排放。

焦炉脱硫脱硝项目的建成，不仅对安钢自己是极大的提升，也引起环保部、省市领导、行业协会和同行企业的高度关注，成为同行业的标杆，获得了同行业的好评！同时，还引起了众多新闻媒体的关注。12月15日，新华社、中央电视台、中国日报、中国青年报、中国环境报等十多家媒体的记者走进安钢，聚焦环保提升，进行实地采访。

目前，安钢环保提升项目所有的除尘设施已完成升级改造，原料场封闭已投入运行，转炉干法除尘4套湿改干投入2套，其他项目也正在按时间节点加速向前推进。这些项目全部完成后，安钢的环保治理将达到国内一流、国际领先水平，大气污染物将在目前全部达标的基础上，排放总量进一步削减70%以上……

攻坚 攻坚，安钢人在行动

8月21日，国家发布了《京津冀及周边地区2017-2018年秋冬季大气污染综合治理攻坚行动方案》，出台了《京津冀及周边地区"2+26"城市大气污染综合治理量化问责规定》，这对安钢的环保工作提出了更高要求。安钢主动承接国家和省、市秋冬季综合治理攻坚行动方案，制定了《安钢集团2017–2018年秋冬季大气污染综合治理攻坚行动方案》，从污染源管控、深度治理、无组织排放、生产管控、物料运输、车辆管控、预案修订等多方面全方位开展攻坚。

安钢以实际行动落实"大气污染防治攻坚战实施方案"。特别是12月份，"大干30天，打赢攻坚战"，各单位积极采取措施，可谓是"八仙过海，各显其能"！

焦炉边：焦化分公司要求各班把生产过程中对现场环境造成的影响全部清除，加大现场环境整治，对皮带廊等区域加大清理频次和力度，彻底清除卫生死角……

高炉旁：炼铁厂加强环保除尘设备、高炉标准化操作、烧结生产工艺的运行管理，确保各区域除尘风机风压、风量、风门开度的运行达标，确保高炉炉顶、出铁场不冒黄烟黑烟……

检修时：第二轧钢厂在2800机组系统检修中提出"清洁检修常态化"的要求，实现检修与清洁环保齐头并进……

整改中：第一炼轧厂推行了"日通报、周曝光、月考核"的管理模式，每天环保管理人员都会开展联合检查，并将发现的问题记录在检查表上，注明责任人、整改时间及考核办法……

全覆盖：第二炼轧厂坚持问题导向，标本兼治，切实抓好厂房外排控制、保持厂房内外部环境、抓好污染源与环保设施运行管理，规范操作行为，提高运行质量，严格在线环保数据监控，杜绝不达标排放，控制好各类扬尘，全面实施清洁生产……

十里钢城，全体动员。从厂内到厂外，从道路清扫到室内清洁，到处都有干部职工打扫卫生、清理积尘，美化和净化的身影……

攻坚有阶段，环保无穷期；没有完成时，只有进行时。"绿色转型"是安钢人的心愿，"生态发展"是安钢人的期盼。为了碧水蓝天，安钢人一直在行动，一直在努力！

通过环保项目的提升，经过市场风雨的洗礼，安钢这位钢铁巨人更加身强体健、明媚亮丽，正昂首阔步、扬眉吐气地健步行走在"绿色转型、生态发展"的康庄大道上！

一个绿色花园式、森林式的现代化钢铁企业，一个与城市共生共融、充满生机的绿色安钢，正如一幅美不胜收的画卷，徐徐展现在世人的面前！

（窦玉玲）（原载2018年1月6日《安钢》报）

安钢焦炉烟气治理技术达到国际领先水平并入选 2017 年世界钢铁工业十大技术要闻

1月5日，安钢焦炉烟囱废气脱硫脱硝用活性炭——烟气逆流集成净化 (CCMB) 技术科技成果评价会在北京召开。评价委员会通过评价认定：安钢焦炉烟气治理技术达到最高等级的国际领先水平。这标志着该技术正式通过权威机构认证，确立了安钢焦炉脱硫脱硝技术行业标杆地位，成为在全行业推广应用的样板工程。

2017 年以来，安钢以生态转型、绿色发展为目标，投入 30 亿元，大手笔、高标准开展了新一轮的环保提升。在焦炉烟道气治理上，安钢与南京泽众环保科技有限公司、上海宝冶集团有限公司等单位共同研发的焦炉烟囱废气脱硫脱硝用活性炭——烟气逆流集成净化 (CCMB) 技术，已获得 2 项授权发明专利。成果应用于安钢五座焦炉，在全行业率先实现焦炉脱硫全覆盖，烟气治理能力大幅提升，远低于特别排放限值，实现了脱硫产物资源化，达到焦炉烟囱废气多污染物综合治理和副产物资源化综合利用目的，无二次污染物产生，受到了社会各界的高度关注。

评价会上，专家成员在听取了项目的技术报告、用户使用报告、科技查新报告，并详细审查全部评价文件资料，经过质询、评议后，给出评价意见，认为该项目具有四个主要创新点：一是开发的具有自主知识产权的活性炭——烟气逆流集成净化 CCMB (Activated Carbon Countercurrent Moving Bed) 技术，流程采用自有碱源（氨水）和硫铵工艺优势，实现了脱硫产物资源化，工艺指标先进，满足大气污染物特别排放限值要求。二是开发了逆流式烟气净化装置的布气与布料方式。烟气与活性炭逆流接触，净化塔底部达到饱和后的活性炭可以快速排到再生塔，传质过程合理，有效提高活性炭的利用率。三是开发了适合焦炉烟囱废气集成净化的喷氨技术。采用全蒸发模式，利用烟气的余热将氨水蒸发为氨气和水汽，保证氨气与烟气尽快混合均匀，满足焦化高效脱硝要求。四是开发了富含二氧化硫再生气资源化制备硫铵的技术途径，采用硫铵工艺消纳脱硫产物，效益十分明显。

评价委员会认定，该项成果达到最高等级的国际领先水平，解决了脱硝效率不高、活性炭利用效率低、脱硫副产物处理、运行安全等行业性技术难题，达到焦炉烟囱废气多污染物综合治理和副产物资源化综合利用目的。烟气净化后污染物排放浓度好于国家标准特别排放限值，企业效益、环境效益和社会效益显著，有很好的示范作用，为焦化行业绿色发展提供了技术支撑，建议在全行业加快推广应用。

　　据悉，本次评价委员会由中国工程院首批院士、前冶金工业部副部长殷瑞钰，北京科技大学原校长杨天钧，中国金属学会专家委员会委员、济南钢铁集团总公司原副总经理温燕明，冶金工业规划研究院院长、党委书记李新创，中国金属学会专家委员会主任、中国金属学会原常务副理事长王天义，中冶焦耐工程技术有限公司原院长郑文华，中国钢铁工业协会发展与科技环保部主任黄导，北京京诚嘉宇环境科技有限公司总经理、冶金清洁生产技术中心主任杨晓东，中国炼焦行业协会首席专家杨文彪，中国炼焦行业协会副秘书长曹红彬，北京科技大学冶金与生态工程学院党委书记、中国金属学会炼铁分会秘书长张建良等 11 位专家组成。中国金属学会秘书长王新江主持了会议。

　　之前，国内钢铁行业最具权威性的科技媒体《世界金属导报》联合行业专家，从钢铁生产主流程工序重大技术突破中，评选确定了 2017 年"世界钢铁工业十大技术要闻"，国内首创、技术领先的安钢焦炉烟气治理技术位列其中。

　　同时入选 2017 年度世界钢铁工业十大技术要闻的还有："东大超高强新钢种实现全球首次工业应用""世界首卷全流程 TWIP1180HR 钢在鞍钢下线""宝武 CSP 产线实现硅钢的高效规模化生产""韩国延世大学开发新型超塑性中锰钢"等。

（柳海兵）（原载 2018 年 1 月 9 日《安钢》报）

安钢焦炉烟气治理技术达到国际领先水平

1月5日，安钢焦炉烟囱废气脱硫脱硝用活性炭——烟气逆流集成净化（CCMB）技术科技成果评价会在北京召开。评价委员会通过评价认定：安钢焦炉烟气治理技术达到最高等级的国际领先水平。这标志着该技术正式通过权威机构认证，确立了安钢焦炉脱硫脱硝技术行业标杆地位，成为在全行业推广应用的样板工程。

2017年以来，安钢以生态转型、绿色发展为目标，投入30亿元，大手2笔、高标准开展了新一轮的环保提升。在焦炉烟道气治理上，安钢与南京泽众环保科技有限公司、上海宝冶集团有限公司等单位共同研发的焦炉烟囱废气脱硫脱硝用活性炭——烟气逆流集成净化（CCMB）技术，已获得2项授权发明专利。成果应用于安钢五座焦炉，在全行业率先实现焦炉脱硫全覆盖，烟气治理能力大幅提升，远低于特别排放限值，实现了脱硫产物资源化，达到焦炉烟囱废气多污染物综合治理和副产物资源化综合利用目的，无二次污染物产生，受到了社会各界的高度关注。

评价会上，专家成员在听取了项目的技术报告、用户使用报告、科技查新报告，并详细审查全部评价文件资料，经过质询、评议后，给出评价意见，认为该项目具有四个主要创新点：一是开发的具有自主知识产权的活性炭——烟气逆流集成净化CCMB（Activated Carbon Countercurrent Moving Bed）技术，流程采用自有碱源（氨水）和硫铵工艺优势，实现了脱硫产物资源化，工艺指标先进，满足大气污染物特别排放限值要求。二是开发了逆流式烟气净化装置的布气与布料方式。烟气与活性炭逆流接触，净化塔底部达到饱和后的活性炭可以快速排到再生塔，传质过程合理，有效提高活性炭的利用率。三是开发了适合焦炉烟囱废气集成净化的喷氨技术。采用全蒸发模式，利用烟气的余热将氨水蒸发为氨气和水汽，保证氨气与烟气尽快混合均匀，满足焦化高效脱硝要求。四是开发了富含二氧化硫再生气资源化制备硫铵的技术途径，采用硫铵工艺消纳脱硫产物，效益十分明显。

评价委员会认定，该项成果达到最高等级的国际领先水平，解决了脱硝效率不高、活性炭利用效率低、脱硫副产物处理、运行安全等行业性技术难题，达到焦炉烟囱废气多污染物综合治理和副产物资源化综合利用目的。烟气净化后污染物排放浓度好于国家标准特别排放限值，企业效益、环境效益和社会效益显著，有很好的示范作用，为焦化行业绿色发展提供了技术支撑，建议在全行业加快推广应用。

据悉，本次评价委员会由中国工程院首批院士、前冶金工业部副部长殷瑞钰、北京科技大学原校长杨天钧、中国金属学会专家委员会委员、济南钢铁集团总公司原副总经理温燕明，冶金工业规划研究院院长、党委书记李新创，中国金属学会专家委员会主任、中国金属学会原常务副理事长王天义，中冶焦耐工程技术有限公司原院长郑文华，中国钢铁工业协会发展与科技环保部主任黄导，北京京诚嘉宇环境科技有限公司总经理、冶金清洁生产技术中心主任杨晓东，中国炼焦行业协会首席专家杨文彪，中国炼焦行业协会副秘书长曹红彬，北京科技大学冶金与生态工程学院党委书记、中国金属学会炼铁分会秘书长张建良等 11 位专家组成。中国金属学会秘书长王新江主持了会议。

之前，国内钢铁行业最具权威性的科技媒体《世界金属导报》联合行业专家，从钢铁生产主流程工序重大技术突破中，评选确定了 2017 年"世界钢铁工业十大技术要闻"，国内首创、技术领先的安钢焦炉烟气治理技术位列其中。

同时入选 2017 年度世界钢铁工业十大技术要闻的还有："东大超高强新钢种实现全球首次工业应用"、"世界首卷全流程 TWIP1180HR 钢在鞍钢下线"、"宝武 CSP 产线实现硅钢的高效规模化生产"、"韩国延世大学开发新型超塑性中锰钢"等。

（柳海兵）（原载 2018 年 1 月 9 日《安钢》报）

李利剑委员：打造"近零排放"的花园式工厂

"未来我们要打造花园式工厂，把'钢一路''铁三路'打造成'樱花路''梨花路'，把工厂变公园、把厂区变景区，让年轻人拍婚纱照，首先想到去安钢厂区。"全国政协委员，安钢集团党委书记、董事长李利剑向《中国冶金报》、中国钢铁新闻网记者描绘了这样一幅未来几年安钢厂区的模样。

2017年，安钢主打环保效益、品牌效益和质量效益三张牌，特别是因绿色发展所释放的环保效益，让上半年因环保大幅限产还处于亏损中的安钢，在2017年全年实现了超20亿元的历史最高盈利水平。在总结安钢2017年的业绩时，李利剑底气十足。

走绿色发展道路，打造花园式厂区

安阳市工业结构偏重，钢铁、煤化工占安阳市工业比重的50%以上，曾长期结构性污染问题严重、企业围城现象突出、气象扩散条件不利等突出问题。安钢区域位置敏感，既地处"2+26"城市，又位于城市建成区，且毗邻世界文化遗产殷墟保护区，环保任务在行业内尤其艰巨。

李利剑告诉记者，党的十八大以来，以习总书记为核心的党中央对生态文明建设高度重视，提出"绿水青山就是金山银山"的发展理念，安钢对此认识清醒、态度坚决。2014下半年，安钢就提出把环保攻坚当作"第二场生存保卫战"，在行业最为困难的时期，毅然投入8亿元资金，实施26项环保治理项目，解决了历史欠账和达标排放问题，部分工序甚至实现了超低排放。

2016年开始，国家大气污染防治攻坚战全面展开，对大气排放提出了更高的标准。2017年初，环保部下发《京津冀及周边地区2017年大气污染防治工作方案》，要求当年9月30日前，"2+26"城市行政区域内的所有钢铁企业大气污染物排放执行特别排放限值，同时安阳等重点城市，2017至2018年采暖季钢铁产能限产50%。

面对前所未有的、高压态势的环保挑战，是激流勇进还是全面退守，安钢毅然选择了前者，提出要用"世界最先进的技术、最成熟的工艺、最高标准的装备配置"，一步到位、高起点抓好环保提升，坚定不移走绿色发展道路。

2017年3月，安钢集中启动了总投资达30亿元的环保提升项目建设。目前5套焦炉脱硫脱硝项目、3座烧结脱硫脱硝项目、4套转炉一次除尘改造项目、原料场封闭项目已经全部投用。李利剑介绍称，安钢成为目前第一家实现全干法除尘的钢铁联合企业，主要工序环保治理效果全部达到世界一流、国内领先水平，主要污染物实现"近零排放"，每年可减少颗粒物排放3200吨、二氧化硫排放 2700 吨、氮氧化物排放 5500 吨，减排比例分别达到 71%、60%、76%。

李利剑告诉记者，安钢以习近平新时代中国特色社会主义思想为指导，践行绿色发展理念，既要企业发展、更要碧水蓝天，逐步走出了一条具有安钢特色的绿色、减量、集约发展的路子，探索出了一条环保提升和企业发展、企业效益和社会效益双促进、双丰收的有效途径。由于安钢环保治理水平较好，安阳市政府在制订后期的钢铁企业限产方案时，对其充分给予了考虑。2017 年第三季度，安钢 3 座大高炉正常生产，抓住了市场机会，企业效益大幅好转，月均盈利额近 4 亿元；进入采暖季，安钢虽然再次进入限产模式，但在部分时期，安钢是安阳市唯一一家没有全部停产的企业。

污染防治成为 2018 年中央经济工作会议确定的今后 3 年要重点抓好的三大攻坚战之一。据了解，下一步，安钢将致力打造"公园式、森林式"园林化绿色企业，改善厂区环境，做好"美化、绿化、亮化、硬化"。积极推动安钢生态转型，要把"工厂变公园，厂区变景区"，逐步探索一条环境保护与转型升级、提质增效、经营发展协同共进、企业与城市和谐共生的发展道路。

落实供给侧改革要求，实现减量提质发展

2017 年，钢铁行业深入推进供给侧结构性改革，去产能工作取得明显成效，"地条钢"得以全面取缔，企业效益显著好转，行业运行稳中趋好，重点大中型钢铁企业实现利润 1773 亿元，同比增长 613.6%。2017 年，安钢也在经济上打了个翻身仗。李利剑总结经验说，"人努力，天帮忙"：安钢成绩的取得，既得益于钢铁行业形势的好转，又得益于安钢通过自身深化改革激发出的活力。

减量就是减排，减量倒逼提质。李利剑表示，安钢深刻认识到，适应中国经济由高速增长阶段转向高质量发展阶段的新常态，安钢也必须按照供给侧结构性改革的要求，不断追求更有质量、更高品质、更有效益的发展。为此，安钢确定了"创新驱动、品质领先、提质增效、转型发展"总体战略，一方面关停拆除高耗能、高污染装备，2015 年以来主动关停 3 座 $450m^3$ 小高炉，拆除 $90m^2$ 和 $105m^2$ 两台小烧结机和 4 座 4.3m 小焦炉，每年可减少颗粒物排放 768 吨、二氧化硫排放 1382 吨、氮氧化物排放 2407 吨。另一方面适应供给侧改革要求，把着力点放在提高供给质量上，不断优化资源配置、扩大优质增量供给，努力实现减量减排但不减营业收入、不减税收、不减效益，最终要以环境一流、管理一流、产品一流、效益一流的崭新姿态，跨入钢铁行业第一方阵，成为全国极具竞争力、影响力和带动力的现代化钢铁强企，2017 年被国家权威部门评定为竞争力特强企业。

此外，安钢坚持"中高端"的市场定位和产品定位，以"高端用户促进安钢高端产品"主动引领市场，创造市场，创造消费需求，持续优化产品结构。2017

年，安钢品种钢、品种材比例分别达到 75%、84%；直供直销比例接近 50%，较两年前翻了一番；重点品种销量突破 225 万吨，同比增加 48.4 万吨。其中，安钢在商用汽车轻量化用钢方面拥有多项核心技术，已成为国内该领域的引领者，700MPa 以上级别轻量化用钢拿下了 60% 左右的全国市场占有率。高强板连续多年保持国内市场占有率第一，并成功应用于 8.8m 全球最大矿用液压支架。"锅炉和压力容器用钢板"荣获冶金产品实物质量"金杯奖"，"耐候结构钢"和"冷镦钢热轧盘条"荣获"冶金行业品质卓越产品"，"高强度汽车大梁用热轧钢带"荣获冶金产品实物质量奖最高荣誉"特优质量奖"提名公示。截至目前，安钢共有 24 个产品荣获冶金产品实物质量"金杯奖"，26 个产品荣获"冶金行业品质卓越产品"，10 个产品获"河南省名牌产品"。

通过供给侧结构性改革，安钢去年在产量下降、排放减少的同时，销售收入不降反增 28 亿元；实现利税 36.12 亿元，同比增加 22.51 亿元，增幅达 165%；实现利润 20.6 亿元，同比增长 1775%，较历史最好水平还超出 8.37 亿元。"绿水青山就是金山银山"在安钢得到了充分的体现。

（记者　杨小光）（原载 2018 年 3 月 4 日《中国冶金报》）

李利剑委员：减量就是减排，减量倒逼提质

"通过供给侧结构性改革，安钢去年在产量下降、排放减少的同时，销售收入不降反增 28 亿元；实现利税 36.12 亿元，同比增加 22.51 亿元，增幅达 165%；实现利润 20.6 亿元，同比增长 1775%，较历史最好水平还超出 8.37 亿元。"在接受经济日报记者专访时，全国政协委员、安阳钢铁集团有限公司党委书记、董事长李利剑表示，安钢既要企业发展、更要碧水蓝天，逐步走出了一条具有安钢特色的绿色、减量、集约发展的路子，初步探索出了一条环保提升和企业发展、企业效益和社会效益双促进、双丰收的有效途径。

据了解，安阳钢铁集团公司是河南省最大的钢铁企业。安钢区域位置敏感，既地处"2+26"城市，又位于城市建成区，且毗邻世界文化遗产殷墟保护区，环保任务在行业内尤其艰巨。

李利剑委员告诉记者，2014 年下半年，安钢就提出把环保攻坚当作"第二场生存保卫战"，在行业最为困难的时期，毅然投入 8 亿元资金，实施 26 项环保治理项目，面源治理实现原料场全围挡，线源治理实现皮带廊全封闭，各工序实现关键部位全除尘，通过 3 年时间，解决了历史欠账和达标排放问题，部分工序甚至实现了超低排放。

2016 年，国家大气污染防治攻坚战全面展开，对环保提出了特别排放限值要求。是激流勇进还是全面退守？安钢毅然选择了前者，提出要用"世界最先进的技术、最成熟的工艺、最高标准的装备配置"，一步到位、高起点抓好环保提升，坚定不移走绿色发展道路。有成熟技术就采用最先进的，没有成熟技术，就通过创新和合作，自力更生创造最先进的。

据李利剑委员介绍，2016 年底，安钢审时度势，邀请行业权威专家，结合安钢实际，制定了环保提升整体规划方案。2017 年 3 月，集中启动了总投资达 30 亿元的环保提升项目建设。这一投入占到了当年企业销售收入的 8% 左右。目前，5 套焦炉脱硫脱硝项目、3 座烧结脱硫脱硝项目、4 套转炉一次除尘改造项目、原料场封闭项目已经全部投用。安钢也由此成为我国第一家实现全干法除尘的钢铁联合企业，主要工序环保治理效果全部达到了世界一流、国内领先水平，每年可减少颗粒物排放 3200 吨、二氧化硫排放 2700 吨、氮氧化物排放 5500 吨，减排比例分别达到 71%、60%、76%。

"今年 1 月 5 日该项目通过中国金属学会成果鉴定，被评定为'国际领先'水平，下一步，安钢将推动该技术在行业内的推广应用，为钢铁行业绿色发展做出积极贡献。"李利剑委员说。

"减量就是减排，减量倒逼提质。适应我国经济由高速增长阶段转向高质量

发展阶段的新常态，安钢也必须按照供给侧结构性改革的要求，不断追求更有质量、更高品质、更有效益的发展。"李利剑委员告诉记者，安钢确定了"创新驱动、品质领先、提质增效、转型发展"总体战略，一方面关停拆除高耗能、高污染装备。另一方面适应供给侧结构性改革要求，把着力点放在提高供给质量上，不断优化资源配置、扩大优质增量供给，努力实现减量减排但不减营业收入、不减税收、不减效益。

李利剑委员表示，安钢坚持"中高端"的市场定位和产品定位，提出"以高端用户促进安钢的高端产品"，主动创造市场，创造消费需求，持续优化产品结构。2017 年，安钢品种钢、品种材的比例分别达到 75%、84%；直供直销比例接近 50%，较两年前翻了一番；重点品种销量突破 225 万吨，同比增加 48.4 万吨。其中，安钢在商用汽车轻量化用钢方面拥有多项核心技术，已成为国内该领域的引领者，700MPa 以上级别轻量化用钢拿下了 60% 左右的全国市场占有率。高强板连续多年保持国内市场占有率第一，并成功应用于 8.8m 全球最大矿用液压支架。

"下一步，安钢打算从环保入手，进一步改善厂区环境，做好美化、绿化、亮化、硬化，打造'公园式、森林式'园林化绿色企业，积极推动安钢生态转型，把工厂变公园，厂区变景区，为美丽中国建设增光添彩。"李利剑委员说。

（记者　熊　丽）（原载 2018 年 3 月 7 日《经济日报》）

四、全面深化企业改革

发展的洪流奔涌向前，十年风雨历程，安钢始终顺应时代潮流，改革创新，砥砺前行，面临多重困难与挑战顺势而为，乘势而上。2016年，国家及河南省国有工业企业深化改革的浪潮席卷而来，安钢积极行动、统筹谋划、纵深推进，不仅走在了全省前列，同时也使安钢在深化改革中焕发了新活力，注入了新动能，增强了竞争力。

在深化改革的进程中，安钢始终把握正确方向，依法合规稳步推进深化改革。集团公司改革领导小组专题召开数次改革推进会，统筹多方利益，优化改革顶层设计，整体把控改革进度。安钢坚持充分发挥党组织在企业中的政治核心作用，把加强党的领导和完善公司治理统一起来。以健全现代企业制度为目标，以完善企业法人治理结构为关键，于2017年9月份修订完毕集团公司章程；27家出资企业公司章程于2017年12月底全部修订完毕，董事、监事设置全部规范，运作主体市场化、治理结构现代化的体制机制初步建立。

安钢坚持问题导向，深入推进机构改革。全力推行扁平化管理，压减管理层级，取消5人以下科室、100人以下车间，核减定员等举措雷厉风行。着力深化企业内部改革，打破"干部能上不能下、工资能涨不能降、职工能进不能出"的"新三铁"，构建出"干部能上能下、工资能升能降、职工能进能出"的新格局，建设适应现代企业制度要求和市场竞争需要的干部职工队伍。2017年，对工作中出现重大失误的18名中层干部，分别给予撤职、降职、停职、记大过等行政处分和经济处罚，营造出履职尽责、铁责担当、干事创业的良好氛围。

加快推进混合所有制改革，着力打造出一批体制新、机制活、竞争力强的混合所有制企业。2017年2月9日"安钢软件"新三板成功挂牌，5月22日兆隆能源公司挂牌运营，8月23日河南水鑫科技环保公司成立，10月19日职工总医院与新里程签订合资合作协议，完成股份制改造，12月26日众兴钙业公司成立，安淇农业、钢材加工配送中心员工持股试点工作加速推进。产权多元化进程的加快，放大了存量效应，实现了国有资产的保值增值。

为降本减负，瘦身健体，安钢提前完成社会职能剥离。安钢在剥离企业办社会职能工作中高度重视、认识到位，组织严密、措施得力，2016年8月9日，安钢与安阳市政府就剥离企业办社会职能正式对接，2017年7月18日，河南省剥离企业办社会职能第五验收组到安钢，对安钢剥离企业办社会职能的具体工作进行了检查与验收，高度评价安钢的工作，称赞安钢走在了全省的前列，为全省省管企业树立了标杆。安钢的社会"包袱"明显减轻，"四供一业"改造效果逐渐显现。同时退休人员管理也于2017年5月底移交社会，提前一个月完成。安连公司、钢都建筑公司2家僵尸企业于2017年年底注销出清。

打破制度藩篱，全面革故鼎新，安钢在深化改革中蹄疾步稳、驰而不息，整体走在全省前列。但安钢并未就此止步，而是以此为新起点，在2018年再启深化改革新征程。完善法人治理结构，深化三项制度改革，推进混合所有制改革，有序出清"僵尸企业"……深化改革在安钢正呈方兴未艾之势，持续为安钢建设现代化钢铁强企强筋壮骨。

李涛在集团公司生产调度会上指出
让改革成为安钢解危脱困转型发展的动力源泉

6月20日,集团公司调度会在生产管理处举行,集团公司领导李涛、李利剑、李存牢、刘润生、王新江、刘楠、张怀宾、赵济秀、郭宪臻、闫长宽、姚忠卯出席会议,各机关部室、生产单位、子分公司主要负责人参加会议。

会上,销售总公司、财务处、生产管理处等单位负责人先后就有关工作进行了汇报。

集团公司常务副总经理刘润生对6月份系统检修工作进行了简要总结,对安全、生产等工作进行了重点强调。副总经理王新江通报了到蒂森克虏伯公司考察访问的情况。

李利剑总经理在讲话中对6月份系统检修工作给予了肯定。他指出,此次检修涉及工序多、项目密度大、时间跨度长、要求精度高,全体参战人员发扬艰苦奋斗、连续作战的精神,科学组织,合理安排,圆满完成了检修任务,为三季度生产的顺利进行奠定了良好基础。

李利剑强调,当前正值高温雨季,处于设备、人身安全事故易发高发期,要进一步增强安全意识,坚持问题导向,善于思考问题、发现问题、解决问题,把精细严实良好作风贯穿于工作的方方面面,真正做到预知、预测、预防、预控,实现安全生产的顺利进行。

李利剑指出,今年三季度乃至下半年,钢铁行业形势仍然十分严峻,必须立足自我,苦练内功,增强抵御市场风险能力。要认真学习贯彻中央和河南省关于国有工业企业改革的精神,在近几年深入探索和实践的基础上,进一步大力推进各项改革,解决好干部能上能下、人员能进能出、收入能增能减等问题,最大限度调动人的积极性,焕发企业活力,为安钢打赢生存保卫战,实现转型发展,提供体制机制的有力支撑。

李利剑强调,集团化管控、市场化运作,是集团公司管理模式的改革方向,必须坚定不移推进分头突围、分灶吃饭、断臂求存。各个子分公司要进一步解放思想,转变观念,在即将到来的深度改革中争取主动,解决好本单位的生存和发展问题,进而为集团公司解危脱困、转型发展提供支持。

李涛董事长在讲话中指出,通过对蒂森克虏伯公司的考察,进一步坚定了安钢市场定位中高端、产品定位中高端、用户定位中高端的发展思路,进一步认识到研究市场、深耕市场的极端重要意义,要进一步积极解放思想,不断提升管理和技术水平,全力朝着打造现代化钢铁强企目标迈进。

李涛指出,面对当前依旧复杂多变的金融形势和市场形势,要继续坚定信心,振奋精神，顽强拼搏，增强紧迫性和主动性，把工作做精做细做实，铁前全力降成本，钢后全力增效益，确保全年预定生产经营目标的顺利实现。

李涛强调，全面深化改革，全力进行体制机制创新，是加速安钢解危脱困、转型升级的重要途径和举措，也是安钢发展壮大的着力点和出发点。要认真学习领会河南省深化国有工业企业改革工作会议精神，结合安钢实际，整体部署，系统推进，全面深化安钢在企业治理结构、三项制度、主辅分离等重要领域的改革，在改革的力度、深度和广度上寻求突破，让改革成为安钢解危脱困、转型升级的动力源泉、活力源泉。

（记者　柳海兵　陈　曦）（原载 2016 年 6 月 21 日《安钢》报）

安钢召开上半年控制外委支出及
人力资源优化专题工作会

8月4日上午，安钢2016年上半年控制外委支出及人力资源优化专题工作会在办公大楼召开，集团公司领导李利剑、刘润生、刘楠、赵济秀、郭宪臻出席会议，集团公司相关部室、主体厂及各子分公司负责人参加会议。

会议首先通报了集团公司上半年控制外委支出及人力资源优化整体完成情况、上半年股份公司劳务管理情况，以及子分公司上半年控制外委支出及人力资源优化完成情况。

会上，采购处、设备物资管理处、技改工程处分别发言，就上半年各自的工作进行了总结，炼铁厂和综利公司分别进行了典型发言，就上半年优化人力资源和控制外委支出好的做法和经验进行了汇报。

集团公司副总经理刘楠在讲话中就优化人力资源工作提出了三个方面的要求：一是优化人力资源必须建立长远的、系统的观念。要结合分离企业办社会职能、混合所有制改革实际，争取工作主动权；子公司要结合今后的重点，更加科学合理推进工作。二是要通过技术手段合理优化人力资源，围绕生产工序，与自动化、信息化以及设备改造进行结合。三是要形成有效的优化人力资源制度。

集团公司总经理李利剑在讲话中强调，要加大企业改革力度，强化企业内部管理。人力资源优化配置，提高劳动生产率是企业重要工作，也是钢铁行业内普遍都在进行的一项重要工作。安钢这项工作起步早，指导思想和方针策略明确，各单位要高度重视，思想观念要跟上，要加大力度，强力推进，通过方方面面的手段，激发动力，倒逼管理、技术的创新和改造，全面降本、全面增效、全面挖潜、全面堵塞漏洞。

李利剑强调，在控制外委支出和优化人力资源配置工作上，各单位领导干部，尤其是主要领导干部，要进一步提高认识，提高重视程度，多动脑筋，多做研究。

不能光考虑困难，不考虑办法；光寻找借口，不寻找措施。不仅是子分公司、主体厂要考虑，综合管理部门和考核部门更要考虑，在创新机制和工作方法上多考虑，要在创新激励机制上想办法，要在强化管理手段、技术手段上多动脑筋，集中所有的能力和智慧，以新的方法、新的思路、新的考核和激励机制去应对，克服畏难情绪，克服潜力挖尽、潜力挖到头的思想，主动创新、积极创新，加大落实力度。

李利剑强调，要强化责任意识和担当意识，强化履职尽责意识。要结合三项制度改革，针对领导干部制定履职尽责的责任追究考核办法，强化业绩指标挂钩，把责任意识和担当意识具体到细的条款上，对失职渎职或者没有尽到职责进行责任追究，体现在党纪和政纪的处分和干部任用上，真正实现干部能上能下，实现干部管理上颠覆性的变化。针对目前人力资源优化配置和控制劳务出现的两头难，要通过技术手段进行合理的精简，对照满负荷工作时间这一衡量标准，提高劳动效率。

李利剑强调指出，要充分发挥制度的作用，制订科学合理的制度，通过制度调动积极性。对子分公司要取消劳务费用这一项，把外委项目的人工费和劳务费用纳入工资总额。主体生产厂要进一步强化管理，鼓励人员一专多能，一岗多能，在管理上、技改上采取措施，大力压缩管理人员。富余人员采取全员公开竞聘的方式，没竞聘上的人员在人力资源中心进行培训后，重新安排转岗。

会议由常务副总经理刘润生主持。

他在讲话指出，一是要认真领会，深刻感悟，抓好会议精神的对照学习和落实，着力解决畏难情绪，将思想、行动统一到公司的要求上来，统一到会议要求上来。二是要有改革创新的精神。各级领导干部要有破题的精神，在工作中求新求变求实效，采取超常的举措，解决好当前的问题。三是要勇于担责。要强化责任意识和担当意识，进一步强化舍我其谁、拼搏进取的精神，在各项工作中积极行动，发挥主观能动性。四是要进一步加大改革的工作力度。要把强化内部管理与下一步的改革紧密结合起来，所有的行动统一到大局上来、统一到政治的高度上来。五是要总结好上半年的工作经验，抓好三季度以及下半年工作进度，确保全年目标和任务的顺利完成。

（记者 陈曦）（原载 2016 年 8 月 6 日《安钢》报）

安钢与安阳市政府就剥离企业
办社会职能正式对接

8月9日上午，安钢与安阳市政府剥离企业办社会职能工作协商会议在会展中心圆桌会议室召开。河南省深化国有工业企业改革安钢指导组组长、省发改委常务副主任刘伟，集团公司领导李涛、李存牢、刘楠，安阳市委常委、常务副市长陈志伟出席会议，安钢相关部室、子分公司，以及安阳市市直、区各部门有关负责人参加会议。

会上，集团公司副总经理刘楠首先对安钢剥离企业办社会职能的主要工作、具体内容和基本情况进行了介绍，就安钢需要移交的事项进行了明确，并就移交中需要衔接的具体问题进行了通报。

集团公司董事长、党委书记李涛在讲话中首先感谢安阳市长期以来对安钢的支持和帮助。他说，安钢坚决支持、坚定拥护省委、省政府关于剥离企业办社会职能的各项政策。从现实和长远来看，这是有利于安钢瘦身健体，实现长足发展的长远性决策，也是提高企业适应市场、提升竞争力的利好政策，对安钢解危脱困有着重要的现实意义，安钢将无条件去实施好和执行好。

李涛说，两年多来，安钢在剥离企业办社会职能方面做了很多基础性工作。河南省召开国企改革动员会两个月来，我们在原有的基础上，迅速地摸清了各条线、各个板块、各个方面的真实情况，为接下来与市政府对接打下基础。

李涛表示，安钢一定会把剥离企业办社会职能的各项工作做好，该承担的一定承担，该担当的一定担当，同时也希望安阳市能够给予大力支持，在与市有关部门的分块对接中，多沟通、多协商、多理解，共同把这项工作做实、做好，走在河南省的前列。

陈志伟在讲话中说，服务好安钢是安阳市历届市委市政府都很重视的大事。省国企改革攻坚战部署以来，安阳市高度重视，多次研究，态度很坚决，也很明确，在服务安钢上，积极行动，勇于担当，主动对接。这两年多来，安钢围绕市场化的改革也做了大量工作，方方面面都在调整，目标是明确的，态度是坚决的，思路是清晰的。此次改革要遵循尽早改、彻底改的原则，安阳市有关部门要认真对待移交工作，研究制订方案，确定任务，明确责任，按照时间节点，共同快速推进。

陈志伟说，此次移交工作任务繁重，复杂程度也是可想而知的，要想在短期内消化掉这些任务也不是轻而易举的，希望省委省政府能够在政策上多给予支持，给予帮助，确保政企之间的移交工作能够稳定有序地开展。

刘伟对剥离企业办社会职能工作提出了四点要求：

一是要建立常态化的工作机制。市企双方要安排具体人员负责工作对接，明确责任分工，列出问题清单，强化沟通协调。

二是要按省政府文件中明确的原则办事。公共基础设施坚持"先移交、后改造"，对于改造标准、费用分担等具体问题，省里的文件中有明确规定的要按规定办，规定中没有涉及的具体问题要协商办，双方协商未达成一致的要提交国企改革领导小组。

三是要树立时间节点意识。省委、省政府有明确时间节点要求的，必须按期完成；已经具备条件的可先行推进，争取走在全省改革工作的前列。

四是要营造良好的工作氛围，安钢和安阳市要取大同、存小异，共同担负起剥离企业办社会职能这项重任。

根据《河南省人民政府关于加快剥离省属国有企业办社会职能工作的实施意见》（豫政〔2016〕46号），"对省属国有企业管理的市政基础设施、公共服务机构和社区管理组织实施移交、撤销或改制，推进退休人员社会化管理，到2017年年底基本完成省属企业剥离办社会职能工作。"

（记者　陈　曦）（原载2016年8月11日《安钢》报）

安钢率先剥离办社会职能

我省"三煤一钢"迈出分离办社会职能改革步伐

8月23日，记者从省国资委获悉，在安钢改革指导组的组织协调下，安钢集团与安阳市政府就企业办社会职能剥离工作正式对接，这也是"三煤一钢"中首个迈开分离办社会职能改革步伐的国企。

早在2004年，安钢集团就已经剥离了七所中小学和幼儿园，企业办公安职能也移交社会。但由于历史原因，目前安钢集团仍承担着职工生活区、周边农村和一些事业单位的供水、供电、供暖，以及生活区的环卫、社区管理、过境道路维护等社会公共物业管理的"三供一业"职能，每年需承担1.1亿元的费用。

按照省委、省政府关于深化国有工业企业改革的要求，安钢集团与安阳市政府经过充分沟通后，公共基础设施坚持"先移交、后改造"，对于改造标准、费用分担等具体问题，有明确规定的要按规定办，规定中没有涉及的具体问题要协商办，双方协商未达成一致的要提交国企改革领导小组。

据了解，安钢集团管理的市政基础设施、公共服务机构和社区管理组织实施移交、撤销或改制，推进退休人员社会化管理，要在2016年年底前实现"大头落地"，电改、煤气、暖气、物业等已经具备条件的将先行推进，争取"三供一业"分离移交工作走在全省改革工作的前列。

省深化国企改革领导小组要求，安钢集团与安阳市政府要求大同、存小异，共同担负起剥离企业办社会职能这项重任，确保按期完成目标。

（记者　栾　姗　任国战）（原载2016年8月24日《河南日报》）

安钢与安阳市举行"三供一业"移交工作协调会

9月8日下午，安钢与安阳市"三供一业"移交工作协调会在会展中心召开。省改革指导组副组长郜义、集团公司副总经理刘楠出席会议并讲话，省改革指导组有关人员，安钢相关部室、子分公司及安阳市相关部门负责人参加会议。

会上，安钢剥离企业办社会工作组、安阳市国资委相关负责人分别介绍了安钢"三供一业"工作的进展情况，以及目前存在的分歧，并就下一步移交、过渡工作中的具体问题和关键环节进行了探讨。

集团公司副总经理刘楠就水电气改造中各方面的标准认定、工业用地转换，移交资产和人员的界限等方面进行了进一步的解释和说明。

省改革指导组副组长郜义在讲话中指出，剥离企业办社会职能是企业改革的一项重要工作，也是改革工作中应该率先启动、率先完成的工作，牵涉到安钢广大职工的切身利益，安钢和安阳市要共同配合，积极稳妥推进。

郜义要求，企业和地方在协商中要坚持互谅互让，统筹推进原则，一是要把工作中大的框架体系制定好。按照省里规定的时间要求，企业和安阳市双方要确定一个大的工作框架，明确目标任务，主要的原则和责任分工。安钢要在安阳市政府的指导之下，与区、县签订相关合同。与相关企业签订的合同，要有细化的框架、明确的标准、移交的内容、施工的内容以及改造到的程度。二是标准问题。要按照地方实际和安钢实际，坚持参与各方都要满意的原则，保证工作合理推进。安钢要参与到标准制定的各个流程，制定好的标准要越细化越好，避免出现歧义与争议。水电气的移交和改造工作是整体的过程，伴随而生，企业与地方在移交过程中界限划分要清晰，在移交前和改造后互相配合。

要按照协议的要求，在标准定制中，明确是否移交，明确各方职责。

9月8日上午，改革指导组听取了安钢转型发展战略研究组负责人所做的《安钢转型发展战略规划》修改情况汇报，并就转型发展方案修改完善提出了意见和建议。

（记者 陈曦 邓苗）（原载 2016 年 9 月 10 日《安钢》报）

安钢公开竞聘选拔厂处级副职优秀年轻干部

经过前期大量细致认真的准备工作，10月28日下午，集团公司公开竞聘选拔厂处级副职优秀年轻干部工作进入理论考试阶段，来自各个单位的104名人员参与了在会展中心进行的笔试。集团公司纪委书记李福永到现场指导考试工作。

为了进一步推动人事制度改革，优化干部队伍结构、提升干部队伍素质、增强干部队伍活力，建立和完善优秀人才脱颖而出的机制，多渠道选拔使用优秀年轻干部，推进干部队伍年轻化、专业化，为企业解危脱困、转型升级和健康持续发展提供人才保证，集团公司决定在全公司范围内公开竞聘选拔10名左右的厂处级副职优秀年轻干部。

集团公司高度重视此次优秀年轻人才选拔工作，专门成立了由集团公司纪委书记李福永领导，党委工作部和人力资源部相关人员组成的工作小组，在资格审查、笔试组织等各个方面严格把关、细致安排，确保整个人才选拔工作做到公开、公平、公正、透明。

考试前，李福永发表了简短的讲话。他指出，当前安钢正处于解危脱困、转型发展的攻坚时期，需要更多的专业化、知识化、年轻化人才。此次竞聘选拔优秀年轻干部，是集团公司深化三项制度改革的重要举措，是集团公司干部选拔任用制度上的重大突破，也是让青年优秀人才脱颖而出的全新尝试。

要坚持"民主、公开、竞争、择优"原则，扩大选人视野，引入竞争机制，使德才兼备的优秀人才脱颖而出。他希望广大参考人员抓住此次机遇，充分发挥出自己的实力，展示出自己的能力，接受集团公司选拔，为企业健康可持续发展贡献自己的力量。

据了解，此次年轻优秀人才选拔工作由面试、笔试和组织考察等环节组成，104名40岁以下的正科级管理人员、主管专业技术人员参加了此次理论考试。为了保证考试的公开公正透明，工作小组做好了严格的保密工作，考前两小时确定考题，考试结束前出题人员禁止与外界接触，考试结束后连夜判卷出成绩。经过笔试选拔出的人员，还将参加后期的面试。集团公司将根据笔试和面试的公开考评结果，研究决定组织考察对象，并进行公示，最终确定聘任人选。

（记者 柳海兵 陈曦）（原载2016年10月29日《安钢》报）

深化国企改革　推进合作共赢

安钢集团与中信产业基金——新里程医院集团签约

1月9日上午，安钢集团与中信产业基金—新里程医院集团合资合作签约仪式在会展中心举行。双方共同组建医院管理公司，对安钢职工总医院实施股份制改造、专业化运营。以此为标志，安钢职工总医院分离改制工作迈出关键一步，安钢剥离企业办社会工作驶入快车道。

集团公司总经理刘润生、副总经理刘楠，中信产业基金董事、总经理刘东，新里程医院集团CEO林杨林出席仪式。

安钢职工总医院始建于1962年，是安阳市西部地区唯一的一家三甲医院，地理位置优越，特别是投资两亿元的综合大楼投用后，医疗环境得到有效改善，医院发展前景良好。去年，省国有工业企业改革会议召开后，安钢先后多次就医院剥离工作进行了讨论研究，向省改革办、省安钢改革指导组进行专题汇报，并与安阳市委市政府及相关部门多次对接。7月份，安钢集团安排专人调研走访兄弟企业厂矿医院改制和发展状况。9月底，经过充分调研和综合考量后，安钢集团董事会决定，遵循"有利于国有资产保值增值，有利于安钢医院跨越式发展，有利于医院广大干部职工收入稳步提升"的原则，采用增资扩股的方式，对安钢医院实施股份制改造，面向全社会引入战略投资者，通过合作移植先进的管理理念和灵活的经营机制，对职工总医院实行专业化运营。2016年10月25日，安钢在《河南日报》发布公告，面向全社会招商引资，寻求合作机会，并筛选出北大医疗、上海复兴、中信新里程、华润医疗及河南省国控五家投资集团作为拟合作方。

随后，安钢组成9人联合考察小组，分别对中信新里程改制的洛阳中信中心医院和洛阳东方医院，北大医疗改制的淄博鲁中医院和淄博医院（原山铝职工医院）进行实地考察，详细了解改制后医院运营、医疗资源引进、学科发展、职工收入和队伍稳定等情况，最终确定中信新里程医院集团为合作伙伴。

新里程医院集团成立于2011年，是由中信产业基金控股，以医院为产业入口，以肿瘤学科为特色的开放式医疗集团，涵盖医院运营、医生公司、医疗数据等业务，向患者提供全里程健康解决方案。

协议中商定，安钢以职工总医院现有设备、房产、在建工程和负债等进行实物出资，中信新里程集团以货币方式现金出资，双方各持有改制后安钢职工总医院部分股份。由双方合作成立的医院管理公司，作为安钢医院的唯一举办人，负责安钢医院的日常经营和管理。改制后的安钢医院非营利性的宗旨不变，实行董事会领导下的院长负责制。

签约仪式由集团公司副总经理刘楠主持。他说，此次合资合作签约仪式，是响应国家方针政策，深化国企改革的重要举措，是推进安钢剥离办社会职能、瘦身健体的关键一步，更是安钢坚持开放办企业，主动走出去，在专业领域引进专业团队，向中信产业基金—新里程医院集团引知、引资、引智，探索传统国有企业对外合作、转型发展的又一突破。通过此次合资合作，将开创双方风险共担、收益共享的新局面，共同谱写携手共进、合作共赢的新篇章。

集团公司总经理刘润生发表了热情洋溢的致辞。他在致辞中首先向参加签约仪式的来宾表示热烈的欢迎和衷心的感谢。他指出，中信产业基金产业多元、实力雄厚，管理资产近千亿，投资企业上百家，在国内医疗领域知名度很高、影响力很大、竞争力很强，并且具有丰富的钢铁企业医院改制经验。新里程集团是一家开放式、专业化的医疗管理平台，业务覆盖医院运营、医疗数据、跨境医疗等方面，医疗资源丰富、管理机制先进、发展势头良好。安钢1958年建厂，目前已经发展成为年产钢能力1000万吨、中原地区最大的优质精品钢材生产基地。安钢职工总医院建于1962年，是河南省首批三级综合医院，专业突出、设备先进、设施完善，也是安阳市西区规模最大的非营利性医院。

刘润生指出，经过前期沟通、友好协商，我们双方在合作发展方面达成共识。我们今天以合作签约的形式，把这种共识提上了新的高度，发挥双方的品牌、平台和产业资源，实现优势互补、利益共享，共同为医疗卫生事业发展再做新的贡献。同时希望以此为起点，坦诚合作，携手共进，共同开创更加美好的明天。

新里程医院集团CEO林杨林、安钢医院院长张分明先后发言，介绍了双方合资合作的背景和过程，表达了对合作共建的决心和信心。中信产业基金董事、总经理刘东详细介绍了中信银行产业基金的发展、运行情况。安阳市、区有关领导也在会上做了表态发言。

最后，集团公司副总经理刘楠、中信产业基金董事、总经理刘东、新里程医院集团CEO林杨林共同在协议书上签字。

当天下午，来宾们还实地参观了安钢医院新建综合大楼。

（记者　陈　曦）（原载2017年1月10日《安钢》报）

李利剑在集团公司改革推进工作会上强调

趟过"深水区" 啃下"硬骨头"
以担当精神纵深推进安钢改革发展

2017年是改革纵深推进、全面发力的重要一年。3月11日，集团公司召开改革推进工作会议，就如何全力攻坚进行安排部署。集团公司党委书记、董事长李利剑在会上发表重要讲话，强调要趟过"深水区"、啃下"硬骨头"，以担当精神纵深推进安钢改革发展。

集团公司总经理刘润生主持会议。

集团公司领导李存牢、刘楠、李福永、赵济秀、郭宪臻、闫长宽、姚忠卯，股份公司领导朱红一、刘增学、张纪民、成华出席会议。全体厂处级干部参加会议。

会上，集团公司总经理刘润生首先传达了省国企改革推进工作会议精神。在3月2日召开的全省国企改革推进工作会上，省长陈润儿指出，目前国企改革攻坚打响的还只是一场前哨战。

2017年国企改革将向纵深推进，从工业企业改革转向全部企业改革；从重点发力转向全面发力；从启动攻坚转向全力攻坚。国企改革最难攻的"山头"、最难啃的"骨头"还在今年。他就进一步深化全省国企改革提出了三点具体要求，一是要从战略高度深化对国企改革的认识；二是要以担当精神加大国企改革力度；三是要用统筹的方法释放国企改革效率。

副省长张维宁在全省国企改革推进工作会上从全面提速产权多元化改革、完善法人治理结构、优化企业组织结构、加快剥离企业办社会职能、加大"僵尸企业"处置力度、坚决完成化解过剩产能任务、化解债务去杠杆、创新国有企业负责人选任和薪酬分配机制、不断改革完善国资监管体制机制九个方面对国企改革工作进行了安排部署。

集团公司党委副书记、副董事长李存牢宣读了《安钢2017年继续推进深化国有企业改革工作方案》。

集团公司党委书记、董事长李利剑对改革工作给予了充分肯定。他指出，去年以来，安钢认真贯彻落实省委省政府决策部署，结合安钢改革实际，迅速行动，狠抓落实，全面打响改革攻坚战，重点领域实现了重点突破，部分领域取得了实质性进展，整体保持了大局稳定、人心稳定、队伍稳定。

李利剑强调，在肯定成绩的同时，也要清醒认识到，改革仍然是我们面临的重大考验，当前的改革任务依然繁重，还有一些重点没有破题，还有一些难点亟待研究探索，需要我们加强研究，认真对待，找出破解难题的方法路径，加快工作的推进落实，开创安钢改革工作的新局面。

　　李利剑强调，要充分认识到当前的深化改革是改革开放以来，国企进行的第三次重大改革，是中央和河南省的重要决策部署，是安钢解危脱困、转型发展的现实需要，也是全体干部职工根本利益的必然选择。不改革只有死路一条，抓改革才能柳暗花明。

　　置身国企改革的第三次历史大潮流，要清醒看到中央和河南省下了很大决心，推进的力度很大。作为企业一员，尤其是领导干部，要顺应历史潮流，增强历史责任感，提高对改革重要性和必要性的认识，增强改革的自觉性和主动性，统筹处理好改革、发展、稳定三者之间的关系，重点是要增强改革的紧迫感，以"光着膀子拼刺刀"的精神，披荆斩棘，背水一战，沉着应对各种问题挑战，全力推动安钢实现解危脱困、转型发展。

　　李利剑就下一步改革工作的开展，提出了四个方面的要求。

　　第一要突出战略引领。要以"创新驱动、品质领先、提质增效、转型发展"的总体战略作为改革的重要方向，不拘泥于常法，解放思想、转变观念，以是否有利于企业的长远发展，是否有利于企业效益的最大化，是否有利于最大限度调动干部职工的积极性，作为深化改革的基本遵循，不讲客观、加大力度、加快速度，灵活主动，全力打赢生存保卫战，使安钢在激烈市场竞争中占据一席之地，维护好全体干部职工最大、最根本的利益。

　　第二要加速推进落实。要坚决按照省委、省政府关于各项改革的时间节点要求，加快改革步伐，确保改革落到实处、取得实效。一是要进一步完善法人治理结构；二是要继续深化三项制度改革；三是要纵深推进混合所有制改革；四是要着手谋划资产重组工作；五是要全面完成剥离办社会工作；六是要加快处置"僵尸企业"。一些牵一发而动全身、涉及到职工切身利益的重大改革事项，要高度重视，在细化改革方案，完善配套措施，积极稳妥推进的同时，要深入做好调查研究，及时掌握思想动态，提高前瞻性预见性，通过不同层级、不同渠道，加强宣传教育，做好解疑释惑，化解思想阻力，做到发现在早，预防在先。通过灵活有效、深入细致的思想工作，引导广大员工积极参与和支持改革，为改革的顺利推进奠定坚实的思想基础，营造良好的舆论氛围。

　　第三要明确主体责任。改革能否顺利推进，落到实处，关键在人，关键在责任主体。党员领导干部，特别是作为"关键少数"的一把手，要从讲政治的高度，深入践行"六要六不"，站位改革工作和转型发展大局，心无旁骛、勇于突破、敢于创新、主动担当，当好改革的促进派和实干家。

　　第四要坚定必胜信心。集团公司上下都要坚定打赢改革攻坚战的信心、决心。信心和决心来自于省委省政府的正确领导，来自于安钢人骨子里的改革创新精神，来自于近年来安钢深化改革工作打下的坚实基础，来自于广大干部职工对改革的理解和支持。要始终保持高昂的斗志、百折不回的干劲和闯劲，努力想办法、寻出路、求突破，力争走在我省国企改革的前列，改出一片新天地，奋力夺取安钢改革攻坚战新的更大胜利。

刘润生最后要求各单位各部门要贯彻落实好省国企改革推进工作会和集团公司改革推进工作会精神，并就改革推进提出了三点具体要求，一是要统一思想、提高认识；二是要明确任务，压实责任；三是要一抓到底，务求实效。

（记者　柳海兵）（原载 2017 年 3 月 14 日《安钢》报）

省剥离企业办社会职能验收组到安钢检查验收

7月18日，河南省剥离企业办社会职能第五验收组到安钢，通过实地查看、听取汇报、查阅资料等方式对安钢剥离企业办社会职能的具体工作进行了检查与验收。省剥离企业办社会职能第五验收组组长、省住建厅副巡视员张冰、安阳市副市长田海涛、集团公司副总经理刘楠出席座谈会。

张冰在讲话中首先对安阳市的剥离企业办社会职能工作给予了充分肯定，并高度评价安钢的工作，称赞安钢走在了全省的前列，为全省省管企业树立了标杆。

张冰指出，剥离企业办社会职能改革即将进入收尾阶段，目前的检查和验收就是要通过听、查、看、访，即听取汇报，查看有关资料，察看改造工程和项目的相关资料，对住户进行访问四个环节，全面总结经验，全面进行评价，准确进行定位，为下一步的改革提供借鉴和参考。

田海涛对安阳市剥离企业办社会职能工作进行了汇报。他在汇报中说，去年全省深化国有工业企业改革工作会议召开后，安阳市委、市政府严格按照省委、省政府提出的目标任务和工作要求，明确任务、建立机制、严格督查，以安钢集团为突破口，带动起省属企业共同推进，使安阳市剥离省属企业办社会职能工作走在全省前列，并如期完成了任务。他还详细介绍了安阳市剥离企业办社会职能工作完成情况、主要工作措施、存在的问题和下一步的重点工作。

刘楠在会上对安钢集团剥离企业办社会职能工作进行了总结。他说，2016年以来，安钢认真贯彻落实省委省政府、省改革领导小组及指导组工作部署，把剥离企业办社会职能工作作为重要突破口，不等不靠，先行先试，压实责任，强力推进，剥离办社会职能全面完成，部分领域提前落地，整体走在了我省国企改革的前列。

他还着重介绍了安钢剥离企业办社会职能的工作成效、主要做法、主要经验和体会，并有针对性地提出了一些问题和建议。

座谈中，张冰还与相关单位人员进行了交流。座谈前，张冰一行深入到安钢钢六社区详细了解离退休人员移交工作完成情况，并到职工家中实地察看"四供一业"改造进展情况。

（陈 曦）（原载 2017 年 7 月 20 日《安钢》报）

击水挽狂澜

——安钢 2017 年深化改革回眸

从饱尝生存之忧到一路高歌猛进，从苦思改革之策到一路披荆斩棘，从深陷限产之痛到一路绿色发展，从突破转型之困到一路逆势雄起……2017 年，安钢铸就了跌宕起伏、大气磅礴的历史；2017 年，安钢写下了浓墨重彩、璀璨光芒的华章。

深化改革在关乎安钢发展的重要领域和关键环节起到了举足轻重的作用。一年来，安钢坚持讲政治、讲大局，从集团公司的统筹谋划、标本兼治，到改革举措的全面发力、纵深推进，在这场深刻的国企深化改革浪潮中，安钢以超前的勇气、扎实的作风，搏风击浪、中流击水，为打赢"生存、改革、环保、转型"四大攻坚战注入了不竭的动力。

统筹谋划　标本兼治

改革越往纵深推进，越涉及重大利益关系的调整，涉及各方面体制机制的完善，都是难啃的硬骨头。对于安钢，2017 年的深化改革，已进入到了深水区和攻坚期。交织叠加的矛盾和问题，推进改革的复杂程度、敏感程度、艰巨程度，都在考验着安钢人的智慧和魄力。

3 月 2 日，全省国企改革推进工作会议在郑州举行。3 月 11 日，集团公司召开改革推进工作会议。集团公司党委书记、董事长李利剑在会上强调，要趟过"深水区"，啃下"硬骨头"，以担当精神纵深推进安钢改革发展。在随后加速推进落实上，他更是明确提出，要进一步完善法人治理结构、要继续深化三项制度改革、要纵深推进混合所有制改革、要着手谋划资产重组工作、要全面完成剥离办社会工作、要加快处置"僵尸企业"。

透过纷繁复杂、千头万绪的企业实际，安钢在对深化企业改革进行认真梳理的基础上，绘制出了明确的线路图：深化企业治理结构改革，促进企业高效运转；加快企业组织结构改革，优化整合企业资产；推进产权结构改革，发展混合所有制经济。这三项改革重点是需要持续推进的中长期任务，旨在着力破解制约安钢发展的体制性障碍，这是向纵深推进改革的"治本"之策。完善"僵尸企业"的处置出清，全面完成企业办社会职能剥离移交工作，这些任务是阶段性改革任务，要不折不扣按照国家要求完成，这是向纵深推进改革的"治标"之举。

面对深化改革这项错综复杂的系统工程，集团公司领导把握大局、审时度势、统筹兼顾、科学实施，既敢于出招又善于应招，使安钢深化改革做到了蹄疾步稳。

全面发力　纵深推进

不改革只有死路一条，抓改革才能柳暗花明。虽然前路崎岖、障碍重重、荆棘载途，但安钢深化改革的决心坚定、行动迅速、工作扎实。安钢干部职工涉险滩、攻壁垒、解难题，改革攻坚战进行得如火如荼，深化改革的各项举措全面发力，深化改革在不同领域纵深推进。

为了坚定不移地把各项改革推向深入，确保改革举措落到实处、取得实效，集团公司改革领导小组专题召开数次改革推进会，明确改革重点，突破改革难点，梳理改革痛点，整体把控改革进程。

实际工作中，法人治理结构进一步完善。安钢坚持把加强党的领导与完善公司治理统一起来；对27家子公司法人治理结构进行了初步的规范和完善；对二三级子公司进行了分类梳理，根据规模大小，规范法人治理结构的设置原则和办法，同时归并相近相关业务，减少法人个数；进一步压减管理层级，推行扁平化管理，管理层级基本控制在三级以内；集团管理部室由16个压减至8个，取消5人以下科室和100人以下车间，集团及股份公司机关、生产单位及子分公司均实施到位。修订集团公司章程，明确集团公司党委是公司法人治理结构的有机组成部分，发挥领导核心和政治核心作用。并进一步规范出资企业董事会议事规则、监事会工作内容，完成出资企业董事、监事的推荐、委派，实现运作主体市场化、治理结构现代化。

三项制度改革破旧立新，创新干部管理、考核、任用机制，推进干部年轻化，通过公开竞聘程序，择优选拔，打破了中层管理人员"终身制"管理模式。创新绩效考核体系，将收入与效益指标紧密挂钩，做到效益升、收入升，效益降、收入降。营销人员实施的"底薪＋提成"政策，激励营销人员主动找市场、抢订单，带来了销售工作的新跨越；优化人力资源配置，取消外委用工，压减外委业务，减少费用支出，主业劳动生产率向人均1000吨钢迈进。积极探索职业经理人制度，冷轧公司、舞阳矿业公司、职工总医院职业经理人选聘工作全面铺开。

混合所有制改革加速推进。对自动化软件公司、冶金炉料公司、冶金设计公司、金信房地产公司、安淇农业公司、钢材加工配送公司、汽运公司等7家单位，实行重点突破。3月6日，自动化软件公司成功在全国中小企业股份转让系统（新三板）挂牌上市，正式掀开了进入资本市场的新篇章。汽运公司所属兆隆能源公司于5月22日收购三兴阳光加油站，迈出对外经营的重要一步。安钢职工总医院推进股份制改造，引入社会资本，盘活医疗资源，安钢集团于10月19日与新里程医院集团正式签约。一批体制新、机制活、竞争力强的混合所有制企业应运而生。

剥离企业办社会职能工作全面完成。安钢分"四个板块、四条主线、十个专题"压实责任、强力推进，做细工作、吃透政策、摸透问题，健全工作机制，创新思路方式，积极应对工作中出现的问题，加强沟通协调，密切配合，确保供水、供电、供气、供暖改造按时完成，物业管理移交，安钢"四供一业"实现了"五个百分之百"；安钢退休人员社会化管理提前完成。

安钢深化改革呈现出全面发力、多点突破的生动景象，整体走在全省国企前列，为河南省省管企业树立了标杆，在河南省全面深化国企改革中，安钢成为领跑者。

驰而不息　久久为功

2017年，安钢以"快马加鞭未下鞍"的改革气魄、"狭路相逢勇者胜"的勇气、锐气证明了改革是动力、改革出活力、改革提升竞争力。

我们欣喜地看到：在完善法人治理结构、推进三项制度改革、剥离办社会职能、混合所有制改革、处置"僵尸企业"等方面，各改革工作组精心组织、稳步推进，既讲数量，更讲质量；既讲速度，又讲效率，改革质量持续提高，改革成效逐步显现。

经过进一步完善法人治理结构，健全了各司其职、各负其责、协调运转、有效制衡的国有企业法人治理结构，企业运行效率有效提升。

安钢在剥离企业办社会职能工作中高度重视、认识到位，组织严密、措施得力，在全省树立了样板作用，安钢的社会"包袱"明显减轻。"四供一业"改造效果初步显现，生活区暖气、煤气全部改造完成后，在生产负荷饱满情况下，安钢日自发电量增加38万千瓦时，每天多创效近30万元。

安钢职工总医院实施股份制改造、专业化运营，向中信产业基金—新里程医院集团引知、引资、引智。安钢在探索传统国有企业对外合作、转型发展中实现了新突破，开创了新局面。

三项制度改革活力彰显，"干部能上能下"，打破干部"终身制"，公开招聘、轮岗工作、竞争上岗，公平竞争下干部职工的工作热情空前高涨；"收入能增能减"打破收入平均主义"大锅饭"，创新绩效考核体系，使收入与效益指标紧密挂钩，激励政策下干部职工的工作业绩跨越式增长；"员工能进能出"打破国企职工身份"铁饭碗"，取消外委、压减支出，优化人力，拓宽退出通道，革故鼎新中干部职工的工作动力与日俱增；科室合并、车间合并、机构精简，瘦身健体后干部职工的工作效率明显提高。安钢干部职工的进取意识、机遇意识、责任意识在深化改革的进程中竞相迸发，安钢干部职工的担当精神、奉献精神、实干精神在深化改革的进程中光芒四射。

莫道征途漫漫，回首看，轻舟已过万重山。不忘昨天的坎坷，无愧当下的使命，不负明天的梦想，历经深化改革的淬炼，安钢这艘钢铁巨轮必将行稳致远、再铸辉煌！

（张步宇）（原载2018年1月6日《安钢》报）

安钢：改革者进　创新者强

今日的安钢，又跃上发展的潮头。有数据为证：2017年，安钢集团公司销售收入突破400亿元，同比增加28亿元；完成利税36亿元，同比增加22亿元，同比增长167%；实现利润20亿元，同比增长1775%，超历史最高水平8亿元，利润总额高居我省大型国企"三煤一钢"之首。

如此亮丽的成绩是如何取得的呢？安钢党委书记、董事长李利剑把它归结为内外因两方面："既有中国经济及行业回暖的因素，也是安钢持续开展混合所有制改革、供给侧改革以及内部治理结构改革等综合措施效果的集中显现。说到底，是企业改革创新起到了根本性的决定作用。"

机会只给那些有准备的人

安钢，曾经是我省工业战线的一面旗帜。改革开放之后，安钢不仅有过持续盈利30年的优良业绩，而且跻身千万吨级现代化钢企行列。

然而花无百日红。2008年之后，受到内部、外部多重因素的影响，安钢经营业绩持续下滑。生死存亡之际，安钢提出，要"全力以赴坚决打赢生存保卫战"，并为之付出了艰苦卓绝的努力。

"为了绝地反击，近年来安钢人一直在积蓄力量。"3月10日，安钢集团公司总经理刘润生接受采访时说。安钢在明确提出"创新驱动、品质领先、提质增效、转型发展"总体战略的基础上，探索总结出了"二三三二"新型管控体系。在生产上，深化板块加专题、铁前管控模式，生产指标连创新高，生产成本持续下降。在经营上，安钢坚持中高端的市场定位和产品定位，持续优化产品结构。2017年，安钢品种钢、品种材比例分别达到75%、84%，直供直销比例接近50%。其中，商用汽车轻量化用钢国内领先，高强板国内市场占有率第一。

与此同时，安钢全面深化内部改革，行政机构实行扁平化管理，压缩管理层级；剥离企业办社会职能，对"四供一业"进行改造移交。

一系列创新的工作举措，激发了企业的内生动力。去年6月下旬，省长陈润儿视察安钢并对环保治理成绩予以充分肯定。其后安钢解除部分管控，开启"三机三炉"运行模式，商机面前，安钢人干劲倍增，当年7月实现盈利3亿元，在需求增加、价格上扬的共振下，企业效益连创新高。

环保领先为企业发展带来红利

安钢厂区位于安阳市建成区，地处"2+26"城市带，特殊的地理位置，使安钢在席卷全国的"环保风暴"中成为社会关注的焦点。

　　既要企业发展，更要碧水蓝天。安钢始终把承担政治责任、社会责任作为企业发展的头等大事。早在 2014 年，在企业最为困难的时期，安钢毅然投入 8 亿元实现了达标排放。2017 年 3 月，该公司集中启动了总投资额 30 亿元的环保提升工程，用"世界最先进的技术、最成熟的工艺、最高的装备配置"，践行绿色发展理念，推进生态转型。

　　一年过去了，这些项目已全部完工并投入运行。每年可减少排放颗粒物3200 吨、二氧化硫 2700 吨、氮氧化物 5500 吨。至此，安钢成为全国首家实现全干法除尘的钢铁联合企业，主要工序环保治理效果全部达到世界一流、国内领先水平。绿色发展为企业带来了实实在在的收益，在刚刚过去的采暖季，仅安钢焦炉脱硫脱硝项目给企业带来的直接效益就达 1 亿多元。

　　2018 年是安钢建厂 60 周年。站在新的起点上，安钢正在从"求生存"迈向"求发展""求提升"的新阶段。

　　"优化产业布局，打造现代化钢铁强企是今年和今后一个时期安钢的总遵循。"李利剑告诉记者，安钢站在优化全省钢铁产业布局的高度，主动担当起河南钢铁工业发展的重任，制订了《优化布局、提质增效、转型发展实施方案》，从 2018 年开始，将走出安阳发展安钢，在周口新建另一个钢铁基地。安阳本部通过减量提质，致力打造精品板材基地，实现产品升级，销售收入不减，效益明显提升。与此同时，安钢还将加快推动生态转型，将工厂变公园，厂区变景区，逐步探索出一条环境保护与转型升级、企业与城市和谐共生的发展道路，为美丽河南建设做贡献。

专家点评

省社科院经济研究所所长　完世伟

　　安钢集团为什么能走在高质量发展的前列？集团董事长李利剑一语道出真谛："说到底，是企业改革创新起到了根本性的决定作用。"

　　唯改革者进，唯创新者强，唯改革创新者胜。安钢历经艰辛的生存保卫战取得决定性胜利，产品迈上中高端，发展迈向高质量，靠的就是改革创新。近年来，安钢把改革创新作为摆脱困境、实现转型发展的"牛鼻子"，通过加快结构调整、提升供给质量，大力推进混合所有制改革，对经营管理模式进行"颠覆性"的市场化变革等，逐步走出了一条具有安钢特色的绿色、质量、效益型之路。

　　迈进新时代，站在新起点，安钢正朝着高质量发展的方向阔步前行，谱写安钢转型发展的崭新篇章。

（记者　任国战　通讯员　魏庆军　魏玉修）

（原载 2018 年 3 月 20 日《河南日报》）

五、大高炉、冷轧等重点工程建成投产

经过几十年的发展，2008年安钢已基本建成年产钢1000万吨的现代化钢铁集团，但如何由钢铁大厂跨入钢铁强厂，十年来，自强不息，奋斗不止的安钢人用行动给出了答案。

2010年1月6日，安钢3号高炉工程指挥部挂牌成立。同年2月6日，安钢3号烧结机工程指挥部成立。6月29日，安钢铁前配套工程开工。安钢建设者历尽艰辛、克难攻坚、昼夜奋战，2013年3月19日，安钢3号大高炉成功点火开炉。以此为标志，安钢装备大型化、工艺现代化水平进一步提升，抵御市场风险、应对危机挑战的能力进一步增强，安钢的核心竞争实力持续提升。

为了板材延伸加工，进一步提升钢铁产品档次，安钢决定建设冷轧工程，一期投资49亿元。该工程不仅是安钢人实现做大做强的重点项目，同时也是河南省"十一五"期间工业结构调整的重点工程。项目建成后，安钢产品的技术含量和附加值得以大幅度提升，安钢的品种优势进一步增强。

冷轧工程是安钢以结构优化、产品升级为主攻方向的"三步走"发展战略规划的重点工程，也是安钢步入大钢、强厂的标准，更是贯彻落实安钢"创新驱动、品质领先、提质增效、转型发展"战略的有力抓手。

2005年8月2日，安钢冷轧工程项目筹备组正式成立。2008年5月28日，冷轧项目工程动工仪式在安钢冷轧工业园举行。2008年8月

10 日，安钢 1550mm 冷轧工程正式开工奠基。但是，就在冷轧工程紧锣密鼓地进行之时，一场突如其来的金融风暴席卷全球，安钢也不可避免地受其冲击，生产经营陷入困境，进入了微利甚至亏损的时代。期间，受到资金短缺等多重因素的影响，冷轧工程建设步伐也随之减缓。

2013 年之后，在集团公司的努力和上级领导的关怀下，冷轧工程建设重新启动。2013 年 5 月 5 日，安钢与河南国控公司签订了合作建设冷轧项目的协议；2013 年 6 月 28 日，安钢集团冷轧有限责任公司正式成立揭牌。2014 年 11 月 10 日 1550mm 连退镀锌机组开始施工。2016 年 12 月 28 日，连退机组生产出符合国标的第一卷冷轧产品。2017 年 3 月 20 日，第一卷镀锌卷在冷轧成功下线。

安钢冷轧工程经过近十年的施工与建设，终于完成了三大机组的全线贯通。这一工程的建成意义非同寻常，它不仅成为了安钢的又一经济增长点，也成为了安钢结构调整、转型升级的标志性工程，成为安钢实现解危脱困、做大做强的支撑工程，成为凝聚人心、鼓舞人心的信心工程。

安钢3号烧结机工程指挥部成立

2月1日下午,安钢在烧结厂召开3号烧结机工程指挥部成立大会,标志着3号烧结机工程建设项目正式启动。集团公司常务副总经理史美伦到会祝贺并讲话。

烧结厂、战略投资处、生产管理处等相关单位领导参加了大会。

史美伦副总经理在大会上讲话,他代表集团公司对3号烧结机工程指挥部成立表示祝贺。他说,今年,安钢将全力推进1000万吨钢铁前配套完善项目建设,重点做好铁前大高炉、大焦炉、大烧结机等项目建设。

就如何做好3号烧结机工程建设工作,史美伦对参与建设单位提出要求。强调要充分了解当前烧结机发展水平,严格控制资金、运用好资金;要建立完善的管理制度,现场管理要到位,建设时间节点要严格控制;要抓进度、控资金、保安全,如期完成施工任务。他希望参与建设单位要发扬自力更生、艰苦奋斗的良好作风,克服各种困难,全力以赴推进工程建设顺利完成。史美伦还宣读了3号烧结机工程指挥部人员名单。

烧结厂厂长、3号烧结机工程指挥部指挥长程国彪对3号烧结机工程的工艺流程、主要设备等进行了简单介绍,明确了指挥部各小组分工。他表示工程指挥部将按照"高效建设、节约资金、如期投产"要求,积极吸取国内外同类型机组先进建设经验,立足安钢实际,确保工程建设质量,争取早日投产、创效。

据了解,3号烧结机是集团公司为平衡铁前生产系统综合能力而配套建设的一项重点工程项目,其有效烧结面积为$500m^2$,设计年产高碱度烧结矿495万吨。该工程项目建成后,将进一步完善安钢铁前生产布局,高炉炉料结构将更趋合理。

（记者　孟　娜）（原载2010年2月6日《安钢》报）

安钢铁前配套工程开工

6月28日上午，安钢铁前区工地上彩旗猎猎，鼓乐震天，鞭炮阵阵，人群欢腾。安钢铁前配套工程开工典礼仪式在这里隆重举行。安钢集团公司领导王子亮、吴长顺、张太升、史美伦、张清学、李存牢、李利剑、刘润生、刘楠、安志平、上海宝冶集团公司总经理王石磊、常务副总经理陈刚、中冶赛迪公司副总经理郑才刚、中冶北方公司副总经理汪力中、中冶焦耐公司副总经理李国志及安钢各二级单位、机关各部室领导、干部职工上千人参加了开工仪式。

仪式由集团公司常务副总经理史美伦主持。

集团公司董事长、总经理王子亮在致辞中代表安钢集团公司向长期以来关心支持安钢发展，为工程顺利开工付出心血汗水的设计单位、施工单位以及安钢的建设者们表示衷心的感谢。

王子亮总经理指出，安钢铁前配套工程，是安钢"内部做强、外部做大"发展战略的主体工程之一，包括新的3号高炉、3号烧结机、3号焦炉以及相关配套项目。铁前项目的集中开工建设，拉开了安钢新一轮结构调整的大幕，不仅是安钢贯彻落实科学发展观、执行国家产业政策、淘汰落后产能的具体体现，也是安钢加快转变经济发展方式、提升核心竞争实力、做大做强安钢集团的重要举措。项目建成后，将切实解决安钢长期以来铁前生产能力不足的矛盾，也为安钢推进低成本运行、提升企业创效能力奠定坚实的物质技术基础。

王子亮总经理强调，这次铁前系统建设项目数量较多、投资额度较大，特别是在当前钢铁市场持续低迷、钢铁企业盈利堪忧的形势下进行工程建设，压力更大，责任更大。他希望各工程指挥部和参与项目建设的同志，在公司上下全员应对危机工作中，切实履行职责，严控资金使用，认真借鉴"三步走"项目建设经验，科学有序地推进各项工程实施；希望铁前相关单位克服生产建设交叉进行的现实困难，确保工程建设与生产组织有序衔接，并提前介入，熟悉工艺，为项目建成后尽快达产达效做好准备；希望各单位、各部门进一步增强大局意识、责任意识，关心发展、支持发展、服务发展，为项目建设提供便利，创造条件，全力把铁前配套项目建设成为投资省、工期短、质量高、见效快的精品工程。

上海宝冶集团公司总经理王石磊、中冶赛迪公司副总经理郑才刚在讲话中表示，加强与安钢的合作，以一流的服务、一流的品质、一流的速度，全身心地投入到工程项目建设当中，按期保质、保量完成好工程设计、施工任务，为安钢的发展做出积极的贡献。

之后，王子亮总经理高声宣布：安钢铁前配套工程开工！在阵阵喜庆的鼓乐和鞭炮声中，与会领导一起为工程开工挥锹培土奠基。

(记者　孟安民)(原载 2010 年 6 月 29 日《安钢》报)

3号烧结机工程配套项目建设拉开序幕

7月1日上午，在烧结厂第一原料场东段区域，欢快的鞭炮声给人声鼎沸的施工现场增添了喜庆的色彩。随着挖掘机探出粗壮有力的手臂，抓起第一把土方，公司3号烧结机配套工程建设就此拉开序幕。

3号烧结机工程建设涉及第一、第二原料场改造、余热发电、脱硫工程等多项配套项目，每项建设工程的内容环环相扣，息息相关。此次首先开工建设的是原料场新1~6号转运站及皮带廊项目，占用烧结厂第一原料场东段一部分区域。工期90天。

面对公司有史以来最大的烧结生产工程项目，工程指挥部自2月1日成立指挥部伊始，就确立了打造优质工程的目标，制定了《3号烧结机工程管理办法》，明确了各项配套改造工程、主体工程的工期，展开了主要大型设备的选型、招标和订货工作。在烧结厂第一原料场完成腾地工作之后，6月4日即开始考古挖掘工作。

指挥部坚持精打细算，最大限度降低工程造价。在清理原料场时，想出各种办法，尽可能将剩余的矿粉全部回收，累计收得各品种铁矿达300多吨，减少浪费30多万元。在原料场考古挖掘中，指挥部精准确定施工位置，避免了不必要的地面挖掘，为公司节省开支10万多元。

(张向阳 李 凡)(原载2010年7月13日《安钢》报)

科学组织抓协调　优质高效保工期

安钢焦化 3 号焦炉砌筑正式开始

4月20日上午，明媚的阳光给安钢焦化3号焦炉改扩建工程现场披上一层金色的盛装，集团公司董事长、总经理王子亮在该项工程指挥部、焦化厂和施工单位中国一冶筑炉公司领导等陪同下到施工现场进行调研，并亲自砌上第一块炉砖，标志着此项工程正式拉开了焦炉炉体砌筑的序幕。

9时整，伴随着振奋人心的鞭炮声，王子亮总经理兴致勃勃地为此项工程砌上了第一块炉砖。随后，集团公司董事长、总经理王子亮向在场的该项工程指挥部指挥长、焦化厂厂长张纪民和施工单位负责人等详细询问了工程建设情况，要求工程指挥部和施工单位要团结一致，精诚合作，在施工中科学组织协调，保证施工进度，打造具有安钢特色的精品工程，为安钢"十二五"规划和打造特色优势创造良好开局。

该项工程是公司铁前系统改扩建工程重点配套建设项目。自去年12月10日土建开始，该工程指挥部认真贯彻王子亮总经理提出的"运行的经济性、技术的先进性、布局的合理性、配置的科学性、投资的节俭性"五项要求，坚持用科学发展观指导实践，积极践行打造安钢特色优势，始终以安钢利益高于一切为己任，面对生产与工程建设交叉进行的局势，特别是在煤场置换拆迁、工程施工同步并进等前所未有的艰难条件下，此项工程历经焦炉土建及配套设施基础建设等各阶段施工，他们以优质高效保证工程进度为前提，一方面抓好工程协调，加快施工进度，确保了此项工程土建及配套设施施工等按总体网络计划推进；另一方面科学组织生产，集中人力和物力对煤场置换精心安排，尽最大限度利用有限的周转空间合理搭配各类煤种，有效地弥补了煤场"粗配"的工艺缺口，使工程建设与煤场拆迁实现了无缝对接，为此项工程各节点按期完成创造了良好条件。

据悉，该项工程为 2×60 孔 JNX70-2 型大容积焦炉，年产焦炭 150 万吨，其工艺设备均采用国内同行业先进技术；此次筑炉进入了焦炉工程建设的关键阶段，预计工期 4 个月左右。为确保施工质量，焦化厂组成了由工程技术人员和职工参加的砌筑监督检查队伍，每天将坚守现场跟踪检查砌筑质量，严格按施工标准把关。预计此项工程于今年 11 月底建成投产。

（吕　建）（原载 2011 年 4 月 22 日《安钢》报）

抓质量　赶进度　高效率
安钢3号焦炉正式点火烘炉

9月11日，集团公司上下关注的安钢焦化3号焦炉工程建设正式点火烘炉。集团公司副总经理刘润生到现场表示祝贺并讲话。该项工程指挥部和焦化厂领导及施工单位中国一冶工业炉公司的负责同志等参加了烘炉点火，这标志着此项工程炉体砌筑和铁件安装已告捷，步入开工阶段。

集团公司副总经理刘润生首先向节日期间坚守在施工现场的工程建设者表示慰问和感谢。他说，3号焦炉工程建设是公司铁前改造重点工程之一，对于安钢转变发展方式，实现"内部做强，外部做大"有着重要意义。他要求该项工程指挥部与施工单位要牢固树立安全第一的观念，抓质量、赶进度、高效率保证工程施工计划圆满完成。他希望工程建设者要继续发扬特别能吃苦、特别能战斗，敢于战胜任何困难的精神，团结协作，密切配合，为确保工程按计划开工投产而努力。9时26分，刘润生副总经理在工程指挥部指挥长、焦化厂厂长张纪民等陪同下，兴致勃勃地为烘炉点火，全场响起了热烈的掌声。

此项工程属安钢铁前系统改扩建重点项目之一，自去年12月份开工以来，该项工程指挥部始终坚持以打造精品工程为目标，严格按照"运行的经济性，技术的先进性，布局的合理性，配置的科学性，投资的节约性"原则，认真抓好工程建设，切实解决好生产与建设交叉进行的矛盾和施工项目点多面广的实际情况；在施工中科学组织协调，保证施工进度，打造具有安钢特色的精品工程；使工程历经焦炉土建及配套设施基础建设等各阶段施工，确保了此项工程土建及配套设施施工等按总体网络计划推进；特别是工程进行炉体砌筑关键阶段后，焦化厂以大局为重，抽调精兵强将投入到现场跟班作业，督查施工质量，及时协调解决各类难题；在工程进入关键施工节点，他们还组织职工搬送炉砖，既保证了工程建设质量，又促进了施工进度。据了解，此次烘炉计划工期为75天，预计工程于今年11月底建成投入生产。

（吕　建）（原载2011年9月15日《安钢》报）

3号烧结机进入热负荷试车阶段

4月12日8时50分，3号烧结机混料线皮带启动；9时04分，烧结机点火器煤气阀门打开；9时20分，两台助燃风机相继启动；9时45分，烧结机点火炉顺利点火。10时40分，在众人凝神屏气的瞩目下，在工程指挥部的统一指挥协调下，操作工果断按下启动按钮，两台9000千瓦的主抽大风机依次缓缓启动，3号烧结机工程进入到紧张有序的热联试阶段。

3号烧结机工程是集团公司本着"配置科学性、技术先进性、布局合理性、投资节约性、运行经济性"的原则，结合安钢的具体情况，为完善铁前产能不足、满足不了钢后生产需求矛盾的重要配套工程，该工程投产后，将达到年产495万吨烧结矿的生产能力，为缓解集团公司铁前生产压力提供了条件。

3号烧结机工程自2010年7月份开工以来，广大工程技术人员与各工程项目承建方通力协作、密切配合，在长达18个多月的紧张施工中，他们克服施工场地狭小、改造施工交叉、生产施工交叉、高温雨季及严寒冰冻、施工人员紧张等不利因素，在工程指挥部的统一周密部署下，他们坚持每天深入现场、实地协调解决问题，严格按照工程进度网络节点安排工作，科学精心组织工程施工，昼夜兼施抓工期、放弃休息赶进度，为各项工程项目的安全有序推进、顺利热试提供了先决条件。

此次热负荷试车受到了集团公司各级领导的高度关注，集团公司总经理助理赵济秀、炼铁厂及公司有关部室领导，深入现场指导、组织、协调了本次热试工作。

为了确保此次简单热负荷试车的安全顺利进行，该厂提前对燃料破碎、一混、二混造球滚筒、烧结机、环冷机、成品筛分系统等工程项目，按计划进行了8小时的无负荷运行并对热试时间、原料供应、能源介质准备等细节工作做了详尽安排。日前，该系统所有岗位操作人员均已到位到岗，设备守护、设备点检、设施完善等工作均已全面铺开。

（唐初家）（原载2012年4月20日《安钢》报）

实现安钢人的大高炉梦想
3号大高炉成功点火开炉

3月19日上午，安钢铁前配套完善的核心工程、安钢发展建设的重要里程碑项目——3号大高炉点火开炉仪式在炼铁厂隆重举行。集团公司领导王子亮、吴长顺、李涛、张太升、张清学、李存牢、李利剑、刘润生、王新江、刘楠、安志平、李福永、张怀宾、总经理助理赵济秀、郭宪臻、总会计师闫长宽、原集团公司领导史美伦出席仪式，中冶赛迪工程技术股份有限公司、上海宝冶集团有限公司有关领导，安钢集团公司各部室、部分二级单位领导，以及焦化厂、烧结厂、炼铁厂离退休领导和专家300多人参加了开炉点火仪式。仪式由集团公司副总经理刘润生主持。

阳春三月，风和日丽。即将点火开炉的3号大高炉巍然矗立，在春天阳光照耀下显得格外壮美。高大的热风炉上悬挂着四条巨幅标语分外醒目，上面大书："新高炉，新气象，保持发展好势头""开好炉，出好铁，发挥装备新优势""精细管理，集成创新，加快安钢转型发展""调整结构，产业升级，提升企业竞争实力"，展示出安钢的转型升级的坚强决心和豪情壮志。

上午9时，刚刚从1、2、6、7号4座高炉采集的象征着安钢薪火相传的火种在12名身着白色工装、头戴红色安全帽的炼铁厂职工护卫下，跑步送入会场，点燃会场一侧的圣火盆。

3号高炉工程指挥长、集团公司总经理助理郭宪臻首先致辞。他说，3号高炉的点火开炉，标志着安钢铁前配套完善工程全面竣工投产，不仅是安钢贯彻落实科学发展观、执行国家产业政策、淘汰落后产能的具体体现，也是安钢加快结构调整、实现转型发展的重要举措。他指出，铁前配套完善工程的竣工投产，对于安钢打造服务型钢铁，提升市场竞争实力，将产生巨大的支撑和促进作用。同时，安钢工艺装备也将向大型化现代化全面升级，厂际之间的刚性对接进一步加强，对我们的生产经营整体运行也将是一个极大的考验。他希望炼铁厂要加强管理，精心操作，相关单位要密切配合，提供保障，举全公司之力，创造一切条件，确保高炉稳定顺行。

中冶赛迪工程技术股份有限公司、上海宝冶集团有限公司的领导在讲话中回顾了安钢3号大高炉设计、建设的艰辛历程，对安钢加快产业升级，优化产业结构，实现集约、环保、清洁生产表示赞赏，预祝安钢大高炉开炉成功。

炼铁厂主要负责人在点火开炉仪式上做表态性发言，他说，以3号高炉点火开炉为标志，这座拥有一流装备的现代化大型高炉，将正式并入炼铁厂生产序列。顺利实现点火开炉，尽快达产达效，努力争创一流指标，确保高炉的长期稳定顺行，是炼铁厂工作的重中之重。他表示，要向先进企业学习大型高炉的管理、操作经验，尽快形成标准化操作体系；要加强基础管理，转变思想观念，实现高炉操作由事后分析向事前控制的转变；要加强队伍建设，传承安钢文化，形成管理特色，努力打造一流的标杆高炉。

随后，集团公司董事长、总经理王子亮高声宣布："安钢3号高炉点火开始！"在激昂音乐和喜庆的鞭炮声中，王子亮从圣火盆中点燃主火把，传递给3号高炉炉长李爱峰。李爱峰随即引燃8名火炬手手中的火把，快步登上风口平台，并引燃早已等候在各个风口的火炬手的火把，随即投入38个风口。

至此，3号高炉成功点火开炉。

上午9点58分，在高炉主控室，王子亮轻轻点动鼠标，开启热风炉送风阀门，霎时，电脑屏幕上"礼花绽放"，显示送风成功，各种监测数据也显示，各项指标完全符合预定设计要求，炉内运行正常。在场人员纷纷鼓掌相庆，热烈祝贺3号高炉送风成功。

点火仪式之后，在有关领导和技术人员的陪同下，王子亮健步登上高炉风口平台，通过点火口视孔镜仔细观察炉内点火燃烧情况。

据悉，2010年6月28日，承接"三步走"发展战略的巨大优势，安钢铁前配套完善的20多个项目集中开工，拉开了新一轮结构调整的大幕。铁前配套完善的主体项目包括8号、9号焦炉、3号烧结机、3号高炉，节能减排项目190吨干熄焦、烧结余热发电、高炉TRT等同步建设、同步投用。安钢铁前项目整体采用国际先进、国内一流工艺装备技术，代表了当今行业的先进水平。项目整体投运后，安钢本部将形成年产生铁1000万吨的能力，再次实现新的跨越。

（记者　徐长江　魏玉修）（原载2013年3月21日《安钢》报）

安钢隆重举行冷轧工程开工奠基仪式

在世人瞩目的北京奥运会举办之际，在安钢庆祝建厂50周年的大喜日子里，8月10日上午10时许，安钢1750mm冷轧工程开工奠基仪式在安阳市高新技术开发区隆重举行。

河南省委书记、省人大常委会主任徐光春，省委副书记、代省长郭庚茂、原国家冶金局局长、现中钢协顾问蒲海清，副省长史济春、安阳市委书记张广智、安钢集团公司领导王子亮、吴长顺、张太升、史美伦、张清学、李存牢、刘润生、王新江、刘楠以及施工单位的领导及来宾出席了奠基仪式。奠基仪式由集团公司副总经理史美伦主持。

这天上午，冷轧开工奠基仪式现场彩旗飘飘，人潮涌动，一辆辆庞大的挖掘机、起重机和重型卡车绕场排列；一只只五颜六色悬挂着巨幅标语的彩球迎风舞动。在欢快的锣鼓声和乐曲声中，数千名身着整齐工装的职工汇集在这里，迎接着这个庆典时刻的到来。

在奠基仪式上，安钢集团公司董事长、总经理王子亮、安阳市主要领导、省委副书记、代省长郭庚茂先后讲话。

王子亮总经理在讲话中说，安钢经过五十年的发展，建成了年产钢1000万吨的现代化钢铁集团，销售收入今年将突破500亿元。今天开工的1750mm冷轧工程，一期投资49亿元，是安钢板材延伸加工，提升钢铁产品档次的重要项目，也是河南省"十一五"期间工业结构调整的重点工程。项目建成后，将大幅度提升安钢产品的技术含量和附加值，增强安钢的品种优势，实现建设千万吨级精品板材基地的发展目标。他说，当前，安钢正处于由钢铁大厂向钢铁强厂转变的关键时刻。我们将在省委省政府的正确领导下，深入贯彻党的十七大和省委八届八次全会精神，继续解放思想，深化改革开放，推进科学发展，做大做强、做精做优安钢集团，为我省实现新跨越新崛起做出新的更大的贡献。

安阳市主要领导在奠基仪式上讲话，他代表市委市政府对安钢1750mm冷轧工程开工奠基表示祝贺。他说，安钢作为我省工业的支柱企业，近年来通过实施"三步走"战略，保持了又好又快的发展势头，铸就了令人瞩目的辉煌业绩，截至2007年底，已经形成了1000万吨钢的产能，是建厂初期的100倍，为实现中原崛起、全面建设小康社会，也为我们安阳市经济社会发展做出了突出贡献。他说，作为市委市政府，我们将一如既往地支持安钢发展，把冷轧项目作为安阳市工业经济的重中之重，积极协调配合，切实解决工程建设中的实际问题，为工程建设创造更加良好的环境。

郭庚茂代省长在奠基仪式上发表了热情洋溢的讲话，他首先代表省委省政府向安钢建厂50周年和1750mm冷轧工程开工奠基表示祝贺。他说，这是安钢集团发展史上的一件大事，也是全省工业战线的一件喜事！

他指出，上半年，全省生产总值同比增长13.7%，规模以上工业增加值3352.8亿元，增长22.7%，规模以上工业企业实现利润1046.8亿元，增长43.4%，以上指标均高于我国平均水平。他说，我省经济社会持续快速健康发展，离不开包括安钢集团在内的重点工业企业的坚强支撑。多年来，作为河南工业的排头兵，安钢集团坚持体制创新，大力调整产品结构，积极开拓国内外市场，连续保持了30年盈利的良好业绩。尤其是2003年以来，安钢集团通过大力实施"三步走"发展战略，完成了100多个建设项目的钢铁主业结构调整。2007年钢产能达到1000万吨，实现销售收入342亿元、利税31亿元、利润12亿元。今天开工的1750mm冷轧工程，是我省"十一五"重点工程，也是安钢集团提升产品档次、实现产品结构升级的重要项目。他希望安钢集团以1750mm冷轧工程开工为契机，继续解放思想，坚持改革开放，推进科学发展，不断提高产品科技含量和企业经济效益，增强核心竞争能力。他说，省委、省政府将一如既往地支持安钢集团做大做强；省直有关部门和安阳市委、市政府，要强化服务意识，努力为企业发展创造良好环境。各施工单位要团结协作，强化质量管理，加快建设进度，切实把1750mm冷轧工程建成标志工程、样板工程。他最后预祝安钢1750mm冷轧工程早日建成投产。

伴随着腾空而起的气球和五彩缤纷的礼花，省市领导和集团公司领导一起为安钢1750mm冷轧工程开工奠基。

（记者　朱社民）（原载2008年8月11日《安钢》报）

安钢牵手三大外商

冷连轧工程关键设备引进合同签约

2月28日上午，安阳市华强建国酒店高朋满座、嘉宾云集。安钢冷连轧工程关键设备引进合同签约仪式在这里隆重举行。集团公司领导王子亮、吴长顺、张太升、张清学、李存牢、李利剑、刘润生、王新江、刘楠、安志平，新日铁工程技术株式会社技术副总裁繁田真记夫、东芝三菱GE自动化系统有限责任公司冶金商务总经理鲍威力、安德里茨股份公司金属部总裁海因茨·霍埃尔、安阳市人大主任李发军等出席了签约仪式。

上午10时30分，安钢冷连轧工程关键设备引进合同签约仪式正式开始。

集团公司董事长、总经理王子亮在签约仪式上致辞。他说，安钢有着50多年的发展历程，特别是"十五"以来，通过加快结构调整，已具备年产钢1000万吨的生产能力，装备水平、工艺结构、产品档次均实现了质的飞跃，核心竞争实力不断增强。参加签约仪式的安钢合作方，都是在国际钢铁及其他领域举足轻重、能够提供成套技术解决方案的设备供应商和服务商，在业内外具有深远的影响力，享有很高的声誉。长期以来，安钢与各合作方始终保持着密切的联系，建立了深厚的友谊。特别在安钢结构调整过程中，各方积极为安钢提供技术支持与服务，为安钢更好地实现工艺升级提供了有力支撑。他希望各方以此次合作为契机和新的起点，进一步加强交流，增进沟通，认真履行好责任和义务，为建设精品工程共同努力，在更广范围、更深程度、更高层次上开展合作，实现互惠共赢。

新日铁工程技术株式会社技术副总裁繁田真记夫、东芝三菱GE自动化系统有限责任公司冶金商务总经理鲍威力、安德里茨股份公司金属部总裁海因茨·霍埃尔先后在签约仪式上致辞，他们表示对与安钢的合作充满信心，将积极为安钢提供技术支持和服务，期待与安钢开展更深层次的合作。

签约仪式上，安钢先后与新日铁工程技术株式会社签署了《安钢股份公司冷连轧工程连退机组合同》，与东芝三菱GE自动化系统有限责任公司签署了《安钢股份公司冷连轧工程酸洗连轧机组电气合同》，与安德里茨股份公司签署了《安钢股份公司冷连轧工程酸再生机组合同》。

签约仪式前，安钢与各合作方进行了亲切友好的交流，合作方代表还向安钢赠送了礼物，预祝与安钢的合作圆满成功。

据了解，安钢冷连轧工程，是安钢板材延伸加工、提升产品档次的重要项目，更是安钢"十二五"期间调结构、转方式，不拼规模做特色的具体体现。项目采用自主集成和国外引进相结合的建设模式，具有投资节约、技术先进、产品高端、清洁环保等特点。项目建成后，可生产高档家电及建筑用板，将在提高安钢板材附加值、扩大品种范围、实现板材系列化生产方面发挥重要作用，也将为安钢实现多品种竞争、打造产品差异化优势奠定坚实的设备基础。

（记者　孟　娜）（原载 2011 年 2 月 28 日《安钢》报）

安钢冷连轧工程顺利通过初步设计审查

2011 年 7 月 8 日，安钢 1550mm 冷连轧工程初步设计审查会在会展中心召开。中冶南方工程技术有限公司、中钢集团工程设计院有限公司、安钢设计院、冷轧工程指挥部等有关职能处室、生产厂负责同志和工程技术人员参加会议。

会议由安钢设计院院长陈兵主持。会上，中冶南方工程技术人员汇报了《安阳钢铁股份有限公司 1550mm 冷连轧工程初步设计方案》。设计方案分为总论、生产工艺及设备、五电、公辅设施、能源、环保、安全与工业卫生、消防、投资概算及经济效益计算等内容。

汇报结束后，与会领导和各单位相关专业技术人员分工艺设备组、三电组、公辅组、技经组对中冶南方技术有限公司编制的"安钢冷连轧工程初步设计"进行了全面的审查和讨论，提出了不少好的修改意见和建议。

通过大家充分的讨论，最终形成了《会议纪要》。《会议纪要》认为，本初步设计工艺设备选型符合产品大纲的生产要求，电气自动化及公辅设施符合配套要求，能源、环保、消防、安全设施符合相关规范及环保评价要求，概算投资接近安钢的投资控制目标，会议原则通过中冶南方工程技术有限公司对本工程项目的初步设计内容。

安钢冷轧工程指挥部常务副指挥长姚忠卯就 1550mm 冷连轧工程下一步完善设计工作提出了具体要求。

据了解，1550mm 冷连轧工程是安钢"十二五"期间重点工程。该项目于 2010 年 10 月正式启动。经过各方努力，酸洗轧机联合机组、连续退火机组及酸再生站、磨床等关键设备已与外商正式签订供货合同；酸洗轧机联合机组的国内设备供货厂家已经确定；热镀锌机组已完成基本设计审查；重卷检查机组和半自动化包装机组也将在近期内开展技术谈判工作。

1550mm 冷连轧工程生产规模为 120 万吨／年，其中冷轧产品 70 万吨／年，热镀锌产品 30 万吨／年，冷硬卷 20 万吨／年。产品品种：CQ、DQ、DDQ/EDDQ、HSS，产品定位为高级家电板和建材板。

该工程初步设计审查会是在项目建设关键节点召开的一次重要会议，会议成果将为项目建设整体工作全面展开、协调推进奠定基础，标志着冷连轧工程建设进入关键时期。

（记者　孟安民　通讯员　李文伟）

（原载 2011 年 7 月 12 日《安钢》报）

安钢 1550mm 冷轧牌坊顺利安装

6月29日上午，在安钢1550mm冷轧工程的厂房内，集团公司副总经理刘润生与冷轧指挥部、技改工程处、安全管理部等部门的负责人以及安钢、上海宝冶项目建设人员一同见证安钢冷轧工程第一片轧机牌坊，也是整个工程最重、最关键设备部件的吊装。随着安钢1550mm冷轧工程第一片轧机牌坊顺利完成吊装，标志着冷轧工程进入到主体设备安装阶段。

尽管厂房外下着大雨，但现场工作人员依然热情高涨，共同等待着吊装。9时36分，现场鞭炮齐鸣，响声震天，牌坊吊装正式开始。高9.62米、重达126吨的酸洗轧机牌坊被重型天车稳稳地吊起，徐徐向轧机的基座移动。在现场安装人员的周密组织、精心配合之下，20分钟之后，牌坊准确地落入底座螺栓中，至此，安钢冷轧工程第一片轧机牌坊吊装成功。

集团公司副总经理刘润生向工程各方人员表示祝贺，称赞大家在生产经营形势异常困难的情况下，经过不懈的努力，实现了轧机牌坊的顺利安装，推进该工程取得了重要进展，成绩实属不易。

据了解，安钢1550mm冷轧工程建设周期为25个月，一期酸洗轧机联合机组工程的厂房主体钢结构已经基本完成，主线设备基础也已完工。第一片轧机牌坊的顺利安装，标志着工程进入到设备安装阶段，预计明年上半年竣工投产。投产后将成为具有国内先进水平的现代化生产线，主要产品冷轧商品板、热镀锌板等，将广泛应用于家电、建筑、汽车等行业。

（常达　刘杰）（原载2012年6月30日《安钢》报）

安钢产权改革上实施的又一项重大举措

安钢集团冷轧有限责任公司揭牌成立

6月28日上午，安钢集团冷轧有限责任公司成立揭牌仪式在会展中心举行。安钢集团公司领导王子亮、李涛、张太升、张清学、李利剑、刘润生、刘楠、安志平、李福永、张怀宾、总会计师闫长宽、河南省国有资产控股运营有限公司领导班子及双方有关二级单位、部门负责同志出席仪式。

仪式由安钢集团公司党委书记、副董事长李涛主持。

仪式上，国控公司领导说，安钢集团冷轧有限责任公司成立揭牌，是河南国控公司和安钢集团合作发展中的一件大事。这既是省委省政府关于经济工作的要求，落实双方战略合作框架协议的具体举措，又是省管企业在产业资本和金融服务方面优势互补、具有前瞻性的战略合作，对双方建立长期稳定的战略合作关系，不断拓宽合作领域，完成省委省政府赋予的各项建设任务，将起到很好的示范作用。他表示，河南国控公司将依托自身的资本实力和放大效应，带动所属基金、融资租赁等金融服务企业共同参与，全力支持安钢冷轧公司的发展。

安钢集团公司董事长、总经理王子亮在讲话中说，今天，新组建的安钢集团冷轧有限责任公司的成立，标志着双方合作和付出的努力取得了新的成果，标志着该项目建设进入一个新的阶段。

王子亮总经理指出，多年来，安钢始终坚持在改革中创新，在创新中发展，以改革激发内生动力，增强经营活力，在体制机制改革上推出了一系列重大举措，尤其是不断推进产权多元化改革，是安钢始终坚持的一个重要方向。这次冷轧公司的成立，是安钢在产权改革上采取的又一项重大举措，是安钢向开放式发展迈出的重要一步，对于安钢在更广领域、更高层次推进体制机制创新，将起到重要的推动和引领作用。

他希望新公司成立后，要按照《公司法》的要求，认真履行好责任和义务，规范运作、规范管理。要在更广领域、更高层次上探索新的管理理念，推进体制机制创新，围绕公司效益最大化，要充分调动各方面的积极性，将企业效益与收入挂钩。在国有公司合作体制基础上，探讨民营机制，最终实现国有体制和民营机制有机结合，取得更好的效益，树立一个国有公司企业合作的成功典范。

他同时希望要加强沟通，密切协作，确保资金及时到位，全力以赴加快项目实施，保质量、保工期、保进度，争取项目尽快建成投产，早日创出效益，实现双方互惠互利、合作共赢。仪式上，安钢冷轧有限责任公司总经理姚忠卯做了表态性发言。

在欢快的乐曲声中，安钢集团和国控公司领导共同为安钢冷轧有限责任公司成立揭牌。

（记者　孟安民）（原载2013年6月29日《安钢》报）

安钢冷连轧工程公辅系统锅炉点火成功

2013 年 10 月 17 日晚 8 时 28 分，随着冉冉升起的火苗，安钢冷连轧工程公辅系统 3 号锅炉顺利点火，开始烘炉。

安钢冷连轧工程公辅系统一期三座锅炉均为双锅筒纵置式自然循环、炉膛全膜式水冷壁、立式布置锅炉。其额定蒸发量 35t/h，可在 30%~110% 额定负荷范围内稳定运行。冷轧公辅技术人员面对设备到货滞后，主线设备热试目标时间紧迫等困难，细化分解进度网络计划，以分步实施为指导思想，和谐高效推进为工作原则，依托技改工程处等相关单位，协调合作，科学掌控，采取多项举措，确保各项建设目标节点任务完成。

冷连轧工程公辅系统 3 号锅炉的点火成功，不仅顺利实现了锅炉系统的建设节点，更为冷连轧主线设备 11 月 29 日热试目标的实现提供了有力保证。

（潘思雷）（原载 2013 年 10 月 24 日《安钢》报）

安钢冷轧工程酸轧机组正式投产

填补我省钢铁行业冷轧产品空白

3 月 18 日上午，我省钢铁行业转型升级重点工程项目——安钢冷轧一期核心工程"酸洗轧机联合机组"正式投入热负荷生产，这标志着安钢已具备生产冷硬卷、热轧酸洗板卷及冷轧产品能力，该工程的投产填补了我省钢铁行业冷轧产品空白。

安钢冷轧工程是由河南省国有资产控股运营集团有限公司与安钢合资兴建的，总设计产能为年产 300 万吨左右，分三期建设，预计 2016 年 6 月全线建成投产。项目全部投产后，将使安钢进一步延伸产品链条、提升产品档次、增强市场竞争力。

冷轧一期项目主要由酸洗轧机联合机组、连续退火机组、连续热镀锌机组以及配套精整处理机组等组成。设计产能为 120 万吨，可生产产品厚度为 0.25~2.0mm 的冷轧、热镀锌、热轧酸洗板卷及冷硬卷产品等，产品定位高端家电板、建筑板和汽车用结构板。

（记者 任国战）（原载 2014 年 3 月 29 日《河南日报》）

危中求机勇担当　全力以赴保建设
冷轧连退、镀锌项目稳步推进

　　8月15日上午，笔者来到冷轧连退、镀锌工程现场，只见一派繁忙的施工景象：高耸的主厂房柱子拔地而起，连退入口段设备基础在深达八九米的深坑内绑扎钢筋、支护模板，连退出口段设备基础正在开挖土方，镀锌线设备基础CFG桩施工正在做最后的冲刺……连退、镀锌项目是冷轧一期1550工程的后道生产工序，加快其建设步伐是贯彻落实"1143"战略部署的重要体现。该项目是安钢结构调整的一个重大举措，主要生产机组配置有：连续退火机组1条、连续热镀锌机组1条，以及配套精整处理机组和公辅设施等。酸轧机组于去年投产，由于只能生产中间产品，在当前竞争激烈的市场面前存在困难。因此，加快后道工序项目建设，尽快形成综合配套生产能力是当务之急。

　　在当前严峻的形势下，冷轧人从大局出发，敢于担当，全力以赴，以饱满的热情积极投入到了工程建设中。在冷轧人协同努力、全身心付出下，连退、镀锌工程发生着日新月异的变化。按照冷轧工程建设指挥部的统一部署，在现场桩基施工的同时，首先完成了1550mm冷轧工程连退、镀锌建安施工和设备供货两大合同的签订；4月8日、9日在冷轧公司召开了由设计、施工、供货等各关联单位参加的"开球会"，结合实际，制定了冷轧工程实施推进计划及工作方案，落实了工作责任制；4月14日，生产线主体工程正式开工建设；7月22日连退入口段设备基础施工动土，7月30日四区主厂房钢结构柱开始吊装。截至目前，共开挖土方9万立方米、浇筑混凝土1.4万立方米，主厂房近万吨钢结构正在制作和安装当中。

　　项目建设开工以来，指挥部坚定贯彻落实集团公司战略要求，按照整体进度网络计划，统筹把握各方面工作衔接，紧盯"四保一创"，即：保投资控制、保建设进度、保工程质量、保安全文明，创整体优化，最大限度提升工程投资效能。强化过程跟进与协调，坚持"按月计划，按周落实，按天督促"要求，促进计划分解与落实；坚持工程例会、监理例会等例会制度，对各项计划落实发挥了很好的促进作用；加大协同推进，依托集团公司整体优势，切实结合项目特点，汇聚各方力量，形成了勇于挑战、不畏艰辛的战斗集体。

　　在项目建设过程中，冷轧人克服了施工现场环境艰苦、高温雨季等不利因素，以大无畏的拼搏和奉献精神，确保了施工按计划进行。通过与工程承建方通力协作、密切配合，按照指挥部工作部署，坚持每天深入现场，关键环节实行24小时现场值守，及时协调解决施工问题。结合现场实际情况，多次细化施工节点，不断优化完善施工方案，科学组织工程施工，在确保工程建设质量的前提下，开足马力，强力推进工程进展。夏天，热得实在挺不住了，他们就找个阴凉地儿吹吹风，吃块融化得变了形的冰糕，喝瓶藿香正气水……就是在这样的艰苦条件下，没有人埋怨，没有人退缩，冷轧人视困难为挑战，不气馁、不抱怨、不停步，硬是在前进的征程中，逐渐凝聚出"勤俭节约、艰苦奋斗、开拓创新、团结一致顾大局"的创业精神。

建设一条完整的冷轧生产线是摆在安钢面前的不二选择，冷轧人任重而道远。面对复杂多变的工作局面，冷轧人危中求机勇担当，全力以赴保建设，力求为冷轧的可持续性发展奠定基础，致力于打造一条世界先进水平的高效冷轧生产线。

（李鹍岐）（原载 2015 年 8 月 20 日《安钢》报）

李涛在冷轧公司主持召开现场办公会时强调
要强力推进确保一期工程早日全线贯通

3月23日，集团公司董事长、党委书记李涛在冷轧公司主持召开现场办公会，听取生产经营和工程建设情况，详细了解项目推进中遇到的困难和问题，现场办公研究解决办法，要求各相关单位都要支持好冷轧、服务好冷轧，集全公司之力，尽早实现一期1550工程生产线的全线贯通，尽快实现建设成果向创效能力、经济优势的转化。

集团公司领导李利剑、李存牢、刘润生、王新江、姚忠卯出席会议，生产管理处、技改工程处、技术中心、制氧厂等相关单位负责人参加会议。

冷轧工程是安钢实行结构调整、转型升级，进一步提高市场竞争力的关键工程，是安钢实现解危脱困、做大做强的支撑工程，是凝聚人心、鼓舞人心的信心工程。近几年来，在生产经营处于极端困难的情况下，安钢大力解放思想，通过多元化的合作，多元化的创新，使冷轧工程建设驶上了快车道，取得了突破性进展，一期1550mm酸洗轧机生产线已正式投产。后续项目连续退火机组、连续热镀锌机组以及配套精整处理机组等也建成在即，预计连退机组4月底全面完成设备安装，6月底进行热试；镀锌机组8月底进行热试。

会上，冷轧公司主要负责人首先介绍了连退、镀锌项目建设进展情况以及一季度生产经营情况，并对当前亟需集团公司层面协调解决的设备供货、技术培训、工艺研究和产品研发等相关问题进行了汇报。

制氧厂、生产管理处、技术中心、财务部、销售总公司等单位负责人先后发言，纷纷表态，将不遗余力支持冷轧公司生产经营和工程建设，并就相关问题进行了解释和说明，提出了解决办法，同时从生产管理、技术研发、产品销售等方面，提出了许多好的意见和建议。

集团公司领导李存牢、刘润生、王新江、姚忠卯也分别发言，从确保工程项目节点，做好调试、人员培训，做好工艺研究和产品研发，抓好新产品市场开拓，抓好信息化建设等方面，进行了重点强调，提出了具体要求。

李利剑总经理在讲话中指出，连退、镀锌工程开工建设以来，冷轧领导班子团结拼搏、奋力进取，各项工作取得明显进展，一期工程全线完工已进入倒计时阶段。在这样一个关键时期，要在前期良好的基础上，继续保持高度的责任感、使命感，保持充分的紧迫感和危机感，进一步找差距、查不足，认真思考，理清思路，眼睛向内，苦练内功，把后续工作做得更好，确保早投产、早达产、早创效，最大限度发挥冷轧生产线作用，为集团公司解危脱困提供强力支撑。

李利剑强调，当前冷轧公司生产经营与工程建设并行，工作千头万绪，面对新设备、新工艺，必然会遇到各种各样的困难。越是在最后关键时期，越要发扬难中求进、敢啃硬骨头的精神，发扬积极主动、勇于担当的精神，解放思想，开拓进取，创新解决前进道路上遇到的人力资源紧张、技术力量薄弱、设备供货、安装速度有待加快等各种难题，将各项工作快速向前推进。集团公司其他相关部室和生产单位，要树立大局意识，加大协调力度，及时解决工程建设及生产经营中出现的困难和问题，全力支持好冷轧公司各项工作，为冷轧公司生产经营和工程建设创造一个良好的外部环境。

李利剑强调，适应市场、提高效益，是集团公司生产经营总的指导思想，分头突围、分灶吃饭，是集团公司管控模式具体转变方向。在生产经营中，冷轧公司要牢牢树立市场化思想，做好市场研究和预判，主动积极应对内部市场化运作带来的种种挑战，在外部市场变化中寻求商机，从而在生产经营中做到灵活应对，争取主动，提高效益。

在充分肯定冷轧公司两年来的工作后，李涛指出，冷轧工程是安钢重要的转型工程、提升产品竞争力工程，在当前更是振奋人心、提振士气的重要工程。

在极端困难的情况下，我们一方面全力打好生存保卫战，一方面保持了发展不停步，通过两年来的辛勤努力，焕然一新的安钢大厦已投入使用，淇县农场也活跃起来，职工总医院大厦投用在即，最为重要的冷轧项目的一期后续工程也已进入尾声，这是我们在困境中不屈不挠、顽强拼搏取得的丰硕成果，为安钢打赢生存保卫战积累了正能量，增强了干部职工的信心，树立了安钢良好的形象。

就冷轧公司生产经营和工程建设，李涛提出了五点具体要求。

一是要定位高、标准高。作为一条技术领先、配套齐全、具有较强竞争力的一流生产线，要充分发挥后发优势，紧盯建设一流、管理一流、运行一流、产品一流目标，按一流标准推进后续工作，实现精益，打造精品。

二是要全力推进后续工程。要以时不我待精神，细化时间节点，在保证质量、安全、投资、环保前提下，倒排工期保进度，尽快实现由建设向生产的转变，尽早发挥产线效用。

三是要充分做好在建工程的生产准备工作。要超前谋划，做好产品研发、市场开拓、技术培训等方方面面的工作，以充足的准备，精细的工作，确保产线投产后能快速走向顺行，达产达效。

四是要进一步理顺集团及股份对冷轧公司的管理体制机制。要严格按照市场化的原则，处理好内部市场价格等关系，既充分确保冷轧公司的自主独立性，发挥好冷轧公司的积极主动性，又要让集团和股份公司生产管理、技术研发等职能在冷轧实现完整覆盖，提供有力支持。

五是要加强干部职工队伍建设。在全力以赴抓好生产经营，推进工程建设的同时，要重视安钢精神传承，企业文化建设，形势任务教育，以扎实细致的思想政治工作，为生产经营提供有力支撑。

会前，李涛一行还来到连退、镀锌工程施工现场，实地查看了解项目建设情况。

（记者　柳海兵）（原载 2016 年 3 月 26 日《安钢》报）

李利剑在冷轧产品全流程一贯制管理推进会上强调 要系统发力确保冷轧工程尽快实现投产达效

5月25日，集团公司召开冷轧产品全流程一贯制管理推进会。集团公司总经理李利剑在会上强调，要全力协同、系统攻关，确保冷轧一期工程后续连退、镀锌生产线投产后快速实现达产达效，为集团公司解危脱困、转型发展提供强有力的支撑。

集团公司副总经理王新江、总工程师姚忠卯出席会议，冷轧公司、第二炼轧厂、销售总公司、生产管理处、技术中心等十余家单位主要负责人参加会议。

三季度，冷轧一期工程后续的连退、镀锌生产线将相继投产，为充分做好投产前的准备工作，快速打通"炼钢—1780热连轧—冷轧"的工艺衔接，使连退、镀锌生产线能够尽快实现达产达标达效目标，充分释放冷轧产品创效能力，为安钢生产经营提供有力支撑，集团公司组织召开了此次冷轧产品全流程一贯制管理推进会。

会上，技术中心负责人首先宣读了《安钢冷轧产品全流程一贯制管理推进工作组工作方案》，方案明确了推进工作领导小组机构及职责，设立了市场开拓及用户服务工作组、工艺研究及产品研发组、条件保障组三个专题工作组。集团公司总工程师姚忠卯担任工作组组长，副总经理王新江担任副组长，生产管理处、技术中心、销售总公司、冷轧公司、第二炼轧厂等单位主要负责人为小组成员。

就工作组各项工作推进，姚忠卯提出了六个方面的具体要求。

一是要紧盯任务目标，全力开展工作。要围绕全面打造"150吨转炉—连铸—1780mm热连轧—冷轧"四位一体高端高效生产线目标，抓好生产经营和工程建设。

二是要抓好工作方案的落实。各个专业组要按整体目标要求，尽快制订工作目标、工作措施、工作进度，建立健全责任目标管控体系，严格按实施方案快速推进。

三是要突出市场开拓。通过市场开拓，做好既有产线经营创效和新产线的市场储备，为新产线的基础性研究和品种开发创造良好条件。

四是要强化工序对接。做好热轧、冷轧两大工序的产品对接、信息对接和供需对接，提升一体化对接水平。

五是要强化基础支撑。做好对外合作、人才培养、高端人才招聘、制度体系建设、质量认证等基础性工作。

六是要坚持工序服从、专业协同原则。

在推进产线各项工作过程中，要坚持以市场为导向，最大程度满足用户需求，遵循工序服从和专业协同要求。

王新江就冷轧产品技术研发提出了三点要求。

一是要深层分析，理清现状。要及早行动，理清新生产线、新工艺对安钢现有前端工序的工艺、质量要求，理清其他钢铁企业冷轧生产线的工艺环节、产品质量、产品结构，做到知己知彼、有所借鉴、赢得市场。

二是要缜密思考，制订方案。要着眼总体方案框架，以全新的工艺理念，高标准的工作质量，严细的质量要求，认真对待冷轧工程投产前的各项准备工作，分门别类细化各个专题组工作方案，做到步骤清晰，措施明确，工作精细。

三是要对外合作，借梯登高。要不拘一格，寻求任何可能的合作方式，快速提升对冷轧工艺的掌握水平。

李利剑在讲话中指出，冷轧工程是安钢延伸产业链条、适应企业转型升级需要投资建设的重大项目，是推进企业结构调整、发展服务型钢铁的重大举措，是安钢调整产品结构，提升产品档次，提高产品附加值，提升安钢形象的重要工程。在工程建设进入冲刺阶段的关键时刻，要深刻认识连退、镀锌工程对安钢实现解危脱困、转型发展的重大意义，眼睛向内，立足自我，扎扎实实做好投产前的各项准备工作。

李利剑指出，冷轧生产工艺技术新，质量要求高，对安钢的综合管理水平是一个考验。要矢志不移，坚定信心，瞄准目标，攻坚克难，通过整体管理水平的提升，助推冷轧一期生产线顺利实现全线贯通。通过协同共进、系统攻关，进一步提高安钢精益管理水平，提升安钢整体研发能力、产品质量。

李利剑强调，工程投产在即，时间紧迫，任务艰巨，工作组各相关单位要高度重视冷轧产品全流程一贯制管理推进工作，着眼大局，紧密合作，找准重点，顽强攻关，充分发挥一体化协同攻关的强大合力，以时不我待的紧迫感、咬定青山不放松的执着精神，扫除前进道路上的"拦路虎"，尽早实现项目达产达标达效的整体目标，为安钢实现解危脱困、转型发展积聚强大的正能量。

（记者　柳海兵）（原载 2016 年 5 月 28 日《安钢》报）

冷轧 1550mm 连续退火机组进入冷负荷调试阶段

10 月 23 日，在安钢 1550mm 冷轧连退镀锌项目现场，"设备运转、注意安全""氮气危险、请勿靠近"的警示标语随处可见；操作室内、各设备运行岗位上，手持对讲机的职工，相互传递着调试信息，核对着各种调试数据；机器的轰鸣取代了建设时期人们的喧嚣，连续退火机组正在进行着冷负荷连调连试，与之隔空相望的镀锌机组则正在热火朝天地建设着。

10 月 16 日早 8 时，在冷轧公司连退镀锌项目建设现场，按照项目建设推进节点要求，冷轧公司和集团公司相关部室会同新日铁、新联、赛迪、宝冶等项目承建方，及时做好了连退机组的穿带及烘炉准备工作。此次穿带为反穿穿带绳，再用穿带绳捆绑带头，引导带钢按照要求点动进入生产线。由于连退线的设备特点，穿带过程中困难种种，如清洗段带钢过道空间过于狭窄，活套高而且上下道次多，出口段设备过多等等，需要不同专业、不同工种、多个岗位之间的精细配合，才能保证带钢的稳定安全运行，否则就会出现跑偏、断带等重大事故。穿带的成功与否，对连退镀锌工程来说，是一次综合检验与考核。9 时许，随着武钢开车技术指导人员的一声令下，连退机组开卷机开始缓缓转动，冷轧带钢在穿带绳的引导下，一米一米向前移动，现场各参战单位的领导和职工，每个人的脸上都洋溢着既紧张又喜悦的笑容。

在进行碱洗槽顶部穿引带的时候，由于设备空间狭小，光线昏暗，穿带人员只能身系安全带，蜷曲身体钻到狭小的通道，借助手电的亮光，一点一点地将引带穿过槽顶槽底，穿带过程非常艰难。在活套区域穿带时，由于活套上面一排 24 根辊没有传动，只能靠人工拉穿带绳和手扒活套辊的方法来穿引带。穿上引带后，由于活套张力必须在活套内有带钢的时候才能调试，所以当带钢刚进入活套的时候，活套不能建立张力模式，不能上下移动，只能靠人工一边拉紧穿带绳，并同时进行无张力组点动，而此时必须保证活套入口处有一定的带钢余量。余量不可过大或过小，过大会使带钢摩擦地面，损害带钢的表面质量，从而影响后续辊子的表面质量；过小会使带钢拉紧，有拉断带钢的危险。最终，在现场指挥和几十名职工的精心协作下，几百米活套的穿带工作，就是这样在无数次穿绳、拉绳、扒辊中完成的。默契的协作配合和高质量的穿带，让在场的外方专家和指导帮助此次穿带工作的武钢技术人员竖起了大拇指。下午 5 时 30 分，带钢经过清洗段、入口活套顺利穿到了连续退火炉的入口处。

经过 17 日一天活套张力及速度的调试，18 日现场人员加班加点，带钢经水淬槽、出口活套，晚上 19 点顺利到达平整机入口处，至此已经完成了四分之三的穿带工作量。19 日，48 组出口活套上的带钢按照试车要求，全部上升到了 30

米高程，一组组带钢在灯光的映照下，散发出白色夺目的光芒。由于连退机组生产线较长，设备多、安装复杂，高低参差不齐、落差大，每一个穿带人员都需要跑前跑后、爬上爬下，每天下来都不知道要跑多少公里，几天的穿带，有的同志双脚磨出了血泡，双手拉出了血印，嗓子喊哑了，汗水湿透了工装，但没有一个人喊苦叫累，他们只有一个目标：克服种种困难，圆满完成穿带任务。

经过现场人员五天的不间断穿带调试，10 月 20 日下午 14 时 52 分，长达 3000 余米的冷轧带钢从连退机组入口贯穿至出口卷取机，顺利完成连退机组的全线穿带工作。至此，安钢 1550 冷轧连退镀锌项目连续退火机组完成全线穿带工作，进入冷负荷连调阶段。

（焦政卿　罗年高）（原载 2016 年 10 月 25 日《安钢》报）

安钢1550mm冷轧工程全线贯通

　　3月20日，从冷轧公司传出喜讯，经过两天两夜连续不间断的调试生产，该公司热镀锌机组线生产出了机械性能、锌层附着性能及表面质量均达到国标要求的第一卷镀锌卷，这标志着安钢冷轧热镀锌机组正式进入热负荷试车阶段，同时也标志着安钢1550mm冷轧工程三大机组全线贯通。

　　自3月7日冷轧热镀锌机组完成退火炉内部带钢穿带，正式全线冷负荷试车开始，热镀锌机组的热试准备工作就步入了快车道，并实施了提速运行。为了尽快实现热试，冷轧工程指挥部多次组织工程建设、设计供货、设备调试、工程监理等单位的专业技术人员、岗位技术骨干，召开会议协调解决冷负荷试车出现的各种问题，按照问题清单责任到人，并做到小问题随时解决，大问题专题解决，疑难问题攻关解决，经过数天的克难攻坚，热镀锌机组热负荷试车进入倒计时。18日13时40分，在冷轧公司统一调度下，各岗位工作人员全部就位，开始拆除锌锅区气刀沉没替代辊。18时30分，完成熔锌的锌锅移动至工作位，同时，参与热试的职工开始吊装气刀三大件，热镀锌机组逐步具备了热试生产条件。由于锌锅在初次熔锌过程产生了锌渣，连退镀锌作业部的领导带头示范，和职工们一起进行了捞渣作业。他们顶着扑面袭来的热浪，拿着5米长、10多斤重的撇渣工具，将锌渣一勺一勺捞进渣斗中。与此同时，在镀锌机组全线，从开卷到退火炉、镀锌、出口、卷取等工序，各准备工作有条不紊地进行着。

　　18日22时至19日零时，退火炉升温到500℃，镀锌线开始以5m/min速度启动，沉没辊和带钢在锌锅内转动，锌液逐渐被搅拌均匀，镀锌后的带钢，闪着银色的亮光，向下道工序前进。时间飞快地指向19日凌晨3时30分，值守在现场的冷轧公司领导，根据各种运行参数反映出的针对退火炉温度控制、气刀调试、锌液控制精度，以及出口1号卷取机压辊故障等影响热试的问题，及时组织参与调试的各专业人员，进行了认真总结分析，并对白天即将进行的调试项目和整改项目进行了逐一安排部署，要求广大职工争分夺秒，确保将影响热试生产的所有问题，加紧整改，尽快解决。19日6时许，参与调试的冷轧公司一线调试人员，全然不顾已经一天一夜的劳累，又紧张地投入到了存在问题的整改和解决中。

　　20日8时许，从镀锌机组退火炉各炉区及锌锅内锌液温度控制，到带钢全线运行速度匹配，到电脑操作界面某一个参数的变化，各整改项目和问题得到逐步解决，镀锌机组全线再次启车。10时25分，退火炉、锌锅、气刀和光整机等设备工艺指标满足了生产工艺要求，全线实现了55m/min速度的稳定运行。11时08分，经过镀锌后的钢卷在出口顺利下线，经现场检测，镀锌卷板形正常，锌层厚度均匀，表面质量正常，取样送检后，机械性能、锌层附着性、表面质量均达到国标要求，这也标志着冷轧工程继酸轧、连退生产线投产后，第三条镀锌机组投入生产运行序列。

金凤振翼高歌迎春曲，冷轧三线并进绘蓝图。冷轧又站在了一个新的起点上，前进的道路上虽然荆棘丛生，但挑战与机遇并存，困难与希望同在，只要冷轧人紧扣生产经营中心、开拓进取，只争朝夕，苦干实干，就会在"打造精品冷轧生产线，培育安钢核心竞争力"的征程上，谱写出冷轧创效新篇章！

（焦政卿　孟晓涛）（原载 2017 年 3 月 23 日《安钢》报）

蝶　变

——2016 年冷轧公司生产建设回眸

2016 年，在复杂多变的市场形势下，冷轧公司认真落实集团公司要求，主动克服人员少、人员新，工艺设备操作维护水平亟待提升，连退镀锌生产线建成、调试、投产任务紧迫等多重困难，积极开拓轧硬市场，强化生产组织管理，积极协调项目建设进度，1550 冷轧工程取得重大进展。

——酸轧机组年产突破 30 万吨，实现边际贡献为正。

——连退机组成功轧制第一卷冷轧卷。

——镀锌机组全面进入设备调试阶段。

（一）2016 年，对于冷轧公司来讲，注定是不平凡的一年。

2016 年 1 月 26 日冷轧公司职工代表大会如期召开。

目前，在生产经营上，冷轧轧硬产品属于中间产品，在综合配套的连退、镀锌机组建成投产之前，无论从产能规模、产品档次等各个方面，冷轧与同行业先进企业还存在不小差距，产品市场空间小、销路窄。在这一特殊时期，冷轧公司面临着诸多矛盾纷扰，如生产组织模式的变化、市场营销区域的拓展、机电工艺设备的磨合、职工操作技术技能的培训与提高等，无一不对未来的工作带来严峻的考验与挑战。在项目建设上，连退、镀锌工程是河南省和安阳市重大工业建设项目，是安钢产品结构调整、转型升级、进一步提高市场竞争力的重点工程，是安钢解危脱困的重要支撑工程，是安钢对外展示企业形象和面貌的窗口，省市领导、职工家属都寄予厚望。

要圆满完成集团公司交给的任务，冷轧公司该怎么办？冷轧公司领导掷地有声：历史的使命落在了我们肩上，我们只有勇敢面对、砥砺奋进。要完成生产经营和工程建设双目标，拼的是担当，拼的是实干，危急关头，各级领导干部务必要敢于站出来、能够顶上去，牢记肩上的责任和使命，鼓起干事创业的劲头，拿出攻坚克难的勇气，靠着踏石留印的实干，劲往一处使的齐心，干出实实在在的业绩；务必要身先士卒、以身作则，坚持"精、细、严、实"工作作风，率先垂范，勇于担当，带头提升能力，带头狠抓落实，一级做给一级看，一级带着一级干，带领广大职工主动作为，想为、敢为、善为、有为，团结一心、共渡难关。

（二）2016 年，以生产经营稳定运行、效益提升和连退镀锌工程建设顺利推进作为"双引擎"，带动冷轧公司全面工作再上新台阶。目标明确而清晰，措施针对而具体，任务光荣而艰巨。

为了确保目标任务的实现，年轻的冷轧人紧紧围绕酸轧机组的生产经营和连退、镀锌工程项目建设两个工作重点，优化资源配置，加强产销结合，优化生产组织，强化设备保障，紧盯项目进度，严把工程质量，充分发挥党组织的政治核心作用，讲形势、讲任务、讲责任，教育引导职工牢固树立必胜信念，面对一个又一个的困难，要撑得住、顶得上。各相关专业紧密协作，心往一处想，劲往一处使，克服新工人多、操作技术不熟练，克服处理设备故障走弯路等不利影响，不讲客观，不讲条件，发扬无私奉献精神，自觉把本岗位工作置于公司增产增效大局中来谋划。

在生产经营上，该公司进一步加强对市场行情进行监控，坚持"没有边贡不接单"原则，合理制定营销方案，每天灵活调整轧硬成品价格，强化外派人员力量，抓住重点区域、重点客户，努力实现均衡、有序、不间断接单，为生产稳定运行奠定了坚实基础。在生产组织上，由于人员少，冷轧公司先后采取集中生产、两班生产、三班三运转的模式进行生产组织，有的职工家里老人、孩子生病了也顾不上照顾，班段骨干周六周日不休息，直到新工人到岗后，8月中旬才开始四班三运转生产，为了确保分班后人员、生产、质量稳定，酸轧机组骨干和技术人员实施跟班带班包保。负责生产组织协调的生产技术部，依据原料、成品规格、定单交期、轧制标准要求，进一步优化生产组织模式，通过抓班产、促日产、保月产，并在8月份创出6.1万吨月产历史最好水平。设备管理部、电气车间、动力车间等部门，根据设备使用状况、备品备件情况详细梳理，按照"寿命周期＋状态"的管理方式，强化设备运行管理，提升设备运行质量，加强各类事故管控，为稳定生产提供了有效保证。

在项目建设上，由于冷轧产品主要定位在高端家电、汽车、建筑用板，设备自动化程度高、技术复杂，设备安装涉及厂家、专业、设计院所较多，设计院所之间设计需求和接口较多，时间紧，任务重，需要设计与施工并行推进，点多面广。该公司按照工程进度要求，统筹协调，狠抓设计与施工有效衔接，狠抓施工现场安全与进度管理，狠抓设备供货合同执行效率，全力推进专业负责、专业牵头、专业协调、专业落实工作机制，做到人员各尽其责，时间叠加利用，空间交叉作业的有效整合，为提高施工质量、推进施工进度、保证设备安装有序进行和解决各类疑难问题，打下了良好基础。尤其是参与工程建设的冷轧干部职工，充分发挥主人翁当家作主的精神，夜以继日、不辞劳苦，以厂为家。有的女工还在哺乳期，就把孩子交给父母照看，在外学习专业技术两三个月不能回家；有的职工双脚磨出了血泡，双手磨出了血印，嗓子喊哑，工装湿了干、干了又湿；有的职工24小时、36小时连续工作在岗位上，没有一个人喊苦叫累，他们只有一个目标：克服种种困难，圆满完成工程建设任务。

无私的奉献，辛勤的付出终于结出了丰硕的果实。

在集团公司的正确领导下，在集团公司各部室的大力支持下，在冷轧全体干部职工锲而不舍努力下，2016年，冷轧公司轧硬产品产量突破30万吨，同比增产18.75万吨。全年破班产纪录8次，最高班产1412吨，破日产纪录4次，平均班产805吨，按设计规格加权计算，酸轧机组基本达到设计产能。

自2016年初连退机组进入设备安装阶段，6月份热镀锌机组开始设备安装以来，在新日铁、新联、赛迪、宝冶、武钢等相关协作方全力配合下，在冷轧参建干部职工百折不挠坚持下，10月20日连续退火机组完成全线穿带工作，进入冷负荷连调阶段；12月28日，连退机组成功轧制出屈服强度、抗拉强度、延伸率全部符合国标要求的第一卷冷轧卷。而镀锌机组也在12月14日正式开始了退火炉的气密性实验，并全面进入设备调试阶段。预计2017年1月中旬具备烘炉条件，2月份进行热试。

2017年，冷轧公司将踏上新的征程。一是尽快实现由工程建设向生产经营为主的转变；二是尽快实现由单一机组生产，向全工序、全连续生产组织模式的转变，力争到四季度实现1550冷轧工程全线达标、达产、达效，为集团公司结构调整、效益增长做出冷轧新的更大贡献。

（焦政卿）（原载2017年1月5日《安钢》报）

冷轧热镀锌机组开始全线冷负荷试车

3月7日，冷轧热镀锌机组完成退火炉内部带钢穿带，并实现炉区工艺段带钢速度保持100m/min稳定运行。这一目标的实现，标志着安钢冷轧1550mm热镀锌机组正式开始全线冷负荷试车。

进入2017年以来，为尽快实现1550mm冷轧由生产建设向生产经营创效为主的转变。冷轧公司参与连退镀锌项目建设调试的广大干部职工，全身心投入到冷轧全线达标达产达效的生产建设中，即使在春节期间，冷轧1550mm连退镀锌机组也从未停止安装调试工作，先后完成了退火炉的初步检漏、补漏、再检漏保压等工作，经检验各项指标全部高出技术附件要求。他们利用春节假期圆满完成了退火炉整体气密实验，为后期退火炉烘炉奠定了坚实基础。

春节过后，冷轧热镀锌项目的广大干部职工夜以继日，积极组织炉区氮气、氢气和煤气等介质的输送工作，严格制定各项安全送气方案、安全操作步骤及详细完善的应急预案，安排炉区职工一个阀门一个阀门确认，一个仪表一个仪表检查，确保送气安全。2月7日将氮气送至混合站，随后成功送至退火炉内部，并开始对炉区管道、炉内各种阀门仪表、炉内压力进行调试和优化；2月16日炉区送煤气，开始调试辐射管烧嘴空燃比；2月17日将氢气送至退火炉前最后一道阀门，随后开始烘炉，并安排专人24小时轮班紧盯烘炉过程。烘炉期间，连退镀锌作业部吴玉峰，不顾自身感冒发烧，顶着39℃的高烧爬炉子、查阀门、测炉温，每天至少爬26m高的退火炉七八个来回，用他的话说，爬爬炉子出出汗，感冒好得快。2月25日，有一个辐射管出现断续熄火现象，专业主管牛鹏恩与电气仪表团队人员一起，连班查线路，测数据，看参数，在退火炉旁一蹲就是几个小时，终于查找出问题起因，成功将辐射管重新点火。就是在这样一群勇于奉献、敢于拼搏的冷轧职工的辛勤努力下，于28日顺利完成了退火炉的烘炉工作，为热镀锌机组的炉区穿带做好了充分的准备。

3月7日13时30分，按照时间节点开始退火炉区的带钢穿带。为保证炉内穿带顺利进行，连退镀锌作业部大班长黄金灿，沉着指挥，冷静应对各种穿带问题，保证了带钢始终处于对中位置。15时30分完成炉内穿带，16时30分完成带钢头尾焊接，17时42分，炉区成功实现5m/min速度启车，实现炉内带钢第一次稳定运行，18时10分，炉区带钢运行速度顺利升至100m/min并保持稳定运行，至此，热镀锌机组全面正式进入冷负荷试车阶段。这标志着安钢冷轧在实现单机组生产向全工序、全流程生产模式转变的过程中，又迈出了坚实一步。

（焦政卿　孟晓涛）（原载2017年3月11日《安钢》报）

冷轧公司生产调试稳步推进

在 7 月份产量首次突破 5 万吨的基础上，8 月份，冷轧公司认真落实集团公司要求，强化营销龙头作用，持续有效承接订单，强化生产组织管理，积极协调原料衔接，全月累计生产冷硬卷 6.02 万吨、冷轧卷 1.5 万吨、镀锌卷 0.47 万吨，保证了生产调试工作的稳步推进。8 月份，在"干好 8 月份、决战三季度，加快实现达标达产达效目标"方针指导下，冷轧公司紧紧抓住市场机遇期，强化市场行情监控，多方收集市场关键信息，坚持"没有边贡不接单"原则，合理制定营销方案；加强外派人员力量，抓住重点区域、重点客户，努力实现均衡、有序、不间断接单，为全月 6 万吨排产计划和连续稳定生产提供了强力支撑。

为确保完成目标，冷轧公司教育引导职工牢固树立必胜信心，各相关专业紧密协作，克服岗位人员少、操作技术不熟练等影响，广大职工纷纷参与到决战三季度的工作之中。酸轧作业部克服薄规格订单占比高达 39.6% 的不利生产组织条件，狠抓工序衔接，班与班、组与组、工序之间互助互补，生产组织高潮迭起，稳产高产，8 月份先后刷新班产纪录 5 次，最高班产突破 1500 吨，成材率实现 96.5%，一次合格率达到 99.63%，创出酸轧机组生产运行新水平；连退机组通过操作培训、技术管理，生产组织的稳定性大幅提升，一级品率由之前 66.69% 提高到 92.37%，并顺利完成了厚度为 0.38mm 和 2.0mm 近极限规格的调试生产，常规产品、IF 钢的表面质量和各项性能指标合格率均达到 100%。该机组还在 8 月 24 日的生产组织中，班产首次实现 760 吨，达到了机组的设计班产水平；镀锌机组在参考国内相关机组生产经验的基础上，通过改造沉没辊安装形式，产品表面质量明显提升。镀锌 (0.58 ～ 1.99)mm × (1000 ～ 1270)mm 规格 DC51D+Z 产品基本实现稳定生产，系列镀锌产品的一次合格率逐步提高，其中 HC300PD+Z 和 DC53D+Z 产品一次合格率达到 96% 以上，一级品率达到 90% 以上，力学性能和锌层附着性全部满足了国标要求。

（焦政卿）（原载 2017 年 9 月 7 日《安钢》报）

李利剑在冷轧公司调研时强调
要解放思想开拓创新实现高水平发展

11月9日，集团公司党委书记、董事长李利剑到冷轧公司调研指导工作。他强调：要解放思想、开拓创新，以勇于变革的精神，敢想敢干的魄力，按照更高的标准，做出更大的努力，达到更高的水平，尽快实现冷轧的高水平发展。集团公司总工程师姚忠卯陪同调研。

会上，李利剑首先听取了冷轧公司2017年的生产经营、党的建设以及2018年工作思路的汇报，对冷轧公司的工作给予了充分肯定。李利剑指出，今年以来，冷轧公司成绩非常突出，发展势头十分良好，各方面的工作都取得了很大成绩，得到了明显的提高，生产实现了长足的进步，各项经济技术指标也有了很大的改善。

就冷轧公司今年以及明年工作，李利剑重点提出了四个方面的要求：

一是要站位更高标准，实现更高水平，达到更高效率，取得更高效益。要解放思想、用心用脑、敢想敢干会干，在工作中要高标准严要求，把精细严实体现在工作的方方面面，抓好过程控制，做到质量更高、速度更快、效果更好。

二是要有强烈的事业心、责任感和干事创业的好劲头。精神决定意识，意识决定行动。要坚持问题导向，抓好"四预"管理，咬定目标，想方设法，千方百计克服环保管控、生产调试、达产达效等方面存在的难题，把不可能变为可能，把想不到变为想得到，更要做到。工作中要有这种精神，这种意识，具体体现在行动上，要有好的结果，尽快实现达产达效，实现更高水平发展。

三是集团公司各单位各部门要全力以赴支持冷轧发展。进一步完善提高冷轧一贯制工作机制，明确各方责任，提高冷轧一贯制运行质量，全力支持冷轧公司在直供直销、高端客户、高端品种、达产达效等重要工作上取得重大突破。

四是要进一步解放思想、转变观念。

不仅是冷轧，整个安钢都要重视结果导向。解放思想、转变观念，要落实在具体行动上，体现在最终效果上，行动之前说得再多再好都是零。世易时移，安钢要走向二次辉煌，不能按原来的方法和理念。要咬定目标、不忘初心、再接再厉，进行方方面面的深度变革，全力夺取新的更大的成绩。

李利剑还对打造公园式、森林式工厂等工作进行了强调。

姚忠卯在讲话中指出，明年，冷轧公司要持续拔高标准，系统分解目标，长短结合，远近结合，确保目标能够尽快实现。

会上，集团公司各相关部室结合各自实际就如何配合冷轧公司的工作做了表态性发言。

调研会前，李利剑到冷轧公司1550mm生产线实地进行了查看，详细了解了近期的生产、设备、产品等情况。

（陈 曦）（原载2017年11月11日《安钢》报）

迎难而上抢进度　"匠心"倾注铸精品

安钢100吨电炉复产工程热试成功

10月20日晚上11时36分，在大家热切期待的目光中，重达400多吨的庞大炉体缓缓倾斜，出钢口顺利打开，刹那间，钢花四射，通红的钢水顺势而下，流入到了钢包中。整个过程环环相扣，紧凑而顺畅，这标志着安钢100吨电炉复产后的一次性冶炼出钢成功，工程建设全面告捷！顿时，热试现场喜悦、欢腾，人们情不自禁地击掌相庆！100吨电炉的顺利复产，彰显着安钢人拼搏进取的精神，见证着广大参战人员敬业奉献的艰辛。5个月来，工程建设者们怀钢铁意志，擎钢铁力量，与时间赛跑，和困难交锋，刷新了国内同类工程建设的最短纪录，铸造了安钢发展建设史上新的里程碑，向集团公司和全体职工交上了一份满意的答卷。

电炉的快速投产达产，不仅可以及时弥补高炉减产带来的不利影响，最大限度减少环保限产带来的冲击，更因其高端高效精品钢产量占比高，一个月有近7万吨，可以有力地增强安钢增收创效能力。这种生产组织的无缝对接，无异于一场及时雨，为安钢四季度的生产经营注入了强劲动力。

近年来，随着国家全面取缔"地条钢"整治行动的深入推进，废钢资源逐步进入良性循环轨道。与此同时，电炉具有短流程生产的先天特性，生产过程有着短、快、简的特点，在环保上占有极大优势，电炉复产迎来千载难逢的机遇。集团公司审时度势，于2017年4月25日正式签订了电炉复产合同，7月25日开始施工。

为确保电炉顺利复产，安钢对电炉炼钢整个流程及各系统进行了梳理和诊断，对装备技术进行了必要的升级改造，进一步优化了电炉生产工艺，保证电炉的低成本、高效运行。工程自4月25日签订合同，7月25日开始施工以来，各参战单位在集团公司和工程指挥部的指挥下，克服施工现场空间狭小，旧设备拆除任务繁重，新备件到货周期长，工期短，工程质量要求高等诸多困难，实施清单式管理，销号式推进，倒排工期，挂图作战，夜以继日，风雨无阻，争分夺秒，24小时连续作战，最大限度加快施工进度，保证施工质量，仅仅用了5个月20天就完成了拆旧建新任务，把不可能变成了可能，创造了安钢工程建设的奇迹，把安钢人不畏艰难，奋勇拼搏的精神发挥到了极致。

改造后的100吨电炉，对炉体、炉壳、氧气吹炼系统、加料、取样装置、出钢方式等都进行了优化升级。并新建了1套电炉烟气余热回收装置。该装置改变了传统的电炉烟气冷却采用的水冷方式，可回收电炉烟气余热，产生蒸汽，供生产、生活使用，相当于减少了产生同等蒸汽量的燃煤锅炉所需的能耗及污染，既降低了煤耗，又减少了一氧化硫、二氧化碳以及灰尘的排放量，环保效益显著。同时，该装置与传统水冷系统相比，不仅降低了运行费用，还回收了蒸汽，经济效益同样明显。提高了循环经济效益，减少了吨钢能耗指标，有效弥补了废钢预热损失。同时，电炉除尘系统在原系统上也进行了修复升级，对除尘器进行了扩容，全面满足了国家环保极限标准要求。

目前，该工程各参战单位正在按照集团公司要求，参照预定热试方案，持续发扬锲而不舍、坚忍不拔的精神，给足修配改力量，以"急不得、慢不得、志在必得"的调试要求，突出质量，确保安全，按照标准、规范和步骤，以"好字当头"，争分夺秒扎实做好调试工作，加快热试进度，以尽快实现达产达效，为集团公司创新驱动、转型发展贡献力量。

（柳海兵　王述杰）（原载 2017 年 10 月 24 日《安钢》报）

六、实施战略合作，延伸产业链条

作为一个特大型钢铁联合集团，无论从资源配置、生产经营，还是产品营销、延伸产业链条等方面，安钢都需要加强与上下游企业之间的强强联合，以实现进一步的发展。特别是在受到金融风暴冲击，企业生产经营困难的形势下，不仅在争取更多的资源、资金、技术、市场，而且也需要相互抱团取暖共克时艰。因此，2008年以来，安钢先后与不同领域的多个企业签订了战略合作协议。

为进一步开拓市场，优化资源配置，安钢以全球化的视野，延伸产业链条，推进开放式发展。安钢与巴西淡水河谷携手合资共建了永通公司120万吨球团工程；为强化物流通道，降低生产成本，安钢与河北物流产业集团有限公司等进行战略合作，实现了优势互补，渠道共享，达到了联合创造价值的最大化，协同产生增量的良好效果；为加强产品的出口，安钢与德国蒂森、英国康力斯、韩国LG等9家出口战略客户签订了合作协议；为实现节能环保和循环经济，安钢与河南利源煤业签订合作建设30万吨高温煤焦油加氢项目，具有良好的经济效益和社会效益。

为了实现非钢产业发展，进一步拓宽了合作的领域，在发展非钢产业上，进行了积极的探索。安钢与如家酒店集团共同在《河南安钢大厦项目合作意向书》上签字，将安钢大厦打造成安钢在省会城市的一张名片。为实现安钢职工总医院分离改制工作，安钢集团与中信产业基金—新里程医院集团合资合作共同组建医院管理公司。

这些战略协议的实施，不仅使安钢的资源进一步优化，上下游产业连接更加紧密，也使安钢的市场进一步扩大。2017年，安钢生存保卫战取得决定性胜利，可以说，战略合作的实施，为安钢走出低谷做出了自己的贡献。

传承友谊　合作共赢

山西焦煤客人来安钢友好交流

4月24日下午，山西焦煤集团销售副总经理白原平一行来安钢考察市场和友好交流。集团公司副总经理李利剑在会展中心与客人进行了座谈。

山西焦煤集团销售副总经理白原平首先介绍了他们在山东、河北等地考察钢铁企业和电煤企业的生产和市场情况，受国际金融危机影响，实体经济的生产经营都很困难，煤炭企业作为原燃料企业，市场相对稳定一些。

在山西焦煤屯兰煤矿发生特大爆炸事故以后，安钢集团公司在第一时间给予了慰问和大力支持，他代表山西焦煤企业领导对安钢的帮助表示感谢！李利剑副总经理说，安钢和山西焦煤是战略合作企业，兄弟企业遇到困难，安钢的帮助是应该的，在安钢用煤紧张的时候，山西焦煤也曾给予支持。从去年下半年以来，钢材市场价格垂直下滑，到今年一季度，虽然春暖花开，钢市依然寒流袭人，钢铁行业整体出现亏损局面。钢铁是国民经济的基础产业，房地产、机械制造等行业不复苏，就不能对钢铁行业产生有效的拉动。二月份钢材价格的上升是短暂的，到现在又跌了回来，甚至比过去更低，在这样的形势下，安钢的生产经营遇到了前所未有的困难，集团公司的各部室、厂和生产工序都在全力以赴降成本，打造低成本生产运行线。作为长期战略合作伙伴，希望山西焦煤企业以真诚的态度，务实的做法，在来煤数量、质量、价格、结算方式等方面给予优惠。安钢也会在接煤、卸煤、付款上尽力给予保证。

在座谈开始前，集团公司煤炭处领导陪同山西焦煤来宾参观了安钢厂史展，并在厂区沙盘模型前介绍了安钢的生产布局和结构调整情况。

（记者　徐长江）（原载 2009 年 4 月 28 日《安钢》报）

安钢淡水河谷喜结良缘
120万吨球团合资工程开工奠基

3月26日上午，安钢与巴西淡水河谷公司合资兴建的120万吨球团工程开工奠基仪式在永通公司隆重举行。

集团公司领导王子亮、吴长顺、张太升、史美伦、李存牢、王新江、刘楠、安志平、巴西淡水河谷公司铁矿部业务发展总监久安、安阳市委书记张广智等领导出席奠基仪式。奠基仪式由集团公司常务副总经理史美伦主持。

当天上午，风和日丽、晴空万里。开工奠基仪式现场彩旗招展、鼓乐喧天。在数十辆重型机械的环绕下，千余名职工汇集在这里，共同庆祝120万吨球团工程开工。

在奠基仪式上，巴西淡水河谷公司铁矿部业务发展总监久安、集团公司董事长、总经理王子亮先后讲话。

安阳市主要领导在奠基仪式上发表了热情洋溢的讲话。他代表市委、市政府对120万吨球团项目正式开工奠基表示热烈祝贺，并向所有关心、支持安钢建设和安阳经济发展的各界人士表示衷心感谢。他说，安钢作为河南省工业的支柱企业，近年来通过产品结构调整、强化自主创新取得了令人瞩目的成就，为安阳市乃至河南省的经济社会发展做出了重要贡献。120万吨球团项目的开工建设不仅对安钢实施国际化资源战略，增强核心竞争力具有重要意义，对安阳市产业结构调整升级，经济发展方式转变也具有典型示范作用。他表示，市委、市政府将一如既往地支持安钢发展，为双方合作提供便利条件，为工程建设、企业发展营造宽松、和谐、高效的服务环境。他预祝合作取得圆满成功。

久安先生对120万吨球团项目的快速进展表示赞赏。他说，淡水河谷公司正在巴西和阿曼两个国家各新建一座球团厂，预计到2014年，淡水河谷公司的球团年产量将提高到6500万吨。我们将非常高兴地分享在球团项目方面的技术和经验，同时也将向安钢学习中国企业的经营模式和球团生产经验，届时，豫河永通公司将成为双方交流技术、分享经验、共同学习的平台。他坚信，双方将本着"求大同存小异"的原则，将豫河永通公司打造成为双方战略合作的成功范例，并在未来为双方拓展合作创造更多的机会。

王子亮总经理在奠基仪式上讲话。他首先代表集团公司向出席工程开工仪式的各位领导、来宾表示热烈的欢迎和诚挚的敬意。他说，安钢与巴西淡水河谷公司合资兴建的120万吨球团工程开工，标志着两家公司的合资合作进入了一个全新阶段。他指出，"十五"以来，安钢经过一系列发展建设，建成了年产钢超过1000万吨的现代化钢铁集团，位居中国企业500强和制造业500强前列。作为世界第一大铁矿石生产和出口商，淡水河谷公司在全球具有强劲的竞争力和深远的影响力，对世界铁矿开采业和钢铁冶金业发展，特别对于中国钢铁工业发展，起到了重要的促进作用。长期以来，双方始终保持着密切的合作关系，建立了深厚的友谊。特别是去年10月份，本着互惠互利、合作共赢的目标，双方正式签署了120万吨球团合作项目，并于同年12月18日成立了豫河永通球团有限责任公司，使双方由单纯的合作关系上升为合资合作关系。他强调，该项目的开工建设，不仅对安钢稳定资源供应、延伸产业链条、提供优质原料意义重大，同时也是淡水河谷公司构建长期稳定战略伙伴关系的重要举措，必将成为中巴两国友好合作关系的共同见证。

随后，王子亮宣布"120万吨球团项目开工"，奠基仪式正式开始。王子亮、张广智、久安等在欢庆的鞭炮声中挥锹铲土，为奠基培土。

据了解，120万吨球团项目是淡水河谷公司在海外的第一家自身参与而非通过收购方式完成的合资球团厂。

该项目总投资6.25亿元，采用先进的链算机——回转窑球团生产工艺，由北京首钢国际工程技术有限公司设计，安阳钢铁股份公司承建。作为安钢重要的资源配套项目，建成后将进一步改善安钢炉料结构，优化高炉经济技术指标，降低铁前成本，提高安钢整体效益。

（记者 朱社民 王 辉）（原载2010年3月30日《安钢》报）

优势互补 平等互利 合作共赢
安钢与郑煤机签订战略合作协议

2010 年 12 月 30 日上午，安钢与郑煤机战略合作协议签字仪式在会展中心举行。安钢集团公司副总经理刘楠、郑州煤矿机械集团股份有限公司副总经理张命林及安钢销售公司、新品办、生产管理处、财务处、制氧厂、郑煤机供销公司、物资供应部有关领导出席签字仪式。

仪式由安钢新品办副主任商存亮主持。

刘楠副总经理在讲话中说，安钢与郑煤机经过长期的合作，双方建立了深厚的友谊。几年来，安钢向郑煤机高强度板销售量由过去的 5 万吨增长到 10 万吨，2011 年将突破 10 万吨，这表明，双方的合作前景十分广阔。最近一个时期，高强度板材的市场竞争十分激烈，在这种形势下，郑煤机继续与安钢保持合作，给予大力支持，在此表示衷心的感谢。今后，安钢将加强质量管理，严把质量关，确保产品质量稳定，为用户提供优质的钢材。相信双方今后的合作会更加深入、全面，实现合作共赢。

张命林副总经理在讲话中说，多年来，安钢为郑煤机提供了很好的产品，双方从一般合作到战略合作，一步一个脚印逐年发展，友谊不断加深，可以说，安钢与郑煤机的合作占尽天时、地利、人和。近年来，安钢不断进行技术创新，开发新产品，取得了长足的进步，这为双方今后更广阔的合作奠定了坚实的基础，希望双方发挥各自在行业中的优势，建立长期和更加稳固的战略合作关系，实现共同发展。之后，刘楠副总经理代表安钢、张命林副总经理代表郑煤机，签订了"战略合作协议"，双方代表还签订了"安钢与郑煤机 2011 年度钢材购销框架合同"。

（记者　孟安民）（原载 2010 年 12 月 30 日《安钢》报）

互利互惠　诚信合作　共同发展

安钢与驻马店中集华骏、安阳兆通型钢
签订战略合作协议

2012年3月28日上午，安钢与驻马店中集华骏、安阳兆通型钢战略合作签字仪式在会展中心举行。集团公司副总经理刘楠、驻马店中集华骏车辆有限公司总经理郭永华、安阳兆通科技有限公司总经理冯振华出席签字仪式并讲话，安钢管理推进处、热轧卷板产品部、销售公司、生产管理处、质量管理处及两签约单位的领导40多人参加签约仪式。

集团公司副总经理刘楠在讲话中说，1780mm热连轧生产线2007年6月投产以来，紧跟汽车行业发展形势，大力开展汽车用钢研发推广工作，经过不断地创新和实践，相继开发出汽车大梁、汽车车轮、汽车轴管、汽车桥壳、汽车车厢等八大系列上百个品种规格的汽车用钢，实物质量稳定可靠。现已与东风汽车、北方奔驰、中国重汽、宇通客车、中集华骏等多家知名企业建立了良好的合作关系。2009年以来安钢针对汽车行业节能减排治理超载的需求，先后投入数百万元，用于基础实验研究，开发出具有安钢特色的高强度汽车轻量化用钢产品，为汽车轻量化提供了切实可靠的途径。目前安钢600MPa、700MPa级大梁用钢已累计投放市场5万多吨，未发现一起开裂、断梁事故，充分体现了安钢研发工作的严谨性、可靠性。

驻马店中集华骏车辆有限公司是国内最大的改装车生产企业，安阳兆通科技有限公司是国内最早致力于汽车轻量化用钢的加工配送企业，三家企业同处河南，具有天然的地域优势、文化优势和技术优势，三方战略合作签约，为三家企业之间架起了一座新的桥梁，搭建了一个长期合作的平台，必将使彼此更加强大。让我们以这次签约为良好开端，在更广泛的领域进行深入合作，共同走向新的辉煌，为中原经济腾飞做出新的贡献。

驻马店中集华骏车辆有限公司总经理郭永华、安阳兆通科技有限公司总经理冯振华在讲话中表达了对这次战略合作签约的期望和信心，三方将共同致力于专用汽车轻量化用钢的研发、深加工、应用及信息沟通等多方面业务的合作，形成"强强联合，携手共赢"的新格局。通过战略合作，三家企业的品牌影响力和核心竞争力必将进一步提升，必将共同为河南省经济发展做出重要贡献。

随后，安钢集团公司副总经理刘楠代表安阳钢铁、驻马店中集华骏车辆有限公司总经理郭永华代表驻马店中集华骏、安阳兆通科技有限公司总经理冯振华代表安阳兆通型钢分别在战略合作协议上签字，并共同揭开了汽车轻量化用钢战略合作牌匾上的红布。

下午，三家企业的代表到第二炼轧厂和安阳兆通科技有限公司进行了参观。

（记者　徐长江）（原载2012年3月29日《安钢》报）

安钢与河北物流集团签订战略合作协议

7月23日上午，安钢与河北物流产业集团有限公司战略合作签字仪式在会展中心举行。集团公司董事长、总经理王子亮，副总经理李利剑、王新江，河北物流集团董事长、总裁刘玉民出席签字仪式。

签字仪式由集团公司副总经理王新江主持。

集团公司董事长、总经理王子亮在签字仪式上致辞，他对河北物流集团刘玉民一行莅临安钢表示欢迎。他说，安钢是河南省最大的钢铁企业，"十一五"期间，安钢通过快速实施"三步走"发展战略，实现了装备大型化、工艺现代化、产品专业化，建成了年产钢能力超过1000万吨的现代化钢铁集团。经过结构调整，安钢的产品已由过去的以建材为主变为以板材为主，提出了"立足河南，辐射周边"的市场营销战略，正在大力推进服务型钢铁的建设，以求进一步延伸上下游产业链。安钢一方面提高自身钢材深加工能力，利用安钢的产品、技术等优势带动周边民营经济的发展，与他们共同开发市场；另一方面努力争取上游资源，最大程度降低原燃料成本。3号大高炉投产以来，运行状况稳定，各项经济技术指标排在全国同级别炉型前列，为安钢降低成本、实现盈亏平衡奠定了坚实基础。

王子亮说，河北物流集团是以钢铁、煤炭、矿石等生产资料综合服务为重点，集贸易、矿业、仓储、加工、运输等物流服务业为一体的综合物流企业。两家同属国有企业，各有优势，正可以优势互补，合作双赢，以前我们已有过多次合作，相信随着《战略合作框架协议》的签订，今后的合作会更加愉快。

河北物流集团董事长、总裁刘玉民在讲话中说，近年来，河北物流集团与安钢围绕双方核心业务开展合作，实现了优势互补，渠道共享，达到了联合创造价值，协同产生增量的效果。双方签订《战略合作框架协议》，可以充分发挥生产和流通、资源和市场的专业化分工优势，在钢铁原燃料供应、钢材贸易及钢材延伸加工服务、钢铁物流综合服务、区域市场开发等方面，巩固既有合作成果，开展全面业务合作，共同打造从钢材生产到终端市场的供应链分销服务体系，共同协调满足终端用户的个性化需求。

希望双方以签订战略合作协议为新的开端，深化合作领域，实现互利双赢，共创美好明天。

随后，王子亮代表安阳钢铁集团公司，刘玉民代表河北物流集团公司，分别在《战略合作框架协议书》上签字。

(记者　徐长江)(原载2013年7月25日《安钢》报)

优势互补　合作共赢

安钢与如家酒店集团签订战略合作协议

12月5日上午，安钢集团与如家酒店集团战略合作协议签订仪式在安钢会展中心举行。安钢集团公司总经理、副董事长、党委副书记李利剑、副董事长、党委副书记李存牢及有关部室负责人、如家酒店集团资深副总裁王文铎、业主开发管理部经理陈建荣等出席签字仪式。

仪式上，李利剑在讲话中说，安钢成立于1958年，经过50多年的发展，现已具备1000万吨钢的生产能力，是河南省最大的钢铁企业。2008年以来，受国际金融危机影响，钢铁行业形势异常严峻，安钢陷入了巨大困难之中，2013年下半年以来，安钢采取了一系列卓有成效的改革，安钢管理理念方式和经营指导思想有了较大转变，采取了多项有力措施，企业生产经营有了很大改善。在发展非钢产业上，也进行了积极的探索。但是，安钢在酒店管理上，缺乏经验，需要得到这方面的专家给予指导或者合作。如家酒店集团作为中国经济型酒店的领导者，在行业内取得了令人瞩目的业绩，希望安钢与如家酒店能够优势互补，合作成功，合作顺利，在双方的共同努力下，将河南安钢大厦打造成为安钢在郑州的名片。

王文铎副总裁讲话中说，如家酒店集团创立于2002年，2006年10月在美国纳斯达克上市。作为中国酒店业海外上市第一股，如家酒店集团已在全国300座城市，拥有连锁酒店2500多家，形成了遥遥领先业内的国内最大的连锁酒店网络体系。在2012年的《财富》杂志评选出的全球最具成长性公司100强榜单中，如家酒店集团凭借良好的业绩进入十强，名列第九，成为中国酒店连锁中数量最大、经营效益最好的公司。如家酒店集团旗下拥有如家酒店、和颐酒店、莫泰酒店、云上四季四大品牌。安钢大厦位置优越，发展机遇很好，如家酒店集团将以此合作为契机，按照和颐酒店的管理模式，用最优秀的团队、最优质的服务将安钢大厦打造成为河南省会酒店业的典范。

随后，李存牢代表安钢集团、王文铎代表如家酒店集团共同在《河南安钢大厦项目合作意向书》上签字，并合影留念。之后，王文铎副总裁还在安钢有关部门负责同志陪同下，到安钢厂区进行了参观。

据了解，河南安钢大厦将按照如家酒店集团旗下的和颐酒店模式合作运营。和颐酒店创立于2008年12月，是集团在酒店产业层次化发展的又一次探索和创新。和颐旨在以时尚品质的环境、舒适人性的客房、便捷高效的商务配套、恰到好处的热情款待，最贴切地满足商务旅行的需要，带领客人体验前所未有的商旅新乐趣。和颐酒店定位中高端商务酒店，服务于自信、热爱生活、追求品质感的商务精英人群。

（记者　孟安民）（原载2014年12月6日《安钢》报）

强强联合共赢共享　长期合作互惠互利

安钢与青岛港(集团)签订战略合作协议

1月7日上午，安钢与青岛港（集团）有限公司在会展中心成功签订战略合作协议。集团公司董事长、党委书记李涛、工会主席张怀宾、青岛港（集团）有限公司董事长、党委书记郑明辉、济南铁路局货运营销处处长李强等出席签约仪式。仪式由集团公司工会主席张怀宾主持。

签约仪式上，集团公司董事长、党委书记李涛发表致辞，他首先向郑明辉一行的到来表示欢迎，并对青岛港、济南铁路局多年来对安钢的支持表示感谢。在简要介绍了安钢近期的生产经营情况后，他说，在刚刚过去的 2014 年里，安钢本部钢、铁、材的产量同步达到 800 多万吨，作为一家独立的钢铁企业，具备一千万吨钢的生产能力，在行业内屈指可数。2003 年到 2013 年期间，安钢进行了一些大规模的技术改造，实现了装备水平的更新，提升了产品档次。然而，在这个过程中，受 2008 年国际金融危机的影响，企业陷入了严重困难。2013 年下半年，安钢开始逐步对经营理念和管理模式进行调整，特别是在 2014 年里，围绕新的市场形态的变化，安钢实施了低成本、服务型钢铁、适度多元和国际化这四大战略。通过推行一系列举措，企业的生产经营情况得到大幅改善和好转，渡过了最困难、最危险的时期。

李涛指出，当前，钢铁行业仍处于严冬季节，安钢也仍然面临着很多困难。他希望青岛港和济南局能够继续对安钢给予支持，并通过此次战略合作协议的签订，结成更加紧密的合作伙伴关系，全面拓展合作领域的深度和广度。

青岛港集团董事长、党委书记郑明辉在讲话中说，安钢通过推行四大战略，在短时期内就取得了明显的效果，非常值得借鉴和学习。在详细介绍了青岛港（集团）的基本情况以及近期推行的转型措施之后，郑明辉表示，青岛港将千方百计为安钢提供优质的装卸船车、仓储、物流、场站等方面的服务，保证高效的装卸效率，同时双方建立有效的沟通平台，不断完善、提高双方合作机制和效率，保证合作长期顺利进行，以实现共赢共享、互惠互利。

济南铁路局货运营销处处长李强也表示，济南局将配合安钢做好原料从青岛港发出后的承运工作，为安钢集团原料的转站提供高效、快捷的进站发运服务。

随后，李涛、郑明辉分别代表双方在战略合作协议上签字。

（记者　杨之甜）（原载 2015 年 1 月 8 日《安钢》报）

互利互惠　共赢发展

安钢与五矿邯邢矿业签订战略合作协议

2月6日，安钢与五矿邯邢矿业公司在会展中心签订战略合作协议。集团公司总经理李利剑、工会主席张怀宾，五矿集团公司总经理助理、邯邢矿业公司董事长、党委书记魏书祥，以及双方相关部门负责人出席签字仪式。

签字仪式上，张怀宾首先致辞，对魏书祥一行的到来表示欢迎，对邯邢矿业公司多年来的支持表示感谢，并简要介绍了安钢当前的生产经营状况。

李利剑在讲话中说，受国际金融危机的影响，近几年来，安钢陷入了严重困难。2013年下半年以来，特别是在2014年，安钢开始对经营理念和管理模式进行深度调整，推行了一系列卓有成效的变革，企业的生产经营情况得到大幅改善，生产经营实现重大转折，一举扭转了被动局面，总体保持了好的趋势、好的态势和好的气势。

李利剑说，长期以来，安钢与邯邢矿业公司保持了良好的合作关系，共同走过了五十多个春秋，双方的友谊经受住了市场和时间的考验。他希望双方以此次协议的签订为契机，进一步深化合作，创建多层次、多渠道的交流沟通机制，形成紧密相连的上下游产业链，共同抵御市场风险，续写合作双赢的新篇章。

魏书祥在回顾邯邢矿业公司与安钢的合作历史时说，多年来，无论市场如何变化，双方精诚合作、相互支持的态度从未改变，共同应对、互利共赢的立场从未动摇。他表示，邯邢矿业公司将继续坚持"以质取胜、诚信经营"理念，恪守合同承诺，为安钢提供优质产品，实现共赢共享、互惠互利。

仪式上，李利剑、魏书祥共同在战略合作协议书上签字，双方部门代表分别签订了年度供货合同。

邯邢矿业公司是中国五矿的全资子公司，目前拥有铁矿石资源6亿吨以上，具有年产铁矿石1000万吨以上，铁精矿450万吨以上的生产能力，生产规模位居全国地下铁矿山前列，主产品铁精矿以有害杂质少、质量稳定而闻名全国。此次战略合作协议的签订，对于巩固双方长期稳定的战略伙伴关系，对于着眼长远、优势互补、共同发展具有非常重要的意义。

（记者　柳海兵　通讯员　刘亚楠　孙凤杰）

（原载2015年2月10日《安钢》报）

携手闯市场　合作促转型

河南投资集团与安钢集团战略协同
合作协议签订仪式在郑州举行

6月30日上午，河南投资集团有限公司与安阳钢铁集团有限责任公司战略协同合作协议签订仪式在郑州举行。河南省国资委主任肖新明、集团公司董事长、党委书记李涛、常务副总经理刘润生，河南投资集团有限公司董事长、党委书记朱连昌、副总经理、党委副书记刘新勇、副总经理袁顺兴、技术总监郭海泉以及双方相关部门负责人出席仪式。省国资委主任肖新明首先对安钢和投资集团的合作表示祝贺。他指出，在当前经济形势下，各企业都在爬坡过坎，寻求转型升级，安钢和投资集团通过合作产生协同效益，优势互补，实现双赢，这种形式开创了省管企业合作的先例，应该大力提倡。安钢是钢材的生产者，投资集团是钢材的大用户，安钢是用电大户，投资集团又是电力供应者，两家企业的对接非常好。他希望双方通过合作，达到预期目的，并在此基础上探索更宽的合作领域和更新合作的形式。同时希望两家企业能够进一步加强管理，深化改革，提升竞争力，顺利完成转型升级。

集团公司董事长、党委书记李涛感谢投资集团长期以来对安钢的支持和帮助。他说，投资集团是省内著名的大型综合性投融资平台，也是有多元产业的实体型公司，在金融领域、资本运作、资本市场领域，有着强大的实力和运作经验。

当前，安钢正处于转型时期，对于安钢来说，一是要做服务型钢铁，要由钢铁生产商向服务商转变。制造业要加上服务，要向服务方向转型。二是要做低成本的运作。过去效益好比较粗放，全面低成本的理念不到位，是高投入高效益。现在要变成低投入，低成本，要创造高效益，如果没有低成本，就生存不下去。三是适度多元，要由钢铁主业一业为主向适度多元转型。围绕产品延伸的多元、围绕产业相关的多元，增强自身竞争力。四是国际化转变，要实现真正意义上的国际化，在产业走出去，能力走出去，融资走出去等方面迈出实质性的步伐。完成这四个方面，除了自己要再造生产经营管理流程以外，最重要的就是要走战略合作的路子，通过产业链的合作，通过产品延伸的合作，通过供应链的合作，通过资本混合经济产权领域资本层面的合作，来推动促进四个转型。他说，在当前市场极端困难的情况下，单个企业的竞争越来越薄弱，市场的竞争需要的是链条的竞争，只有形成链条，企业才会有较强的抗风险能力，才会有较强的占有市场的能力，才会有较强的获得盈利机会的能力，安钢一定会按照新的理念、新的思路和合作方配合好，承担好安钢的责任，利用销售半径和物流优势，在中原大地、大江南北重新塑造安阳钢铁的品牌优势。

　　河南投资集团有限公司董事长、党委书记朱连昌在讲话中说，这次战略协同合作协议的签订，标志着双方协同发展开启了新的篇章，进入了一个新的时期。投资集团与安钢在产品互购、项目投资等方面优势互补、互利共赢的切合点很多。希望通过这次合作，双方全方位、深层次的持续合作，为河南经济社会的发展做出更大贡献。

　　在热烈的气氛中，集团公司董事长李涛与投资集团董事长朱连昌签订了《战略协同合作协议》。随后，双方有关部门负责人先后签订了《直供电购销合作协议》《钢材购销合作协议》。

　　（记者　殷海民　马　亮）（原载 2015 年 7 月 2 日《安钢》报）

安钢与中国铁塔安阳分公司签订战略合作协议

1月21日，安钢与中国铁塔安阳分公司战略合作签字仪式在会展中心举行。集团公司总经理李利剑，中国铁塔河南省分公司副总经理罗智友、安阳市分公司总经理李增军，以及双方相关单位负责人出席签字仪式。

中国铁塔股份有限公司是经国务院同意、国资委批准，由中国移动、中国联通、中国电信三家电信基础运营企业联合出资组建的国有大型通信基础设施综合服务企业，正式成立于2014年7月18日，主营铁塔的建设、维护和运营，兼营基站机房、电源、空调等配套设施和室内分布系统的建设、维护和运营，以及基站设备的维护。该公司实行总分架构，总部设在北京，同时在31个省设立省级分公司，在地市设立地市分公司，中国铁塔股份有限公司安阳市分公司于2014年11月13日挂牌成立并正式运营，承接安阳当地铁塔等通信基础设施的建设、维护和运营。

签字仪式上，李利剑首先致辞，对罗智友一行的到来表示欢迎，并简要介绍了安钢基本概况以及近年生产经营情况。他说，受2008年国际金融危机的影响，企业近几年陷入了严重困难。2013年下半年以来，特别是在2014年，安钢开始对经营理念和管理模式进行深度调整，推行了一系列卓有成效的变革，企业的生产经营情况得到大幅改善，生产经营实现重大转折。2015年，由于钢铁市场形势进一步恶化，企业生产经营难以独善其身，企业生产经营又面临重大挑战。为尽快扭转被动局面，安钢把止血倒逼、降本增效、全力保生存渡难关提升到首要任务上来，工作已经初步取得成效。

李利剑说，长期以来，安钢与铁塔公司安阳分公司前身保持了良好的合作关系，他希望双方以此次协议的签订为契机，进一步深化合作，加强沟通，创建多层次、多渠道的交流沟通机制，改善安钢区域的通讯环境、提升信息化水平、完善通信基础设施建设，续写双方合作共赢的新篇章。

罗智友在讲话中表示，中国铁塔河南省分公司将在安钢区域统筹规划铁塔建设、优化现有铁塔资源、优化铁塔资源部署，一如既往为安钢提供优质服务，全力支持安钢的通信基础设施建设，助力安钢信息化建设及信息产业发展。

仪式上，双方部门代表共同在战略合作协议书上签字。

签字仪式结束后，全体与会代表共同合影留念。

（记者　柳海兵）（原载2016年1月23日《安钢》报）

安钢与中船重工物贸集团签订战略合作协议

　　2月3日，安阳钢铁集团与中船重工物资贸易集团长期战略合作协议签约仪式在北京举行。安阳钢铁集团公司董事长、党委书记李涛、总经理李利剑、副总经理郭宪臻、总工程师姚忠卯与中船重工物贸集团公司董事长、总经理、党委书记杨乾坤、副总经理郑其林、王贞、吴季平、总经理助理兼总经理办公室主任李洪泉、总经理助理兼集中采购管理部总经理叶桂静等出席签约仪式。

　　根据协议，双方将本着平等自愿、长期稳定合作、共建共享的原则，在已有合作的基础上，共同探索从原材料、钢材贸易领域，向钢材深加工、设备制造、供应链金融以及海外市场开发等各环节、各领域延伸的全产业链式合作。在友好的气氛中，安阳钢铁集团总经理李利剑与中船物贸集团副总经理郑其林分别代表双方在战略合作协议书上签字。

　　签约仪式之前，安阳钢铁集团与中船物贸集团的领导举行了会谈。杨乾坤对李涛一行的到来表示欢迎，对安阳钢铁集团给予中船重工物贸集团的信任和支持表示感谢，并表示愿与大型钢铁企业加强合作，实现互利共赢。李涛对中船重工物贸集团给予安阳钢铁集团的支持和帮助表示感谢，并简要介绍了安阳钢铁集团的发展历史，以及近几年来为了应对困难局面，促进企业转型升级采取的举措。李涛表示，安阳钢铁集团明确提出并正在实施服务型钢铁战略，致力于做好市场服务，提高直供比，提高与大型央企的合作规模，同时通过合作，必将提高安阳钢铁集团的经营管理水平。

　　座谈中，双方一致同意全力培育安阳钢铁集团与中船重工物贸集团的合作平台，打造互惠互赢的企业联合体，同时还就共同关心的一些具体问题进行了深入探讨和研究。

（孙凤杰）（原载 2016 年 2 月 7 日《安钢》报）

安钢与五矿发展共同成立易联物流有限公司揭牌

4月21日，安阳易联物流有限公司揭牌仪式在会展中心举行，标志着安钢与五矿发展股份有限公司的友好合作进入了一个全新的阶段。集团公司领导李利剑、刘润生、张怀宾、郭宪臻、闫长宽、姚忠卯，五矿发展公司党委书记、总经理刘青春，安阳市委常委、常务副市长陈志伟出席仪式。

2016年，安钢集团下属的安钢股份公司与五矿发展股份有限公司下属的中国矿产公司，在郑州签署了《合资合作意向书》，决定共同设立合资公司。

2017年3月24日，在安阳市及殷都区的大力支持下，在五矿和安钢的积极推动下，由中国矿产公司与安钢股份公司共同出资1000万元，正式注册成立了安阳易联物流有限公司。这次双方开启战略合作，在大物流和相关产业方面，设立合资物流公司，有利于新旧动能转换、加快转型发展步伐，有利于拓展发展空间、提升综合竞争力、促进双方的共同发展和进步。

揭牌仪式上，集团公司总经理刘润生发表了热情洋溢的致辞。他在致辞中首先代表安钢集团公司向安阳易联物流有限公司的成立表示衷心的祝贺。

刘润生说，五矿集团是特大型央企，世界500强公司，是我国最大的、国际化程度最高的金属矿业集团，拥有独特的全产业链资源优势，品牌卓越，实力雄厚。一直以来，五矿集团都是安钢重要的战略合作伙伴，双方在长达三十年的合作中，彼此信任、相互理解、互惠共赢，建立了融洽的合作关系和深厚的友谊。

刘润生指出，易联物流公司的定位绝非传统意义的物流，而是涵盖了现代物流、智慧物流、金融物流、资本物流等多重概念。新公司的成功运营，对五矿集团、安钢集团的转型发展，对地方经济的发展，都将起到强有力的带动作用，将对安阳"大物流"产业发展打开突破口，开辟新途径，成为新旧动能转换的"新引擎"。希望作为重要央企的五矿集团，一如既往地与安钢加强合作，发挥优势，为易联公司提供资金、业务等全方位的支持，扶持其做优做强。希望市委市政府为易联公司运营发展，创造良好环境，提供重要支持。安钢将不遗余力，持续为易联公司注入更多的资源和业务，促进新公司不断发展壮大。

陈志伟在致辞中指出，市委、市政府将全力支持五矿发展在安阳的发展，将为安阳易联公司的运营发展，提供便捷的服务和强有力的支持。同时也热忱欢迎五矿发展进一步加大对安阳市的投资力度，深度推进合作。希望市直各有关部门和殷都区，始终秉承亲商、安商、扶商的理念，提供一流服务，营造良好的发展环境。

刘青春在致辞中指出，今天五矿发展与安钢合作成立的易联物流公司，一方面实现了安钢与五矿发展产业链之间的互补，一方面也有利于双方的转型发展，为下一步的合作开辟出了新的发展机遇。今后，五矿发展将与安钢集团进一步加强合作，立足易联公司这个新平台，不断注入新业务，产生新的聚合效应，实现价值提升，铸就广阔的发展前景，创造出更大的经济效益和社会效益。

在热烈的气氛中，集团公司党委书记、董事长李利剑与陈志伟、刘青春及殷都区相关负责人共同为安阳易联物流有限公司揭牌。

仪式后举行的三方座谈会上，新成立的易联物流公司相关负责同志介绍了物流园的园区优势、功能定位、效益预测和展望等相关情况，安阳市投资集团及殷都区相关人员介绍了物流园提出的背景、进展情况及相关政策支持。

集团公司工会主席张怀宾、副总经理郭宪臻就易联物流公司的具体情况与五矿发展公司党委书记、总经理刘青春展开了深入的讨论。

陈志伟在讲话中希望新成立的易联物流公司能够立足现有优势，以钢铁主业为主线，带动发挥出更多的优势，保证下一步的运营发展实现科学化和规范化。

座谈会前，刘青春一行在张怀宾的陪同下先后到炼铁厂 3 号高炉、第二炼轧厂 1780 热连轧生产线和武丁物流园区进行了参观。

（记者　陈　曦）（原载 2017 年 4 月 22 日《安钢》报）

安钢与中国银行河南省分行签订党建共建协议

7月6日，安钢与中国银行河南省分行党建共建签约仪式在会展中心举行。集团公司党委副书记、副董事长李存牢，总会计师闫长宽，股份公司党委副书记刘增学，中国银行河南分行党委委员、纪委书记苏剑刚出席仪式。

仪式上，李存牢首先简要介绍了安钢的基本情况，着重介绍了安钢"四个三"党建工作法的起源、主要内容以及发挥的作用和意义等。他说，安钢"四个三"党建工作法根植于安钢几十年来党建工作的深厚基础，起源于安钢生存保卫战的实践，产生于生产经营的需要，在企业目前的生产经营、改革攻坚、环保治理等工作中发挥出了巨大的促进作用。

李存牢说，今后，我们将深入学习贯彻十八届六中全会和全国、全省国有企业党的建设工作会议精神，坚持党的领导不动摇，充分发挥党组织的领导核心和政治核心作用，不断完善丰富"四个三"党建工作法的内涵，坚持服务生产经营不偏离，把提高企业效益、增强企业竞争实力作为出发点和落脚点，进一步提升党建工作水平，为安钢提质增效、转型发展提供强力保证。

苏剑刚在致辞中简要介绍了中国银行的基本情况。他说，安钢作为中国银行的重点优质客户，与中国银行合作22年来，互惠互信、并肩前行，为推动地区经济发展和金融稳定做出了积极的努力和应有的贡献。下一步，希望银企双方以党建共建为契机，共同探索党建合作新模式，发挥党建工作新优势，为党建工作注入新活力，促进双方士气提振、管理提升、发展提速、合作共赢。

苏剑刚表示，中国银行河南分行愿与安钢携手共进，不断深化合作关系、扩大合作领域，努力实现战略资源互补、党建资源共享，推动双方战略合作暨党建共建结出丰硕成果，为推动中原经济区建设、振兴河南经济发展做出更大贡献。

与会人员还一同观看了安钢"四个三"党建工作宣传片《迎风党旗别样红》和中国银行河南分行宣传片。会上，双方党务人员代表在《党建共建协议》上签字。

仪式后，苏剑刚一行在闫长宽、刘增学的陪同下先后参观了运输部省管企业基层服务型党组织示范点、炼铁厂3号高炉和第二炼轧厂150吨转炉。

（陈　曦　邓　苗）（原载2017年7月8日《安钢》报）

泰富重装董事长张勇到安钢走访

9月11日，泰富重装集团董事长张勇到安钢走访交流。集团公司总经理刘润生、副总经理赵济秀、总工程师姚忠卯陪同参观并交流。

泰富重装集团有限公司是国内领先的工程综合服务创新型企业集团，主要从事海工、港口、水运、冶金、电力等领域的工业工程投资建设运营、高端装备制造、基础设施建设、特色房地产及城市综合开发等业务。在2014年，该公司产值突破100亿元，位列中国民营企业制造业500强，湖南民营企业百强第18位。

参观中，张勇一行先后来到冷轧公司、第二原料场封闭改造项目施工现场、炼铁厂3、4号高炉，第二炼轧厂1780生产线。

姚忠卯向客人介绍了冷轧公司的具体概况，赵济秀介绍了目前安钢环保项目的进展情况。

刘润生向来宾介绍了安钢的基本情况，他说，经过近60年发展，安钢年产钢能力超过1000万吨，是河南省重要骨干企业和最大的钢铁企业，也是河南省精品板材和优质建材生产基地。安钢工艺装备水平总体处于国内第一方阵，其中，高强板、商用汽车板、锅炉容器板全国市场占有率第一。近几年来，安钢着力提高直供比，着重发展战略用户，进一步加强与重点用户、高端用户的合作，全力打造国内最具影响力的"三条精品板材线"，推进产品迈向"中高端"，创建安钢品牌、打造品质安钢，实现由"普钢"向"优钢"转型。

刘润生表示，2017年以来，安钢围绕"创新驱动、品质领先、提质增效、转型发展"总体战略，把生存、环保、改革、转型作为"四大战役"，重点围绕钢铁上下游延伸，积极培育钢材深加工、装备制造、节能环保、钢结构、水处理、物流贸易、汽车拆解、城市立体车库等新兴业态和新的产业实体，形成合理的产业布局。他希望安钢能与泰富重装强强联合，实现多领域、多渠道的合作，针对双方感兴趣的项目，共商发展，共话进步，携手实现共赢。

张勇在介绍泰富重装集团基本概况后表示，今天来到安钢，亲身感受到安钢人良好的工作状态和精气神，亲眼见证了安钢的规模实力和发展速度。此次到安钢，就是要进一步加强与安钢的沟通交流，深化与安钢的友谊与合作，在合作中对话，在合作中共赢，使合作结出丰硕的果实。

（陈　曦）（原载2017年9月14日《安钢》报）

李利剑会见招商银行客人

10月18日下午，集团公司党委书记、董事长李利剑在安钢办公大楼会见招商银行郑州分行副行长袁森一行，双方就共同关心的问题进行了深入的探讨和交流。集团公司总会计师闫长宽参加会见。

在友好的气氛中，李利剑首先对袁森一行的到来表示欢迎，并简要介绍了安钢的生产经营情况。他说，今年以来，在国家淘汰落后产能、打击地条钢等宏观政策实施步伐加快、下游行业对钢铁产品需求不断加大、钢铁市场形势逐步好转的情况下，安钢乘势而上，提速发展，直面前所未有的环保困难，通过技术创新、管理创新和体制机制创新，进一步稳炼铁、强销售、降成本，实现了生铁成本大幅度降低，"双高"产品比例不断扩大，广大职工士气高涨，生产经营呈现出了好趋势、好气势、好态势。

李利剑指出，2017年，在环保形势严峻的形势下，安钢把环保工程作为安钢的生命工程来看待，高度重视，迎难而上，加快推进，在实现达标排放的同时，进一步朝着超低排放的目标努力，全力打造绿色工厂，努力为安钢的生存和发展争取更多的、更大的空间。明年是安钢的"从严治企管理年"。安钢将充分发挥党委领导作用和纪委执纪监督作用，进一步健全完善相关制度，着眼于"严管理、严追责"，大力提高干部职工的执行力和落实能力，形成制度规范、责任明晰、执行有力、追责到位、效率提升的工作格局，万众一心，众志成城，争取早日把安钢建设成为位居我国钢铁行业第一方阵、资产总额与销售收入达到"双千亿"的现代化钢铁强企。

李利剑表示，从外部环境看，钢铁作为工业的基础和支柱，发展空间依然广阔。从安钢自身看，已经找准了自身的发展战略和方向，创建的运营管控模式也日渐成熟并发挥成效。希望银企双方在现有良好合作的基础上，进一步创新合作方式、深化合作内涵、拓展合作领域，共同推进企业的发展进步，实现互惠共赢。

袁森表示，安钢采取的措施正确有力，取得的成绩让人备受鼓舞。下一步，招商银行将会一如既往地支持企业发展，为安钢提供更加全面的金融服务，银企联手，携手并进，实现共同提升、共同发展。

（陈 曦）（原载 2017 年 10 月 19 日《安钢》报）

青岛港、济南铁路局客人到安钢走访

1月3日，青岛港（集团）有限公司党委书记、董事长郑明辉，济南铁路局货运营销处处长董晖一行到安钢走访。集团公司领导李利剑、刘润生、张怀宾、郭宪臻对客人的到来表示欢迎，并与其进行了友好座谈。

座谈中，集团公司党委书记、董事长李利剑首先简要介绍了安钢的历史概况、近期的生产经营和改革发展情况。他说，近年来，安钢面对严峻的生产经营形势，全面推进战略调整、改革创新、管理提升、转型升级，强力抓好环保提升、技术进步、市场开拓、优化人力资源等重点工作。2017年，得益于市场回暖，更得益于近几年来扎实有效的工作，企业生产经营逐月向好，效益大幅攀升，无论是月盈利、季度盈利，还是全年盈利，均创历史最好水平，生产经营实现重大转折，呈现出良性循环的良好态势。

李利剑说，企业的发展离不开港口和铁路，多年来，安钢和青岛港、济南铁路局建立了良好、稳定的合作关系。安钢将一如既往地加强与青岛港、济南铁路局的合作，全面拓展合作领域的深度和广度，实现互利共赢。

郑明辉在讲话中对安钢长期以来给予青岛港的大力支持表示感谢，对安钢2017年生产经营取得的可喜成绩表示祝贺。他说，安钢在受到环保严格管控等因素制约下，生产经营取得历史性佳绩，非常难得，成绩来之不易，听了倍感振奋，深受鼓舞。安钢在困难情况下，通过全面深化改革，推进转型升级，使企业市场竞争力得到显著提升的好经验好做法，非常值得青岛港学习和借鉴。

郑明辉说，青岛港是中国第四、世界第七大港，20世纪90年代初期开始与安钢合作，到目前已有20多年时间，安钢是青岛港的重要客户。2018年，青岛港将为安钢提供更为丰富、更加优质的服务，实现双方的共赢共享、互惠互利。

济南铁路局货运营销处处长董晖表示，安钢是河南最大的钢铁企业，是铁路运输的重点客户，济南局将深入倾听企业声音，了解客户需求，继续为安钢原料运输提供高效、快捷、个性化的服务，为企业生产经营做好铁运支撑。

（柳海兵）（原载2018年1月6日《安钢》报）

安钢与省科学院、省冶金研究所签约
共建"河南冶金产业技术研究院"

1月9日上午，安钢集团与河南省科学院、冶金研究所合资共建"河南冶金产业技术研究院"创新发展促进会暨合作协议签约在郑州安钢大厦举行，标志着全省冶金产业的创新研发平台——"河南冶金产业技术研究院"的创建工作正式落地。省国资委，省发改委、省工信委、省科学院、省冶金研究所和郑州市有关领导，安钢集团公司领导李利剑、刘润生、姚忠卯，及合作各方有关人员出席会议。

省国资委领导在讲话中指出，近年来，安钢在改革和发展的征途中，克服了困难、化解了风险、取得了成就，得到了省委省政府的肯定。此次合作充分体现了新时代国企改革的新要求，代表了产学研结合、协同发展的新趋势，是优势互补、强强联合的合作。希望三方以此为起点，加快开展以资本为纽带的深层合作，尽早实现河南冶金产业技术研究院的挂牌运营，在我省国资国企改革发展上、在科研与实体经济的融合、协调发展上开创新模式，取得新成就，树立新典范。

省发改委、省工信委、郑州市有关领导在讲话中一致对此次合作表示肯定，对合作的前景充满希望和期盼，表示将积极支持河南冶金产业技术研究院的创立和发展，并就如何更好地开展合作等问题提出了指导性建议。

集团公司党委书记、董事长李利剑在讲话中说，作为河南省规模最大、工艺装备最先进、产品规格最齐全的钢铁制造基地，安钢始终把创新作为引领企业发展的核心引擎，大力开展技术研发创新，拥有国家认定技术中心、国家级实验室、博士后科研工作站、河南省工程技术研究中心、河南省院士工作站；开发了轻量化汽车用钢、煤矿液压支架用高强钢等一批具有自主知识产权的高端产品和核心技术；2017年重点品种销量突破220万吨，汽车钢产销量创历史新高，高强钢继续保持国内市场占有率第一，"锅炉和压力容器用钢板"荣获冶金产品实物质量"金杯奖"，安钢被评为"中国钢铁企业竞争力特强企业"。河南省科学院是我省最大的综合性自然科学研究机构，技术实力雄厚，科研成果丰硕，在冶金建材、新能源、新材料等领域始终处于国内领先地位。河南冶金研究所多年来一直深耕冶金、有色、轻工等行业，提供技术咨询与服务，形成了独具特色的技术服务体系。

此次三方合作是贯彻落实省委省政府关于加快工业转型的要求，推动产、学、研深度融合的一次重要创新。合作必将充分发挥省科学院的技术优势和安钢的产业优势，打通创新成果与生产转化的通道，共同打造一个股权多元化、经营市场化的新型技术创新平台，为河南及中西部地区的冶金及上下游企业，提供新产品研发、技术攻关、成果转化等全方位服务，加速钢铁产业转型升级步伐，全力推动我省钢铁产业做强做优。

　　会议由安钢集团公司总经理刘润生主持。他说，这次三方的合资合作，是一次强强联合、多赢共荣的有益尝试，开创了我省科研院所与实体企业资本融合、协同创新的新形式、新机制，必将引领我省科技与产业融合发展的新常态，为河南冶金及相关产业转型升级、发展壮大做出积极贡献。

　　省科学院院长童孟进表示，省科学院将统筹全院系统资源，对这次合作项目给予重点支持。他希望河南冶金产业技术研究院携各方之长，打造科研企业合作的新典范，为全省经济社会发展做出贡献。省冶金研究所董事长、总经理罗春祥在讲话中期待这次合作实现产学研用发展模式的创新，使其成为河南科技创新、驱动发展的典范。在现场嘉宾的共同见证下，安钢集团总工程师姚忠卯、省科学院副院长雷廷宙、省冶金研究所董事长、总经理罗春祥共同在三方《合资共建"河南冶金产业技术研究院"框架协议书》上签字。

　　根据协议，合资共建的河南冶金产业技术研究院为混合所有制公司，该院将落户郑东新区。合作规划用3~5年时间，打造产学研用于一体、多主体协同创新的全省冶金产业创新基地和共性技术研发平台，最终使之成为中原地区综合实力领先的冶金产业技术创新中心。该院的主要研究方向包括：省内冶金产业及相关产业的发展、布局研究，以钢铁为主的产业链关键技术研发，提供冶金产业公共技术、综合技术等服务，引进国内外高端人才，组织开展技术交流和培训等。

（刘　杰）（原载2018年1月11日《安钢》报）

安钢与中再生签订战略合作协议

1月24日，安钢集团在北京与中国再生资源开发有限公司签订《战略合作协议书》，标志着双方发展废钢业务进入到实质性合作阶段。中国再生资源开发有限公司董事长、总经理管爱国，集团公司总经理刘润生、副总经理郭宪臻，与安钢附企总公司、规划发展部、物资贸易公司等单位负责同志参加签约仪式。

中国再生资源开发有限公司是我国最大的专业性再生资源回收利用企业，以废钢铁、废纸、废塑料、废家电、废有色、废不锈钢、报废汽车等品种的回收加工利用为主营业务，拥有27家废钢经营分子公司及40多个废钢加工配送中心，并将建设10家报废汽车拆解厂，年回收加工能力可达1000万吨，初步形成了辐射全国，集回收、分拣、加工和成品销售于一体的网络体系。

签约仪式上，集团公司总经理刘润生说，此次项目签约，开启了我们合作的新征程，安钢一定会高度重视，高标准、高起点、高效率将废钢加工配送中心打造成为标杆，在行业内起到示范和引领作用。安钢与中再生同为国有企业，具有良好的合作基础，希望双方能够按照国有企业改革的总要求，完善现代企业制度和法人治理机构，推进企业混改，使我们的废钢加工配送中心充满活力，具备较强的社会竞争力。在工程建设过程中，安钢会按照工程路线图和时间表，全力以赴做好支持和推进工作，期待双方共同携手，实现合作共赢，开创美好明天。

中再生董事长、总经理管爱国在讲话中感谢安钢多年的支持。他说，此次签约，旨在与安钢建立更深层次的战略合作关系，提升环保标准，对进一步规范废钢行业起到示范引领作用，希望双方按照现代化企业的市场制度，加快进度，精诚合作，本着互利共赢的原则，实现企业更好的发展。

在热烈的气氛中，集团公司副总经理郭宪臻和中再生有限公司总经理助理郭伟共同在《战略合作协议书》上签字。

据悉，该战略合作协议签订后，双方将共同成立合资公司，在汤阴建立废钢加工配送中心，年处理能力约60万吨，最大限度为安钢使用废钢提供资源保障。

（马　亮）（原载2018年1月30日《安钢》报）

七、发展循环经济，实现节能减排

发展循环经济，实现节能减排是钢铁工业转变经济方式的内在需求，也是企业必须承担的社会责任，更是企业立足长远，节能降耗，降低成本，提升市场竞争力的重要途径。

十年来，安钢建成的高炉 TRT 发电、高炉喷煤、汽动风机替代电动风机、转炉煤气回收、余热回收蒸汽发电、污水处理工程，炼钢全连铸、轧钢一火成材、炉卷轧机生产线实现连铸连轧工艺等，继续在生产中发挥积极作用。同时，安钢组织开展了"比管理创新，比技术进步，降能耗，降排放"及"二次能源及余热余能回收利用"攻关，围绕"以气代电"，认真组织 150 吨转炉煤气回收，吨钢转炉煤气回收量最高月份达到 77 立方米，150 吨转炉实现负能炼钢。

精心组织烧结余热发电项目的运行调试及工程收尾工作，月平均发电负荷达到 2 万千瓦，综合指标国内领先，成为行业标杆。两套干熄焦装置投运，干熄焦率达到 60%；铁前配套工程项目 2 号烧结环冷机余热发电工程、3 号高炉工程等装备，采用国际、国内先进技术，项目建设有序推进；采用合同工能源管理模式（EMC）推进节能、节电改造。钢铁渣和含铁尘泥实现高效回收利用，综利公司钢渣热焖一期工程投用。

编制了集团公司"十二五"节能规划，对节能目标进行了分解，制定"十二五"节能整改措施，严格落实节能目标责任制，确保完成目标。2013 年 3 月份，铁前配套节能减排项目 3 号高炉汽动鼓风机组、煤气干法除尘等随设备主体同步投运；4月份，3号高炉TRT发电机组投运；5月份，3号烧结机余热发电机组投运；2014年，1号、2号高炉煤气干法除尘改造项目全部建成投运，吨铁发电量比原来的湿法工艺提高50%左右，达到了行业先进；2015年12月份，能源管理中心成功投运，突破了传统能源管理模式。通过功能开发、流程梳理、界面划分、完善制度、离线系统投运。充分发挥了其全局性、系统性、直观性特点，实现了能源动力介质的动态平衡、在线监控，提高了预知、预控能力，有利于提高能源供应系统运行管理水平及整体安全水平，有利于在产、输、配及使用各环节实现进一步优化，提高能源利用率。

安钢部署当前污染减排和清洁生产的工作任务

进一步加快创建环境友好型企业步伐

　　6月30日，安钢在焦化厂举行"绿色制造环境友好推进现场会"，部署当前安钢污染减排和清洁生产的工作任务。集团公司副总经理李存牢出席会议并讲话，各部处室和二级单位相关负责同志参加了会议。集团公司安环处处长张清友主持会议。

　　当前，工业经济发展已经由粗放型经济转变为可持续发展的新型工业化道路的发展模式，国家也相继出台了一系列严厉的包括污染控制、市场准入在内的环境政策，对企业环境保护实行"一票否决"。随着城市发展，安钢已成为"城中厂"，面临不可回避的环境形势和环境压力。安阳市政府以环境目标责任书的形式对安钢下达了具体的减排指标和减排措施，对安钢来说，2008年SO_2和COD污染总量消减任务极其繁重。本次会议的主要目的就是从更深层次、更高级、更科学地开展环境保护工作的层面进行针对性部署。

　　安环处副处长崔朝贤在会上传达了《安阳钢铁股份有限公司绿色制造环境友好推进方案》。对于绿色制造、环境友好工作，方案指出了其意义所在，明确了推进此项工作的指导思想，成立了推进组织机构，提出了工艺控制及装备水平的具体标准和具体指标，并建立了严厉细致的考评机制。

　　会上，焦化厂、第二炼轧厂、第二轧钢厂分别结合各自工艺、生产和环境因素特点，就围绕环境保护、促进生产发展、在污染减排、清洁生产、循环经济等方面探索出的经验做法进行了典型发言。

　　李存牢副总经理在讲话中指出，随着经济飞速发展，环境污染已引起党和国家的高度重视，环境保护成为国家现代化建设中亟需解决的紧迫任务。自觉履行环保社会责任，是企业落实科学发展观、实现可持续发展的必然选择。国家"十一五"发展规划中把SO_2和COD两项主要污染物消减10%作为约束性指标，安钢作为国有大中型企业应该成为自觉遵守国家环保法律法规的典范。他说，当前，安钢坚持科学发展，落实钢铁产业发展政策，大力发展循环经济，通过加速结构调整，实现结构减排；实施环境治理，建设环保工程、实施CDM项目；加强管理，实现管理减排等措施，在钢、铁、材大幅增长的情况下，节能减排和清洁生产取得显著效果，综合能耗、减排指标都完成了与省政府签定的"十一五"节能减排目标。

　　针对存在的个别环保设施运转效率不高等问题，李存牢要求，要切实做好绿色制造环境友好推进工作，改变传统观念，倡导绿色制造、绿色钢铁等概念，从源头控制污染的产生，延伸污染治理的深度和力度；要抓好项目验收和节能减排项目的扎实推进，达到环境保护的目标要求；要严格执行环保法律法规，按照"五个凡是"的要求做好推进工作；要切实落实好今年省、市下达的节能减排目标任务。

（记者　高伟刚）（原载2008年7月3日《安钢》报）

靠科技创新促节能减排
焦化厂生产废水达国标实现零排放

焦化厂依靠科技创新攻难关，充分发掘新工艺、新设备优势，积极挖掘节能减排潜能，促使生产用水系统运行质量明显提升，确保了水资源多级循环使用。元月份，该厂生化系统废水经处理后保持了国家二级排放标准，实现了生产废水零排放。仅此节约新水达 19 余万立方米，降低成本 35 万余元，为安钢环境效益和社会效益提高做出了新贡献。

今年以来，该厂着眼于企业现代大型化发展长远大计，紧密结合本厂生产实际，把加快转变发展方式、促进节能减排作为向低碳经济和绿色发展转变的重要途径，充分发挥科技在生产中的引领作用，以自主创新为依托，扎实推进节能减排，提高生产用水利用率。他们紧扣生产用水系统关键环节，针对生化系统扩建改造后投用时间短、运行不稳定等状况，成立了"厂区水资源综合利用攻关小组"，由环保、电气、机械、水处理等专业技术人员参加，加大工艺研究力度，共同谋划生产、生活废水的综合治理和再利用方法，经过专业人员反复论证，确立和制订出从源头控制新水消耗开始，到全厂几十道生产工序废水的收集、输送、处理和最后的再利用的总体整改方案；组成由厂有关科室和车间联合参加的攻关队伍，积极组织开展技术攻关活动。

通过铺设管网和活性污泥培养等一系列攻关改造，使生产废水经过生化系统处理后达到和保持了国家级排放标准，并循环用于焦炭熄焦和公司炼铁、综利公司生产之中，年可节约新水 290 万立方米，促进了循环经济和可持续发展。

该厂积极发挥新工艺、新设备的优势，加大生产用水工艺装备改造力度，优化资源配置结构，最大限度地提高生产用水利用率。今年元月初，该厂回收车间克服材料备件紧张、工期短等困难，依靠自身力量，制作闸板封堵原来的排水沟形成蓄水池，在合适的位置安装两台报废后修复的自吸式水泵，架设 100 余米管线，将锅炉排污水进行收集送到鼓冷工段作为循环水再利用，每小时可替代地表水消耗约 $20m^3$。同时，他们将厂区景观水池、澡堂水、煤气水封水、雨水等的排水沟该封堵的封堵，该改道的改道，彻底进行改造，增设收集水池，架设输送水泵，将原来直接外排的生活水污水送到生化系统作为稀释水重新利用，每小时可节约新水消耗约 $25m^3$。

（吕 建 江 华）（原载 2011 年 2 月 15 日《安钢》报）

国家重大产业技术开发专项项目——
安钢烧结余热回收发电项目通过验收

6月25日，受国家发改委委托，河南省发改委专家验收组一行10人，对安钢"烧结余热高效回收发电关键技术开发"项目进行了验收。验收结果显示，该项目达到了国家要求的考核指标，形成了具有自主知识产权的中低温余热发电关键技术，通过验收。

当天上午，安钢烧结余热回收发电关键技术开发项目验收会在会展中心召开，集团公司能源环保管理处、烧结厂、动力厂相关负责人出席会议。

验收会上，能源环保管理处副处长苏震代表项目完成单位向验收组做项目工作总结报告。验收组按照项目验收要求，分财务组、技术质量组两个小组，分别对项目完成情况和项目资金使用情况进行了审查，并就项目完成过程中的具体环节进行了详细询问。

随后，在实地察看360m² 烧结机环冷机现场及环冷机余热发电主控室的基础上，验收组讨论并通过了书面验收意见，并宣布了验收结果：该项目完成了国家批复的建设内容，达到了国家要求的考核指标，形成具有自主知识产权的中低温余热发电关键技术。承担单位提供的材料齐全，符合验收要求，专家验收组一致同意通过验收。

据悉，2008年，安钢以"烧结余热高效回收发电关键技术开发"为项目课题，向国家发改委申报了"2008年度国家重大产业技术开发专项—节能关键技术"计划，2009年3月，经国家发改委正式批准立项。随后，在河南省发改委的主持下，安钢与杭州锅炉集团相结合，针对烧结冷却系统300℃左右中低温烟气，突破中低温余热的分级回收和梯级利用技术，采用双通道双温双压余热锅炉，最大量地实现了中低温余热的充分回收并转换为高品质的电能，该项目已申请发明专利一项，获国家实用新型专利两项。该项目完成投运后，每年可为企业新增销售收入8600万元，新增利润近900万元，经济效益显著。

同时，通过烧结冷却机余热发电依托工程，将带动整个钢铁行业烧结工序的技术改造，为节能减排做出重要贡献。

（记者　王辉）（原载 2011 年 6 月 28 日《安钢》报）

淘汰落后产能　实施结构调整　推进节能减排

安钢四座350立方米高炉正式拆除

10月13日，安钢1、2、3、5号四座350m³高炉拆除仪式在炼铁厂举行。集团公司副总经理李存牢、刘润生、张怀宾、总经理助理郭宪臻，安阳市环境保护局局长高勤科、副局长黄晓海出席仪式，来自炼铁厂、建安公司和相关处室等单位的近400人参加仪式。

上午9时，随着集团公司副总经理李存牢一声令下："安钢350m³高炉拆除开始！"只见一台巨型吊车伸展铁臂，缓缓吊下刚刚切割下来的3号高炉炉顶煤气下降管，正式拉开四座350m³高炉拆除序幕。这是集团公司淘汰落后产能，推进节能减排，实施结构调整的重大举措，充分彰显了安钢贯彻落实科学发展观，严格执行国家产业政策，勇于承担社会责任，促进企业长远发展的决心。

炼铁厂负责人在仪式上致辞。他说，安钢五座350m³高炉，为集团公司的发展壮大做出了突出贡献。不仅创造出巨大的物质财富，还培养造就了一大批管理、技术、操作人才，锻炼造就了一支拼搏奉献、能打硬仗的干部职工队伍，涌现出了许多先进模范典型，孕育沉淀了深厚的文化底蕴。他表示，"十二五"期间，炼铁厂将进一步坚持科学发展观，强化节约资源与环境保护，努力构建"资源节约型、环境友好型"企业，全体干部职工将按照集团公司的要求，打造"吨铁成本最低"的特色，为安钢的建设和发展做出了新的贡献。

高勤科局长发表讲话。他说，安钢集团作为安阳市大型骨干企业，一直以来，是我市加快工业结构调整，推进节能减排，实现工业又快又好发展的主力军。"十一五"以来，安钢节能减排工作始终走在我市前列，在钢铁企业中起到了表率和带动作用，为安阳市节能减排目标的完成做出了突出贡献。他希望，安钢要一如既往地落实国家和省、市各项决策部署，切实担负起国有大型企业的社会责任，当好钢铁企业科学发展的表率，为全市经济发展再做新贡献。

继去年7月23日拆除4号高炉后，安钢于上月26至29日对1、2、3、5四座高炉实施关停。

这五座高炉的关停拆除，是安钢铁前配套建设项目的重要组成部分。近年来，集团公司积极响应国家钢铁产业政策，结合自身发展规划，抓机遇、抢时机，加快淘汰和改造铁前落后工艺装备，积极推进结构调整，着力解决长期制约安钢发展的铁水不足和工艺水平不平衡矛盾。铁前配套建设项目投产后，铁前系统的整体工艺装备水平将跃上一个新台阶，各项经济技术指标将得到进一步优化。

据了解，1958年8月10日，安钢1、2号高炉主体工程同时破土动工。随着企业的发展，2、3、4、5号高炉分别于1960年5月、1978年5月、1991年8月、

1995 年 7 月建成投产。五座高炉共累计产铁 3293 万吨，关停拆除后，安钢将淘汰落后炼铁产能 170 万吨，年减少烟粉尘排放量 8968 吨，减少废水产生量 1425 万吨，实现节能减排和区域环境质量的进一步改善。

（记者　王　辉）（原载 2011 年 10 月 15 日《安钢》报）

焦化 190 吨干熄焦工程正式筑炉

4月10日上午，安钢焦化3号焦炉配套工程190吨干熄焦干熄炉正式开始筑炉，集团公司副总经理刘润生，该项工程指挥部领导和施工单位河北安装公司负责人等120余人参加了砌筑，这标志着该工程已进入施工建设关键阶段。

集团公司副总经理刘润生在现场详细询问了工程进展情况。他希望该项工程指挥部和施工单位要精诚协作，团结奋战，把建设资源节约型、环境友好型企业目标贯穿于实践，走可持续发展道路；牢固树立"百年大计，质量第一"的观念，以打造精品工程为目标，发扬特别能吃苦、特别能战斗的精神，科学组织抓协调、优质高效创一流，使工程按计划圆满完成各项施工任务，为推进安钢节能减排做出新贡献。上午10时10分，伴随着振奋人心的鞭炮声，该项工程指挥长、焦化厂厂长张纪民宣布："请公司领导为筑炉开工砌砖"；刘润生副总经理兴致勃勃地为工程炉体砌上了第一块炉砖，全场响起热烈的掌声。随后，在该项工程指挥部领导和施工单位负责人等陪同下，刘润生副总经理到工程施工现场查看了工程情况，对工程进展、安全和质量等提出了具体要求。

该项工程是安钢节能减排重点项目之一，其干熄炉为干熄焦工程的重要装置。自去年9月工程开工建设以来，集团公司领导高度重视，多次到施工现场指导工作，对工程建设给予了充分肯定，从而给工程建设者带来了极大鼓舞。该项工程历经土建施工、提升井架建设和干熄炉壳安装等阶段，工程指挥部坚持用科学发展观指导实践，把打造具有安钢特色的精品工程贯穿于工程管理全过程，始终以安钢利益高于一切为己任，着力提升集团公司决策执行力度，严格按照"技术先进性、配置科学性、运行经济性、投资节俭性"总体要求，科学运筹，精心安排，克服施工点多面广、生产与建设紧密交叉进行等诸多困难，在赶工期、高质量、保安全的前提下，以"少花钱、多办事"为原则，精打细算建设费用，从而使工程建设费用得到有效的控制。为使工程顺利施工，工程指挥部人员放弃双休日和节假日，经常深入施工现场了解情况，积极与施工单位密切配合、协调解决各种难题；加强工程科学管理，有组织、有计划、分步骤精心施工，千方百计抓好质量，确保整个工程按网络计划向前推进，据悉，该项工程干熄炉砌筑计划工期为95天，预计于今年8月底建成投产。

（吕 建）（原载 2012 年 4 月 12 日《安钢》报）

焦化厂千方百计提高干熄焦率

焦化厂以满足高炉需求为目标，积极引导职工岗位挖潜创效益，着力打造精准操作、精益工艺和精细工序的管理模式，依靠科技攻关治难，千方百计提高干熄焦率，7 月份，该厂 140 吨干熄率达到 97.81%，创出了月干熄率新高，为公司节能减排和发电量增长做出了贡献。

该厂 140 吨干熄焦系统是公司节能减排、循环经济发展的重点项目之一，其干熄焦率的高低具有稳定焦炭质量，保证炼铁高炉顺行的作用；对于发电量增长也有着直接关系。今年以来，该厂在生产任务繁重、工程建设临近收尾阶段等艰难形势下，始终坚持铁前系统一盘棋的指导思想，把干熄焦率提高作为稳定焦炭质量、满足高炉需求的重要支撑，面对公司生产经营严峻的形势，引领职工正视当前困难，应对各种挑战和考验，广泛开展"岗位挖潜创效"和技术攻关等一系列活动，让职工结合岗位实际，排查各类难题，及时制订整改方案，自行组织进行工艺改造；广大职工立足岗位攻难关，挖潜增效立新功的热情空前高涨，先后攻克了干熄炉预存段压力大、一次除尘器排灰不顺和负压段管道泄露等难关，促进了干熄焦率的稳定提高。

该厂十分重视抓好干熄焦专业管理，围绕精准操作、精益工艺、精细工序这条主线，抓好职工操作管理，提高职工驾驭生产设备技能，扎实推进实施精细化管理方法，严格设备点检路线和维护保养标准，精心搞好生产操作；使职工在生产中做到有章可循、按章操作。针对生产节奏快、技术性强等状况，该厂四炼焦车间积极练就职工超前处理各类疑难问题的操作本领，经常组织职工对生产中出现的操作难题进行探讨，集思广益谋良策，制订出应对应急情况的各种措施，有效地提高了职工处理各类应急问题的操作技能，确保了生产始终保持良好运行状态。

该厂把对标降本创效与推进节能减排紧密联系起来，发挥科技创新在生产中的引导作用，千方百计探索 140 吨干熄焦生产运行新方法和新经验，加强工艺研究，深层挖掘生产系统潜能，使干熄焦专业管理水平不断提高。该厂维检车间着力抓好干熄焦检修组织协调，制订和完善干熄焦系统设备点检和检修方法，规定每天必须安排专人定点、定时对干熄焦各个设备进行点检维护等项措施，从而为设备正常高效运行创造了良好条件。

（吕　建）（原载 2012 年 8 月 16 日《安钢》报）

提高余热利用水平节能降耗再上新台阶
安钢 3 号环冷发电机组并网成功

安钢 3 号环冷发电机组经过紧张调试，于 5 月 25 日 23 点 08 分并网成功，进入 72 小时试运行阶段，这标志着安钢对余热余能的利用再上新台阶。

3 号烧结余热发电项目是公司 500m^2 烧结机工程配套节能减排项目，工程总投资近 1 亿元，主体设备有 1 台 90t/h 双压余热锅炉、1 台 21t/h 单压余热锅炉、1 套 2.2 万千瓦的双压补气凝汽式汽轮发电机组。生产工艺是将 3 号烧结生产线的高温烟气余热通过余热锅炉回收及利用，产生的蒸汽用于汽轮发电机组进行发电。

该工程项目采用了完善的烟气再循环系统，并首次配备了机尾余热锅炉，大大提高了余热回收率和发电量。

该工程于 2012 年 4 月份开工建设，8 月 22 日，完成土建施工，双压余热锅炉钢结构框架的吊装，单压余热锅炉进入主体设备安装阶段；11 月 7 日，环冷双压余热锅炉和机尾单压余热锅炉水压试验成功；2013 年 1 月 22 日，进入单机调试阶段。在整个工程施工、安装、调试期间，工程指挥部、工程技术人员和参战职工，克服酷暑严寒、人员紧张、设备到货晚等不利因素，加班加点，严控质量，确保了工程的稳步推进。

2013 年 5 月 25 日 17 点 43 分，锅炉蒸汽主汽温度 245℃，主汽压力 1.89MPa，凝汽器真空 –75kPa，汽机具备冲转条件，主汽门打开；17 点 46 分，转速达到 520 转 / 分，现场调试人员将机组运行工况按照调试计划逐步升速，17 点 53 分，转速达到 1000 转 / 分，轴瓦水平轴向振动值、膨胀值稳定在要求范围内；18 点 57 分，升速达到 3000 转 / 分，汽轮机组具备并网条件；23 点 08 分，并网成功。

作为环保节能工程，3 号烧结余热发电项目对于公司的节能降耗、提高能源利用率、减少二氧化碳排放量将起到重要作用。按机组设计能力计算年发电量达 1.4 亿度，可节省外购电费用 9000 多万元。同时，可减少二氧化碳排放 14 万吨，节约标煤 4.7 万吨，经济效益和社会效益显著。

（张新峰　谢 鑫）（原载 2013 年 5 月 30 日《安钢》报）

炼铁厂 3 号烧结机烟气脱硫工程进入试运行阶段

8月16日上午，炼铁厂3号烧结机脱硫工程现场人头攒动、一片繁忙。10时40分，经过精心准备和工程技术人员的精细调试，1号、2号增压风机相继启动，3号烧结机正式开始双烟道送风脱硫。由此标志着该厂3号烧结机烟气脱硫工程进入了全面试运行阶段。

3号烧结机烟气脱硫工程是集团公司为了贯彻钢铁企业科学发展、可持续发展政策，落实国家"污染减排"及钢铁行业清洁生产标准要求，推进安钢内部资源综合利用和"以废治废，变废为宝"发展目标而实施的重点配套工程。该工程由武汉都市环保工程技术股份有限公司承建，自工程开工建设以来，广大工程技术人员克服生产施工交叉、场地环境受限、高温雨季等困难，严格按照工程施工网络图组织施工，在工程指挥部的统一协调下，脱硫塔吊装、与3号烧结机主抽风道对接、玻璃钢氨水罐卷制、设备安装调试等施工项目安全有序顺利推进。

为了确保工程试运行期间的安全顺利，该厂针对在烧结机烟气脱硫生产中主要生产元素液氨的有毒、易挥发、易腐蚀，且具有强烈的刺激性臭味，容易对人身造成冻伤、中毒等特点，在总结2号脱硫系统生产操作经验的基础上，组织专业技术人员系统完善了液氨稀释、污泥脱水、硫铵制备、离心机操作等七大岗位安全操作规程，制定了详细的《炼铁厂烧结机—脱硫系统联动开停机方案》，细化了预防液氨泄漏等相应的突发事故应急预案，并组织了一系列事故应急处理实兵演练。

据了解，该工程采用氨—硫铵法烧结烟气脱硫技术，以高浓度的液氨作为脱硫剂，对烧结烟气中的 SO_2 进行有效脱除。该套烟气脱硫系统设计处理烟气量为288万立方米每小时，脱硫效率在95%以上。脱硫系统生成的硫铵溶液经二次蒸发结晶成固态硫铵，每年可生产农用化肥——硫酸铵副产品2.7万余吨，为促进集团公司节能减排创效益工作再上新台阶创造了有利条件。

（唐初家）（原载 2013 年 8 月 22 日《安钢》报）

安钢 360 平方米烧结机烟气脱硫工程开工建设

8 月 28 日上午，安钢 360 平方米烧结机烟气脱硫工程开工仪式在炼铁厂隆重举行。集团公司董事长、总经理王子亮、副总经理刘润生、张怀宾、总经理助理郭宪臻、北京中航泰达科技有限公司副总经理郭永刚出席开工仪式。仪式由能源环保部部长马忠民主持。

在开工仪式上，炼铁厂主要负责人首先致辞，他说，近年来，钢铁行业中烧结烟气二氧化硫已成为国家高度关注的重点，政府出台了一系列严厉的环境政策，并量化了减排指标。按照国家环保政策和省、市政府的要求，360 平方米烧结机烟气脱硫项目被列入 "2013 年安钢责任目标书"。通过前期技术交流和实际应用考察，以及各种脱硫工艺技术参数的研究对比，360 平方米烧结机烟气脱硫工程采用石灰石—石膏法脱硫工艺，具有技术成熟可靠、脱硫效率高、一次性投资少、运行成本低、占地面积小、建设工期短等优点，适合安钢的实际情况。他希望施工单位高标准、严要求，建一流工程，创一流质量，按时完成工程建设任务。他要求炼铁厂广大干部职工要树立主人翁意识，主动参与，积极配合，确保工程早日竣工，发挥应有的效益。

北京中航泰达科技有限公司副总经理郭永刚代表施工方在开工仪式上说，北京中航泰达科技有限公司有幸中标安钢烧结机烟气脱硫工程项目，标志着北京中航泰达科技有限公司与安钢携手完成国家下达的环保任务，也预示着双方在环境治理领域迈出了更加成功的一步。他说，中航泰达将以先进的工艺保证脱硫设备的高性能，以优质服务赢得用户的满意，并表示与安钢联合携手让安阳的天更蓝、水更清、草更绿。

随后，刘润生副总经理宣布 "安钢 360 平方米烧结机烟气脱硫工程正式开工"。在阵阵喜庆的鞭炮声中，施工设备开始现场作业。

据悉，安钢 360 平方米烧结机烟气脱硫工程是 2013 年度国家环境保护部重点的污染减排项目，承担着河南省、安阳市主要污染物二氧化硫的减排任务，也是安钢勇于承担社会责任，推进污染减排，建设无污染园林式企业的重点环保工程。

（记者 杨之甜）（原载 2013 年 8 月 29 日《安钢》报）

在"渣山"中开出掘金路

——安钢综合利用开发公司创新创效侧记

在钢铁、建材市场一片萧条的阴霾下，安阳钢铁集团综合利用开发公司（以下简称安钢综利公司）苦练内功深挖潜力、运筹市场谋求创效，在"渣山"之中开拓出一条掘金路。该公司继今年 7 月份利润超过千万元之后，效益持续冲高，第三季度外销"三渣"（钢渣、水渣、重矿渣）产品共 104.7 万吨，实现利润 3602 万元。其中，外销钢渣 27.33 万吨、水渣 76.29 万吨、重矿渣 1.09 万吨，"三渣"产品持续保持零库存。

良好氛围聚人心

"没想到参加'微信赛技能，答题赢话费'活动真赢到了 30 元话费！"

"我们的'综利公司国庆问候'上了腾讯视频头条推荐！"

"大家工作劲头儿可大了，都争着上微信视频呢！"

450 人参与互动，赢得上百次的点赞，获得上千人次的关注，短短两个月，在仅有 508 人的安钢综利公司，"咱们综利"微信服务平台为企业博得满堂彩。

"'咱们综利'的影响力太大了！"在安钢综利公司，《中国冶金报》记者了解到，从生产经营信息到职工技能大赛、工作现场采风，这种时尚新颖的新媒体全景呈现了一个生动立体的企业形象，不仅调动了职工的工作积极性，还凝聚起企业巨大的向心力和正能量。

"咱们综利"微信服务平台的开办是安钢综利公司开展的"四新"教育活动的一个缩影。为进一步激发职工参与企业生产经营的热情，该公司开展"新形势、新观念、新举措、新业绩"教育活动，推进全员思想观念转变、行为模式转变和工作作风转变，全面构筑 3 条效益增长线（服务保障线、低成本运行线、经营创效线），进一步提升盈利能力。

自今年下半年以来，类似"转变观念，变什么？""管理创新，改什么？""挖潜创效，挖什么？""以人为本，做什么？"这样的讨论在安钢综利公司屡见不鲜。随着"四新"教育活动的持续深入，该公司引领广大职工以实际行动践行教育活动，同时也影响着科技创新团队。作为安钢渣处理专业户，热焖质量直接影响到钢渣处理水平。因此，为进一步提升钢渣热焖质量，该公司成立课题攻关小组，打破以往生产次序和作业习惯，全程跟进作业现场，有针对性地对来罐进行砸罐，根据含浆量调整渣浆入池顺序。经试验攻关，该公司钢渣热焖粉化率提高了 4%，达到 93%，有效增加了含铁产品的回收率。

严格管理降成本

在安钢综利公司，日臻完善的各项管理制度正在成为激发企业内生动力的助推器。

该公司绩效管理负责人告诉记者："当前，车皮数量、发车时间、钢渣热焖粉化率等新指标出现在绩效管理考核中，指标越来越细化，新的指标和实际结合得更加紧密。"如此精细的指标更好地约束了现场操作，也使标准化管理流程更顺畅。

绩效管理不仅粗细有致，而且层级分明，实现了全方位、全系统覆盖。为加强职工队伍管理，该公司从班组管理、生产运行、服务质量、成本控制、安全管理、设备运行等方面入手，细化考核点，强化考核力度，全力实施基层绩效管理。对科级干部实行"有责任目标、工作标准、工作效果、评价考核与反馈"的闭环管理模式，突出管理纠错特色，将个人收入与单位绩效和成本、安全、投入产出率等关键指标捆绑考核，增强科级干部的履职能力和执行力。

在健全的绩效考核制度下，降成本的思想理念逐渐贯穿到了生产经营的全过程，大到每周召开的效益评审会，小到每天预算指标的完成情况核算，通过强化产线效益核算和投入产出分析，该公司"捂紧钱袋子，过好紧日子"的理念在各车间蔚然成风。如该公司钢渣车间主动实行错峰用电，调整砸铁时间，白班调为12时以后，夜班调为零时以后，最大限度地降低电耗；在机械化队，能用一台设备的不用两台，能一次完成的不重复作业，能直接外发的不进行二次倒料，同时加大修旧利废力度，第三季度节约备件购置费48.74万元。

主导市场创效益

在波诡云谲的市场竞争中，安钢综利公司紧紧围绕供需矛盾做文章，灵活掌控进入市场的主动权。

由于安钢是安阳地区渣产品的供应大户，也是周边地区水渣价格的风向标，因此，该公司巧妙调整经营策略，充分利用价格主导优势，发挥远距离销售对渣产品市场的供需调节作用，引导和调控安阳、新乡水渣市场行情变化。截至9月末，该公司累计火车外发水渣19万吨，配货车辆外发水渣7.5万吨，促进了水渣远距离销售和区域需求平衡，为水渣处于较高价位运行创造了有利条件。

为练好扎实的闯市场基本功，该公司细分豫北建材市场，高度关注安阳周边企业同类产品的流向，定期走访新乡等地建材市场，了解不同区域间的价格相互影响度，把握市场的发展走势。经过几个月的摸索，该公司逐渐构建起一套"立足安阳、辐射新乡、拓展豫南"的销售网络。

"成交价格出人意料。在当前冷淡的建材市场形势下，白水渣产品的平均价格达到58.52元/吨，比去年同期提高26.15元/吨。"该公司对外经营负责人介绍，他们调整水渣销售策略，在对原有渣产品进行拍卖的基础上引入竞价跟标新模式，进一步扩大了安钢渣产品的销售半径和市场占有率。

（记者　魏庆军　通讯员　张丁方　胡怀平）

（原载 2014 年 10 月 30 日《中国冶金报》）

"废"材升值记
——安钢附企总公司钢材深加工转型升级纪实

"过去产品多得卖不掉，发愁；现在订单多得不够卖，也发愁。"5月22日，翻看着眼前报表上不断攀升的销售数字，安钢附企总公司销售科科长张富强对近两年的变化感受深切。

在严峻的钢铁行业形势下，这一"多"一"少"的鲜明对比，正是在安钢服务型钢铁战略的指引下，安钢钢材深加工产业呈现的新景象。

变废为宝——板边"升值"

经过分拣、切割、冲压等多道工艺，中厚板轧线上切下的板头、板边就变身成一件件仿形件、剪切板条、冲压件、卡缆等产品，不仅卖相好，而且身价更是不菲，有些产品甚至超过正品材价格。安钢附企总公司副经理李军希向《中国冶金报》记者介绍说："如果这些板边、板头回炉炼钢，就是废钢，但是经过我们深加工后，这些可利用材最高能卖到3000多元。"

产品需求大、卖点高，但生产和加工的过程却不简单。这些可利用材是正品钢材生产中切下的板头、板边及有瑕疵的产品，对这类钢材进行再加工最难的是受原料规格、品种、大小、薄厚及数量的制约。因此，往往会造成有原料没有订单，或有订单没有原料的尴尬局面。

在此背景下，"围绕原料找订单"成为该公司市场攻关的主方向。他们积极与集团公司相关部门沟通，同步共享排产信息，提前掌握可利用钢材品种、规格、数量；针对高强板应用领域较窄、现场库存较高的情况，主动出击，大力开拓高强板仿形件订单，全月实现高强板仿形件订单366吨；为贴合原料向薄、窄、少方向发展的趋势，该公司积极开发冲压件新品种，4月份新开发了14mm、16mm的厚冲压件订单788吨。

"现在的生产量比过去大了很多，上个月我们产量突破了1200吨，所以遇到费时费劲的仿形件加工就头疼，特怕耽误交货期。"仿形工段工段长宗现玲说道。为加快生产节奏，该工段经过多次试验，独创一套"借边"切割法，充分利用切割边结束点的热度，使切割起点达到熔点的时间由原来的15秒缩短至3秒，既加快了切割速度，又保证了切割质量，降低了切割费用。

与宗现玲一样，职工们纷纷主动出主意、想办法，生产效率显著提高：冲压工段4月份完成产量621.7吨，高强板利用率达到80%以上，突破历史新高；仿形产品4月24日完成产量115吨，卡缆产品4月25日完成产量17.8吨，冲压件产品4月29日完成产量44吨，均创下单日产量新纪录……4月份，安钢附企总公司废次材加工生产量一举达到 5621.8 吨，销售量达到 5150 吨。

一站式服务——理念"升级"

"我们致力于钢材深加工配送，愿为您提供钢材一站式解决方案。"这句显示在安钢附企总公司的官方微信首页上的经营理念，如今已走进现实。

"只要有了图纸、数量，其他的都不用管，您就等着在自家门口收货就行了！"这句承诺，让安钢附企总公司销售科盛庆刚"抢"到了河南地区最大的卡缆订单，也让他成为了客户的"全天候保姆"。

去年，贵州客户发来一笔卡缆订单，由于路途遥远，客户要求用火车运输。"当时我就有点懵，我们从没和铁路部门打过交道，但为了客户满意，硬是答应了。"盛庆刚对记者说道。后来他才知道，全国就没有企业用火车运过卡缆，铁路运输商品目录上连"卡缆"这个名称都没有。接下的日子，他从弄清楚火车如何发货，找专家论证，到制订装车方案，先后跑了安阳铁路西站二十多趟，才最终把"卡具"这个铁路运输新商品名称写入铁路局运输商品目录中。

如今，安钢附企总公司从最初的月销卡缆二三十吨已经增长到月销五百多吨，拔得河南地区卡缆生产量的头筹。正是一站式服务理念的深入人心，让安钢附企总公司赢得"盆满钵满"。

为向客户提供更优质服务，安钢附企总公司坚持以销售为龙头，在原有销售科的基础上，于年初成立了市场开发部，更加精准地把控市场，了解客户需求。在产品定价上，他们不拘泥于一种定价方式，依据市场变化，采取缓降价格，提货优惠的方式，同时，完善价格管理，实施产品加急订单加价措施，还适时推出紧俏规格产品加价销售和阶段提货等优惠措施，满足客户的个性化需求。

另外，为拓宽销售渠道和服务半径，该公司广泛推广区域销售代理。如今，已在全国 4 个地区授权销售代理商，实现全程无盲点服务，全面提高客户满意度。

（记者 魏庆军 通讯员 张丁方）

（原载 2015 年 6 月 11 日《中国冶金报》）

抓好环境保护　推进节能减排

焦化厂酚氰废水循环利用促形象提升

　　焦化厂把推进节能减排作为持续发展的战略任务，依靠科技进步，优化资源配置，充分发掘酚氰废水处理工艺潜能，强力推进节能减排和清洁生产，促使环境保护和绿色发展向特色优势延伸。

　　今年1月，该厂酚氰废水系统累计处理废水17.28万余立方米；其外排水酚氰化合物含量均低于0.1mg/L，NH_3-N低于1mg/L，外排水量控制在公司要求的范围内，实现了生产废水循环再利用的目标，为提升安钢社会形象起到了促进作用。

　　该厂化工生产过程中排放出的酚氰废水，不仅含有大量的有毒有害物质易造成对环境的污染，而且也直接影响着企业的社会形象和环境形象。为此，该厂积极践行国家环境保护政策和方针，严格履行社会责任，紧密结合本厂实际情况，把资源节约型、环境友好型企业建设融会贯通生产全过程，大力推进循环经济，走可持续科学发展道路。

　　今年初，他们根据集团公司提出的提升社会形象精神要求，紧紧围绕烟尘得到有效控制、尾气得到综合治理、两废得到充分利用、厂区得到合理绿化、职工职业健康得到有效保障这一低碳绿色焦化内涵，依托科技进步和自主创新两轮驱动，不断优化生产用水结构，推行实施水资源多级循环利用方法，有效地提高了酚氰废水处理工艺运行效率，确保了现有先进的环保设施转化为竞争优势，为打造形象最好、提升安钢形象提供了有力支撑。

　　该厂酚氰废水处理系统目前在国内同行业尚属先进的环保设施。

　　由于此系统投用时间较短、工艺复杂，加之进入此系统的废水水量不均衡、指标波动大等原因，造成了生产运行时常出现不稳定等现象。

　　承担酚氰废水处理任务的一回收车间，针对酚氰系统专业性强、设备复杂等状况，迎难而上、苦练内功，依靠职工参与，积极探索生产操作过程中的新经验、新方法，推行实施精细化管理。他们深入现场掌握第一手资料，严格控制进水指标，加大监测的力度，缩短监测周期，将厂区生产污水由原来4小时化验检测一次，改为现在2小时化验检测一次，及时调节进水结构，尽最大限度减少对系统的冲击，有效地稳定了进水指标，为污水处理系统的细菌生长创造了良好条件。同时，他们还加强对系统运行指标的化验和监测，加大对现场的巡检力度，保证按时巡检，发现影响系统稳定运行存在的隐患并尽快解决，减少乃至杜绝对系统的影响，为达到国家二级排放标准起到了保证作用。

　　该厂充分发挥科技在生产中的引领作用，增强职工自主创新意识，大力推广

"四新"节能改造，使酚氰废水处理系统生产始终保持稳定高效运行态势。他们针对现在系统存在的影响生产运行的问题，组织由技术人员和生产骨干参加的技术攻关组，加大此项工艺研究力度，用课题破解生产中的难题，使其影响生产稳定的"瓶颈"迎刃而解；他们对气浮除油系统、好氧池曝气系统、二沉池系统和加药系统等进行积极立项，并督促设备部门抓紧实施改造，从而提高设备对生产的支撑保障作用，最大限度保障生产的稳定运行，使废水全部进入到酚氰废水系统经处理后重新用于生产。该厂一回收车间为了保证春节期间酚氰废水处理站的正常稳定运行，年前对所有可能影响处理站运行的设备隐患进行了排查处理，并安排工段长等生产骨干节日期间随班倒，从而为保证处理站系统的稳定运行打下坚实基础，实现了春节期间酚氰废水的零排放。

（见闻　化强）（原载 2014 年 2 月 25 日《安钢》报）

回收创效有作为

——二炼轧加大能源管控降本增效侧记

　　钢铁市场形势严峻，降成本和增效益是当前全行业压倒一切的中心任务。如何在抱牢"西瓜"的同时捡准"芝麻"，擅于突破创新的二炼轧人通过一系列的技术创新、设备改造和工艺改进，将能源管控融入生产的方方面面，最大限度地利用资源，创造效益，一步一个脚印地坚定前行着。

　　伴随产能的大幅提升，该厂炼钢污泥作业量也呈现激增的态势，四台污泥压滤机全部投入满负荷的工作状态。为确保生产顺行，岗位职工们通过加强巡检、增加点检等方法，全力确保设备保持优质高效的运转状态。

　　今年年初，受寒冷天气影响，该厂炼钢污泥的生产出现极难控制的局面，污泥操作间一度处于能见度仅有一米的作业环境中。为了尽快解决蒸汽影响问题，治理污泥环境，他们从多方面入手，通过增加吹扫装置、安装轴流风机等一系列新举措的实施，使污泥操作间的环境得到了很大改善，污泥的正常生产运行也得到了有效保障。同时，消除了污泥和污水等的外排，降低了周围环境污染事故的发生几率。

　　据最新数据统计，该厂炼钢污泥前4个月外排量达到4.7万吨，回收价值14万余元。

　　一次风机房是该厂负责煤气回收的岗位之一，在这里，通过风机的运转将炉前吹炼过程中产生的煤气回收，送至位于焦化的煤气柜，再供厂区内外多处使用。进入2014年以来，该厂进一步加大了挖潜力度，实施多个改造步骤，全力提升煤气回收量，实现从资源到产品，到再生资源以及再生产品的反馈式物资循环过程。

　　在完善该回收系统的过程中，他们通过在三通阀内部加装冲洗水管，大幅提升了单炉的煤气回收量；通过改变风机转子的配重块形状，改进叶轮的冲洗方式，加大水封排污管径等方法，延长了风机转子使用寿命，并取得了煤气回收过程中设备故障停机零影响的可喜成绩；通过水质过滤、置换新水等优化操作法控制氧枪水温，杜绝了氧枪受水温影响提枪、中断炼钢现象的发生，保证了煤气回收的连续性；通过在点火放散机构、蒸汽吹扫设备之间建立连锁反应程序，确保了煤气回收安全性的提高；通过优化岗位人员的操作，加强回收时间节点的掌控，大幅提升了煤气回收的稳定性。从年初截至目前，该厂累计回收转炉煤气1.7亿立方米，仅此一项创效4427万元，比历史同期提升了44%，进一步推进了负能炼钢。

转炉在炼钢过程中产生的蒸汽，也有着其不容忽视的重要性，回收这一部分蒸汽并循环使用，就能充分发挥它的价值。

进入 2014 年，该厂实现了蒸汽的三种再利用途径。他们把蒸汽作为真空精炼气源，将回收后的蒸汽供往炼钢 VD 炉、1 号 RH 炉、2 号 RH 炉。同时，在完成了与公司管网的并网后，他们将回收后的多余蒸汽送至低压蒸汽管网对外供暖。据最新数据显示，前 4 个月就回收蒸汽 4.7 万吨，同比增长 61%，实现经济价值增长 90 万元。

同时，该厂今年在氧化铁皮的回收再利用这一块，也取得了不错的成绩。据统计，截止到 4 月底，该厂氧化铁皮回收量达到了 23397 吨，实现了历史性的突破，同比增长幅度达到了 60%，折合经济效益可达 2223 万元。

（杨 辉 王 妍）（原载 2014 年 5 月 27 日《安钢》报）

加强能源管理　挖掘潜能降本

焦化厂抓节能减排促绿色发展

　　焦化厂加强能源管理，优化资源配置，充分发掘技术创新优势，提升环保装备和新能源的利用水平，强力推进节能减排和清洁生产，确保了低碳绿色发展向特色优势延伸。前4个月，该厂节能指标工序能耗、生产耗水、吨焦回收蒸汽与上年相比均有明显降低，有效地促进了节能减排和保护了环境。

　　该厂面对化工生产耗能高、污染较重等不利因素，坚持以"资源有限、潜能无限"理念为指导，明确提出了落实科学发展观，建设资源节约型、环境友好型新焦化的目标，把提升节能减排和能源综合利用水平作为持续发展的战略任务，以制度作保障，推行分层管理责任制，编制和完善了全厂生产、生活用能源网络图，定期对能源消耗与回收进行统计与分析，动态掌握能源平衡，从源头供应到工序消耗每个环节进行能源消耗指标的分解，考核落实到工序、层层负责，用成本分析的手段分析动力介质消耗数据，全面降低工序能耗，实行能源消耗量化管理，做到了责任到人、奖罚分明、有据可依，有效地激发了广大职工节约能源、降低消耗的积极性、主动性和创造性。在此基础上，他们强化能源管理，用课题破解难题，千方百计治理跑冒滴漏，成立治理领导小组，明确责任主体，划分阶段治理跑冒滴漏，采取先易后难，先治理静止部位再治理转动部位的方式，组织设备维护力量及车间分步实施。1至4月份，通过治理的跑冒滴漏点共达90余项，实现了设备运行无泄漏，促进了能源管理水平的提升。

　　该厂把"节能减排、保护环境、持续发展"作为管理的重头戏，以对标挖潜找差距，赶超一流创水平为动力，突出抓好工艺研究，着力破解生产难题，对水资源进行整体优化，推行按质、按需分配使用管理办法；构建多向性废水综合回用管网，将生化处理后外排废水引入7m焦炉熄焦池熄焦，实现新区生产系统废水的串级回用、分级使用，节水量达70~100m³/h，减少新水补充量和外排污水量，提高了循环水的利用率，使其变废为宝重新返回到生产流程开始了新一轮循环利用。他们积极引用新工艺、新技术，对配电站低压电系统用电进行改造，采用先进的动态无功补偿技术节约电能；他们不断优化生产用汽供应，将生产用汽按工艺需求进行压力分配；他们用价格低廉、安全可靠的氮气取代价格高的蒸汽进行管网吹扫；并以创新能源介质回收与转化的方法，利用焦炉的烟囱废气和熄焦水的余热代替蒸汽对澡堂水进行换热，保证了生产用汽的需求。同时，他们还对生化的气浮除油和混凝沉淀池进行了改造；对6m焦炉推焦除尘和装煤除尘全部更换布袋和龙骨；对回收、焦油等化产尾气收集装置进行了全面改造，通过治理化产尾气收集开启率达到了100%，避免了有毒有害气体的外逸现象，为提升安钢社会形象起到了促进作用。

　　该厂充分发挥科技在节能中的创新作用，引用和推广节能新技术、新工艺，紧紧抓住影响能源资源利用等关键环节，以提高能源动力介质使用效率为目标，依靠技术进步，走自主创新之路，组成技术攻关组，对照清洁生产标准，查找问题症结，积极开展攻关治难活动，重点推进泄漏项目治理；攻关组成员经常深入现场查找存在的"瓶颈"，想方设法改造不适应发展的工艺装备，加大设备维护和检修力度，不断优化工艺技术指标，降低生产过程中的能源消耗，提升了环保设备设施运行能力，最大限度杜绝能源浪费，为节能创效提供有力保证。诸如焦油车间在焦油馏分塔采用导向梯形浮阀装置，对焦油进行了物料和热量平衡计算，由原来的打料分解改为夜班打料，白班分解的方法，延长了物料在间分器内的静置时间，使残留在物料中的碳酸钠有效分离，从而达到了提高焦油精制率的目的，确保了能源消耗和生产成本降低，创造了良好的环境效益和社会效益。

　　　　　　　　　　　　（见　闻）（原载 2016 年 5 月 5 日《安钢》报）

动力厂年自发电量首次突破 14 亿度

随着公司装备现代化、设备大型化、生产工序化、组织网络化的生产体系日趋成熟，动力介质供应水平和发电能力在新的形势要求下，做到与时俱进和同步提升。去年，动力厂紧紧围绕公司"1143"战略，以动力介质科学合理供应为中心，突出成本、发电两个重点，科学制定发电增效目标，积极开展发电攻关，通过向内挖潜，充分利用余热、余能、余压等二次能源，有效提升了机组发电效率。全年共完成自发电 14.42 亿度，为公司节约外购电费用 8.22 亿元。

有效满足需求，供应更加优化。生产供应中该厂树立了"供得上、靠得住、信得过、服务好"的动力形象和服务口碑，各类介质供应模式从粗放型、保障型向精细型、节约型转变；主要参数对标、成本指标优化成为常态，尤其是煤气使用优先向发电设备配置，蒸汽供应低压运行和分级管理，生产管理更加突出精益管理，有效节约了优质资源，为发电创效营造有利条件。

以指标定任务，向管理要效益。从计划指标承接到分解，努力把指标的跟踪与绩效考评做到极致。利用调度会对指标完成情况和影响因素进行分析，明确努力方向、督促落实到发电岗位。通过问题导向，抓好稳定运行关键，建立了厂、科、调度和生产工序间的三级沟通机制，严格执行《联锁保护投退管理制度》，确保了机组可靠稳定高效运行。

研究课题攻难关，通过技改挖潜力。坚持开展发电攻关，针对问题找不足，进行分析定措施，强化落实见成效，着力解决制约发电量提高的各类工艺问题；充分发挥环冷补汽"调汽、增发、创效"作用，全力提升两台环冷机组发电效率；实施"汽拖鼓风"机组运行发电，加快推进 65MW 高温超高压发电、30 万、8 万立方米煤气柜工程建设。12 月 2 日，安钢首座 30 万级高炉煤气柜正式投运，为平衡煤气管网压力、减少煤气放散发挥了重要作用，相关机组小时发电量均有增加，钢后用户煤气使用更加平稳，为提高钢后产线产品质量的进一步提升打下坚实的基础。

夯实基础管理，提高设备管控能力。围绕设备基础管理，以计划检修管理和备件材料管理为重点，以点检维护、隐患排查治理为抓手，严格执行检修周期和寿命周期管理，严抓点检检修质量、严控成本费用，确保设备低成本稳定运行。实行设备新增主要隐患以及设备主要检修工作每日上报机制，设备基础管理工作衔接更加紧凑，信息更加透明与畅通。设备例会制度做到通报、协调、点评、落实等工作环环相扣，为夯实基础、扎实推进、切实提高设备管理水平搭建了沟通交流平台。

开展劳动竞赛，运行效率有效提升。在"设备零故障周期运行"竞赛中，运行站所以当月无事故为基奖、连续无事故为评优条件，检修车间按照机械、高压电气、低压仪控、管道四类设备故障率进行评比。

严格标准化操作，巩固"四规"要求，完善和落实标准化作业文件，进一步完善"两票三制"管理和"润滑标准化"及"设备8S"专项管理，提高运行岗位的正确操作率、提高检修岗位维护的及时性。开展"高炉鼓风系统生产设备保运"劳动竞赛，完成高炉双向拨风改造，为公司高炉连续稳定运行提供了坚实保障。

突出成本效益，提升经营管理绩效。实施低成本战略，一方面向内使劲，自我加压降成本，一方面科学统筹，勤于调整多发电。面对公司下达的责任目标和成本压力，坚持算账经营的理念，有效推进"低成本运行、低成本检修、高效率发电"等各项举措的落实。划分创效类别，落实责任重考核。坚持成本管理，常态机制助经营。针对动力供应和发电创效各项工作，要求管理人员要掌握生产设备运行情况，更要熟悉成本构成与发生过程，采取应对控制措施。按照"知家底、会算账、懂管理"的具体要求做到纵横对比、找出差距，算账经营，进一步助力了生产经营管理水平的提升。

（谢 鑫）（原载2017年2月14日《安钢》报）

动力厂错峰发电错峰用电降成本

为更好地利用分时电价节约用电采购成本，动力厂在错峰用电的基础上，对调度系统、30万立方米高炉煤气柜、燃煤气发电机组的运行方式进行及时调整，实施了错峰发电等一系列举措。"错峰发电就是在现有煤气资源条件下，在峰时用电高电价阶段，利用煤气柜储气进行发电，从而节约用电采购成本的运行方式"，4月12日，该厂生产环保科宫旺向笔者介绍了该厂实施错峰发电的相关情况。

在保障各生产用户、煤气系统及发电机组安全稳定生产前提下，该厂以调度系统为中枢，将调度定位为动力厂降本增效的"指挥中心"，同时发挥30万立方米高炉煤气柜对煤气管网的调节功能，利用65MW等高效煤气发电机组提高发电效率。一方面在用电谷段、平段电价相对较低的时间内实施煤气柜充柜，并在峰段到来前保持柜容不低于26万立方米，为发电机组所需煤气资源进行储能；另一方面在用峰段时间内进行气柜储气的外吐，全力保证机组满发运行，通过逐步降低柜容和适时调整，在谷时到来前保持低柜容10万立方米，为自发电量水平的持续稳定夯实基础。

该厂调度系统及时掌握高炉、焦炉、转炉、各煤气用户、气柜、发电系统等生产运行状态，结合公司生产调整，做好动态调整及跟踪，确保错峰发电措施到位。

通过及时与能源中心协调，按照1#、4#高炉热风炉保温烧炉时间在夜间时段煤气需求给予优先保障，并同时结合生产作业检修计划及煤气平衡灵活调整；30万立方米高炉煤气柜强化加强柜容监视，柜容超过20万立方米时汇报调度，每增加2万立方米时汇报调度一次；柜容低至10万立方米时汇报调度，每降低2万立方米时汇报调度一次；柜容在10~20万立方米时，柜位升降速度超过1米/分时，汇报调度并密切关注柜位变化；同时强化运行管理，对煤气柜的重要附属设施油泵、调平系统等加强点巡检和维护，除事故状态外，任何时间段内确保不离线。

另外，该厂各燃煤气发电机组严格执行调度指令，及时调整负荷，强化运行管理及点检维护，确保机组高效稳定运行。在高炉煤气用户正常生产的情况下，在"充柜"时间段内降低燃煤气发电机组负荷，减少高煤耗量，提高柜容；在"吐气"时间段内，及时提高燃煤气机组负荷，降低柜容；发电机组则以65MW、60MW、50MW、30MW机组为优先顺序调整负荷，优先保证高效大机组负荷，低效小机组配合调峰。

在错峰用电方面，该厂采取非连续使用的用电设备，一律安排在夜间0至8时使用，并针对10个主要运行车间都属24小时连续运转岗位以及各车间不同工艺需求及用电设备特点，分别制定了相关的详细节电措施。尤其相关水处理设备反洗、软化器再生、混床再生严格在夜班进行，各站所倒车、试泵、水池蓄水、锅炉冲渣清洗排污、储气罐反吹等均控制在夜间电价谷段时间进行，为降低用电成本做到严格管控、锱铢必较。另外，还规定了主控室空调，夏季温度不低于26度、冬季温度不高于19度，根据日照情况控制照明，为节约用电成本营造了齐心协力、共创共建的良好氛围。

　　该厂通过错峰发电的系列举措，将有限的煤气资源安排在峰段进行发电，每天峰段发电量较错峰发电前增加10万多度，日节省电价因素产生的用电成本约4.5万元，月降低成本达130余万元，在公司"提质增效、创新发展"的新征程中做出了积极的贡献。

（谢　鑫）（原载2017年4月18日《安钢》报）

动力厂连续两月发电突破亿度大关

动力厂以问题为导向，着力从煤气资源回收利用、错峰发电降成本、发挥人员能动性三个方面解题破题，促进了发电效益的连续稳步提升。今年前 5 个月，该厂累计发电 4.9373 亿度，4、5 两月发电量均超亿度大关，其中 5 月份发电量达 1.4613 亿度。

作为安钢目前装机容量最大的发电机组，65MW 发电机组在运行调整中强化锅炉运行的燃煤气调整，及时对当前高炉、焦炉、转炉煤气压力、热值波动变化情况进行煤气快切操作，保证发电机组负荷的稳定；针对新设备新工艺和岗位人员实际，机组所在车间在岗位中开展了"每天多学一小时"学习培训活动，有效提高了机组运行人员的操作水平，为机组提高发电效率提供技术支撑。通过精心操作，65MW 发电机组每小时可发电 7 万度。

该厂现有 8 万立方、10 万立方两座转炉煤气柜，担负着集团公司 7 座转炉的转炉煤气回收任务。为强化回收效率，该厂制定《安钢 100t 转炉煤气回收系统试运行协调联系机制》《150t/35t 转炉煤气回收、供应与使用运行管理规定》，明确了风机房、煤气柜、加压站和调度之间的协调联系机制，并对回收调整、混合配比原则，安全措施及考核办法等做出详细规定。

动力厂 30 万立方米高炉煤气柜的建成投产，最大程度地发挥了煤气柜储气调节功能，也为错峰发电降成本提高发电效益带来可能。为更好地利用分时电价节约用电采购成本，该厂对调度系统、30 万立方米高炉煤气柜、燃煤气发电机组的运行方式进行及时调整，将有限的煤气资源安排在峰段进行发电，实施了用电谷段、平段电进行煤气柜充柜，在用电峰段进行储气的外吐、全力保证机组满发运行的一系列举措。错峰发电实施以来，有效降低了电价因素产生的用电成本，每月节约用电采购费用百万余元。

为调动职工工作积极性，该厂在燃煤气发电机组、工艺发电机组、煤调和相应的检修维护车间中开展了"气柜不离线，煤气不放散"劳动竞赛。通过劳动竞赛，充分调动广大职工的聪明才智和工作积极性，提高调度协调指挥水平及岗位对调度指令的执行力，持续提升煤气系统高效利用的管理水平。

（谢　鑫）（原载 2017 年 6 月 6 日《安钢》报）

八、信息化建设

什么是信息化？就是利用计算机网络平台，实现各种信息的传输、共享、存储和分析。信息化手段能够使管理更加高效、快捷，管理行为更为精确、精细、精准，促进企业管理、生产、经营的全方位变革，最终实现"产销一体、管控衔接、三流（物资流、资金流、信息流）同步"。

随着时代的发展和科技进步的加快，安钢作为特大型钢铁联合企业，利用高科技的信息化手段来加强管理、降本增效，增强自身的竞争力成为必然。

2006年底，信息化建设规划出炉。2007年12月20日，安钢信息化建设启动大会召开，ERP系统、各MES系统、广义计质量系统的实施，中心机房和公司主干网建设全面铺开。

随后，数据共享、质保书发布、智能物流系统、办公自动化、远程营销、热处理MES等系统陆续投入运行。

2015年5月1日，"四位一体"远程取样项目完工。

2015年11月13日，安钢电子招投标网站正式上线。

安钢借助信息化促进了流程优化和再造，通过信息化管控衔接和产销一体化功能，推动了管理水平大幅提升，信息化系统已成为安钢生产经营不可或缺的重要组成部分，助推着安钢自主创新能力、核心竞争力和可持续发展能力的垂直提升。

历经十余年的建设、开拓、推进，信息化让安钢的管理高度集中，产销研高效衔接，数据高度精准，体系配置完善，信息化已然无处不在，触及到安钢所有"神经终端"。

2018年3月13日，伴随安钢设备管理迈进信息化时代，安钢的信息化建设又掀开了新的一页。

安钢信息化一期工程8月1日零时
正式上线运行

8月1日零时，安钢信息化一期工程正式上线运行，标志着安钢信息化进入新阶段。通过信息技术在安钢经营活动中的推广应用，安钢将实现经营管理数字化，全面提升安钢技术创新和管理创新能力，大大增强企业核心竞争力。

安钢信息化一期四级 ERP 涵盖生产计划、销售、采购供应、质量管理、财务成本、数据仓库六大功能模块，由惠普公司实施，3个三级项目分别为红河谷的广义计质量、金自天正的一炼轧到二轧 MES、宝信的二炼轧炼钢到炉卷和 1780 的 MES，涵盖面广、任务量大。通过实施信息化，不仅可以将安钢庞大的管理系统运作嫁接在现代化 IT 技术平台之上，而且还将引入当今许多先进的管理理念、方法、流程和手段，促进安钢管理的现代化。

安钢信息化一期工程项目自 2007 年 12 月 20 日启动以来，信息指挥部全力推动，各相关单位大力配合，完成了单元测试 284 项，集成测试 17 项，各种报表及二次功能开发 110 个、接口开发 104 个，主要数据收集、整理、导入约 330 万条，为信息化一期工程上线做好准备。系统上线后，安钢信息中心从各方面保证信息化系统的稳定顺行。对系统实行 24 小时全程监控，及时发现系统运行中出现的问题。对系统运行信息收集整理，随时组织技术专家和各单位相关技术人员讨论，不断完善信息化系统。对核心设备精心维护，安钢信息中心机房采取刷卡进入，只有核心工作人员才可以进入到机房。所有服务器、存储设备和交换机等硬件被玻璃墙隔在机房里面，工作人员通过玻璃墙外的一排监控终端随时检查机器的运行情况，以免给机房里面带去太多灰尘。玻璃屋里服务器的工作状况可以完全通过外面的终端实时监控，机器如果出现任何状况都会马上反映到终端屏幕上，工作人员看到后可以尽快做出反应。

（记者　孟　娜）（原载 2008 年 8 月 5 日《安钢》报）

安钢信息化建设工程取得新进展

11月1日，安钢信息化建设一期工程—炼轧—二轧厂MES正式上线，这标志着安钢的信息化建设工程又取得了新进展。

一炼轧—二轧厂这条生产线的MES共分计划调度、质量、物流、成品库四大模块，各个模块的衔接非常紧密，范围涉及一炼轧电炉、转炉的板坯和方坯生产线、二炼轧炉卷生产线、二炼钢、销售公司、计控处、生产计划处、质量管理处等集团公司的相关业务职能部门，形成了一个从实物到信息的业务流程集群，使整个生产过程从原料进厂到成品发货的众多环节，都严格按照集团公司要求，有条不紊地组织生产、质量检验、产品销售等。当你坐在办公室时就可以像身临其境般看到各个生产现场所反馈的各种数据信息，如钢水成分、销售订单的完成情况和轧坯质量信息等等，如若查询某一炉钢水的质量情况或某一销售订单的生产信息也就如同探囊取物，不仅简单便捷，迅速及时，而且也保证了数据的完整性、真实性和透明性。

一炼轧—二轧厂MES工程历时一年多，从设计到实施共分现状调研、方案初步设计、方案详细设计、程序设计和联动调试五个阶段。在项目调研阶段，信息指挥部和二级单位关键用户在北京金自天正公司实施顾问的指导和带领下，摸清我公司的生产管理现状，为下一步方案的详细设计打下了基础。在方案设计中，信息指挥部积极协调和走访集团公司各职能部门和基层单位，仔细询问他们对系统的功能需求，从而不断完善实施方案的内容。在程序设计阶段，指挥部人员协助实施商完成程序代码所搭载的各种环境要求，并从中不断提高编程业务水平，为项目按时上线做好有力支撑。

为了确保这条黄金生产线正式上线后新系统能够平稳运行，在此次MES上线前，指挥部项目组协同实施商一起共同策划了三次具有真实数据的系统联动测试，通过对每次测试期间程序运行状况的反复研究，形成了具有针对性的系统错误统计报告，既为方案和程序的修改提供了依据，又对将来集团公司各个系统的正式上线积累了宝贵的经验。

上线运行期间，由于新老系统的功能有所差别，各个岗位对新系统的认知程度不同，在实际生产中难免会有操作上的疏漏，而一个细小的差错都有可能对MES一体化系统造成信息的缺失，从而影响正常生产。针对这一现象，指挥部安排实施商对各个操作岗位多次进行上线前的培训，并在系统测试期间进行实战演练。同时项目组与各二级单位关键用户和实施商人员不分昼夜轮班值守，一旦发现错误数据，立即通知相关的业务岗位修正数据，保障物流和信息流的及时畅通。为了最大程度上减少人为输入上的错误，各二级单位也抓紧了相应的信息化制度建设，从根本上提高了相关岗位人员对新系统的认知积极性。

（王俊杰）（原载2008年11月8日《安钢》报）

安钢信息化三级系统上线工作进展迅速

安钢信息化一期工程三级系统的两个 MES 即二炼轧炉卷 MES 和一炼轧—二轧厂 MES 于 11 月 1 日正式上线后，项目涉及的各个单位克服重重困难，及时解决运行中出现的问题。目前，该系统运行状况趋于稳定。

我公司通过建设信息化三级 MES 系统，将在全厂范围内推行一体化的生产管理和一贯制的质量控制，生产组织和管理得以贯穿原料、炼钢、轧钢和销售区域的所有工序，平衡合理地调控炼钢、连铸、轧钢各工序的生产作业。同时，MES 系统有效实现自动化的生产组织和数据采集、精细的生产控制和物流跟踪、各级信息系统数据的综合集成，保证物流和信息流的高度一致，为生产、质量管理的协调、高效、有序和规范提供有效快捷的手段；为生产管控水平和实物质量水平的持续改进和提高提供强有力的支撑。借助 MES 系统，企业将精确地跟踪、管理生产线的信息流和物流，从而合理地调控全线生产，最大限度地发挥设备能力。

安钢信息化三级 MES 上线以后，由于新上线的系统需要与现场实际的生产进行磨合，减少因系统故障或信息缺失所引起的停机时间，成为上线初期系统维护的首要任务。为了保证数据的完整性和流程的顺利进行，信息指挥部与实施商对终端岗位四大班组人员分别进行了多次培训，解答他们对新系统运行中提出的问题，并收集对新功能的需求，减少人为输入上的错误。为确保系统通讯的信息畅通，减少上线期间系统间通讯电文的接收错误，信息指挥部二炼轧炉卷 MES 项目组协助实施商，对二炼轧关键用户的现场二级系统进行点检，确保从二级系统上传的数据包能够准确无误地被 MES 拆分和解析，发现问题及时处理。

目前，三级系统的上线工作仍处在与实际生产的磨合阶段，通过不断解决出现的各种问题，改善程序运行质量，从而提高系统运行的稳定性，为安钢下一步信息化项目的有序进行打好基础。

（王俊杰）（原载 2011 年 1 月 4 日《安钢》报）

两大核心系统从 2011 年 1 月 1 日起正式运行

安钢召开信息化财务成本系统上线动员会

2010 年 12 月 31 日上午，安钢信息化财务、成本系统上线动员会在会展中心圆桌会议室召开。

集团公司董事长、总经理王子亮、副总经理王新江出席会议并讲话，二级单位主要负责同志参加了会议。

王新江副总经理主持会议。

动员会上，计量控制处处长傅培众首先就安钢信息化建设历程、信息化覆盖范围、财务成本上线前的准备工作、以后的工作重点等方面向与会人员进行了介绍。

财务部部长闫长宽回顾了前期安钢财务、成本系统运行情况，明确了 2011 年安钢财务信息化工作的目标，并对有关处室、生产单位提出了要求。计量控制处副处长马建忠就安钢 2011 年财务、成本系统上线后应注意的事项做了具体说明。

王新江副总经理在讲话中指出，今天召开的信息化财务甩账动员会是一次很重要的会议，从 2011 年 1 月 1 日起实行的财务甩账，将成为安钢信息化成功上线的显著标志。王新江着重强调以下几点：一，提高对信息化工作重要性的认识，让信息化成为提升安钢核心竞争力的重要手段。二，更新观念，加强管理，不断提高安钢信息化水平。三，财务甩账事关信息化建设成败，必须予以高度重视。四，精心组织，迎难而上，确保财务甩账圆满成功。

集团公司董事长、总经理王子亮在会上做重要讲话。他说，集团公司财务数据能够实现甩账，说明原始数据在采集、分析上比较准确、全面。各管理处室、营销部门、生产单位要根据各自的职责需要，充分利用好信息化手段，打破信息孤岛，实现集团公司所有数据的共享，发挥信息化在提升管理水平、提高生产经营质量、降低成本等方面的作用，努力走出一条以信息化带动工业化、以工业化促进信息化的新型工业化道路。

据了解，集团公司信息化最核心的两个系统——财务系统和成本系统目前已初步具备正式运行条件，本次两个系统的正式运行，也标志着集团公司信息化一期工程全面完成。

（记者　王广生）（原载 2011 年 1 月 4 日《安钢》报）

二炼轧设备信息化管理系统全面投用

4月26日，笔者了解到，第二炼轧厂经过一年多的研发调试和优化完善，该厂自主开发的设备信息化管理系统试运行工作于近日圆满结束，开始在各生产区域全面投用，成为提升设备管理水平的有效手段。

设备管理是一项重要的基础管理，设备高效运行是企业改善产品质量、降低生产成本和提高管理水平的重要保障。由于该厂生产区域点多、线长、面广，且设备大型化、现代化和复杂化的特点十分显著，对设备管理水平提出了越来越高的要求，而传统的口传、纸记和逐级上报等方式效率低下，数据不能快速共享，人力资源浪费严重，已经无法适应当前的生产运营实际情况。

为了提升设备管理水平，该厂坚持管理理念和模式创新，在广泛调研的基础上，结合厂实际情况，于2011年年初做出了开展设备信息化系统的研发、推广和应用工作的决定。为此，该厂高度重视，及时成立了由设备主管厂长牵头的研发小组，每周召开工作例会，相互沟通，献计献策。为了稳步推行系统研发工作，该厂制订了"以点带面、功能逐步扩充"的原则，从开发设备点检定修信息化系统入手，积累经验后逐步拓展完善系统功能。接到任务后，研发小组成员充分发挥专业优势，自我加压，连续奋战，以现有的设备点检管理模式为基础，先后完成了方案设计、系统编程和功能测试等复杂艰巨的任务，最终成功研发出了设备信息化管理系统，并于2011年9月率先在炉卷机组热矫直机试点测评，经过持续优化完善和改进，去年底开始在炉卷机组全线投用。今年以来，该厂再接再厉，对该系统暴露出的不足和漏洞优化完善，于2月份正式把炼钢连铸区和1780mm热连轧区域的设备纳入其中，为设备信息化系统在该厂全面投用奠定了坚实基础。

该系统主要包含"点巡检管理、事故管理和检修管理"三个功能模块，按照"三级点检、隐患上传、信息自动汇总、整改项目下达、整改后反馈和最终验收"的程序步骤运行，实现了设备管理的闭环控制，能够把暂时不具备隐患处理条件的设备自动生成定修计划，杜绝了此前因人工记录遗漏而产生重大隐患和事故的弊端。

设备信息化管理系统的全面投用，有效提升了该厂设备管理水平，结束了长期以来设备点巡检依靠纸本填写记录的历史，减少了纸墨消耗，提高了工作效率，并且把职工从烦琐重复的工作中解放出来，全身心投入到其他工作当中，有效整合了人力资源，降低了管理成本。

（张安松）（原载 2012 年 4 月 30 日《安钢》报）

谋定"信息化"

——信息化助推安钢发展纪实（上）

"信息化是生产力"

"信息化是场技术革命"

"信息化是神经系统中枢，牵一发而动全身"

"信息化是一根线，串起零星散落在各个角落的珍珠"

——安钢"信息化人"如是说

蠹立峰顶，极目远眺，风光无限。

安钢，勇于登攀。

历经"三步走""内部做强、外部做大"战略，安钢这艘千万吨级钢铁航母，正乘风破浪、砥砺前行。

"强"与"大"的背后，信息化功不可没。

——冲破羁绊，全力挖掘"硬件"潜能；

——剔除臃余，精确管控"资金"流向；

——扫尽浮尘，细致梳理"管理"脉络。

这就是信息化，支撑安钢发展的"软"实力之一。

信息化，在安钢栉风沐雨的发展进程中，必将发挥越来越大的作用，为安钢强筋壮骨，助推安钢做强做大。

无 处 不 在

6月5日，初夏的阳光格外明媚。

7:40，财务处，财务处成本科常庆刚开始进行数据归档；7:50，生产管理处，计划科副科长耿喜周开始计划追踪；8:20，炼铁厂，九炉工长王铜慈正在查询铁水的成分信息；8:35，第二炼轧厂，2号炉工长李文山轻点鼠标，开始了下一炉钢的冶炼；8:50，"即时通"显示当前在线人数1552人；9:00，安钢信息中心机房，信号灯不断闪烁，百余台服务器运行正酣；……从经营管理，到生产一线，安钢"信息化"无处不在。

信息化的血液在安钢的每一根毛细血管里融会贯通。

何为信息化？就是利用计算机网络平台，实现各种信息的传输、共享、存储和分析。信息化手段能够使管理更加高效、快捷，管理行为更为精确、精细、精准，促进企业管理、生产、经营的全方位变革，最终实现"产销一体、管控衔接、三流（物资流、资金流、信息流）同步"。

大刀阔斧——谋发展

竞争，如逆水行舟，不进则退。

安钢作为国内特大型钢铁联合企业集团，由于历史发展、建设、体制等多方面原因，加之钢铁生产流程复杂，在原有"金字塔"形条块分割管理模式下，各生产单位处于一个个"信息孤岛"，各部门之间信息沟通渠道不畅，生产经营数据、信息不能高效、快速、及时传递和共享，制约着企业的发展。

随着钢铁行业产品供大于求的日益凸显，竞争更趋激烈，客观上要求安钢必须尽快利用高科技的信息化手段来加强管理、降本增效，增强自身的竞争力。

安钢深谙其理：信息化是一项贯穿生产、经营、管理全流程的系统工程，走上信息化，安钢就会走进一片新天地。

因此，"上"信息化势在必行。

2006年底，信息化建设规划出炉。

2007年3月28日，信息化建设指挥部成立。

按照"总体规划、分步实施、稳步变革、注重实效"的原则，安钢信息化正式拉开建设帷幕。

时间急迫，时势催人。但是，接踵而至的困难轮番凸显：信息化管理的理念需要在尽可能短的时间传导给各级管理人员，时间紧，怎么办？现有业务流程和部门职责与信息化的要求冲突众多，怎么办？需要迅速拉起一干子IT人员和关键用户队伍，怎么办？一个个矛盾和难题横亘路上，绕不开，躲不及。

"不绕，不躲，迎难而上！"计量控制处副处长、安钢信息化建设指挥部常务副指挥长马建忠信心坚定。

航向已定，东风正劲。安钢信息化不惧"一切从零开始"，未雨绸缪，扬帆启航。

2007年12月20日，安钢信息化建设启动大会召开，ERP系统、各MES系统、广义计质量系统的实施，中心机房和公司主干网建设全面铺开。

安钢的信息化建设者们先后解决了诸如机房建设工期短、网络路由条件极差，工艺流程多变、内部核算复杂，系统规模庞大、浩瀚基础数据的整理及信息孤岛问题，覆盖了从销售订单到产成品出货全过程及原料、设备、工程领域的数字化管理等等。

2008年8月ERP系统和广义计质量系统上线。

2008年12月所有MES系统上线并整合打通1780mm热连轧生产线MES系统。

随后几年，数据共享、质保书发布、智能物流系统、办公自动化、远程营销、热处理MES等系统陆续投入运行。

2009年1月1日实现物料甩账。

2011 年 1 月 1 日实现财务甩账。

……

安钢信息化羽翼渐丰，信息化的作用喷薄而出。

百余台服务器和网络安全设备，网络终端三千余台，光缆长度三百多公里，接入设备七百多台，视频设备三百多个，涉及三十余个单位、覆盖整个厂区。

短短五年，安钢打赢了一场漂亮的信息化建设攻坚战。

"兄弟企业的信息化投资额度说不太准，也不完全可比，大概都在 2 亿以上，大钢企更多，但安钢信息化目前投资却只有 1.2 亿元。"马建忠介绍说。

1.2 亿元！安钢信息化——"四两拨千斤"！有道是"大音希声，大象无形"。

安钢借助信息化促进了流程优化和再造，通过信息化管控衔接和产销一体化功能，推动了管理水平大幅提升，信息化系统已成为安钢生产经营不可或缺的重要组成部分，助推着安钢自主创新能力、核心竞争力和可持续发展能力的垂直提升。

步步为营——搞建设

胸中藏海岳，手中握乾坤。

实现信息化，安钢目标明确。

以信息资源的开发应用为核心，全方位推进企业生产、经营和管理的信息化，促进信息技术与企业管理各专业的整合，实现"集中管理，协同作业，产销一体，管控衔接，三流同步"。

建设信息化，安钢思路清晰。

指挥者——总经理挂帅的"安钢信息化建设领导小组"。

原则——"总体规划、分步实施、稳步变革、注重实效"。

信息化建设规划为三期，按照"规划、建设、改进"来配备和完善信息化相关项目，既保证了整个信息系统的完整性和统一性，又保证了信息化建设的健康发展。

解构信息化。安钢信息化采用了当前得到公认的、流行的五层架构。而这五个层次之间相互集成、相互协调，共同构成了完整的企业信息化管理系统。其中，一级基础自动化系统和二级过程控制系统，属于生产运行操作控制层；三级系统，即制造执行系统 (MES)，用于工厂及车间的作业管理；四级系统即企业资源计划系统 (ERP)，用于覆盖职能管理部门的企业级管理；五级系统包括商务智能及决策支持系统等，用于企业决策支持。

"上线"之前，安钢对于信息化——熟悉而又陌生。

那时，或大、或小的一二级自动化及上位机系统、单功能单部门用于数据管理的计算机系统，零零散散地分布于各单位，就像一个个的"信息孤岛"，仅能在局部发挥作用。虽然二炼轧 1780mm 热连轧生产线建设与三级系统同步实现，但也仅限于该厂单条生产线系统内运行。

那时，生产、管理、经营等方面的信息传递、汇总还只能靠"人工"来实现。这种传递方式，不仅效率低，而且在"手手相传"过程中，信息容易失真，出现偏差。

随着安钢的发展壮大，如何实现信息的高效、透明、及时沟通，迫在眉睫。

"上线"之后，安钢对于信息化——离不开、放不下，融为一体。

现在，安钢建立起了基于局域网的管理信息系统体系，实施了 SAP 的 ERP 企业信息化软件，涉及财务、销售、供应、生产、计量、质量等多部门及各二级生产单位。

在各二级单位实施了三级 MES 和广义计质量系统。

如今，在安钢，为信息化服务的计算机终端数量已达数千台，每天仅三、四级系统数据交换量就达到五万余条。

风生水起——显效果

抓重点，带全局，安钢信息化张弛有度、成效卓著。

树小不可御风寒，成林却可抵挡暴风骤雨。

如今，安钢信息化已"枝繁叶茂"，"根深蒂固"。

——拔地而起的信息化大楼和中心机房——集团公司本部实现光纤主干网全覆盖——先进可靠的服务器和网络设备——四级系统，围绕钢铁主业实施了 ERP 系统七大模块——三级系统，实施了一炼轧 & 中板 MES、二炼轧炼钢 & 炉卷 MES、广义计质量系统，整合了 1780mm 热连轧生产线 MES，新建了二轧热处理 MES 等——智能物流系统，一炼轧炼钢、二炼轧炼钢、二轧生产线物流跟踪等——实时数据库、数据发布、OA、质保书查询、销售驻外等系统实施信息化的中心任务就是"集中管理，协同作业，产销一体，管控衔接，三流同步"，而在短短的五年时间里，安钢已经初步建立起一整套较为健全完善的信息化体系。

借助信息化，安钢突出集中管理的中心地位，压缩管理层次，紧抓研产销一体化这个重点，使公司级管理直接对接生产，各单位、各产线协同作业，固化流程，便捷管理。

安钢信息化以销售为龙头，融合生产制造、产品研发、质量和计量控制、成本监测、库存管理、出厂管理等，使生产面对市场；集成财务与成本、供应、人力资源、设备维修等其他业务，使资金成为管理的中心对象。安钢通过信息化平台打通了信息流通的咽喉，实现物资流、资金流、信息流的同步。

——产销一体

在当前钢铁市场低迷的情况下，安钢信息化建立起的产销一体系统实现了

"以市场为中心"的经营目标，使生产和市场直接对接，使生产更贴近市场、更符合市场，提高了安钢产品竞争力。

在信息化平台上，生产计划以销定产，同时可实时召开产销协调会，通过合理使用安钢企业内部资源，调度资金、人力、装备、材料、能源、运输和仓储，按质、按量、按时向客户提交订货产品，及时回笼资金，创造利润。

产销一体系统打通了安钢销售流程和制造流程，销售处接到订单，生产管理处直接把订单合同做成生产作业计划，通过信息系统余材充当和余坯充当功能来充分利用中间库存，实现了对日计划、班计划、工序计划、机组计划甚至对每块钢板的计划追踪，各生产单位实现按需生产、精益生产，由过去数月的交货期，压缩至两周以内，加速了资金周转。

——管控衔接

安钢通过管控衔接，解决了管理和控制的结合问题。

通过信息化平台，生产、计划合二为一，集中指挥高效迅速，生产实绩动态监控，质量指标全程追溯，产品系统自动判定，批次管理系统清晰，实现了精益生产、柔性生产和敏捷制造。同时，管理、生产在信息化平台上沟通、反馈更顺畅。

因此，"算账经营"水到渠成。

制造和管理的结合集中了安钢的工艺装备特点，体现了钢铁生产的特色。其中，信息传送和反馈渠道的容量充裕、实时处理能力强、信息梳理细化程度高等决定了安钢信息化系统功能强大和性能逐步趋于稳定。

信息化如一张无形的巨网遍布安钢生产经营的各个角落、涉及方方面面。

从生产线上的设备运行状态、物料理化性能的变化，到上、下游工序之间的衔接和反馈，都是执行生产指令的过程。执行过程中，也可能由于生产改判、废次材等的产生而改变原生产计划指令，从而使订单的预期执行结果发生改变。

所有这些细微的变化，都会引起安钢各个管理层面的互动，诸如实时调度、订货合同的分解、归并、转换等。因此，安钢信息系统在灵活反映市场的同时，逐步解决了管理控制相衔接的瓶颈，有效降低了实现产销一体化系统的成本。

——三流同步

在信息化建设中，物资流、资金流、信息流的同步是打通安钢信息化的一个重要标志。

企业所有生产、经营、管理最终都是围绕"资金"来运作。因此，在信息化建设中，实现财务业务一体化使资金流向更加清晰、顺畅，能够及时反映经营结果，通过建立标准成本体系，实现成本控制型向价值创造型转变。同时，在信息化平台上能够进一步加强财务状况分析，实现由核算型会计向管理型会计转变。

因此，在财务业务一体化的前提下，使物资流、资金流、信息流实现同步成为可能。

在原有安钢生产经营模式下，物资流和资金流虽是同步的，但由于"信息孤岛"问题的存在，导致各部门信息不能实现实时沟通，因此信息流相对滞后。滞后的结果往往造成管理所需信息的缺失，从而导致管理在时间、效率、速度上相对迟缓。

安钢信息化系统提高了信息处理、传播和储存能力，信息系统促进了流程优化再造，使三流同步变成现实。

如果说安钢建立产销一体化系统，是以销售为龙头，融合生产制造、质量设计、质量控制、成本监测、库存管理、出厂管理，使生产面向市场；那么，财务与其他业务的集成，即集成采购、供应、人力资源、设备维修、固定资产投资项目等，则使资金成为管理的中心对象。

因此，在安钢信息化系统平台上，三流合一，为"挖潜增效""算账经营"提供了良好的系统平台，实现了管理的精确、精细、精准。

同时，随着信息化与安钢的深入融合，信息化在能源管控的建设方面也大有作为，安钢"低碳、节能"之路也必将越走越宽。

（张丁方）（原载 2012 年 6 月 16 日《安钢》报）

谋定"信息化"

——信息化助推安钢发展纪实（下）

风乍起，吹皱一池春水

信息化涉及企业生产、管理的方方面面，一个多月的采访，信息化的网络之庞大、威力之巨大、辐射之广泛让记者为之叹服，虽走过了安钢厂区和管理部室的角角落落，但也只截取到了信息化的冰山一角，但这足以窥一斑而见全豹。

信息化如一缕春风，轻拂钢城，所到之处，满目葱茏。

安钢信息化：一起来，更精彩！

管理与信息化

作为信息化建设和使用单位，计量控制处可谓安钢信息化的领跑者。

——安钢本部用于结算的 25 台皮带秤、19 台汽车衡、8 台轨道秤、2 台 1780mm 热连轧生产线在线秤均实现了无人值守、远程集中计量。

——ID 卡的识别率是世界性难题，安钢 ID 卡完整地实现了一卡一车，识别率达到 99.99%，在全国首屈一指。

——客户仅凭一张 IC 卡，即可完成从进厂到出厂所有物流环节数据的远程传输，真正实现了"一卡在手，畅通无忧"。

"安钢智能物流系统涵盖范围之广、稳定性之高，全国少有。"计控处信息化科科长师华信心满满。

"该系统是集信息、视频、音频流为一体的网络智能计量软件，同时具有强大的消息转发功能。"计控处信息化科副科长王振亚言简意赅。

"坐在电脑前，通过远程监控画面显示的无人看守秤点，依照系统计量模式，只用短短的十几秒时间，就可完成对一辆汽车的计量，比人工计量提高功效十多倍。现在，工作环境好、工作量减少了三分之二、计量更准确，且能有效防止人为作弊。"从事计量工作二十余年的计量控制中心站长张奕琳感慨万千。

经营与信息化

作为安钢经营战场的最前沿，销售公司已高度依赖信息化。

过去的业务模式令许多业务人员"苦不堪言"：销售管理系统中的合同信息无法直接传递到生产系统和仓储系统，业务人员只能通过电子表格方式进行传递，在不同系统中重复录入；生产系统中的成品材料信息和质检系统中的检化验信息无法传递给仓储系统，仓库管理人员只能凭纸质单据二次录入；仓储系统的发货信息无法传递给销售结算，结算人员需要凭纸质发货单进行结算；……系统众多，信息共享能力差，销售与生产、质量没有集成，造成许多"信息孤岛"的存在，导致了大量的重复性劳动，时间成本浪费严重，严重影响和制约着销售、发货的速度。

没有信息化，这一系列的"瓶颈"无法突破。

信息化上线，让安钢的销售工作迎来了"第二春"。

——2009年3月1日成功甩掉老系统，实现单线运行。

——2010年3月，"安钢质保书远程查询系统"上线，该系统使异地用户在网上就可清晰地了解到发货情况，及时得到产品质量信息，而且缩短了验货周期，提高了工作效率，解决了安钢多年来质保书邮寄滞缓、客户丢失后无附件可查的问题。

——2011年9月，销售公司驻外管理系统实现单系统运行，正式融入集团公司信息化的"大家庭"。此系统规范了销售公司驻外分公司的业务管理，实现了"远程办公、集中管理"。

——2012年4月17日，安钢首次进行网上竞价销售取得成功，这是安钢在电子商务应用领域的一次大胆尝试。

如今，对于业务人员来说，销售更多的是"敲敲键盘、动动鼠标"：轻点鼠标，精准输入几个数字，短短几秒钟，销售公司板材结算科尚莉就完成了对仓库的交货单下达工作。尚莉介绍说："信息化之前是手工模式，工作效率很低，工作多得每天都要加班。现在，很快、很准确！""销售与生产衔接紧密，提升了产销一体化水平；建立了基于变式条件的新销售价格管理体系；进一步加强了销售与发货的闭环管控；进一步加强了对用户资金流向管控及提高用户资金利用率。"谈到信息化带来的改变，销售公司资源计划科副科长郭涛如数家珍。

生产与信息化

作为安钢最主要的生产单位，二炼轧与信息化结缘最早、应用最广，信息化的能量在这里被充分释放。

一键式炼钢是二炼轧信息化的"点睛之笔"，不仅提高了炼钢的控制水平，也使该厂综合管理水平直线提升。

一键式炼钢优势在哪里？从比较中我们看得更加真切。

每一个炼钢工都熟悉这样的画面：看着手表计算时间，看着炉温做判断，根据副枪模型计算，按自己的操作经验、习惯来控制整个炼钢过程。

该厂三座150吨转炉相继投产以来，虽然硬件有副枪和模型，但由于各方面原因，自动化炼钢水平却一直在60%左右的低位徘徊。"设备再好没有高质量的软件平台支撑，也只能'大马拉小车'"。谈到过去，1号150吨转炉工长付正鹏也很无奈。

而国内及国际先进自动化炼钢水平可达85%，最高可达90%。"鼠标一点，钢水流出"的时代终于到来，通过信息化平台，2009年底该厂实现自动化炼钢。

安钢炼钢人"扬眉吐气"。

——转炉生产稳定性提高；——更好地支撑冶炼时刻表的运行；——各项经济技术指标明显改善，2011年计算机自动化炼钢比率达到86.56%的先进水平，终点碳、终点温度双命中率达到93.73%，氩站成分合格率大幅度提高；——缩短了冶炼周期，提高了产量、质量，降低了原材料消耗。

"一键式炼钢，降本很明显，增效很突出。"该厂炼钢车间主任程金平深有感触地说，"因为模型的计算结果更加稳定，碳、温同命中率的大幅度提高，从而使脱氧剂的用量减少；另外一个方面，碳、温同命中率的大幅度提高，补吹的次数大大减少，减少了对转炉炉衬的侵蚀，使耐材的费用大大降低。"从安钢第一批三级MES上线，到"一键式炼钢"，二炼轧走在了安钢信息化的最前沿，在"信息化"的满园春色里，该厂的设备信息化系统也是耀眼的"墙头红杏"，格外引人关注。

——规范基础信息，深挖管理潜能。通过规范设备基础信息和工作流程，保证全厂设备系统点检、定修管理工作的标准化、程序化和制度化，保证了信息的准确性和工作的高效性。

——设备技术管理水平突飞猛进。如今，该厂设备运行状态稳定、可控，全面提高了设备管理的工作质量与现代化水平。2012年前5个月，炉卷区机械总故障停机时间只有656分钟，比去年的3851分，下降了93%。

——建立综合信息管理，实现设备的经济技术分析。

建立设备运行质量评价体系，辅助设备管理部门制定科学的备件采购计划与库存控制，为设备作业成本控制管理提供支持。2012年前5个月炉卷区备件消耗总费用为782.39万元，比去年的1617.27万元，下降了51.6%。

"管理人员能快速查看到设备存在的问题、运行状况、劣化趋势等；维修单位对当天的维修项目一目了然；操作岗位及时了解设备运行状况……"信息化的话题，让该厂信息化开发小组的石洪勋滔滔不绝。

如今，他们全面投用的设备信息化系统已作为"典范"，在全公司进行推广。

采访之余，感慨良多。

"提升管理质量、加快生产节奏、实现算账经营，促进挖潜增效。"是所有受访者对信息化的共识。

任重道远

"安钢信息化已由大规模的建设和实施，逐步转向深化应用。在当前形势下，如何更好地服务于生产、经营、管理，服务于'算账经营降成本'，是我们必须深入思考的问题。"计控处处长张广清一语中的。

"转型"——势在必行

经过五年的建设、发展,安钢信息化框架已基本搭起,深化应用成为当务之急。站在历史的节点上,安钢信息化工作重心——"转型"也就势在必行。

怎样在业务上、管理上实现深度应用?面对当前困难的生产经营形势,如何去推动重新优化流程,实现流程再造?……这一系列问题,安钢信息化人必须去思考、去研究、去探寻对策。

从去年汽运公司的物流整合,到今年的原料场整合,信息化"大动作"不断,"小动作"频繁。以前生产经营体制、机制常年不变,现在不断完善,不断优化,进一步促进了安钢业务流程的优化。因此,"适应变革、适时优化"将成为信息化发展的一种常态。

要发挥信息化这个工具的作用力,今后,安钢信息化还需在五个方面进一步提升:——管理进一步集中、高效;——产销研高度、高效衔接;——数据高度精准、一致;——体系配置完整、完善;——实现人力资源科学配置。

"认识"——尚待加强

从国家提出"两化融合"到现在的"两化深入融合",信息化和工业化的融合步伐进一步加快。

信息化就在我们身边,潜移默化中,我们的工作、生产、管理都在随之改变。这不仅是一种技术手段的提升,更是一种理念、一种管理思想的重新构架。随着时代的进步和企业的发展,信息化终将触及安钢所有"神经终端",真正实现无处不在。

在当前钢铁行业低迷的形势下,安钢信息化面临的就是如何实现与生产经营的高度融合。

但是,安钢依然存在这样的声音。

"这么困难,还要上信息化?""在这么先进的技术平台上工作,为什么我们的工作量反而增加了?"……正是因为困难,才更需要先进的技术支撑,突破发展瓶颈;正是因为先进,才更需要更多详细、精确的数据去支撑;正是因为涉及众多数据,才需要我们更加努力、认真、谨慎;正因为我们工作态度更加端正,安钢才能有充足的动力渡过难关、再续辉煌。

钢城夏至,繁花似锦。

安钢信息化之路在承续、在深化、在拓展……在信息化的征程上,安钢任重道远!

(张丁方)(原载 2012 年 6 月 19 日《安钢》报)

安钢自动化公司五项研发成果获得专利证书

其中一项为我国大型密闭气态容器检测系统首项发明专利

5月2日，安钢自动化公司收到了国家知识产权局颁发的一项发明专利证书和四项实用新型专利证书。该公司自主研发的"干式煤气柜活塞倾斜度检测方法及测量系统"正式获得国家知识产权局发明专利授权，专利权期限为20年；"基于蓝牙接口的多功能读卡器""汽车运输智能安全服务系统""多车定位联锁系统""具有双重保护的行程智能控制器"等四项获得实用新型专利权，专利权期限为10年。

近年来，自动化公司致力于检测技术前瞻性研究，充分发挥专业团队的技术优势，集中技术力量，瞄准国内外检测计量系统的发展趋势，加快技术成果向生产实践的转化，此次获得专利的5项研发成果，集中体现了安钢自动化发展水平。其中"干式煤气柜活塞倾斜度检测方法及测量系统"发明专利，克服目前已有检测技术的缺陷，首次采用差压变送装置用于柜位平衡的测量，技术方案简单，成本低，安全可靠。这不仅是安钢自动化公司在计量技术领域内获得的第一项国家发明专利，也是我国大型密闭气态容器检测计量系统内诞生的首项发明专利。目前已经成功应用于安钢10万吨煤气柜位的检测，该技术可广泛应用到钢铁、煤化工等同类型企业对干式煤气柜活塞运行状态监测，具有很好的行业推广前景，能够产生良好的经济效益和社会效益。其他4项实用新型专利均较好应用于集团公司的相关作业区域，对更好地为生产经营提供可靠准确数据、助推"扭亏解困攻坚战"等方面产生积极影响。

这些专利的取得，有利于发挥公司的自主知识产权优势，形成持续创新机制，保持技术领先和市场份额，从而为进一步提升安钢自动化的影响力、竞争力奠定良好基础。

（姬文红）（原载 2013 年 5 月 7 日《安钢》报）

安钢信息化深度应用促管理升级

截至 8 月末，安阳钢铁集团有限责任公司物资供应网上招投标采购额已达到 2 亿多元，供应商数量达到 1520 个，几乎涉及所有品种的物资招标采购项目。

安钢招投标综合管理系统上线以来，计算机全自动化数据存储、分析和结算，网上快速报价，公正透明、标准明晰的招投标流程，这些信息化技术的深度应用极大地促进了管理升级。招标处主任只需登陆"安钢招投标综合管理系统"网站，创建询价单、添加询价单明细，添加入围商，发出标书。半个小时后，来自全国不同地区的入围供应商在"安钢招投标综合管理系统"网站上全部完成报价，在该系统自动的数据分析和结算模式下，经过招投标的比价、评标等环节，几分钟内招投标工作就可顺利完成。

近年来，安钢积极推进"数字安钢"建设，已相继开发应用了项目管理 (PS) 系统、销售公司驻外管理系统、安钢科技成果综合管理平台、"一键式"全自动化模型炼钢、智能物流服务系统、干式煤气柜活塞倾斜度检测方法及测量系统等。

2012 年 11 月份，安钢正式启动了网上招投标系统的研发工作，仅仅 5 个月，就建立起了一套集基础数据管理、需求计划管理、招投标管理、采购管理、库存管理等于一身的物资采购电子商务平台。

（记者　魏庆军　通讯员　张丁方）
（原载 2013 年 9 月 12 日《中国冶金报》）

安钢自动化公司与用友软件合作开发的软件项目正式投运

　　近日,《中国冶金报》记者从安钢自动化公司获悉,由该公司和用友软件共同开发的 NC(网络计算机)/ERP(企业资源计划)系统和智能物流系统接口软件项目已经正式投运,并顺利通过使用方验收。

　　2012 年下半年,安钢自动化公司为神火集团—下属企业开发智能物流软件项目,实现了该公司物资进出厂智能集中计量,并使其采购销售数据与当时用友软件提供的 U8 系列 ERP 系统成功对接。随后,该公司 ERP 系统要进行从 U8 到 NC 的系统升级,要重新开发智能物流系统与 NC/ERP 系统的接口软件。为此,安钢自动化公司和用友软件密切合作,共同对此接口软件进行开发,为项目的成功实施打下了良好基础。

　　　　　　　　　　　　(记者　魏庆军)(原载 2013 年 2 月 2 日《中国冶金报》)

"数字化动力"助力动力厂设备管理上台阶

7月10日，动力厂"数字化动力"推进小组召开数据库及数据录入分析会，向该厂各车间设备主任、设备员讲解了数据结构录入的细节问题并进行了幻灯展示。

在全力推进动力厂数字化建设中，该厂"数字化动力"推进小组积极利用现有硬件设备，分试点将现有设备技术资料的规格型号、图纸、说明书、操作手册、实物照片、点检记录、检修记录等进行数字化处理，为初步搭建人机界面平台，完善现场在用设备的信息数据查询系统开展了一系列工作。

为将设备工艺名称、设备型号、设备规格尺寸、生产厂家、启用日期，使用周期、维检记录等信息进行详细的录入，他们在现有管理资料的基础上继续进行梳理，分成了电气类编码、机械类编码、仪控类编码等类型，归纳设备共性属性，明晰了设备的固定属性和自定义属性，在逐渐完善修改中，逐步确定了数据库结构，并设定了各级编码，为数据的录入工作打下了坚实基础。同时，他们从细化类别入手，拓展了数据采集范畴。开发了点检及检修记录、建筑物数据的录入界面，将点检管理、检修管理的流程，明确点检记录、检修记录，以及站所的设备、管道、建构筑物的数据作为录入的内容。

在"数字化动力"建设中，各车间推出各自的试点站所，投入人力物力，进行了设备表格的数据录入、实物照片收集、数据资料汇总等较为烦琐的工作。为保证输入数据的准确性，他们克服有些设备编号、投运时间因使用周期较长难以查找等困难，利用检修机会尽可能地进行了收集。在新设备上线前，他们还及时对相关属性进行收集和录入，避免运行后增加不必要的工作量。

在不断推进中，各车间还对本单位资料内容进行了反复核对、修改和完善；并且，在车间和厂专业推进小组之间建立反馈机制，每周进度情况、每月及季度总结及时上报，遇到问题也做到了充分沟通和交流。

该厂"数字化动力"建设的开展，提高了设备管理人员对所辖设备的认知程度，增强了对现场设备的掌控能力，将为该厂设备管理构建出一个庞大的数据信息查询系统，为设备管理、检修维护以及备件申报与审核等工作提供了可靠准确的数据支撑。

（谢鑫）（原载 2014 年 7 月 19 日《安钢》报）

实现"取样、流转、制样、化验"整体闭环管理

自动化公司"四位一体"助力安钢把好原料关

5月1日上午8时，在质量检测处远程智能取样大厅，几名取样员运用计算机轻点鼠标，在程序屏幕上对进厂原燃料一丝不苟地进行着远程画框、随机取样。这一简捷、高效的操作方式，取代了安钢多年传统落后的取样操作过程，这标志着安钢在质检取样方面又取得了新的重大突破。

为了提高安钢进厂原燃料取样工作效率和样本精度，减少或杜绝取样流程中的人为干预，防止各类作弊事件的发生，集团公司决定推行"四位一体"远程取样项目。该项目是集团公司推行全流程标准化检验的重点工程。工程项目包括远程取样管理、样品流转管理、实验室管理、制样中心四个子系统，覆盖了质检处制样中心、物理检测、化学分析、远程智能取样控制大厅等核心工作区域，形成了"取样、流转、制样、化验"四位一体化流程互相制约的监管机制，确保样品数据的真实、安全、可靠。

据质检人员介绍，"四位一体"项目形成了整体闭环管理，在兄弟企业中开创了质检智能化的先河。这一项目的实施，不但堵塞了管理漏洞，规范了取样质检流程，而且降低了岗位风险。

据悉，"四位一体"项目经过近两年的技术贮备，集团公司于2014年8月立项，工期8个月。

该项目投入运行后，解决了消息转发、摄像头图像畸变校正、现场PLC通讯等技术难题，集成了视频、音频、IC卡、车号识别等多种先进的信息技术，是一个密集创新型的工业化和信息化融合体。

为了圆满完成"四位一体"项目的施工任务，自动化公司组织了精干的项目团队。工程开工后，项目组人员加班加点开发调试。他们克服了人员少、工期紧、任务重等困难，先后完成了老原料站、南北受料槽的汽车远程取样功能；原一、四、五、十七、十九线的火车翻车远程取样和火车钻杆取样功能，实现了质检验车流程的远程化、规范化、自动化，为集团公司全流程标准化检验工作的顺利推进提供了强有力的支撑。

(王俊杰)(原载2015年5月5日《安钢》报)

发挥专业优势　减少维护成本

自动化公司完成原十九线火车集样圆盘技改工程

6月26日下午，自动化公司承担的集团公司原十九线火车集样圆盘设备技术改造工程，经过技术人员的精心调试，取得了圆满成功。

原十九线是集团公司厂内火车线路，也是原燃料进厂的主要通道之一。由于原十九线在取样封包时需要喷码，而现场环境不利于喷码机设备的运转，因此经常发生喷码机堵头、墨线偏移、封包破袋等情况。一旦出现这种问题，就需要购买喷码机厂家专用的清洗剂和墨液进行清理和维护，不但耗材昂贵、费时费力，而且封包袋破裂容易造成混料，影响质检结果。因此，喷码机维护成本高，维护工作量大是困扰原十九线火车取样的重要因素。

自动化公司自6月12日接到该项技术改造任务后，立即组织精干技术队伍，深入现场对要改造的原十九线的取样系统进行远程取样程序和PLC工控系统的摸底调研，并制定了详细的软件程序和硬件线路改造方案，包括远程取样程序进行重新开发，对现场线路改造、PLC控制程序的修改和联动调试等工作。

在改造过程中，由于原十九线的取样传动设备发生变化，不仅远程取样程序画面需要相应修改，而且还需要修改现场工控程序，给改造带来很大困难。针对这种情况，在火车远程取样程序中，自动化公司软件研发人员创新性地集成了工业控制领域中使用的HMI控件，以更加直观地监控当前设备的状态。由于原十九线布料器缺少PLC防抱死程序，集样圆盘在接收到停止指令后因惯性仍会继续移动，技术人员多次深入现场摸清每一条线路，修改PLC梯形图程序，并对所有PLC控制点状态值进行一一修改核对，不仅解决了惯性问题，还将现场设备信号的反馈结果进行了精确的控制。

改造后的原十九线采用了集样圆盘的方式，取样完成后样品直接进入集样桶，更符合现场的作业环境需求，并且由于取消了封包和喷码机构，不但加强了质检环节的风险防范，而且提高了取样和制样的工作效率，大大减少了设备的维护成本。

（王俊杰）（原载 2015 年 7 月 7 日《安钢》报）

安钢电子招投标网站正式上线

轻点鼠标，招标人员即可轻松把招标公告、物资处理等招标信息公布于众，滑动指尖，供应商就能尽享招标信息浏览、招标资质申请等服务。随着安钢自动化公司软件服务部对电子招投标网站的建设成功，这些都变成了现实。

11月13日，由安钢自动化公司软件服务部研发的安钢电子招投标网站正式上线。这标志着安钢集团实现了全过程电子化招投标。

2015年6月，为了进一步规范安钢集团采购环节的招投标行为，提高招投标工作效率，引入市场竞争机制，降低采购成本，实现安钢招投标全过程电子化、网络化、远程化，为招标方、投标方、监管部门提供高效服务，安钢自动化公司与安钢招标办继续深度合作，经过近四个月的紧张研发和一个多月的调试，在原有招投标系统的基础上成功研发出安钢电子招投标网站。电子招标网与原有招投标系统合二为一，面向大众推出了招标公告、中标公示、招标预告、物资处理、通知公告、下载中心、留言板、部门简介八大服务板块。无论新供应商还是已注册供应商都可以浏览招标公告等信息，并向招标办提出资质申请，参与招标。

安钢电子招标网的启动，打破了安钢原有的邀请招标模式，引入公开招标模式，不仅为供应商提供了公平竞争的平台，而且也让招标单位有了较多的选择余地。这不仅仅是"适应市场、降本增效"的需要，而且有利于杜绝一对一业务和一标多家中的情况发生，有利于降低工程造价、缩短工期和保证工程质量，从而促进集团公司采购成本降低，规范和提升招投标工作，为集体公司打赢"止血倒逼保生存"攻坚战贡献一份力量。

（李雪芹）（原载2015年11月24日《安钢》报）

创新管理　智慧物联
安钢高线钢后轧件物流跟踪系统运行平稳

　　截至元月 7 日，安钢"钢后轧件物流跟踪系统"自去年 10 月在第一炼轧厂高速线材生产中正式上线以来，已使用两个多月，目前该系统运行状况平稳，有效解决了产品打包、计量等环节容易出现的混炉和混钢种问题，提高了产品质量，减少了质量异议，降低了生产成本，提升了安钢产品在市场上的美誉度。

　　钢后轧件物流跟踪系统的核心是将智能物流中的 RFID 技术与信息处理技术应用在高线生产工艺各活动环节，进一步提升生产过程自动化运作程度，降低成本。过去，第一炼轧厂高速线材生产没有"钢后轧件物流跟踪系统"，生产中集卷、打包和计量等环节容易出现混炉和混钢种的问题，引起质量异议事件，降低客户满意度，直接影响到安钢的产品形象。为了解决上述问题，集团公司决定在高速线材生产线建立一套"钢后轧件物流跟踪系统"。该系统自 2015 年 6 月立项以来，经过 3 个月的开发建设，于 10 月下旬正式上线。

　　该项目团队技术人员介绍，将 RFID 技术利用在高线轧件物流跟踪上，是安钢创新科技引领生产的一次突破，是智能化物流技术与高线轧钢生产工艺系统相结合的主动选择，是适应精益生产、智能制造、智能管理经营模式的必然要求。据了解，RFID 是一种新型的物联网技术，通过将 RFID 卡与轧件"一卡一卷"绑定，并且在适当的位置安装 RFID 读卡器来读取卡上信息，就能够实现钢卷识别、地点跟踪、工艺溯源、钢卷监控、实时响应的高效管理。

　　为了圆满完成"高线钢后轧件物流跟踪系统"项目的建设任务，自动化公司组织了精干的项目团队。工程开工后，项目组人员加班加点开发调试，他们克服了人员少、工期紧、任务重等困难，先后完成了一炼轧方坯库、高线金属流动卡片、RFID 读卡识别、标签打印等上下游工序配套系统模块的研发。在 RFID 卡安装过程中的关键环节，他们克服诸多困难，解决了 RFID 卡脱落现象，实现"一卡一卷"绑定。此外，为了增大卡片的识别率，他们增大了读卡器与 C 型钩之间的距离，在读卡器两侧安装了盲板，避免多个多钩多卡的互相影响，实现了 RFID 卡 100% 的识别率，为系统的稳定顺行提供了保障。

　　　　　　　　　　　　　　（王俊杰）（原载 2016 年 1 月 9 日《安钢》报）

"远程计量"成自动化公司创效利器

10月26日，河北冀中能源峰煤焦化公司远程集中计量系统上线运行，成为安钢自动化软件公司"远程计量"这一产品的第8个用户。近年来，该公司将"远程计量"作为自己的拳头产品积极推向市场，如今，这一产品已累计创效400多万元。

自动化软件公司"远程计量"是由视频监控系统、电气控制系统、信号指挥系统、智能卡管理系统、语音控制系统、计算机与防作弊称重管理软件等组件进行系统高度集成的产品，能有效提高工作效率和管理水平，降低人工成本，防止计量作弊。这一产品于2010年在安钢本部成功上线后，经技术人员不断完善，逐步形成模块化，并通过了软件产品认定，曾先后获得国家著作权登记、实用新型专利。

为了推广"远程计量"这一产品，加强市场调研及信息搜集力度、广度，他们利用产品展销会、工作交流会等场合，专业杂志刊稿、广告，产品资料投送等形式，积极开展对外宣传，让"远程计量"品牌形象逐步深入用户心中。针对不同的企业找准切入点，定好营销策略，有重点地向技术力量薄弱的一些民营企业和中小企业进行推销，拓宽应用领域和服务范围，加快跨行业发展步伐，逐步由依托钢铁行业向跨行业发展过渡，进一步向煤化工、有色、水泥、矿山、电力等行业延伸，逐步提高对周边区域的市场占有率。

对于运用"远程计量"这一产品的客户，不断完善客户服务体系，从客户沟通、人员调配、客户服务到满意度监控等各个环节建立规范的服务管理，保证优质的服务及用户的持续满意。

经过不懈的努力，他们已将这项产品推广应用至河北沧州中铁装备材料公司、河南鲁山汇源公司等8家厂矿企业，均得到了用户的好评。如今，新乡华电、禹州水泥2家"远程计量"正在实施当中，可望于年底实现正式上线。

（李栓柱）（原载2016年11月5日《安钢》报）

坚持精细严实　服务转型发展

安钢大力推进数字化和信息化管理升级

3月1日，安钢在会展中心召开"落实精细严实理念，实施数字化信息化管理升级"专题工作会，对推进数字化和信息化管理升级工作进行安排部署。集团公司总经理刘润生，副总经理赵济秀、郭宪臻，股份公司经理朱红一出席会议。设备物资管理处、自动化公司等20余个相关单位和部门的负责人参加会议。

为了支撑好公司"创新驱动、品质领先、提质增效、转型发展"总体战略，承接好经营管理新需求，建立完善适合安钢实际的信息化应用高效管理机制，不断完善计量、信息化系统功能，规范技术操作，打牢专业基础，实施管理创新，推进数字化和信息化管理升级，促进安钢管理流程更加优化、资源配置更加合理，更能适应市场经济竞争环境，奠定安钢坚实的管理升级、转型发展基础，公司召开了此次数字化信息化管理升级专题工作会议，对数字化信息化管理升级进行安排部署和推进。

会上，设备物资管理处处长张广清首先宣读了《落实精细严实理念，实施数字化信息化管理升级》专题工作方案，自动化软件公司经理部海明做典型发言，设备物资管理处综合科科长唐志勇代表业务单位做典型发言。

集团公司副总经理赵济秀在讲话中首先肯定了安钢近年来数字化信息化工作的成绩，并对数字化信息化工作中存在的问题及产生原因进行了剖析，就下一步管理升级工作提出了六点意见：一是要对SAP系统加强适应性的学习和改造；二是要完善数据采集系统；三是要完善各工序各专业的标准化流程和过程标准；四是要完善信息化、自动化的管理制度；五是要实施必要的自动化信息化软硬设施的更新、改造和完善；六是各级领导要高度重视，主动抓好。

集团公司总经理刘润生在讲话中指出，建设数字化企业、实施信息化建设是当今世界发展的大趋势，是推动经济社会发展和变革的重要力量，做好信息化工作，意义重大。

他就下一步如何深入推进，持续提升安钢数字化信息化应用水平，提出了三点具体要求，第一要坚持与时俱进，突出发展战略，进一步深化对数字化信息化提升工作重要性的认识。要站在全局和战略的高度，充分认识到数字化信息化提升是安钢实现"创新驱动、品质领先、提质增效、转型发展"的重要基础和支撑，将其作为经济发展方式转变的"转换器"、产业升级的"助推器"、竞争力提高的"倍增器"，高度重视，抓实抓好。

第二要以时不我待的紧迫感，突出重点，强力推进，早见成效。一是要进一步强化专业管理，抓重点补短板，抓好计质量系统的完善和建设，以及管理和维护工作；二是要抓好精益生产标准化系统建设，选择主要产线重点突破、率先突破，带动全面，走真正的精细化、标准化、质量效益型道路；三是要抓好 ERP 成本模块管理，以数字化信息化手段，实现成本的精准管控；四是要加强设备信息化建设。

第三要加强组织领导，密切协调配合，为信息化发展提供有力保障。各单位"一把手"要参与到项目建设中，亲自过问、亲自推动、亲自参与，推动管理的变革，理顺体制机制。各单位各部门要树立全局意识，积极推进数字化信息化工作，打破地域、部门、单位之间的界限，在岗有责，守土尽责，履行好专业职能，建立协调、协作、协同的工作机制，全力推进，迎头赶上，促进安钢数字化信息化上升到一个全新水平，适应减量经营、减量发展的新要求，避免在激烈的市场竞争中被分化、被边缘化、被淘汰，牢牢把握住企业生存与发展的主动权，最终实现企业的提质增效、转型发展。

主持会议的集团公司副总经理郭宪臻要求各单位和部门要认真贯彻落实会议精神，切实把数字化信息化管理提升方案落到实处，用数字化信息化带动工业化的发展，推动安钢的管理升级和转型发展，提高安钢的市场竞争实力。

（柳海兵）（原载 2017 年 3 月 2 日《安钢》报）

扬帆再起航

——安钢软件"新三板"挂牌上市纪实

三月的北京，春风荡漾。

全国中小企业股份转让系统中心，伴随着财富钟声，安钢自动化软件股份有限公司（证券简称：安钢软件，证券代码：870730）正式宣布在"新三板"挂牌。金阳大厦一楼敲响的财富之钟不仅标志着自动化软件公司的发展踏上了新征程，更意味着自动化软件公司插上了资本的翅膀。

消息传来，自动化软件公司职工无不欢欣鼓舞，心中奔涌着殊荣感和幸福感，留下了长久的回味。

安钢软件"新三板"上市，开启了自动化软件公司发展的新纪元，踏上了转型发展的新征程。这是改革进程中具有里程碑式的一次进军，是挥洒心血和汗水写下的壮丽诗篇，是又一次全新的、充满挑战的出发。

服务打造品牌

一元复始，万象更新。2010 年元月 6 日，新年伊始，安钢自动化软件公司成立了。带着憧憬，怀着希望，自动化软件公司迈上了奋力搏击市场的漫漫征程。

面对竞争激烈的市场，该公司以"为用户创造便捷，为员工创造空间，为社会创造财富"为己任，充分发挥自动化、信息化的专业特色，牢固树立为安钢生产经营服务、为转型升级服务、为降本增效服务的思想，全力以赴做好服务、做好保障，努力打造一个信息化、自动化的服务商。他们大力"推进信息化和工业化融合"，先后自主开发安钢智能物流服务系统、安钢钢材营销系统等一大批软件，安钢从供应、生产、销售到财务、成本、质量等实现了信息化管理，使信息化成为安钢强身健骨的必要手段，经济增长的"加速器"，发展方式的"转换器"，管理提升的"助推器"，为实现跨越式发展和可持续发展，大力提升安钢核心竞争力提供强大的技术支撑。他们积极参与安钢内部项目建设，先后完成安钢质检一体化、远程操作岗位高效化等大量的工程项目，为安钢降本增效、环境保护、安全生产、管理提升提供了自动化和信息化保障。

七年来，在市场与竞争面前，自动化公司从不满足，在将自身打造为信息化服务商的道路上，一直很"拼"。

2012 年，自动化软件公司顺利通过 ISO9001 质量管理体系，与国际惯例实现接轨，建立起了较为完整的覆盖集团公司业务流程的质量控制体系，管理步入制度化、规范化轨道。

在努力服务好安钢生产经营的同时，自动化软件公司加快"走出去"的步伐，大力开拓外部市场。他们坚持高品质服务定位，利用人员及技术优势，坚持为用户提供优质服务，从需求交流一直到设计、研发、现场调试及售后服务，始终坚持为用户提供一流的服务。7年来，该公司外部市场已逐渐扩展到河北、新疆、山西、江苏等7个省市自治区，成功进军食品、发电、水泥、化工、服务、汽车等非钢行业，服务用户提高效率、环境保护、提升管理，安钢自动化品牌影响力与日俱增。

改革带来活力

自动化软件公司的前身是安钢计量控制处，刚成立时其组织机构、管理制度、用人制度、薪酬制度与市场经济严重脱节，制约着该公司的发展。"一切事物日趋完善，都是来自适当的改革"。改革，自动化软件公司要想走得更远，飞得更高，必须进行改革。该公司领导班子很快达成共识并付诸行动，2011年初，他们相继展开一系列改革，沉睡的潜力开始被唤醒。

改进营销机制，出台《进一步激励拓展市场的改革方案》，市场营销人员岗效工资及奖金，完全按市场营销业绩确定收入，有效调动了营销人员的积极性。

采用经营承包模式，薪酬、备件费用等进行承包，完善奖励政策，将专利、软件产品创效业绩与研发人员待遇挂钩，鼓励刻苦攻关创新创效。

出台《自动化软件公司项目经理负责制》《自动化软件公司项目管理办法》，实施项目经理负责制，重新配置项目实施和技术研发团队，达到最佳资源配置。

制定政策鼓励非专职市场人员参与市场拓展，形成人人皆可找项目，人人皆可干项目局面，打造全员营销的大营销模式。

2015年，自动化软件公司实现股份制改造，成为河南省国资委第一批省管企业发展混合所有制试点单位。

2016年，自动化软件公司与集团公司签定三年承包经营合同，实行自主经营，自负盈亏。

中流击水，唯改革者进，唯创新者强，唯改革创新者胜。改革，悄然擦亮了自动化软件公司闪金的底色，带来了活力。自动化软件公司刚成立时年利润只有100多万元，4年后的2014年，实现收入4000万元，净利润530万元，净资产达到3000万元，相对于成立之初的500万元注册资本，国有资产大幅增值，业绩逐年增长，2015年利润1340万元，2016年利润2047万元。

股份制改造，良好的业绩，为新三板挂牌提供了保障。

创新增加动能

创新兴则企业兴，创新强则企业强，创新久则企业持续强盛。

自动化软件公司成立7年来，秉持"勤于探索，善于创新，勇于超越"企业精神，按照立足自力更生，借助外脑、外力、外势的发展思路，努力将安钢自动化软件公司打造成中原自动化、信息化行业第一品牌，最有竞争力、最具影响力的高新企业。

作为一个新公司，如何尽快走出一条快速发展的道路？他们积极扩大与知名企业、科研院所的业务合作，借梯登高、借脑增智，先后与西门子、上海宝信、中国联想、中国联通等企业签约，确定战略伙伴关系，开展深层次技术多元化合作，不断加强自主创新能力、提高研发技术水平。

面对竞争激烈的市场形势，他们主动转变发展观念，从钢铁主业向外突围，积极进军非钢产业。以产品研发为抓手，充分发挥自动化、信息化专业技术优势，扩大软件产品比例，以自控、监控系统集成为基础，以自动化运维为支撑，以自动化、信息化软件开发为龙头，不断提升核心竞争能力，实现了由低端产业向高端产业的转变，高新技术和软件产业化发展逐步驶上了快车道。

翻开七年发展大事记，自动化软件公司拓展业务领域、科技创新的足迹跃然纸上，尽显企业英姿。

卫星定位智能服务平台，引领无线通信、定时定位前沿技术。智能集中计量系统集 RFID、监控、信息化技术为一体，成为打入新市场利剑。工业机器人，代替人工作业，已进入现场实施阶段。网上招投标系统，实现了软件服务的重大突破。

七年来，自动化软件公司拥有较成熟的产品 30 余个，形成了系列适应市场的、具有高科技含量和高附加值的、独特竞争力的自主产品，先后获 6 项国家专利和 19 项软件著作权，软件比例达到 50% 以上、自主软件产品销售比例达到 35% 以上，自动化软件公司创新增效步伐进一步加快。继 2011 年获得"软件企业"、"两化融合典范企业"授牌之后，又获得省工信厅颁发的 2012 年度全省"软件和信息服务业 20 优企业"荣誉称号，2015 年 8 月份通过了高新技术企业认证，自主创新、持续创新能力显著提升，品牌形象、市场价值进一步提高。

上市助推发展

自动化软件公司成立之后，经过几年的市场磨炼，得以迅速发展，但由于成立时间短，尤其是面对竞争激烈的市场形势，存在着不少制约其发展的瓶颈。拓展新的业务，购买新的设备，开发新的市场，研发新的产品，这些都需要有资金的注入。

欲成大事，先谋大局。"要把上市作为一个抓手，以上市为统领，倒推解决问题，带动管理上水平，进一步规范公司运作，促进各项工作的开展。" 2015 年 3 月 5 日，时任集团公司党委书记、董事长李涛到自动化公司进行调研时的一席话，更加坚定了自动化软件公司上市新三板的信心。

上市工作时不我待，该公司迅速行动起来，成立申报工作组，撸起袖子，铆足干劲，全力冲刺"新三板"。5 月，向河南省国资委提交了关于新三板挂牌的请示及可行性研究报告，8月，经省国资委批准，安钢国贸公司对自动化软件公司进行增资，实现股份制改造。10月，会计师事务所及评估机构完成了以2015年8月31日为基准日的审计及资产评估工作，并向省国资委进行了备案。12月，正式向全国中小企业股份转让系统进行了挂牌申报。

2016年，自动化软件公司作为新三板挂牌试点单位，按照集团公司的改革路线，根据股转公司提出的意见，与中介机构一起对上报材料进行核对、修改完善，做了大量的工作。经过一年的不懈努力，安钢自动化软件公司新三板挂牌申报于2017年1月10日正式通过全国中小企业股份转让系统审核批准，1月16日，该公司收到了股转公司正式的同意挂牌函。

2017年3月6日，全国中小企业股份转让系统的钟声为安钢软件鸣响，这一天，经过7年的艰苦创业与创新发展，安钢软件等到了它成功的这一刻。这是自动化软件公司历史上最辉煌的时刻之一，也是让所有自动化人永远铭记的时刻。

安钢软件"新三板"成功挂牌上市，倾注了自动化软件公司全体职工的心血，得到了集团公司领导和相关部门的大力支持和帮助。一年多的上市过程中，集团公司党委书记、董事长李利剑时常过问协调，及时解决上市中遇到的问题，集团公司其他领导多次组织专题会进行研究相关问题。

"挂牌新三板是安钢软件的新起点，我们将以此为契机，努力做好生产经营管理的同时，加强自律、依法经营，高举科技创新大旗，为服务安钢，服务社会，为中原更出彩做出更大的贡献。"自动化软件公司上下对未来充满了信心。

岁月闪回，来路峥嵘；万千期望，前程锦绣。安钢软件必将更加自信、勇毅、担当、苦干，在市场经济的大潮中，栉风沐雨砥砺前行！

（李栓柱）（原载2017年3月21日《安钢》报）

安钢设备信息化建设项目启动

7月28日，安钢设备信息化建设项目启动动员会在会展中心召开。集团公司总经理刘润生、副总经理郭宪臻，股份公司副经理张纪民，宝信高级项目总监管强出席会议，设备物资管理处和各主体生产单位、自动化软件公司、工程技术总公司的领导，以及宝信公司的项目经理参加会议。会议由集团公司副总经理郭宪臻主持。

随着安钢设备大型化进程，迫切需要配套的信息技术平台为其提供强力支撑。国内外优秀企业如浦项、宝钢、武钢在设备管理建设中，都将设备的专业管理与信息技术紧密结合，实现设备全生命周期管理，达到降低设备故障率、节约成本、辅助提高生产效率的目标，因此加快推进安钢设备管理信息化建设就尤为迫切。

安钢设备信息化系统建设项目是安钢经过反复酝酿、考察、论证确定的一项重点专题项目，是从管理的思想、组织、方法和手段等全面的观点出发，运用信息化、数字化手段对设备的全寿命周期进行综合管理的一项基础性建设项目，是企业精益化管理理念的具体落地，有助于将精益化、数字化、标准化、信息化落实到安钢设备管理的全过程，进一步夯实各项设备基础管理工作，全面提升安钢设备精益化管理水平和企业核心竞争力。此次召开"设备信息化建设项目启动动员大会"，标志着筹备已久的安钢设备信息化建设项目正式启动。

会上，设备物资管理处领导张广清就项目推进的意义、目标、具体要求做专题发言。宝信项目经理魏荣满介绍了项目的整体情况。宝信高级项目总监管强介绍了宝钢设备管理信息化的情况，并就安钢设备信息化项目的重点进行了说明。

刘润生在讲话中指出，安钢设备信息化系统建设项目是秉承集团公司战略意志，承接"实施数字化信息化管理升级"要求的一项重点项目，要充分认识到当前推进设备信息化建设的必要性和重大意义，认识到建设一套规范、先进、实用的具有安钢特色的设备管理信息化系统，是安钢现代化装备的需要，是提升精益化管理水平的需要，更是落实集团公司总体战略、不断夯实设备基础、提升安钢设备管理水平的需要。

刘润生强调，整个项目建设周期跨度长、内容多、时间紧、任务重，是一项以设备系统为主、多专业、多部门联合作业的系统性建设工程，特别是在当前生产建设任务很重的情况下，既要搞好生产、抓好各项专业管理，又必须集中精力高质量完成项目建设，难度很大，要统筹谋划，团结协作，全力抓好项目的推进。

刘润生就项目建设提出了几点具体要求：一是要高度重视。各单位一把手要亲自抓，要安排专人负责全程参与；二是要落实责任。各单位和部门的领导要各司其职，尽快将工作分解、任务落实；三是要按照项目总体方案的要求，通力配合，严格按照预定计划圆满完成项目建设；四是要落实高标准、高起点的管理要求，实现设备管理的数字化、信息化、全过程管控，全面提升安钢设备管理水平。

　　据了解，按照项目总体规划，从今年 8 月份开始，项目建设将全面启动，计划明年 3 月份完成调试上线。

（柳海兵）（原载 2017 年 8 月 1 日《安钢》报）

运输部平面调车进入数字化新时代

调车长放权，停车，连接员收权，停车，启动，推进……"11月14日，随着调车员拿着新式数字式调车手持机在安阳西站调车指令连贯的发出，3267机车机控器接收正常，西站调度区长台接收正常，设备的正常运行标志着运输部铁路平面无线调车系统正式进入了数字化运行的新时代。

安钢刚建厂时运输部使用的是蒸汽机车，调车作业是调车员白天举着红、绿两杆小旗摇，晚上拎着信号灯晃。那时提出的铁路四化是机车内燃化、铁路调车无线化、铁路信号微机连锁化、铁路线路重轨化。随着时代的发展，运输部的调车作业也有了翻天覆地的变化，无线调车系统大大提高了列车倒调的作业效率与作业中的安全系数。但是随着对讲机在工业生产中的普及，来自外部的电磁干扰始终困扰着调车作业的安全。模拟机在波段频率相近的范围内使用时，往往能够很清晰地接收到对方的声音信息，而数字调车对讲机采用无邻道干扰或互调干扰，即使是同频对讲机，若时隙与站区对讲机不一致，或者ID号与系统设置的不相符，就不会造成干扰。同时提高通话质量，由于数字通信技术具有系统内错误校正功能，与模拟对讲机相比，可以在一个范围更广泛的信号环境中，实现更好的语音音频质量，接收到的音频噪音更小、声音更清晰。语音与调车引领互不干扰，无论司机是否在通话，紧急停车指令可随时强插。

经过反复的论证与铁路局的要求，该部于10月18日开始进行无线调车系统的升级改造工作，经过近一个月先后在中心站、原料站、轧钢站、编组站、炼铁站、安阳西站安装室外天线、区长台、配置相应的频点信息，并在相关站区运行的10台机车安装上机车控制器，并配置调试调车手持机与地面手持机。

数字式设备有语音清晰干扰小的优点，但是模数转换带来的通话延时在实际使用中的感受也是明显的，新机器由于需要配置用户ID与色码安全性高，所以两部手持机不能同时指挥一台机车。必须区分出调车长与连接员，连接员在日常作业中只有紧急停车功能，当紧急停车时，调车长的所有指令无法发出，当连接员解除紧急停车时调车长才能恢复功能。如果想连接员代替调车长工作，只有调车长放权，连接员收权才能进行常规操作，这是与现有的调车设备最大的区别。

为了使操作人员尽快适应新设备，工电段设备安装人员在所有设备调试安装完成后对车务一段、轧钢站每个班的调车员进行了操作培训，针对新设备的特点着重练习收放权并适应通话短暂延时，同时老设备全部保留，必须做到新设备投入使用后的列车运行安全。

根据几天来的运行情况，新设备运行平稳，语音清晰，无干扰，调车员对设备逐渐适应。

（王　伟）（原载 2017 年 11 月 18 日《安钢》报）

安钢自主研发的首台机器人正式投运

12月6日，自动化软件公司自主开发的第一台"智能机器人"在质量处拉力机上下料作业现场运行一个月，各项性能、技术指标都符合了预期要求。该"机器人"的成功开发，是安钢人工智能技术领域的一个里程碑，标志着集团公司在该领域已经进入了一个崭新的时期。

这一里程碑的"奠基人"是自动化软件公司"机器人项目组"。该项目组成立于2017年3月，成员6人，项目组的课题方向是"研发人工智能核心产品、开发机器人应用技术、高效服务安钢生产"。以这一宗旨为引擎，以日常项目开发中掌握的人工智能理论、技术、经验为基础，项目组组建不久，就主动深入生产现场进行了广泛的"需求"调研，很快瞄准了突破口——对质量检测处物理实验室存在的诸多漏洞进行"上台阶"式的改造，并确立了开发"全自动拉力检测机器人"解决方案。

历经两百多个日日夜夜的讨论、咨询、论证、设计、模拟、改进，历经一次又一次的挫折、失败，项目组终于在11月初成功开发出了能自动送样、自动取样和自动非接触式测量的新型智能"机器人"。投入现场作业后，"机器人"不负众望，立即显示出了全方位的超强优势——既大大降低了操作人员的工作强度，提高了检测业务的整体作业效率，又能与质检管理系统联动，把试样的批次号、件次号、屈服强度、拉伸率等信息发送至质检管理系统，同时还高效地与各信息化平台通过数据接口实现信息共享，实质性、台阶式地提高了工作效率，提升了管理水平，更难能可贵的是，在该"机器人"前沿技术上，该项目所涉及到的控制算法、机器视觉算法和机械结构设计均为项目组独立完成，拥有完整的知识产权。

（吴东方）（原载 2017 年 12 月 9 日《安钢》报）

设备信息化建设项目上线启动

安钢设备管理迈进信息化时代

3月13日，安钢设备信息化建设项目上线启动动员会在会展中心召开，15日设备管理信息系统投入试运行，这标志着安钢设备管理迈进信息化时代。集团公司副总经理赵济秀，宝钢资深管理专家、宝钢信息化建设历任推进者赛志海，宝信软件安钢设备信息化项目总监管强出席会议。

安钢设备信息化建设项目是落实"精细严实"、承接精益管理、贯彻"四预"方针，持续推进精益化、数字化、标准化、信息化建设的重点项目，由宝信软件股份有限公司开发，于2017年8月份启动。项目依托宝钢先进的设备管理理念、规范完善的标准化建设和成熟的管理体系，吸收了宝钢丰富设备管理经验和信息化技术，有助于将精益化、数字化、标准化、信息化落实到安钢设备管理的全过程，进一步夯实各项设备基础管理工作，全面提升安钢设备精益化管理水平和企业核心竞争力。

会上，设备信息化建设项目安钢执行组组长唐志勇首先对设备管理信息系统投运方案进行了说明，宝钢专家赛志海同与会人员交流了对设备信息化系统的认识、系统的优点，强调了系统上线后的重要事项，对下一步工作开展提出意见和建议。设备物资管理处处长张广清就系统的上线运行和下一步工作提出了具体要求。系统上线单位代表炼铁厂、第二炼轧厂相关负责人做了表态发言。

赵济秀对系统上线工作提出了三点具体要求，一是要提高认识、高度重视。要抓好数据采集、组织机构优化等重点工作，严格按照系统各项管理要求完成上线工作。二是要加强管理、落实责任。要充分学习和借鉴宝钢在应用信息化方面好的经验和做法，建立完善与新系统相适应的管理制度，确保新系统顺利运行。三是要坚定信心，持之以恒。要直面挑战，攻坚克难，尽早消化掌握设备管理信息系统，高起点、高标准全面提升安钢设备管理水平。

会上还传达了集团公司总经理刘润生对系统上线启动工作的三点要求，一是设备系统要统一思想，充分认识到当前推进设备信息化建设的必要性和重大意义。要认识到项目建设是安钢现代化装备的需要，是提升精益化管理水平的需要，更是落实公司总体战略、不断夯实设备基础、提升安钢设备管理水平的需要。二是要高度重视，严格按照项目总体方案和规范要求落实执行。各相关单位和部门要通力配合，严格按照预定计划圆满完成项目上线和既定目标。三是要落实高标准、高起点的管理要求。要通过设备信息化系统的建设，系统地梳理完善各项标准、流程、考核要求，规范各项工作行为，全面提升安钢设备管理水平，开启安钢设备管理工作新篇章。

（柳海兵）（原载2018年3月16日《安钢》报）

九、创新驱动，质量强企

近10年来，安钢通过实行技术创新、品牌创效和实施质量强企战略，不断完善自主创新体系，强化产品研发和市场开拓，大力发展服务型钢铁，打造了一批技术领先、附加值高、竞争力强的拳头产品、特色产品，培育了代表安钢形象的旗帜性品牌，实现了由中低端向中高端的转型。

技术创新水平领先。安钢以技术中心为依托，发挥科技人员的聪明才智，加大科技开发投入，并建立了博士后科研工作站、院士工作站、国家级实验室、河南省钢铁冶金轧制工程研究中心、河南省黑色金属质检站，联合高等院校、科研院所，搭建了"产学研"的合作平台，安钢多项技术获得国家发明专利；安钢高效低耗特大型高炉关键技术及应用获得国家科技进步二等奖；安钢的焦炉烟气治理技术达到国际领先水平，受到了同行业的称赞。

品牌创效亮点频闪。安钢加快产品结构优化升级，紧盯市场打造自己的名牌产品，产品支撑力明显增强。高强钢成功中标郑煤机世界最大矿用液压支架订单，实现了高强钢首个亿元大单，汽车用钢享誉业界，耐候钢用于国内最大的耐候钢光伏电站项目陕西秦电，风塔钢中标全球最高风电机架新疆达坂城140米样机塔筒项目，"锅炉和压力容器用钢板"荣获冶金产品实物质量"金杯奖"，"耐候结构钢"和"冷镦钢热轧盘条"荣获冶金行业品质卓越产品称号。安钢被中联钢企业综合评级委员会评为"全国桥梁板、带肋钢筋优秀制造商"。

安钢还被权威媒体评为"中国钢铁企业竞争力特强企业"。

质量强企成效显著。安钢一直以质量强企发展战略为核心，秉持诚实守信、持续改进、创新发展、追求卓越、以质取胜的质量精神，致力于为用户提供卓越产品和完美服务，大力推动质量文化建设，形成了以"精心创造完美"为核心的质量观。2010年获得了"省长质量奖"，2011年，安钢又乘胜前进，一举获得了"全国质量奖"的殊荣。之后，多项产品荣获冶金产品质量"金杯奖"，并获得了"中国诚信质量企业奖"和"十大优秀品牌钢铁企业"称号。

新年伊始捷报频传　名牌家族再添成员

安钢两产品首获"品质卓越产品"称号

1月5日，从安钢质量管理处获悉，安钢申报的钢筋混凝土用钢—热轧带肋钢筋、桥梁用结构钢板两项产品首次荣获"冶金行业品质卓越产品"称号，安钢名牌家族中再添两名新成员。

2008年，安钢扎实推进名牌战略，实施精品工程，在产品认证、品牌建设等方面取得了可喜成绩。在主导产品获得国家冶金产品实物质量"金杯奖"以及省名牌、省名优的基础上，积极在新的产品领域进行创牌探索，把质量好、顾客信赖、市场占有率高的钢筋混凝土用钢—热轧带肋钢筋、桥梁用结构钢板两项产品向中国质量协会申报参加"品质卓越产品"评比。按照中国质量协会《关于开展2008年度冶金行业品质卓越产品评价工作的通知》要求，冶金工业分会决定自2008年起，开展"卓越产品"评价工作。质量管理处技术质量科的工程技术人员接到通知后，立即投入紧张的工作，边调查边准备，做了大量深入细致的基础性工作，于3月14日递交了2008年度冶金行业"卓越产品"预申请书。之后，他们加班加点编制了《冶金行业品质卓越产品申报表》，内容涵盖了企业概述、认定产品情况、工艺技术路线、主要原料、主要生产设备、在线质量检测、检验室相关仪器设备、产品技术经济指标、质量管理、产品质量分析、产品质量水平对比、用户评价、证实性材料等内容，于8月底完成了"卓越产品"的全部申报工作。

9月13~14日，国家建材质检中心受冶金质协委托，到安钢进行"卓越产品"检查和实物抽查。现场检查了第一轧钢厂、第二轧钢厂、供应处、质量处等单位，抽查了钢筋混凝土用钢—热轧带肋钢筋、桥梁用结构钢板各两个规格的产品。经现场综合评审，安钢所申报的产品符合申报条件，设备、技术、原料、过程控制等均能满足申报要求，评审推荐意见为合格。9月份安钢收到了实物抽查报告，所抽查的两个产品全部合格。11月中旬，通过了最终答辩、评审、公示。近日，安钢收到了"冶金行业品质卓越产品证书"和"冶金行业品质卓越产品奖牌"，有效期为2008年11月28日至2011年11月27日。

（吴玉江）（原载2009年1月8日《安钢》报）

打造品牌优势 适应用户需求
安钢高强板国内市场独占鳌头

6月10日，郑州煤矿机械制造厂的业务员来到集团公司新产品研发办公室，一次签下了7000吨高强板合同订单。6月份前10天，安钢已签15000吨的合同订单。据集团公司新品种研发办公室的同志介绍，今年前5个月，安钢高强板销量达到14.6万吨，同比增47.4%，其中市场销量较大的AH70DB销量达5.1万吨，比去年全年的销量还要高。从目前情况看，今年以来安钢高强板在国内市场占有率达26%，位居全国第一，连续4年在国内市场独占鳌头。

高强板是指抗拉强度600~800MPa级AH60、AH70DB、AH80DB系列液压高强度板材，主要用于制作煤矿高端液压支架，对煤矿开采工作面起到重要的支护作用。

随着国家对煤炭企业综采技术的推广应用及安全生产整顿力度的不断加大，目前采用液压支架的煤矿企业越来越多，市场发展空间广阔，高强板一度出现供不应求的局面。

近年来，安钢高度重视高强板的研发和生产，全力提升安钢产品的战略定位。技术研发部门积极发挥技术优势，根据市场需求，在成功研发AH60高强板的基础上，2006年又研发出AH70DB低碳贝氏体高强板品种，目前AH80DB高强板也已研发成功并进入试生产，使安钢高强板的市场竞争能力进一步增强。

在产品销售上，安钢坚持"立足省内，辐射周边"的营销策略，充分发挥区域优势，千方百计扩大市场占有量。今年3月下旬，安钢召开高强板用户座谈会，在广泛听取用户意见和建议的基础上，坚定不移地走品种质量效益型之路，以完善的品种规格、过硬的产品质量和优质的服务，和用户建立密切的战略合作关系。广大用户对安钢的产品质量和服务质量给予了高度评价，表示以后继续加强与安钢的合作，一如既往地支持安钢的发展，双方实现合作共赢。目前，安钢已和郑州煤矿机械厂、郑州四维机电公司、平顶山煤矿机械制造厂等省内重点用户结成稳固的战略合作伙伴，高强板产品销售正在逐步向北京、山东、河北等区域扩展。

加强市场的前瞻性分析和研究，准确把握市场的发展趋势和行业动向，倾力打造安钢高强板品牌。面对当前高强板市场竞争激烈的严峻形势，今年4月中旬，安钢召开"高强板系列产品策划方案"论证会，对这一产品的品牌定位、市场容量、营销目标、市场占有率等进行深入讨论，并明确了今后三年安钢高强板的战略目标：将高强板做成"国内最大的高强板精品基地，市场占有率达50%以上，以煤机用高强板带动工程机械等其他行业"，把安钢高强板产品的成本优势、区域优势、市场优势、质量优势、服务优势转化为安钢的品牌优势。同时，将省内及 600 公里范围内用户作为重点，灵活运用营销策略，提高锁定资源量比例，加强内部质量攻关和生产组织管理，保障资源供给。并根据高强板订单特点，确定了安钢高强板"期货与预合同相结合的生产组织模式"，全力提高企业创效水平。

集团公司新品种研发办公室的同志告诉记者，安钢高强板的生产和销售虽然具有一定的技术优势、区域优势，但是由于目前国内众多冶金企业都看好这一产品的潜在市场，纷纷向高强板"聚焦"，市场竞争压力愈来愈大。安钢将在巩固原有销售渠道的基础上，创新工作思路，进一步改进产品质量，完善服务体系，扩大市场份额，牢固占领安钢高强板这一高地。

（记者　王广生）（原载 2010 年 6 月 24 日《安钢》报）

安钢喜获首届省长质量奖

7月19日，全省质量兴省工作暨省长质量奖表彰电视电话会议在郑州河南省人民政府办公大楼会议室举行。省委副书记、省长郭庚茂等出席会议并为安钢集团公司等6家获得首届河南省省长质量奖的单位颁奖。

安钢集团公司董事长、总经理王子亮出席会议并代表安钢集团接受颁奖。

会议由常务副省长李克主持。

会上，徐济超副省长宣读了《河南省人民政府关于表彰2010年度河南省省长质量奖获奖单位的通报》。《通报》中指出，为贯彻落实科学发展观，深入实施质量兴省战略，促进经济发展方式转变，增强全社会质量意识，引导和激励全省广大企业不断提升质量，增强核心竞争力，根据《河南省人民政府关于印发河南省省长质量奖管理办法的通知》有关规定，经省长质量奖评审委员会评审、新闻媒体公示，省政府研究决定，授予"安阳钢铁集团有限责任公司"等6家单位2010年度"河南省省长质量奖"，并予以通报表彰。

之后，省长郭庚茂为安钢集团公司等6家获得首届省长质量奖的单位颁发了奖杯和证书。

安钢集团公司董事长、总经理王子亮在会上代表6家获奖单位宣读了《提升质量，追求卓越，转变发展方式，为推动中原崛起做贡献——首届河南省省长质量奖获奖企业倡议书》。《倡议书》中指出，质量是发展的根本，质量是品牌的源泉，质量是企业的生命。实施质量兴省战略，是省委、省政府调整产业结构、转变经济发展方式的战略选择。实施省长质量奖励制度，是提升企业整体素质、提高核心竞争力的重大举措。王子亮总经理在《倡议书》中代表首届河南省省长质量奖获奖单位郑重承诺："坚持诚信经营，努力提升质量，追求卓越绩效，促进中原崛起。"郭庚茂省长在讲话中指出，提高质量水平既是科学发展观的应有之义，也是转变发展方式的重要内容，是促进中原崛起的一项基础性工程，要切实把质量兴省工作放在加快经济发展方式转变，促进经济社会又好又快发展的战略地位，抓住关键、突出重点，完善机制、强化措施，努力推动质量兴省工作再上新台阶，为跨越式发展和中原崛起提供强有力支撑。

据了解，同时荣获首届河南省省长质量奖的单位有：中信重工机械股份有限公司、郑州宇通客车股份有限公司、河南新飞电器有限公司、许继集团有限公司、焦作云台山旅游发展有限公司等。

（记者　孟安民）（原载2010年7月22日《安钢》报）

第十一届全国追求卓越大会在京召开

安钢喜获全国质量奖

10月21日至22日，第十一届全国追求卓越大会在北京京西宾馆举行，安钢等12家企业荣获全国质量奖。全国政协副主席张榕明、十届全国人大副委员长顾秀莲、十届全国政协副主席王忠禹、工信部副部长杨学山、中国质量协会会长陈邦柱等出席了大会。集团公司副总经理李存牢及管理推进处、质量管理处负责人参加了颁奖仪式。

在21日上午举行的开幕式上，陈邦柱会长发表了讲话。他说，"十二五"时期是我国全面建设小康社会的关键时期，是深化改革开放、加快转变经济发展方式的攻坚时期，广大企业要加强质量诚信体系建设，着力构建企业道德规范体系，提升我国企业整体质量管理水平，让人民群众享受高质量的物质文化生活，为实现经济长期平稳较快地发展与社会和谐稳定做出新的、更大的贡献！大会对12家获得全国质量奖的企业进行了隆重表彰，安钢作为8家首次获奖企业中的第一家上台领奖。在欢快、热烈的气氛中，李存牢副总经理从顾秀莲副委员长、吴溪淳会长手中接过了全国质量奖的奖杯和证书，全场顿时响起了热烈的掌声。会议还表彰了获得全国质量奖鼓励奖、特别奖等其他奖项的企业。

之后，全国政协经济委员会副主任、工业经济联合会会长李毅中做了《关于推进工业转型升级的几点思考》的报告。

21日下午，大会邀请获奖企业高层领导与与会代表进行对话。李存牢副总经理畅谈了此次获奖的体会和收获。他说，安钢是1958年建厂的老国有企业，在多年的发展过程中，总结出了许多好的做法和经验。导入卓越绩效管理模式，是因为该模式的核心是激励企业追求卓越，引导企业同优秀企业进行对比，提高产品、服务质量和经营管理水平。在导入卓越绩效管理模式之初，安钢就对卓越绩效管理模式进行了全面、系统的宣传，对高层领导人员和广大干部职工进行了培训，提高了全员对卓越绩效管理模式的认识。同时，为了系统推进卓越绩效管理模式，组织成立了专门机构，并对企业的管理进行了系统的梳理和完善。通过对卓越绩效管理模式的实施，通过争创全国质量奖、省长质量奖，广大员工的凝聚力、向心力得到提高，企业的发展方向得到明确，综合管理水平得到了显著提升。

李存牢指出，多年来，安钢通过导入卓越绩效管理模式，在优秀企业文化的引导下，通过实施高瞻远瞩的"三步走"发展战略，调结构、促转型、上新线、做高端，在4.5平方公里的土地上，建成了年产钢1000万吨的现代化钢铁联合企业，实现了跨越式快速发展，核心竞争力得到垂直提升，现如今已经拥有5条国际先进、国内一流的现代化生产线，亩产钢 1480 吨，居世界第一位。在生产建设的同时，加快结构调整，实现了企业的集约式、可持续发展，形成了独特的安钢发展模式，走出了老国有企业在原厂址上实现结构调整的新路子。在谈到企业经营理念时，李存牢说，安钢服务用户的经营理念在卓越绩效管理模式的推动中进一步加强。在战略上，安钢立足中原、辐射周边。通过和用户相互沟通与深层次的服务，通过关注用户的潜在需求，巩固和拓宽了销售渠道，强化和密切了顾客关系，最大限度地满足了顾客的需求和期望，实现了与顾客的互利共赢，顾客的满意度和忠诚度逐年提高，先后获得了"全国用户满意服务企业""中国质量诚信企业""河南省重合同守信用企业"等荣誉称号，塑造了"诚信安钢"的良好形象，保持了 32 年持续盈利的辉煌业绩。同时，安钢也非常关注节能减排工作，加大节能减排的投入力度，获得了"河南省节能减排领军企业"的荣誉称号。

22 日，大会进行了获奖企业专题交流，管理推进处处长李德勇代表安钢作了《生产过程管理》的专题介绍。

本次全国追求卓越大会上共有 12 家企业获得全国质量奖，其中，兖州煤业股份有限公司等 4 家企业再次荣获全国质量奖，安钢等 8 家企业首次荣获全国质量奖，四川剑南春集团有限责任公司、邯郸钢铁集团有限责任公司、新余钢铁股份有限公司等 16 家企业获鼓励奖。

（记者　殷海民）（原载 2011 年 10 月 24 日《安钢》报）

安钢高级别帘线钢销量实现新突破

截至 3 月 8 日销量近 4000 吨，利润近 130 万元

从高线产品事业部传来好消息，截至 3 月 8 日，安钢已向知名帘线钢制品企业——河南恒星科技有限公司销售高级别帘线钢将近 4000 吨，超过去年全年该产品的销量总和。这标志着安钢高效帘线钢的生产和销售实现新突破，成为我省最重要的高级别帘线钢生产厂家。

帘线钢主要用于汽车、飞机轮胎的"骨架"，对内部质量和性能要求极高，生产过程中要拉拔成头发丝般纤细的钢丝，10 万米不允许断丝，因此，该产品被誉为"线材制品的极品""皇冠上的明珠"。高线产品部自成立以来，紧紧围绕"突出效益"这一中心，建立了线材产品动态成本和效益测算模型，按照产品效益排序，"算账"寻找高效产品订单。经过严密测算，高线产品部把附加值最高、吨钢毛利在 350 元以上的高级别帘线钢作为市场开拓的重点产品之一。

高线产品事业部一方面组织产品研发，带领营销人员多次走访巩义等使用线材产品集中度较高的区域，与该区域用户进行技术交流和产品推介。另一方面加强产品质量控制，与第一炼轧厂等相关单位共同对帘线钢生产工艺进行改进，确定了最佳工艺路线，确保质量稳定可控。辛勤的努力给予了丰厚的回报：截至 3 月 8 日，在严峻的市场形势下，高线产品部抢抓帘线钢订单近 4000 吨，并迅速组织生产及时将产品发给用户，实现利润近 130 万元。

高线产品部负责人告诉记者："抢抓高效品种订单，是当前困难形势下线材实现盈利的突破点。我们将按效益优先原则积极寻求和推广帘线钢等高效产品，使高线产品盈利水平再上新台阶。"

（记者 孟娜 通讯员 翟林甫）（原载 2012 年 3 月 13 日《安钢》报）

安钢6项产品获"河南省名牌产品"称号

3月7日，记者从河南省质量技术监督局获悉，安阳钢铁集团公司生产的"欧标非合金结构钢热轧钢板和钢带""桥梁用结构钢""高碳钢盘条""船体用结构钢""DN80～DN1200mm球墨铸铁管"等6项钢铁产品被授予"河南省名牌产品"称号，成为安钢质量发展史上创名牌最多的一次。

近年来，安钢以提高品牌效益为目标，积极实施名牌带动战略和质量强厂战略，扎实推进名牌创建工作，实施精品工程建设，在产品认证、产品创优等方面取得了可喜成绩。2011年，安钢在主导产品大都获得冶金产品实物质量"金杯奖""品质卓越产品"以及省名优产品的基础上，通过广泛的论证，推荐了质量好、信誉度高、深受顾客信赖的欧标板、桥梁板、船板等钢铁产品参加"河南省名牌产品"的评比。经安阳市质量主管部门初审推荐，河南省名牌战略推进委员会对申报产品的质量保证能力指标、质量水平指标、市场认定指标和用户消费者认可指标按照认定标准进行了量化认定，经过委托第三方中介机构对申报产品进行消费者和用户认可调查、河南质量信息网站上公示、征求社会各方面意见等程序，安钢申报的6项产品最终被授予"河南省名牌产品"称号。

（记者　魏庆军　通讯员　吴玉　江谭依）
（原载2012年3月13日《中国冶金报》）

质量赢未来

——安钢提升质量工作应对市场挑战掠影

3 月初,安钢集团出台了 2012 年质量文化建设推进计划,并开始着手制定 2012~2015 年质量文化建设规划,以质量文化建设为先导的质量强企战略正在步入新阶段。

市场低迷,形势艰难,钢铁企业经营面临极大挑战,而加快发展转变,走品种质量效益型道路无疑是从市场困境突围的"利器"。安钢集团董事长、总经理王子亮说:"安钢坚持质量强企,致力于提升钢铁制造水平,以质量提升为突破口,加强质量管理,加速文化建设,加快品牌创建,精心创造完美产品,以赢得市场,抢占先机。"

五项全国性荣誉的背后

2011 年以来,安钢接连获得了质量领域的 5 项全国性荣誉:"全国质量奖""全国质量工作先进单位""全国质量文化建设示范单位""全国质量管理小组活动优秀企业"和"全面质量管理知识普及教育先进单位",写下了安钢质量发展史上最为辉煌的一笔。

质量荣誉簿喜获大丰收,安钢在质量管理方面所做的努力功不可没。

早在 1996 年,安钢就建立了一套较完整的质量保证体系,实行总经理负责制、质量否决制,质量验证机构及人员具有足够的独立性和权利。2006 年,安钢引入卓越绩效管理,并进行了大力推广,使之迅速落地生根,茁壮成长。安钢全面、系统地梳理管理现状,建立集中、统一、垂直的精细化管理模式,从源头到产品售后实现全过程集中管控,精益管理实现新突破,为生产经营质量以及产品质量的提升打下坚实基础。

安钢质量管理处处长李朝玺说,依托卓越绩效管理,结合安钢"六大特色"创建工作,安钢出台了"三级联动、快速响应"质量控制机制、专项质量改进机制、数学模型科学预控产品质量波动机制、杜绝不合格品出厂的质量把关机制等四大机制,建立起了独具特色的质量管理模式,实现了对产品质量的全程管控。

安钢 2010 年确定质量改进项目 20 个,2011 年确定质量改进指标 23 个,通过持续的质量改进提高了生产过程质量控制水平,进而带动了整体产品质量的提升。

质量管理的进步最终要在应对市场困难中接受"检阅"。近年来,安钢产品结构进一步优化,综合效益较高的品种钢、品种材比率逐年上升,产品质量呈现"一高一低"发展势头,即产品合格率高、产品质量损失率低、钢材质量损失率和常规产品质量异议率继续在全国同类型企业中保持较低水平。

形成文化推动力

2月初，安钢正式被中国质量协会确认为"质量文化建设研究成果"试点单位，成为全国10余家先行企业之一。

近年来，安钢一直以企业发展战略为核心，秉持诚实守信、持续改进、创新发展、追求卓越、以质取胜的质量精神，致力于为用户提供卓越产品和完美服务，大力推动质量子文化建设，形成了以"精心创造完美"为核心的质量观。

以推动质量文化建设落地生根为目的，安钢着力强化全员全过程效益意识、市场意识、创新意识、卓越意识，通过汇编印发《突出管理话质量》文集，组织"质量月"征文、质量知识答题、"基层管理话质量"电视专访等，引导职工深刻理解实践安钢核心价值观、质量观、品牌观等企业文化理念。

安钢质量管理处党总支书记李新民说，我们大力推进质量文化建设，就是要使质量价值理念与生产经营、质量管理深入融合，成为企业提升效益、应对挑战的推动力量。

在文化的影响下，安钢"以用户为中心"的服务体系逐渐完善。安钢高度重视用户利益、真诚为用户服务、为用户提供个性化服务，主管领导多次带队到郑州华驰等重点用户登门征求用户对安钢产品质量、交货期、售后服务等方面的意见，真正做到了生产的钢铁产品销售到哪里，服务就延伸到哪里。

同时，细致入微的质量文化如春风化雨，渗透进安钢广大职工的工作实践，催生了全员抓质量的智慧"火花"。2011年，安钢注册质量管理小组达到219个，注册率、活动率及成果率逐年上升。在安钢质检工作的前沿阵地——第二轧钢厂质监站，他们创造了"1/2、1/4横裂纹逆光检查法""二次氧化麻点鉴别法"等多项先进操作法，月探伤量再创新高。

同心者强，为者常至。2011年，安钢的吨材质量损失同比降低1.72元，质量异议损失同比下降33.05万元。

用品牌打造"市场通行证"

1月12日，安钢《加强品牌建设工作实施方案》新鲜出炉。这是安钢第一个关于品牌建设方面的实施方案，也是对安钢历来坚持的品牌战略的一次系统梳理。

品牌是自主创新的结晶，是质量和信誉的载体。当前钢铁行业全面亏损，谁赢得用户的信赖，谁就掌握了创效盈利的主动权。

安钢以优良立品、诚信树牌的观念强化品牌竞争意识，实施品牌经营战略，构建起品牌管理体系。他们坚持品牌带动，合理实施品牌扩张和延伸，持续提高产品信息化、数字化水平，改造提升产品售后服务模式和质量，使品牌经营规模和品牌产业链不断扩大。

2011年，安钢桥梁用结构钢板、钢筋混凝土用热轧带肋钢筋2个产品获得冶金产品实物质量认定"金杯奖"；桥梁用结构钢板、高碳钢盘条、船体结构用钢板、欧标板4个产品荣获了"河南省名牌产品"称号；桥梁用结构钢板、预应力混凝钢棒用热轧盘条2个产品荣获"品质卓越产品"称号。

安钢质量管理处产品管理科科长高秋江介绍说，目前安钢已经累计获得冶金产品实物质量"金杯奖"13个，品质卓越产品6个，获全国质量稳定合格产品5个，省名牌产品6个，优质产品2个。

在提质量、创品牌的同时，安钢加大"打假"力度，一年多来，共参与打击假冒安钢产品和安钢商标行动10余起，查获各类"李鬼"产品几千吨，净化了市场环境，维护了品牌形象。

品牌效应在市场运营中显现威力，"安钢制造"赢得了市场的青睐，赢得了用户的信赖。以线材皇冠上的明珠——高级别帘线钢为例，在市场低迷的情况下，知名帘线钢制造企业恒星科技对安钢的产品情有独钟，今年前两个月已经向安钢订购产品4000吨。截至2011年底，安钢的主导产品高强度板、锅炉和压力容器用钢板市场占有率连续3年保持全国第一。

（刘增学　魏庆军　高伟刚）
（原载2012年3月27日《中国冶金报》）

安钢文化引动"质量风"

自 8 月 31 日发布《安钢质量文化手册》以来，安钢大力开展"质量月"活动，并出台激励机制，从人、机、料、法、环等方面做好指标立项工作，推动质量的持续改进。

据了解，《安钢质量文化手册》由核心文化、质量文化建设目标、质量价值体系、质量方针、质量行为规范等五部分组成，明确了质量文化建设的目标，即牢固"质量为生命"的理念，提升企业运营质量，服务满足用户需求，持续追求卓越绩效，助推安钢成为中西部地区具有较强带动力、影响力和竞争力的优质精品钢基地。

在质量文化的引领下，安钢相继开展了"质量月"板报展、知识竞赛、法规培训、改进攻关等活动，发动党（团）员带头开展了读一本质量知识书籍、开一次 QC（品质控制）小组成果发布会、提一条合理化建议、分析一个质量问题案例、举办一次质量培训的"五个一"活动。同时，安钢模拟市场，把下道工序视为顾客，广泛开展形式多样的座谈、走访、问卷调查活动，全面提升质量控制水平。围绕制约质量提升的关键环节、关键因素，安钢发布了"质量月"活动的 20 项经理指令性产品质量改进指标。这些指标由主管经理签发整改指令项目，落实到责任主体单位，开展专项质量改进或攻关。

（记者　魏庆军　通讯员　高伟刚）
（原载 2012 年 9 月 22 日《中国冶金报》）

安钢荣获"中国诚信质量企业奖"

6月18日，河南进出口企业质量诚信建设推进会在郑州召开，安钢获得由中国出入境检验检疫协会颁发的国家级诚信质量企业奖。

为认真贯彻落实国务院《质量发展纲要（2011—2020年)》和国家质检总局《关于进一步加快质量诚信体系建设的指导意见》，进一步提升进出口企业质量诚信意识，中国出入境检验检疫协会在全国进出口企业中评选并颁发此奖。获得此奖后，在进出口办理报验查验和放行、非工作时间和节假日预约报检、备案注册等工作时，安钢将获得出入境检验检疫部门给予的便利条件和措施。

质量是企业的生命，诚信是企业的根本。在国际市场中更是关系企业的生存和发展，甚至关系国家形象。加入WTO以后，我国企业与国际市场交往更加频繁。但是，产品质量与诚信问题也在考验着诸多企业。国贸公司作为集团公司对外进出口的窗口，在市场竞争中，通过质量保证体系、人才战略、企业文化、树立品牌、检企结合以及国际合作等途径，加快并增强质量诚信体系建设；倡导诚实守信、合法经营，勇于创新，与国际著名公司如巴西淡水河谷公司、德国蒂森克虏伯公司等建立了长期合作关系，以质量诚信赢得了国际市场。

（刘允阳）（原载2013年6月27日《安钢》报）

安钢坚守品质迎"大考"

市场低迷，经营维艰，面对这场旷日持久的生存"大考"，优良的产品品质无疑成为钢铁企业跑赢市场、战胜挑战的"源动力"。

近年来，安阳钢铁集团有限责任公司在加速转型升级进程中，坚持品种质量效益战略，以创新为突破口，致力于质量管控模式的提升和质量文化、品牌的建设，坚守品质，以品质赢得了市场。

创新力提升管控力

近年来，从荣获"全国质量奖""全国质量工作先进单位""全国质量文化建设示范单位""全国质量管理小组活动优秀企业"……到去年获得全国"质量文化建设标杆单位"，安钢质量工作的光环总是分外抢眼。

成绩背后，是安钢对质量工作矢志不渝的追求。

自 2006 年通过吸收国际先进的管理体制和经验，导入卓越绩效管理模式以来，依托卓越绩效管理，安钢出台了"三级联动、快速响应"机制，实现了从原燃材料采购到产品售后的集中、统一、垂直的精细化管控模式，为生产经营质量以及产品质量的提升打下坚实基础。

"质量是生产力，品质能赢得未来。"安钢质量管理部门负责人李新民说，要提升质量创效水平，就必须适应当前安钢转型升级的要求，既要传承优良传统，更要大胆创新。

信息化技术在安钢的广泛应用，为质量管理搭建了广阔的创新舞台。从 2008 年信息化质量管理系统成功上线、2009 年构建原燃材料、监控管理、QC（质量控制）三大工作组即时通讯系统，到 2014 年正在筹建的远程智能取样控制、制样中心、样品安全流转、实验室自动检验采集上传的"四位一体"项目，安钢用现代化手段使质量管理的层次更加简化、内容更加细化、反馈更加及时。

软实力练就硬功夫

为推动质量文化建设落地生根，安钢制定了《安钢质量文化建设管理办法》及相应测评体系，编撰"质量文化故事"，开展"践行质量理念，创造精鼎品质"系列活动。如今，大质量观在安钢已深入人心。

进入 2014 年，安钢围绕低成本战略中心，创新延伸出了以用户和市场为中心的三种意识，即"系统综合成本最低、经营效益最大"的质量成本意识，"把用户所想作为质量工作改进方向"的用户满意意识和"准确、及时、可靠"的数据质量意识。

如今，这三种意识已激发了深藏在基层和生产一线的"小微"创新力量，凝聚起了一股全员抓质量的热潮。普通纸替代热敏纸、逆光横裂纹检查法、改造新型打标机……这些源于安钢基层职工的小改小革有效地提升了基层质量管理水平。

据安钢质量管理部门马鹏介绍，经过今年近 5 个月的实践，安钢质量异议处理效率、检化验数据及时率、用户满意度等考核指标继续向好，在市场竞争中已见到真金白银。

"品牌力"释放竞争力

质量管控、质量文化的改革创新，为安钢产品质量和信誉保驾护航。而质量和信誉，就是安钢的品牌号召力。

安钢首席质量管理专家高秋江认为，在当前残酷的竞争中，抢占市场的重要手段之一就是提升产品品牌号召力。

安钢以"优良立品、诚信树牌""精心创造完美"的观念强化品牌竞争意识，在多年的实践探索中，构建起一套脉络清晰、体系完善的长期品牌管理模式。作为品牌的载体，YA、A 安钢商标早已被客户高度认可。

在提质量、创品牌的同时，去年以来，安钢还加大"打假"力度，配合工商、质监、公安等执法部门出具打假鉴定报告 61 份，鉴别假质量证明书 300 余份，维护了安钢产品的良好形象。

在市场低迷的情况下，凭借过硬的品质和享誉同行业的品牌美誉度，今年第一季度，安钢的主导产品高强度板、锅炉容器板、桥梁板国内市场占有率继续保持了领先水平。

（记者　魏庆军　通讯员　张丁方）

（原载 2014 年 5 月 17 日《中国冶金报》）

安钢重点产品市场维护暨标准化生产规范动员会提出

加快品种结构调整提高产线创效能力

3月14日，安钢重点产品市场维护暨标准化生产规范动员会在会展中心召开，会议提出：要全力做好重点品种的标准化生产和市场的开拓维护工作，加快品种结构调整，提高品种集中度，增强产线创效能力，为打赢生存保卫战决战提供强有力支撑。集团公司领导李利剑、刘润生、王新江、郭宪臻出席会议。会议由集团公司副总经理王新江主持。

产品集中度是近年来钢铁研究提出的一个新视角，它的核心观点是粗钢规模大小并不完全代表企业的市场影响力，重点品种市场占有率高低才代表企业在市场上影响力大小，代表企业的市场竞争能力和产品创效能力。一般来说，产品集中度越高的企业，它的盈利能力相对更好。推行重点产品标准化生产，加大重点产品市场开拓维护，是提高安钢产品集中度，打造更多拳头产品，增强盈利能力的重要举措，是2015年安钢做好营销创效，实现解危脱困不可或缺、互为因果、互相促进的重要工作。

动员会上，技术中心常务副主任李勇首先宣读了《重点品种标准化生产规范工作方案》，确定出各条生产线12类重点品种和14个钢号，制定标准化生产规范，计划到2015年底，50%以上重点维护品种建立标准化生产规范并实施。销售总公司经理苏锋宣读了《2015年安钢重点品种、重点区域市场、重点客户维护实施方案》，对重点品种团队规划、具体工作举措进行了详细说明。

针对重点市场开拓和维护工作，集团公司副总经理郭宪臻提出了三点具体要求。一是要高度重视终端客户群培育。要主动出击，直面市场，扩大直供直销比例，减少销售中间环节，牢牢把握销售主动权，提高销售创效能力。要深耕市场，精心维护，为客户提供细致入微服务，不断提高用户体验，增强安钢品牌的影响力和用户黏性。二是要打造最佳销售团队。要逐步推进客户经理责任制，形成专业体系和团队，加强客户维护管理，避免终端客户流失。三是要加强营销队伍建设。要及时选拔技术过硬的优秀人才，充实到销售队伍中来，逐步打造一支反应迅速、精干高效的营销团队。要完善薪酬加提成的激励模式，最大限度地调动营销人员的积极性。

集团公司常务副总经理刘润生在讲话中指出，会议既是钢后一体化为打赢生存保卫战推行重要举措的动员会，也是公司结构调整、转型升级的推动会，同时也是对服务型战略的再深入、再细化，目的就是要使一流的装备生产出一流的产品，创出一流的效益。他对重点产品市场维护工作提出了几点具体要求。一是要培育好发展好一体两制。一体两制的一体即一体化，两制即客户经理制和产品代表制。要通过一体两制的优化，打造更多的拳头产品，增强安钢品牌影响力和竞争力。二是要进一步树立服务营销理念。要坚持销售倒逼，按照服务营销理念去对照各项工作，查找存在的不足与弱项，建立起持续改进的工作机制，不断完善各项制度，规范生产的标准和操作流程。三是要进一步做好市场开拓工作。要开拓市场、开拓重点市场，开拓重点高效市场；抓订单、抓品种优化、抓高效品种的增量增效。四是各个团队要按照方案要求，迅速开展工作，创新开展工作，为实现营销创效，打赢生存保卫战决战，创造更多价值，做出更大贡献。

集团公司总经理李利剑在讲话中首先阐明了重点品种标准化生产的重要性。他说，当前市场形势严峻，客户对于产品价格敏感度越来越高，对产品质量要求越来越严格。产品质量不稳定问题，一定程度上影响了市场的开拓、产品的创效、安钢竞争力的提升。要高度重视质量改进，打一场质量歼灭战。以质量异议解决为突破口，将近几年来频繁出现的质量异议进行认真梳理，按管理、技术、操作等因素进行分类，确定攻关目标，制订攻关方案，逐项加以解决，持之以恒提高质量保障力。要正确认识产量、质量、成本、生产稳定顺行几方面的有机统一关系，通过规范生产流程，实现标准化操作，保证合理产量，一体化协同努力，进一步降低生产成本，稳定产品质量，实现品牌创效。

李利剑强调，销售部门要当好龙头，舞得起来，顶得上去，带动其他。要加大营销队伍的激励力度，最大限度调动销售人员积极性。要把客户服务团队打造成血性十足、素质过硬的队伍，加强重点品种、重点区域市场、重点客户的维护管理，细化客户维护标准，全力以赴抢占市场，承接好高效订单，为优化生产线产品结构，实现结构创效创造良好前提和条件。要清醒认识到钢铁市场已完成从卖方市场到买方市场的彻底转换，增强主动意识，培养创新能力，心无旁骛，沉下心来，钻研销售技巧，提高业务能力，把工作做精做细做实，使钢后营销工作大踏步向前推进，实现明显突破，取得更大的进展。

李利剑要求各单位和部门要紧紧围绕销售龙头，做好稳定质量、保障交货期、控制成本等方方面面的工作，支撑好销售龙头。钢后整体要围绕安钢解危脱困大目标，在一体化框架下，既要分工明确，各司其职，又要协同共进，合力攻坚，打造一个战斗力强、勇猛高效的团队，把一体化的优势发挥到极致，全力服务营销创效、解危脱困大局。

会议的最后，集团公司副总经理王新江要求各单位要立即行动起来，认真研究两个方案，贯彻落实会议精神，全力支持销售团队工作。同时要求各个重点品种客户团队，认真领会集团公司关于销售工作的指导思想，明确肩上的重任，奋力拼搏、勇于担当，用良好销售业绩服务生存保卫战大局。

（记者　柳海兵　通讯员　李珂珂）

（原载 2015 年 3 月 17 日《安钢》报）

安钢两产品荣获"金杯奖"

近日，安钢汽车大梁用热轧钢带 510L 和胶管钢丝用 C72DA 热轧盘条，获得 2015 年度冶金产品实物质量认定"金杯奖"。至此，安钢累计已有 17 项产品获此殊荣，实现线材、板材、带材、棒材等产品的全覆盖。

"冶金产品实物质量金杯奖"是中国钢铁工业协会授予冶金产品实物质量的最高奖项，对具备符合国家政策和技术发展方向，具有先进的工艺路线、生产装备、检测手段和完整的技术标准体系，具有连续两年以上的批量生产历史、齐全的产品实物统计分析数据等条件的产品，对照国内外同类产品实物质量，经过冶金行业专家客观评价给予"金杯奖"认定。

为了大力推广安钢产品，技术中心积极开展认证创奖工作。2015 年年初，他们就围绕冶金行业开展冶金产品实物质量认定工作要求，积极组织公司生产、质检、销售、设备、采购等单位，结合公司产品实物质量，确定申报产品，于 2 月份提交了申报计划表，3 月份完成百余页的申报书编制工作，其内容涉及企业概况、申报产品的工艺路线、主要生产设备、产品检测手段和方法、实验室检测能力、申报产品技术经济指标、近两年外部质量异议分析、申报产品的实物质量分析、用户评价、市场分析以及环保排污证明等支撑性文件材料，5~8 月份顺利通过中国钢铁工业协会材料初审和复审、现场核查及用户满意度调查，9 月份参加冶金产品实物质量认定"金杯奖"答辩及专业评审会，通过幻灯片的形式在冶金行业评审会上对申报的产品生产工艺及特点，实物质量控制手段、方法及能力，以及产品实物质量水平及稳定性进行充分展示，获得专家评委一致好评认可，10 月份，经过钢铁协会审定委员会审定，安钢汽车大梁用热轧钢带和胶管钢丝用热轧盘条荣获"金杯奖"殊荣，并在中钢协网上进行公示，12 月份，取得证书。

此次安钢又有两项产品荣获冶金行业产品实物质量认定"金杯奖"，是中国钢铁工业协会和广大用户对安钢产品质量高度认可的结果，反映了安钢产品实物质量稳定，提高了安钢产品综合竞争力和影响力，为进一步支撑产品研发和销售提供了强有力的保障。

（郝慧敏）（原载 2016 年 1 月 5 日《安钢》报）

安钢取得英国劳氏船级社新证书

3月28日，技术中心收到英国劳氏船级社寄来的新证书，证书有效期到2019年2月，这标志着安钢顺利通过英国劳氏船级社证书换新审核，继续保持英国船级社船用钢板的生产资质。据悉，安钢的英国劳氏船级社证书于2016年2月初到期，技术中心从2015年底，就着手准备证书换新工作。

首先把市场需求和我公司生产能力相结合确定换新证书的认可范围，在这基础上和英国船级社进一步沟通证书换新审核及发证程序。然后按照劳氏船级社要求提交中、英文申请材料，通过英国船级社伦敦总部的初步审核后进入现场审核阶段。2015年12月9~10日，英国劳氏船级社武汉办公室派出资深验船师黄先生对我公司进行证书换新现场审核，审核遵循英国船级社船用品生产资质认可大纲（MQPS1-1）要求，在两日的时间内分别前往技术中心、质量检测处、第二炼轧厂、第二轧钢厂等单位对生产现场设备、检测设备、计量设备、从业人员资格、作业指导文件等11个方面进行审核，全面而又客观的评定工厂的产品生产和质量保证能力。并认定我公司产品生产各个环节均完全符合英国船级社规范要求，产品质量稳定可靠，准许现场审核通过。最后，技术中心相关人员组织编写了认可范围内三种不同的交货状态产品的质量控制文件并转换为英文版提交至英国船级社伦敦总部。至此，在各部门积极配合下，我公司顺利完成劳氏英国船级社证书换新程序并保持了英国劳氏船级社证书的延续。

（郝慧敏）（原载2016年4月2日《安钢》报）

安钢 以质取胜 叫响市场

1959 年 5 月 17 日，1 号 255 立方米高炉流淌出了中原腹地的第一炉铁水；1979 年，即实行了承包经营；1989 年，在全国地方钢铁企业中率先突破 100 万吨钢……在近 60 年的发展历程中，与中国钢铁行业脉搏共振的"安钢"品牌一次次在全国叫响。

如何把"安钢"品牌打造成金字招牌？走服务型钢铁之路，让质量、服务、技术成为提升企业附加值、扩大市场份额和形成竞争力的重要动力。

质量管理很放心

近年来，质量管理已融入安钢的血脉。

早在 1996 年，安钢就建立了一套较完整的质量保证体系。如今，安钢更是硬起手腕管质量，建立集中、统一、垂直的精细化管理模式，每月对主要生产单位进行专项检查，对工艺纪律和库检更是达到了现场跟踪每周一库、一厂的高频率，从源头到产品售后实现全过程集中管控。

"出现质量异议绝不藏着掖着，全透明、全公开、全公司通报。"安钢技术中心技术质量管理科科长马鹏介绍说，"用质量异议倒逼质量改进。"在安钢，一旦出现质量异议都会第一时间"公开发布"，接受相关单位、部室的联合分析和质询。

近年来，安钢产品质量呈现"一高一低"发展势头，即产品合格率高、产品质量损失率低，钢材质量损失率和常规产品质量异议率继续在全国同类型企业中保持较低水平。

服务很贴心

"服务质量是赢得客户的先决条件。"安钢销售总公司的销量冠军樊建刚说。如今，质量范畴不仅仅是产品，巨大的竞争压力把服务质量也推到了风口浪尖。

今年初，安钢签下了桥梁板 35 天交货的订单。该企业采购到桥梁板后，要先要运到武汉进行深加工，而后才能运抵太原施工工地使用。为降低客户运费，安钢把喷砂除锈和钢结构件加工也一并拿下。仅此一项，就为客户每吨省下 400 多元运费。为按时交货，安钢各个部门一路"绿灯"，交货仅用了 32 天，为客户工程按时竣工奠定了基础。

EVI 先期介入服务模式为安钢拓展市场加分不少。安钢的主导产品——商用汽车轻量化用钢能够在市场上受到青睐就归功于此。安钢首先重点走访了几家大型商用车企业，根据用户需求开展高强汽车用钢析出强化工艺、高强汽车用钢焊接性能等课题的研究，并与用户进行技术交流，全程跟踪车辆的设计、制造过程。

为确保使用质量，他们对使用新材料的车辆进行了一年多的全程跟踪路测。

优质的售后服务更受客户"点赞"。在安钢，质量异议处理特点是"反应快、跑得快、结案快"，原则上省内 24 小时抵达用户，省外 3 天以内抵达用户，20 个工作日内结案。截至目前，安钢的结案率维持在 92% 以上。

技术支撑很到位

在安钢，技术中心不仅管技术，还是质量"大管家"。

近两年来，安钢在"板块 + 专题"运作模式中，安钢重点关注技术对质量的支撑作用，成立了以集团公司副总经理挂帅的重点产品工艺研究及质量改进工作组。为及时发现弥补质量管理缺陷，工作组以技术指标与竞争企业对标找差，加强基础工艺和共性问题研究，着力通过技术突破解决质量难题，打造质量优势。

尽管面临巨大的生产经营压力，安钢在技术创新方面的投入却未减反增：在规模上，技术中心由三四十人，扩充到现在的一百余人，后期还将引进一批高技术人才；在硬件上，投入巨资购买了一批顶级的实验设备；在职能上，肩负技术研发、售后服务、质量管理等多重身份；在产业链技术延伸上，开展了冷轧、热处理调质线的工艺准备研究，有效提高了产品质量和档次；在收入分配上，安钢集团公司重点向一线研发倾斜，并与销售指标挂钩考核。

（记者　魏庆军　通讯员　张丁方）

（原载 2016 年 7 月 23 日《中国冶金报》）

安钢高效低耗特大型高炉关键技术及应用荣获国家科技进步二等奖

3月5日，从国家科技部传来喜讯：安钢联合中冶赛迪、北京科技大学、清华大学申报的"高效低耗特大型高炉关键技术及应用"项目荣膺国家科学技术进步奖二等奖，并在2016年度国家科学技术奖励大会上被公开表彰和奖励。据悉，这是安钢近年来获得的国家科技进步最高奖。

此次获奖的项目针对特大型高炉体量大、煤气流分布均匀性差、难以实现长期高效低耗的技术难题开展研究，创新建立了以炉腹煤气量指数理论为核心的高效低耗工艺理论，创建了以炉腹煤气量指数为核心的新指标体系，提出了特大型高炉炉腹煤气量指数的合理区间，为特大型高炉实现高效低耗奠定了理论基础，填补了国内空白；自主创新开发了核心装备技术，如新型无料钟炉顶控制技术、交错旋流式顶燃式热风炉、长寿可靠的热风管系设计技术等。

在此次项目合作中，安钢主要论证和实践了三段式炉身结构、炉腹板壁结合技术等炉体构造技术用于特大型高炉的合理性、科学性，将这些技术成功应用在安钢3号高炉，高炉投产后稳定性好，顺行度高，获得了高效低耗的指标。开展了高炉炉缸长寿技术研究，提出了防止炉缸气隙的技术措施。为高炉智能生产管理系统提供了现场调试平台，提供生产操作经验，提高了系统的开发速度和核心模块的准确度。系统投用后，在高炉生产决策、精细化管理等方面起到了重要作用。

近年来，安钢面对特大型高炉投产时间较短，理论研究相对薄弱、实践经验相对欠缺的现状，不断提升管理水平、加强技术攻关，引进优秀人才，开展对外合作，加大与北京科技大学、中冶赛迪等大专院校、科研院所以及大型企业的合作力度，借助外力，借梯登高，提高对特大型高炉的驾驭能力，提升特大型高炉运行管理水平，全力培育大高炉冶炼的成本竞争优势。此次获奖，正是安钢近年来在铁前系统持续奋斗、不懈努力、厚积薄发的结果。

（记者　柳海兵）（原载2017年3月7日《安钢》报）

在中国冶金报社发布的首届中国钢铁企业品牌排行榜中
安钢荣获"十大优秀品牌钢铁企业"称号

6月13日，中国冶金报社发布首届中国钢铁企业品牌排行榜，共评选出"十大卓越品牌钢铁企业"和"十大优秀品牌钢铁企业"。

安阳钢铁集团有限责任公司荣获"十大优秀品牌钢铁企业"称号。

2017年4月24日，国务院决定自今年起，将每年5月10日设立为"中国品牌日"。这是国家发挥品牌引领作用、推动供需结构升级的又一有力举措。

为大力宣传我国钢铁行业的品牌钢企，激发企业创新活力，树立民族品牌自信心，中国冶金报社特别推出中国钢铁企业品牌排行榜。中国冶金报社从中国钢铁工业协会的会员企业中甄选了55家钢铁生产企业，综合考察这些企业在市场、服务、经营绩效、品牌唤醒、品牌影响力等方面的表现，建立评价模型，并结合数据评价、专家评价和微信投票等结果，最终形成了中国钢铁企业品牌排行榜。

荣获首届中国钢铁企业品牌排行榜"十大卓越品牌钢铁企业"称号的是：宝武钢铁集团有限公司、河钢集团有限公司、江苏沙钢集团有限公司、首钢集团、中信泰富特钢集团、太原钢铁（集团）有限公司、鞍钢集团公司、马钢（集团）控股有限公司、南京钢铁集团有限公司、中天钢铁集团有限公司。

荣获首届中国钢铁企业品牌排行榜"十大优秀品牌钢铁企业"称号的是，包头钢铁（集团）有限责任公司、天津荣程联合钢铁集团有限公司、本钢集团有限公司、北京建龙重工集团有限公司、江苏永钢集团有限公司、天津钢管集团股份有限公司、湖南华菱钢铁集团有限责任公司、山东钢铁集团有限公司、安阳钢铁集团有限责任公司、德龙钢铁有限公司。

（孟安民）（原载2017年6月15日《安钢》报）

厚积薄发质的跨越

安钢高强板成功完成世界最大
矿用液压支架首批订单

6月15日，从销售总公司获悉：安钢承接的高端高效订单，郑煤机全球最大液压支架用高强板首批400余吨产品，提前半个月生产完成，具备装车发运条件。这标志着安钢高强板成功挺进高端市场，在创新驱动、品质领先、提质增效、转型发展的道路上迈出重要一步。

郑煤机集团是国内液压支架生产厂的龙头企业，也是全球最大液压支架生产制造商。今年3月份，郑煤机成功中标神华集团液压支架项目：为神华集团生产135台8.8米高的全球最大矿用液压支架。

过去，全球最大矿用液压支架为8.2米高，此次郑煤机中标的8.8米高支架，制造难度更大、技术要求高，对钢板的性能和表面质量，以及平整度，提出了更高的标准，要求按世界最高水平的欧洲标准交货，并且在欧标基础上，又提出了更为严苛的"用户标准"。与高难度相对应的是，产品利润也更为丰厚。

高强板是安钢的优势产品，多年来市场占有率稳居全国第一，但大多为中低端产品。3月份，当得知郑煤机有可能中标神华集团神东煤矿全球最大液压支架项目时，集团公司总经理刘润生强调，安钢一定要坚持以"创新驱动、品质领先、提质增效、转型发展"总体发展战略为引领，将此项目作为品牌创建、走上高端、提质增效的重要突破口，提前着手，先期介入，积极参与这一重大项目的招投标。

销售部门与技术研发部门联手，与郑煤机集团做了大量深入细致的沟通，了解8.8米矿用液压支架产品的各项要求，在生产线上试生产，进行了大量试验，积累了丰富经验，获取了宝贵数据。

在5月份的正式招标中，安钢与全球各大钢企同台竞争，最终以扎实细致的准备工作，与宝钢、河钢、山钢、湘钢共同中标，首期获得4千多吨订单。在随后的深入沟通与合作中，郑煤机对安钢的生产能力给予了高度认可，又将其他中标单位因要求过高而退标的订单追加给了安钢，使这批订单的总量增加到了7080吨，占到全部订单1.2万吨的近三分之二，也是五家中标企业中唯一一家实现全钢级覆盖的企业。安钢一举跨入高强钢高端市场，实现了质的突破。

在销售总公司、技术中心、质量检测处、生产管理处、能源环保处、第二炼轧厂、第二轧钢厂、动力厂、附企总公司等单位的大力协同、高效配合下，首期400余吨产品仅用短短20天时间，于6月15日顺利完成，比原定的6月底交货期提前15天。

首批订单的完成，有助于进一步扩大安钢产品的品牌影响力，提升安钢产品品牌价值，重塑国内高强板高端市场的格局。全部订单尚未完成，品牌的带动效应已经显现，近日，郑煤机集团又将其他规格液压支架近 2 万吨高强板订单，陆续追加给安钢，总量达到 2.6 万吨，创高强钢单笔销售订单总量最高纪录，也为高强钢首个亿元大单。如此大的数量和金额，在安钢所有品种销售中也屈指可数。

（柳海兵　陈　曦）（原载 2017 年 6 月 17 日《安钢》报）

安钢荣获中国钢铁工业"十二五"科技工作先进单位

10月18日，由中国钢铁工业协会、中国金属学会主办的中国钢铁工业"十二五"科技工作先进单位和优秀个人评选活动落下帷幕。安钢荣获中国钢铁工业"十二五"科技工作先进单位，同时，由安钢推荐的李勇、谷少党同志荣获中国钢铁工业"十二五"优秀科技工作者。

中国钢铁工业"十二五"科技工作先进单位和优秀个人评选活动，是中国钢铁工业协会、中国金属学会为全面贯彻党的十八大以来，国家大力实施科教兴国、人才强国战略和创新驱动发展战略，充分发挥科学技术的先导和支撑作用，对"十二五"以来，为我国钢铁工业转型发展做出重大科技贡献的先进单位和优秀个人进行的评选、表彰活动。

"十二五"以来，安钢获得省部级以上科技成果5项，获得省部级以上管理成果8项，获得国家授权专利102项，其中发明专利21项、实用新型79项、著作权2项；主持制定国家或行业标准3项，参与制定国家标准2项。其中，与中冶赛迪集团、北京科技大学、清华大学等单位联合研发的"高效低耗特大型高炉关键技术及应用"获得国家科技进步奖二等奖，解决了安钢4800m³特大型高炉所面临的重大技术难题，为高炉大型化发展奠定了基础，产生了巨大的经济效益和社会效益；在汽车轻量化用钢领域，拥有700MPa汽车轻量化用热轧卷板的研究及应用、热轧高强度轻量化自卸车车厢用钢的研制与开发"等多项核心技术，已经成为国内汽车轻量化用钢领域的引领者；在资源循环利用领域，拥有自主知识产权的"烧结余热回收发电和焦炉干熄焦发电CDM项目的技术开发、烧结机烟气脱硫工艺研究与应用"等多项技术，为中国钢铁行业节能减排带来了新的突破，得到了国家与行业的高度认可。

"十三五"期间，安钢将继续以创新驱动为手段，以品质领先为方向，以提质增效为目的，以转型发展做根本，以实际行动践行"创新驱动、品质领先、提质增效、转型发展"的总体战略。

（孟庆伟）（原载2017年10月26日《安钢》报）

安钢耐候钢和冷镦钢荣获"品质卓越产品"

11月30日，技术中心收到冶金工业质量经营联盟为安钢两产品颁发的2017年度冶金行业品质卓越产品证书和奖牌，安钢耐候结构钢Q355GNH、Q355NH和冷镦钢热轧盘条ML40Cr获此殊荣。

安钢此次获奖的耐候结构钢牌号为Q355NH、Q355GNH，钢板规格为(8~50)mm×(1840~2580)mm，钢带规格为(2~15)mm×(1000~1530)mm，产品主要用于铁道、车辆、桥梁、塔架等长期暴露在大气中使用的钢结构，用于制造集装箱、铁道车辆、海港建筑及化工石油设备中含硫化氢腐蚀介质的容器等结构件。冷镦钢热轧盘条牌号为ML40Cr，规格为ϕ5.5~20mm，产品主要用于制造8.8级以上级别高强度的螺栓、螺柱、螺母等紧固件和冷镦成型的零部件等，广泛应用于汽车、拖拉机和船舶制造等机械加工行业以及钢结构建筑行业。

今年以来，技术中心以专业管理为抓手，以品牌创建为契机，强化产品研发与重点高效产品推广创效工作，推进安钢品牌建设，支撑产品研发与销售，提升企业的市场竞争力。他们紧紧围绕冶金工业质量经营联盟开展品质卓越产品评价及产品认证工作要求，组织集团公司生产、质检、销售、设备、采购等多个单位，积极开展产品申报工作，完成了申报书编制工作，其内容涉及企业概况、产品工艺路线、主要生产设备、产品检测手段和方法、实验室检测能力、产品技术经济指标、质量标杆对比、用户评价、市场分析以及环保排污证明等支撑性文件材料，并顺利地通过了冶金工业质量经营联盟材料初审和复审、现场核查、实物检测和专家答辩评审，安钢耐候结构钢和冷镦钢热轧盘条被冶金工业质量经营联盟评为"品质卓越产品奖"。

（白玉静）（原载2017年12月7日《安钢》报）

走向"中高端"背后的故事

——安钢集团 2017 年品牌创建工作走笔

"那天下午 6 点多，正在收拾东西准备下班，突然接到山西某煤业集团高强板招标通知，开标时间是 3 月 6 日下午 3 点，这意味着只有 3 天时间做准备。"谈及去年参与山西某煤业集团高强板投标的经历，负责高强板销售工作的安钢销售总公司高强产品室经理李志锋至今让他记忆犹新。

时间紧迫，来不得丝毫等待。忙碌了一天的李志锋和他的销售团队当即召开专题会议，从研究标书、研判市场入手，针对标书内容逐项分析，连夜加班加点制定投标方案，直至 3 月 6 日凌晨才将投标书制作完毕。

"因为没有直达的火车，辗转乘坐火车、大巴、公交，3 月 6 日下午 1 点才抵达目的地。顾不上吃午饭，我们直奔招标部而去，最终准时参加了开标会。"

"拼"出来的市场

"每一笔订单的背后，每一次市场开拓，都离不开销售人员全力打拼的辛勤和汗水。市场是'拼'出来。"从李志锋口中得知，这次招标有来自全国各地的十余家钢企参加，竞争异常激烈。由于准备充分、分析到位，3000 吨高强板标段安钢成功中标 2500 吨。

宣布安钢中标的一瞬间，李志锋心情非常激动，几天的紧张情绪得到完全释放，到晚上吃饭才想起来午饭还没吃。

这只是安钢销售人员全力拼搏、开拓市场的缩影。围绕"建设双千亿现代化钢铁集团"的战略愿景，安钢坚持以高端客户、高端产品"双高"为引领，以贴近市场抓产品、贴近现场抓提升"两个贴近"为抓手，以提高直供直销、高效品种"两大比例"为目标，抢抓市场机遇，狠抓品牌建设，以高端用户促高端产品，加快产品结构优化升级，营销工作在市场变化中孕育出新生机。

2017 年，安钢充分发挥销售龙头带动作用，生产、销售、技术、质量系统联动，紧盯重点用钢企业，强抓高端客户、高端产品"双高"订单资源，新开发直供用户 52 家，直供比例同比提高 13.4%，全年重点品种销量同比增加 48.4 万吨。其中，全年汽车钢产销量同比增长 17.7%，700MPa 以上汽车大梁用钢保持行业领先地位，继续引领行业轻量化发展潮流。高强板产销量同比增长 103.7%，继续保持国内市场占有率第一，特别是成功中标郑煤机 8.8 米高全球最大矿用液压支架项目，创高强钢单笔销售订单总量最高纪录，实现了高强钢首个亿元大单。

"创"出来的品牌

在激烈的市场竞争中，要想赢得一席之地，打造一流的品牌至关重要。

"2017年初，安钢确立了'创新驱动、品质领先、提质增效、转型发展'总体发展战略，其中，'品质领先'就是要不断提升品牌形象，在中高端产品领域，创建国内叫得响、国际上有声望的旗帜性品牌。"安钢集团党委书记、董事长李利剑告诉《中国冶金报》记者。

2017年4月份，安钢《品牌创建、产线升级专题工作组工作方案》正式出台，以培育汽车轻量化用钢、低合金高强钢等旗帜性品牌为突破口，瞄准"安钢板材、中国骄傲"的品牌目标，以安钢3500mm炉卷、1780mm热连轧、2800mm中板三条精品产线为带动，安钢品牌建设正在由"安钢制造"向"安钢创造"升级，全力向国内高端板材市场挺进。

2017年，安钢重点产品销售同比增加48.37万吨，耐候钢产品用于国内最大的耐候钢光伏电站项目陕西秦电；风塔钢中标全球最高风电机架新疆达坂城140米样机塔筒项目；"锅炉和压力容器用钢板"荣获冶金产品实物质量"金杯奖"，"耐候结构钢"和"冷墩钢热轧盘条"荣获"冶金行业品质卓越产品"；品种钢、品种材比例同比提高5.4%、5.85%。

更为可喜的是，随着品牌创建的扎实推进，安钢产品适应市场能力不断增强，响应市场速度不断加快，服务市场水平不断提升，安钢品牌影响力进一步扩大，2017年被权威媒体评为"中国钢铁企业竞争力特强企业"。

"琢"出来的产品

"近年来，我们培育了汽车轻量化用钢、高强板等一大批优势品牌，安钢产品正加速迈上'中高端'。"安钢技术中心常务副主任李勇告诉记者，2017年，安钢研发队伍把更多的精力放在科研成果与市场结合得怎么样，为产品创效做出多少贡献上。

以汽车轻量化用钢研发为例，安钢从了解汽车不同部位零部件加工特点、性能要求入手，针对汽车用钢"高、强、薄、轻"规格化的发展趋势，投入1000多万元开展基础自主研发，并依托国家级实验室、博士后科研工作站，积极与高等院校、科学院所、终端用户开展产学研协同，先后开展"高强汽车用钢焊接性能研究""高强汽车用钢车架结构设计研究"等多项合作，不仅为EVI服务提供了先期技术条件，更为推动轻量化材料开发系列化提供了条件。2017年，安钢"高强度汽车大梁用热轧钢带"荣获冶金产品实物质量奖最高荣誉"特优质量奖"提名，加之已有的热轧高强度轻量化自卸车车厢用钢的研制开发核心技术，已经成为国内汽车轻量化用钢领域的"形象代言人"。

2017年，安钢研发的汽车轻量化用钢新牌号91个，新产品产量超额完成全年计划的305.5%，新产品研发直接创效近千万元，有力助推了市场开拓，为实现产销平衡、品种结构优化创效提供了有力支撑。同时，在取向硅钢热轧原料供应、高强度重型机械用钢、石油管线钢等产品研发上，安钢也填补了多项技术空白。

"赞"出来的口碑

金杯银杯不如客户的口碑。

秉承"以用户为中心"的理念，安钢坚持以用户需求为导向，以用户满意为目标，加快由关注市场向关注用户转变，加快由产品销售向综合解决方案转变，精心做好市场服务工作。安钢销售总公司经理苏峰说："我们不只是销售产品，更重要的是对接用户需求，为用户提供全方位服务方案。"

在做好订单承接、协调生产、组织货款、协调发货工作的同时，安钢认真做好客户使用情况、质量反馈的跟踪工作。2017年初，新开发某重点品种终端客户，在试用过程中出现矫直脆断、疲劳不合等问题。接到客户反馈后，安钢销售部门快速响应，积极协助客户查找原因、改进工艺。当月走访该客户7次，使客户质量反馈得到妥善解决，安钢的服务赢得了该客户的认可，成功实现批量供货。

开展"量身定做"式服务、打造延伸产品品牌，同样是安钢提升服务水平的关键一招。以煤机、工程机械、汽车用钢直供用户为重点，从满足用户个性化需求的角度，安钢大力发展服务型钢铁，抽调有丰富现场经验和较高技术水平的人员充实服务团队，组织人员深入用户、厂家，参与产品前期设计，形成一管到底的快速响应机制，有力拓展了产品增值空间。

在个性化服务方面，安钢同样表现突出。针对中集华骏点对点开发专用牌号，为满足该产品深冲加工使用要求，安钢成立专项技术攻关小组，组织技术人员多次与用户进行技术交流。通过调整炼钢过热度、拉速、热轧终轧温度、冷却模式等关键工艺参数，先后多次进行试制，最终摸索出全流程生产方案。2017年，安钢积极开展定制化、个性化服务，相继为269家直供企业，开发汽车高强钢、胶管钢丝用钢、冷成型加工用钢等系列定制化产品，不仅得到了用户的高度认可，更为拓展产品市场、占领市场制高点奠定了坚实基础。

（记者　魏庆军　通讯员　王辉）

（原载2018年2月14日《中国冶金报》）

十、"四个三"党建工作法

十年峥嵘岁月，十年风雨兼程，十年春华秋实，在这十年滚滚向前的发展洪流中安钢经历了跌宕起伏的一段历史。由持续盈利33年，到经受金融危机的冲击走向低谷，再到打赢生存保卫战，安钢干部职工一路披荆斩棘、奋勇拼搏、克难攻坚、众志成城。

是什么聚起安钢磅礴力量？是什么引领安钢扬帆远航？是什么激励安钢奋发向上？是什么引导安钢重铸辉煌？

2017年工作报告中指出，"四个三"党建工作法是安钢转型脱困的"压舱石"！

时间回溯到2016年3月25日，中共河南省委组织部下发了《关于学习运用安钢集团"四个三"党建工作经验做法的通知》，号召省管国有企业、省管金融企业等各类企业及相关单位认真学习运用。

《省委组织部省国资委联合调研组关于学习运用安钢集团"四个三"党建工作经验做法的通知》中说：面对宏观经济下行压力加大、钢铁产能严重过剩、行业大面积亏损的严峻形势，安钢集团党委紧密结合实际，积极构建"四个三"党建工作布局，把党的思想政治优势、组织优势和群众工作优势转化为企业的发展优势、竞争优势和创新优势，为企业健康发展提供了坚强的政治保证和组织保证。

让时光之轴持续展开，2016年10月10日，全国国有企业党的建设工作会议在北京举行。作为唯一一家参会的地方国有企业，集团公司党委书记、董事长李利剑代表安钢党委在会上做了《实行"四个三"党建工作法，为企业解危脱困转型发展提供动力保证》的经验介绍。

"四个三"党建工作法在全省的推广，以及之后集团公司党委书记、董事长李利剑代表安钢党委在全国国有企业党的建设工作会议上的经验介绍，叫响了安钢党建工作品牌，使安钢再次成为众多企业竞相取经的对象。众多企业慕名而来，仅2017年，就有20多家单位1000多人先后到安钢交流学习党建经验，安钢的知名度、美誉度持续提升。

对安钢而言，这一切绝非偶然。

坚持党的领导、加强党的建设是安钢在不同的发展时期始终坚守的原则。

自2008年以来，安钢饱受金融危机的影响和冲击，生产经营面临的困难前所未有，也一度深陷生存危机。安钢干部职工无畏无惧、直面困境，昂扬斗志、主动作为，立足本职、岗位奉献。

在"四个三"党建工作法里，党员干部是安钢解危脱困的"排头兵"。他们勇于担当，积极解难题、破困局；他们敢于创新，踊跃闯险滩、破壁垒；他们善于作为，实干见成效、出业绩。

在"四个三"党建工作法里，坚持"三个讲清"是坚定解危脱困的必胜信心；推进"三个转变"是激发解危脱困的内生动力；突出"三个管好"是筑牢解危脱困的战斗堡垒；构建"三个体系"是打造企业解危脱困的领导核心和政治核心。

安钢积极探索"四个三"党建工作法，并持续充实完善，切实发挥出了党组织的政治优势和"主心骨"作用，干部职工始终保持坚定的信心、高昂的士气和顽强拼搏的精神，助力安钢涅槃重生。

安钢全面贯彻落实党要管党、从严治党要求，持续加强党风廉政建设，聚焦集团公司中心任务，狠抓责任落实，开展巡察监督，构建防控体系；聚焦关键环节，开展重点督导，全面查堵漏洞，助推管理提升；聚焦主业主责，精准监督执纪，持续正风反腐，强力问责追责，以永远在路上的坚韧和执着推进全面从严治党、从严治企向纵深发展。

我们坚信，为安钢解危脱困转型发展提供动力保证的"四个三"党建工作法，必将在安钢建设现代化强企的新征程中再度发力，助力安钢重铸辉煌。

打赢生存保卫战的坚强政治保证
——安钢集团"四个三"党建工作做法调查

**省委组织部省国资委联合调研组关于学习运用安钢集团
"四个三"党建工作经验做法的通知**

各省辖市、直管县（市）党委组织部，省国资委、省委金融工委组织人事部门：面对宏观经济下行压力加大、钢铁产能严重过剩、行业大面积亏损的严峻形势，安钢集团党委紧密结合实际，积极构建"四个三"党建工作布局，把党的思想政治优势、组织优势和群众工作优势转化为企业的发展优势、竞争优势和创新优势，为企业健康发展提供了坚强的政治保证和组织保证。安钢集团"四个三"党建工作经验，对国有企业在新常态下应对新情况、新问题、新挑战具有较强的学习借鉴意义。现将《安钢集团"四个三"党建工作经验做法》印发给你们，请结合实际，在省管国有企业、省管金融企业等各类企业及相关单位中认真学习运用。

中共河南省委组织部

2016年3月25日按照部领导要求，省委组织部会同省国资委有关同志参加，组成联合调研组，于2016年1月31日至2月4日，采取听取介绍、实地考察、座谈交流、个别访谈、集中研讨等形式，对新形势下安钢集团"四个三"党建工作的新思路、新探索、新成效进行了深入调查研究，现将调研情况报告如下。

一、基本情况

安钢集团始建于1958年，经过50多年的发展，现已成为年产钢能力超过1000万吨的现代化钢铁集团，河南省最大的精品板材和优质建材生产基地。集团现有子分公司17家，在职职工近31000人，其中在岗职工25000余人，离岗休养近6000人；集团公司党委所属二级党委24个，党总支8个，党支部255个，在岗党员8300余名。集团先后荣获全国"五一"劳动奖状、全国优秀企业金马奖、全国质量奖、全国思想政治工作优秀企业、省级文明单位、全省先进基层党组织等荣誉称号。

二、主要做法

近年来，安钢集团党委在钢铁行业形势发生重大变化和党要管党、从严治党的大背景下，紧密结合企业实际，积极探索创新，构建"四个三"党建工作布局，把党的思想政治优势、组织优势和群众工作优势转化为企业的发展优势、竞争优势和创新优势，使党的主张在企业有效贯彻，巩固了党在企业的执政基础，促进了企业的稳定，为生存保卫战提供了强大的思想保证和精神支撑。其主要做法是：

（一）抓"三讲"，坚定解危脱困信心。"三讲"是思想政治工作服务安钢解危脱困大局的重要载体，也是坚定信心、激发干劲、共克时艰的强大推动力。安钢打生存保卫战的两年多来，持之以恒讲形势、讲任务、讲责任，坚持不懈做好战斗动员，各级组织始终做到了方向明、任务清、行动坚决，干部职工始终保持了昂扬向上的精神状态。

一是以"三讲"统一思想意志。紧紧围绕打赢生存保卫战这一战略决策，通过各种会议、座谈交流、媒体宣传、微信微博等方式，持续开展"三讲"教育，增强干部职工敢打必胜的决心和信心。每年职代会上，集团领导带头宣讲，各级班子成员深入生产一线，面对面向岗位职工集中宣讲1200余场，建立各层次微信平台700余个，运用各种媒介，把严峻形势讲透、任务讲明、责任讲清，动员全体干部职工，众志成城打一场关乎安钢前途命运的生存保卫战。2015年10月，在经营形势进一步恶化的形势下，安钢及时召开"止血倒逼保生存"动员大会，对目标再明确，对任务再分解，对职工再动员，打响生存保卫战冲锋战，深层倒逼攻坚，全力以赴保生存、渡难关。

二是以"三讲"激励职工斗志。紧紧围绕止血倒逼目标，以"三讲"发动职工、引导职工、激励职工，促进指标层层分解，压力层层传递，责任层层落实，形成了明任务、担责任、抓落实的良好局面。聚焦解危脱困，党组织围绕本单位承担的挖潜指标，组织开展"守承诺、保目标、向我看、保家园"竞赛、党员攻关、"晒指标，晒成绩"、"指标比比看"等活动；工会举办各类劳动竞赛200余项，参与职工超过2万人次；团委组织4000多人参加青工网上大练兵，收集网上"金点子"1100项；科协征集"讲、比"立项300余项，深挖创效增效点，有效激发了全员创效热情。

三是以"三讲"强化责任担当。安钢把打赢生存保卫战作为每一名员工义不容辞的责任。通过层层宣讲，把责任主体讲清楚，利益攸关讲清楚，切实增强忧患意识、责任意识、担当意识，引导干部职工直面困难、担当尽责、忠诚奉献。组织评选"最美安钢人"、创新创效先进班组、标杆个人，新闻媒体开辟"求生存保家园英雄榜""安钢人物""巾帼风采"等专题专栏，宣传报道先进典型事例300多人次，营造了学先进、比创效、讲责任、做贡献的浓厚氛围。炼铁厂职工李震廷，立足本职岗位不断创新，成为拥有13项创新成果、3项专利的创新带头人，被誉为工人发明家，本人也被评为全国劳动模范。

（二）抓"三个转变"，激发企业内生动力。抓"三转"是安钢走出困境的有效手段和重要保证。面对严峻的生死考验，安钢旗帜鲜明地提出要"以变求生存"，把"转思想、转模式、转作风"作为实现逆势突围、打赢生存保卫战的关键，并全力推进实施。

一是抓思想观念转变。安钢把转思想放在首要位置，集团领导班子坚持从自身做起，率先解放思想，推出一系列新理念、新战略、新定位、新举措，以上率下引领思想观念的转变。在战略部署上，立足行业发展新常态，提出了"1143"战略构想，更加明晰了发展目标和定位，确立了安钢的大方向、大路子、大格局。在工作布局上，确立了"稳炼铁、强销售、降成本、严管理"的工作思路，做出了打一场"止血倒逼保生存"攻坚战的决策部署，使安钢各项工作的关键环节、重点领域和主攻方向更加清晰。在推进实施过程中，通过认真反思、对标找差、学习研讨促进观念转变，把以前生产啥客户要啥、变客户要啥生产啥，干部职工紧贴市场的思想理念越来越强。

二是抓经营管理模式转变。非常时期采取非常举措，对生产经营管理模式进行"颠覆性"调整，建立"板块＋专题"运作模式，成立15个非常设机构，以铁前、钢后、非钢"三大板块"为主要突破口，牢牢抓住影响安钢解危脱困的主要矛盾，努力实现重点领域重点突破。铁前板块，在艰难曲折中总结经验教训，"稳产、高产、低成本"的理念更加明确，一体化降本的路径更加清晰。钢后板块，深入推进一体化降本增效，突出销售龙头作用，实行销售、市场、问题倒逼，打造服务型钢铁，开拓市场、服务用户的能力不断提高。2015年新开发直供用户58家，品种钢、品种材比例达到71.42%、78.21%。非钢板块，突出整合转型、整体规划、合资合作，理顺管控模式，初步形成了非钢产业运营、发展新机制。2015年非钢板块实现营业收入108亿元，实现利润1.04亿元。冷轧工程、医院综合大楼、郑州安钢大厦、农业区等合资合作项目取得突破。抓住降本增效的关键环节，确立物流、期货、资本运作、能源利用等9大专题，破解经营难题，推进重点工作。加大管理变革力度，调整机构，优化流程，主体生产厂和机关共精简科级机构34个，清退劳务人员4975人，减少外委支出2.54亿元。

三是抓干部作风转变。安钢集团始终把干部作风建设作为一项经常性、基础性、关键性的工作，对各级干部从严要求、从严教育、从严管理、从严监督，促进各级干部转作风、树形象。以群众路线教育实践活动、"三严三实"专题教育和省委专项巡视为契机，大力加强班子作风建设，聚焦"四风"问题和"不严不实"问题，对照查摆，建立台账，狠抓整改落实，以作风转变和工作实绩赢得了职工满意。坚决贯彻执行中央八项规定和省委省政府20条意见，出台了密切联系群众、加强调查研究、规范职务消费、精简会议文件等10多项制度规定，各级班子带头执行，促进了全公司作风明显好转。在生存危机考验面前，各级干部主动担当，履职尽责，经常放弃节假日、双休日，深入一线，破解难题，较好地发挥了示范带动作用。

（三）抓"三管"，落实管党治党责任。"管党、管人、管思想"是新形势下安钢党委贯彻落实"党要管党、从严治党"要求的新办法、新举措。安钢各级党组织突出"三管"内容，强化责任意识，狠抓党建目标责任制落实，充分发挥党委政治核心作用、党支部战斗堡垒作用和党员先锋模范作用。

一是管党，抓好自身建设。集团党委倡树大抓基层的鲜明导向，健全党的组织机构，选优配强党务人员，落实一级抓一级的党建工作责任制和政工干部绩效考核制度，加强生产经营一线党支部建设和党员队伍建设，抓好基层党组织书记述职评议，精心组织开展创先争优活动，推进服务型党组织建设，激发了基层党建活力。注重加强制度建设，修订完善严肃党内政治生活、规范民主生活、贯彻执行民主集中制、党组织书记述职评议等8项党建工作制度，实现了党建工作的科学化、规范化运作。加强党风廉政建设，落实党委主体责任和纪委监督责任，建立党风廉政建设责任制目标体系，完善反腐倡廉各项制度，强化对党员干部履职行权的监督，严肃查处各类案件，对15人进行了党纪处分，促进了廉洁经营、依法经营、高效经营。

二是管人，建设高素质干部职工队伍。安钢党委以"打铁还需自身硬"的要求，加强集团班子自身建设，理顺分工，明晰责权，建立集体决策、高效统一、分工合作的工作机制，发挥了班子整体合力。坚持党管干部原则，注重发挥党组织在选人用人工作中的领导和把关作用，建立规范有序的干部选拔任用程序，保证了选人用人公开公平公正，把优秀的干部选拔到合适的岗位。加强干部的履职考核、转岗交流、学习培训、实践锻炼，近年来共交流调整干部100余名，不断增强干事创业的活力。加强人才队伍建设，评选33名首席专家，建立管理、技术、操作三种人才职业发展通道，注重人才引进、培养，出台各类激励政策，为人才成长提供条件、创造平台。

三是管思想，凝聚人心力量。安钢党委坚持用党的理论、方针、政策凝聚党员干部的思想，坚持用安钢精神和企业价值观凝聚干部职工的思想，始终把职工的思想理顺，把职工的境界提高，在困难面前始终做到了思想统一、目标一致、行动有力。关心关爱职工，提高中夜班岗位津贴，发放误餐补助，开展全员免费体检，推进保障房和医院综合楼建设，进一步凝聚了职工队伍。高度重视困难形势下职工思想工作，各级领导干部深入生产一线，倾听心声，了解诉求，把解决思想问题与解决实际问题相结合，积极为职工办实事、做好事、解难题，不断增强党组织的感召力和影响力。

（四）抓"三大体系"，发挥政治核心作用。围绕新常态下如何加强党的建设、发挥政治核心作用，安钢党委进行了积极探索实践，把加强党的领导和完善公司治理统一起来，着力打造决策、执行、监督三大体系，使党委成为公司法人治理结构的有机组成部分，形成了职责明确、有机融合、运转协调的新型领导体制和运行机制，使党委发挥政治核心作用组织化、制度化、具体化。

一是抓决策体系建设。董事会、党委会、职代会"三位一体"构成了企业完整的决策体系，决策体系以董事会为主导，董事长是主持和召集人，核心是科学、民主。党委积极参与重大问题决策，对涉及"三重一大"和职工切身利益的重大问题，认真研究，提出意见建议。明晰的决策体系，使安钢能够集中精力、集中方方面面的智慧，谋全局、议大事、抓重点，为企业把好方向关、重大问题关，从根本上减少人治、增强法治，提高了决策的民主化、科学化、法制化水平。

二是抓执行体系建设。执行体系以经理层为主导，总经理是负责人，核心是高效、有力。党委在执行体系中具有重要的促进作用、推动作用，方方面面渗透到执行过程中，融入中心，创造环境，给予支持，给予推动，给予正能量，保证经理层执行有力，执行高效。安钢党委带头遵守各项规章制度，做好企业重大决策实施的宣传动员、解疑释惑工作，把思想和行动统一到企业发展战略目标和重大决策部署上来，不断提高企业领导干部、广大党员和职工的执行力。团结带领党员、职工立足本职岗学业务、比贡献、当先锋、做表率，在推动企业解危脱困、转型发展中体现党的先进性。

三是抓监督体系建设。监督体系由党委主导，党委书记是牵头人，核心是及时、有效。安钢充分发挥纪检监察、监事会、巡查、审计、舆论、职工等监督资源作用，制定《集团公司党委进一步加强监督检查工作的意见》，建立了党委统一领导、党委工作部综合协调，监督检查部门组织实施的监督体系，实现了对集团班子、二级单位班子、生产经营关键环节、重要领域的全覆盖。同时把监督和督促工作落实结合起来，针对领导班子落实民主集中制、重大专题推进、职工奖金分配等进行督促检查，确保集团公司方针政策和重大部署的贯彻落实。

三、取得成效

近年来，宏观经济持续下行、钢铁产能严重过剩、钢材价格断崖式下跌、行业大面积亏损，安钢也无法独善其身，陷入生存危机。面对前所未有的压力和挑战，集团新一届领导班子按照"围绕发展抓党建、抓好党建促发展"的要求，准确判断形势，明晰战略方向，坚定发展信心，坚持以"1143"战略为统领，以"板块＋专题"运作为抓手，变中求新、变中求进、变中突破，全力以赴打好生存保卫战。集团党委突出中心任务，创新党建模式，全方位构建"四个三"工作布局，团结和带领广大干部职工，坚定同舟共济渡难关的信念，凝聚解危脱困正能量，为打赢生存保卫战提供坚强的政治保证。

（一）战略目标更清晰。遵循"适应市场、提高效益"的指导思想，坚定不移地推进实施低成本战略、服务型钢铁战略、多元发展战略、国际化战略，切实依靠管理、技术和人才,仅 2015 年集团铁、钢、材产量分别为 1105 万吨、1074 万吨、1097 万吨,实现销售收入 400 亿元,上交税费 10 亿元,为完成"十三五"末资产总额和销售收入达到"双千亿"的目标打下了基础。

(二)改革发展不停步。以市场倒逼改革创新,在人力资源优化、绩效分配改革、管理职能调整、资源有效整合等方面推出一系列重大改革,激发了企业经营活力;在资金异常紧张的情况下,坚持发展不放松,通过融资合作等手段,持续推进产品升级、节能环保等项目建设,实现了结构调整的新突破。

(三)生产经营态势稳定。创新经营模式,突出板块 + 专题重点,全力稳炼铁、强销售、降成本、抓管理、促转型,钢、铁、材产量基本不减,工人正常上班,产销基本平衡,企业经营管理秩序井然、有序推进,比较平稳。

(四)人心不散队伍不乱。用安钢精神凝聚安钢力量,用安钢力量战胜安钢困难,各级班子和党员干部带头讲责任勇担当,一级带着一级干,一级做给一级看,干部职工心往一处想,劲向一处使,自觉与企业同呼吸共命运,保家园渡难关,始终保持敢打必胜的激情和干劲。现在,无论是干部还是职工多为安钢工作,多为安钢贡献又已成为自觉的行动。

(原载 2016 年 3 月 25 日《安钢》报)

党委书记、董事长李利剑在全国国有企业党的建设工作会议发言

实行"四个三"党建工作法
为企业解危脱困转型发展提供动力保证

安阳钢铁集团公司是河南省重要骨干企业，也是 1958 年建厂的老企业。近年来，钢铁产能严重过剩、行业大面积亏损，安钢遇到了前所未有的生存危机。面对严峻局面，安钢党委积极探索"四个三"党建工作法，切实发挥党组织政治优势和"主心骨"作用，为企业解危脱困、转型发展助力护航，努力做到不减产、不减人、不减薪。今年以来，生产经营持续向好，实现扭亏为盈，取得了脱困转型的阶段性成果。

第一，坚持"三个讲清"，坚定脱困转型必胜信心。在生死存亡的重要关口，集团党委牢牢把握大局，持续深入讲清形势、讲清任务、讲清责任，动员全体职工众志成城打一场关乎安钢前途命运的生存保卫战。通过两级班子和 200 多名中层干部带头讲、各种会议反复讲、深入职工面对面讲、微信平台大家讲，把严峻形势讲透、目标任务讲明、利益攸关讲清，增强敢打必胜的信心和决心。去年10 月，市场形势进一步恶化，集团党委及时召开"止血倒逼保生存"动员大会，签订经营目标"军令状"，引导党员、干部为生存而战、为荣誉而战、为尊严而战。各级党组织层层传递压力，层层落实责任，积极开展"保目标保家园""晒指标晒成绩"、网上征集"金点子"等活动，评选"最美安钢人"，用安钢精神凝聚安钢力量，用安钢力量战胜安钢困难。"三个讲清"不是权宜之计，形势不好要讲，形势好了也要讲。今年 3 月，市场形势出现好转，我们及时警醒自己，不沾沾自喜，不被眼前的短暂繁荣所迷惑，横下一条心，进一步深化改革、苦练内功，解决深层次问题和矛盾，防止重复昨天的故事。

第二，推进"三个转变"，激发脱困转型内生动力。集团党委认为，安钢陷入生存困境，固然有外部环境影响，但其根源是思想观念未能因时而变、运营模式没有与时俱进、工作作风不够从严从实，必须"以变求生存"。一是转变观念。立足行业发展新常态，实施"低成本运行、服务型钢铁、多元化发展、国际化经营"四大战略，确立"精细严实"的管理方针，强化"适应市场、提高效益"的经营理念，从"生产啥卖啥"转变到"客户需要啥生产啥"。二是转变模式。牢牢抓住影响脱困转型的主要矛盾，在行业内首创"板块＋专题"运营模式，变"坐商"为"行商"营销模式，在营销人员中实行"底薪＋提成"的政策，月奖金最高与最低差距近 40 倍，极大地激发了营销活力。三是转变作风。集团领导每月深入基层联系点解决问题，中层正职每周到一线检查工作落实情况，两级机关人员每周开展义务劳动，一级做给一级看、一级带着一级干，推进各级领导干部解决问题到现

场、检查落实到一线。

第三，突出"三个管好"，筑牢脱困转型战斗堡垒。集团党委认为，越是困难当头，越要加强党的建设，突出"三个管好"，发挥基层党组织的战斗堡垒作用。一是管好党员，建强组织。强化大抓基层的鲜明导向，每年对基层党组织书记进行述职评议考核。组织8000多名在岗党员亮身份、守承诺、做表率，开展重大课题攻关263项，建立党员责任区695个、先锋岗1120个。让党员在解危脱困中树形象、做贡献。全国最美青工、炼钢炉长吕亚，把钢铁料消耗降到国内同炉型第一，并创造"石灰石代替石灰造渣炼钢法"，每年降低成本近2000万元。二是管好人，带优队伍。发挥党组织在选人用人中的领导和把关作用，抓好学习培训、履职考核、转岗交流和实践锻炼，增强干事创业的活力。加大干部交流力度，形成"行政副职—党委书记—行政正职"的人才使用路径。做好"双培养"工作，把320余名生产经营骨干培养成党员，把550多名党员培养成生产经营骨干。三是管好思想，凝聚人心。坚持用习近平总书记系列重要讲话精神武装头脑、指导实践，始终听党话、跟党走。坚持把解决思想问题与解决实际问题结合起来，提高中夜班津贴、开展全员体检、帮扶困难职工等，不断增强党组织的感召力和影响力。

第四，构建"三个体系"，打造脱困转型政治核心。我们把党的政治优势和现代企业制度优势结合起来，完善决策、执行、监督三个体系，使党委成为公司治理结构的有机组成部分，推动党委发挥政治核心作用看得见、可操作。决策体系，以董事会为主导，核心是科学、民主。党委对涉及企业深化改革、解危脱困、转型发展和职工切身利益的重大事项，认真组织研究，广泛听取意见，凝聚各方共识，向董事会提出意见，发挥把关定向作用。执行体系，以经理层为主导，核心是高效、有力。党委做好企业重大决策实施的宣传动员、解疑释惑，发挥思想政治工作优势，团结带领党员、职工心往一处想、劲向一处使，推动脱困转型各项任务有效落实。监督体系，以党委为主导，核心是及时、有效。充分发挥纪检监察、监事会、审计、工会等监督作用，实现对领导班子、生产经营关键环节、重要领域的监督全覆盖。借鉴巡视工作经验，开展内部专项巡察，对违规违纪的28人进行严肃追责，形成震慑。

我们通过探索"四个三"党建工作法，使干部职工在最困难的时期，依然保持坚定的信心、高昂的士气和顽强拼搏的精神，并转化成挺过难关、浴火重生的巨大力量。下一步，我们将认真学习贯彻这次会议精神，进一步加强企业党的建设，加快推进安钢转型发展，为全面建成小康社会做出新的更大贡献！

安阳钢铁集团公司党委

2016年10月11日

安钢召开深化"四个三"党建工作交流研讨会

集团公司董事长、党委书记李涛发表重要讲话

4月20日下午，安钢在会展中心召开深化"四个三"党建工作交流研讨会，集团公司领导李涛、李利剑、李存牢、李福永、张怀宾出席会议。会议由集团公司副董事长、党委副书记李存牢主持。

会上，党委工作部、纪委、工会、销售总公司、第二炼轧厂、第二炼钢厂、永通公司、工程技术总公司先后就本单位贯彻落实"四个三"党建工作布局的做法和成效进行了汇报发言。

集团公司总经理、党委副书记李利剑在讲话中说，近年来，在世界经济滑坡、钢铁行业形势发生重大变化、安钢面临生死关头之际，集团公司党委紧密结合安钢实际，将党建工作与生产经营深度融合，总结提炼出一套成功的工作做法，取得了实实在在的效果，创造性地构建了"四个三"党建工作布局，为安钢解危脱困、转型发展提供了强大的精神动力和思想保证，得到了上级组织的认可和肯定。他要求各单位、各部门下一步要深刻理解"四个三"的精神内涵，在实践中深入学习贯彻，不断充实、提高和完善；要紧密围绕生产经营，让"四个三"党建工作布局更好地贴近生产经营，更好地为降本增效、打赢生存保卫战发挥作用，取得更好的效果。

集团公司董事长、党委书记李涛同志做重要讲话。他首先对在两年来安钢打生存保卫战的过程中，思想政治工作、党建工作取得的成绩、发挥的作用给予了充分肯定。

李涛指出，在这场波澜壮阔的生存保卫战中，安钢的生产经营和改革发展在困难中艰难前进，基本做到了不减产、不减薪、不减人，所做的大量基础工作、转型升级工作更为今年以及今后安钢的发展奠定了基础。在这个过程中，安钢的政治思想工作、党的建设工作均发挥了重要作用，起到了推动促进、保驾护航和监督保证作用。

李涛将两年多来安钢党的建设和思想政治工作的特点概括为四个方面：一是注重学习。安钢始终把学习十八大精神、习总书记系列讲话精神作为重点，作为武装干部职工头脑、解放思想重要的理论依据；二是注重学以致用。注重将党建工作和安钢的解危脱困、转型升级、打赢生存保卫战实际相结合；三是与党的群众路线教育实践活动、省委巡视组巡视、三严三实三大活动相结合，促进了党的建设，促进了安钢思想政治工作的开展，促进了解危脱困、生产经营中心工作的有效进行；四是提炼和总结出"四个三"党建工作的抓手、措施、载体和平台，直接效果是广大干部职工始终保持了坚定的信心、高昂的士气和拼搏的精神，并

转化成极端困难下的生产力，转化成克服困难、渡过难关的巨大力量，实现了生产经营基本稳定、队伍基本稳定、人心基本稳定。

对于各级党组织今后如何继续贯彻和落实好"四个三"党建工作布局，李涛提出三点要求：

一是要把上级组织对安钢党建工作的肯定、对安钢整体工作的肯定作为动力、鞭策和新的起点。同时还要清醒地看到，无论是党的建设工作、政治思想工作，还是解危脱困、转型升级以及若干个专项生产经营管理工作，还有很大差距，还有很多薄弱环节，一些落后的思想和观念，还有一些不适应的模式和现象。要动员和带领安钢全体干部职工围绕打造一个彻底转型的新安钢而奋斗，我们在党建、思想政治方面的工作空间还很大，任务仍非常艰巨。

二是要深刻领会、全面把握"四个三"工作布局的内涵，运用好"四个三"来推动党建、思想政治工作，促进安钢解危脱困、转型升级、打赢生存保卫战，并成为广大干部职工思想和行动的自觉。李涛指出，"四个三"符合十八大以来和习近平总书记系列讲话中的"党要管党、从严治党"精神和省委、省国资委对国有企业管理的一系列要求；符合两个主体责任的要求，即党委的主体责任、纪委的监督责任，"四个三"工作做好了，我们的主体责任就落地了，监督责任也解决了；符合安钢的实际，无论何时，无论形势好与坏，安钢都要与时俱进，始终踩着时代的节拍，做好三讲、三转、三管，践行好三个体系。

三是要以省委组织部下发的《通知》精神和这次会议为契机，进一步运用好"四个三"党建工作布局，把党建工作、思想政治工作提高到一个新水平，为解危脱困、转型升级、打赢生存保卫战进一步提供动力、保证和监督。要坚定信心、坚定不移继续推进三讲、三转、三管，践行三大体系，在目前的基础上进一步创新，使之更接地气。

李涛强调，持续贯彻落实"四个三"党建工作布局，首先要坚持以人为本。他说，思想政治工作、党建工作，本质都是做"人"的工作。在"四个三"的运用中，必须认识到，要打造一个优秀企业，要真正使安钢有个脱胎换骨的变化，最终还是依靠人，依靠我们的干部职工队伍。因此，安钢广大党员干部要在教育人、培养人、关心人之前首先做好自己，自觉成为践行"四个三"的模范。

其次是要始终以大局为重。安钢当前的大局就是要实现解危脱困、转型升级、打赢生存保卫战，我们不仅要解决当前问题，还要持续解决长远问题，要打造一个现代化的新安钢，这个大局始终是我们党建工作的大局，我们必须围绕这个大局、服务这个大局、支持这个大局。

第三是要让"四个三"的运用、布局、实践和生产经营、专业管理高度融合，和企业文化建设高度融合。"四个三"具有很强的可操作性，能够与生产经营的所有过程、环节、领域充分融合，我们要让它们持续地融为一体，密不可分。同时，还要与企业文化高度融合，安钢文化是不断创新的文化，无论是过去的艰苦创业，还是现在赋予的创新、团结等新内容，这些文化都要和"四个三"融合起来，用党的建设、思想政治工作的先进性来推动文化建设的先进性，文化建设反过来依托党的建设、思想政治工作的优势，不断得到提升和升华。

李涛最后强调，各单位、各部门践行"四个三"党建工作布局切忌搞形式主义，要扎扎实实按照省委要求，按照各自的实际去推动，让安钢的队伍充分焕发正能量，始终保持坚定的信心、高昂的士气和拼搏的精神，努力实现思想政治、党建工作和解危脱困工作两个出色。

集团公司副董事长、党委副书记李存牢要求安钢各级党组织和领导干部要以这次交流研讨为契机，进一步增强责任感使命感，把践行"四个三"党建工作布局和安钢实际、生产经营和解危脱困、转型升级紧密结合起来，提振自信心，汇聚正能量，为打造一个真正现代化的新安钢提供源源不断的精神动力！

（记者　杨之甜）（原载 2016 年 4 月 23 日《安钢》报）

省管企业学习运用"四个三"经验交流会在安钢召开

　　7月22日上午，河南省省管企业学习运用安钢"四个三"党建工作经验交流座谈会在安钢会展中心举行，安钢集团、河南能源等五家单位在会上就加强新形势下的党建工作，分别做了经验交流。

　　省国资委副主任郑伯阳，安钢集团公司董事长、党委书记李涛，副董事长、党委副书记李存牢出席会议。来自郑煤集团、省国控集团、中铁装备集团等30余家省管企业、部分中央驻豫企业的党委书记、组织部长或党办主任，安钢各二级单位党委书记、党总支书记参加会议。省国资委组织宣传处调研员潘留拴主持会议。

　　近年来，安钢集团公司党委在钢铁行业形势发生重大变化和党要管党、从严治党的大背景下，紧密结合企业实际，积极探索创新，构建"四个三"党建工作布局，把党的思想政治优势、组织优势和群众工作优势转化为企业的发展优势、竞争优势和创新优势，使党的主张在企业有效贯彻，巩固了党在企业的执政基础，促进了企业的稳定，为生存保卫战提供了强大的思想保证和精神支撑，是国企党建工作的重大理论创新，受到了上级组织和钢铁行业的广泛关注，省委组织部下文要求在全省学习推广，河南日报、中国冶金报等媒体也都进行了深入报道。

　　在当前省管企业正在深入开展"两学一做"学习教育，国有工业企业改革攻坚战正在扎实有序推进之际，省委组织部和国资委在安钢组织召开省管企业及部分驻豫央企学习运用安钢"四个三"党建工作经验交流座谈会，旨在认真学习习近平总书记系列重要讲话精神，贯彻落实中央和省委关于加强国有企业党的建设重要部署，就学习运用安钢"四个三"党建工作经验，进一步加强国企党的建设进行相互学习、相互交流、相互探讨，努力为打赢深化国企改革攻坚战提供坚强的政治和组织保证。

　　会上，安钢集团、河南能源、平煤神马、河南交投、洛铜集团五家单位先后就加强新形势下的党建工作进行了经验交流。

　　李涛在发言中介绍了钢铁行业目前的基本情况和安钢的基本概况。他说，近几年来，受国际金融危机的影响，安钢生产经营陷入了严重困难。2013年下半年以来，安钢解放思想，开拓创新，加快结构调整、转型升级的步伐，转变经营理念，调整管理模式，制定实施了"低成本战略、服务型钢铁战略、多元化发展战略和国际化战略"，推行了一系列卓有成效的变革，企业的生产经营情况得到大幅改善。特别是在2015年，企业生产经营遭遇巨大挑战，全行业普遍减员、减薪，实行停产半停产之时，安钢仍然整体做到了不减人、不减薪、不减产，保持了人心稳定、队伍稳定、思想稳定，干部职工干劲十足，企业整体展现出了好的态势、好的趋势和好的气势，为抓住 2016 年上半年难得的市场机遇，踏准市场节奏，实现整体盈利，奠定了良好基础。

李涛说，"四个三"党建工作布局，是与生存保卫战相伴相生、逐步产生、渐成体系的。通过"三讲"，解放思想，转变观念，统一认识；通过"三转"，确立"1143"发展新战略，深入推进变革，适应市场，提高效益；通过"三管"，在困难时期充分发挥企业党委政治核心作用，发挥各级党组织和党员在解危脱困中的模范带头作用，凝聚人心力量，激发干事创业的活力；构建"三个体系"，把发挥党的政治优势和现代企业制度结合起来，使党委成为法人治理结构的有机组成部分，为企业长远良性发展，提供有力的制度保障。

李涛表示，安钢"四个三"党建工作，来源于安钢实践，又指导安钢实践，是对实际问题的思考、回答和实践探索，在企业见到了实实在在的成效。在钢铁行业异常困难的形势下，对安钢的生产经营、改革发展，起到了巨大的促进作用。当前，国有企业改革进入深水区和攻坚区，下一步，我们要认真学习贯彻习近平总书记"七一"重要讲话精神，学习贯彻中央、省委关于党要管党、从严治党的一系列部署和要求，在安钢解危脱困、改革转型中继续深化"四个三"党建工作布局，全面提升企业党建工作水平，为打赢安钢生存保卫战提供坚强的政治、思想和组织保证。

郑伯阳在讲话中对安钢的"四个三"党建工作给予了高度评价和充分肯定。就进一步加强国有企业党建工作，提出了三点要求：

一是要充分认识安钢"四个三"党建工作经验对加强河南省国企党建工作的借鉴意义。他指出，安钢的"四个三"是讲责任的"四个三"、是重创新的"四个三"、是求实效的"四个三"，有自身的鲜明特色和丰富内涵，其经验和做法值得各个单位学习借鉴，希望省管企业和驻豫央企要以这次交流座谈会为契机，认真学习安钢集团加强党建工作的好经验、好做法，结合自身实际，勇于探索，大胆实践，努力打造彰显自身特色的党建先进典型，让先进典型"走"出去，弘扬正能量，发挥典型的辐射力，产生"一花引来万花开"的效应，促进省管企业和驻豫央企整体党建工作水平的提高。

二是要肯定成绩、正视问题，进一步提高对加强河南省国企党建工作重要性的认识。他强调，坚持党对国有企业的领导是重大政治原则，必须毫不动摇；加强国有企业党的建设作为当前重大的政治任务，必须抓紧抓实抓好；党建工作是国有企业的独特优势，必须不断巩固和加强。

三是要融入中心、服务大局，在深化国企改革中全面加强党建工作。要认认真真地落实管党治党责任，扎扎实实抓好基层打基础工作，积极推进国企党建工作创新，着力为打赢国企改革攻坚战提供政治保证。

郑伯阳要求与会各单位要认真学习借鉴安钢"四个三"党建工作经验，深入研究谋划本单位党建工作，切实把国有企业这个独特优势传承好、发挥好、运用好，为加快省管企业解危脱困、坚决打赢深化改革攻坚战提供坚强的政治和组织保证。

会上，与会代表一同观看了安钢"四个三"党建工作专题宣传片。会前，在李存牢的陪同下，代表们还参观了运输部省管企业基层服务型党组织示范点、炼铁厂3号高炉、第二炼轧厂150吨转炉—1780热连轧生产线。

（记者　柳海兵）（原载 2016 年 7 月 23 日《安钢》报）

不忘初心　重铸辉煌

——安钢集团基层党建工作纪实

带着 3 万多安钢人的期待和重托，10 月 10 日至 11 日，在全国国有企业党建工作会上，安钢集团董事长李利剑作为全国唯一一家地方国有企业代表，内心充盈着安钢人的骄傲与自信，站在典型发言席上介绍了安钢集团党建"四个三"工作法，引起了强烈反响。"四个三"工作法究竟有什么神奇的力量，让有着 58 年历史的安钢集团重新焕发出勃勃生机，请看：

——安钢集团基层党建工作纪实

10 月 13 日，一个晴朗的秋日午后，在安钢集团会议室内，刚刚从北京回来的李利剑激动地告诉记者："作为一个大学毕业就在这里工作的老安钢人，我见证了安钢的辉煌，也经历了钢铁行业的低谷，但无论什么时候，加强党的建设始终是安钢的根和魂，始终是安钢人心不散的关键。"

在全国国有企业党的建设工作会议上，习近平总书记对国企党建工作提出了"不动摇""不偏离""不能变""不放松"的要求，为做好新形势下国企党建工作提供了根本遵循。始建于 1958 年的安钢集团，现有在职职工两万多人，24 个集团公司党委所属二级党委，8 个党总支，255 个党支部，8300 余名在岗党员。历经了半个多世纪的发展，安钢始终坚定不移地高扬"党建"之帆，保持国有企业的政治底色，用安钢精神凝聚安钢力量，用安钢力量战胜安钢困难，找准党建工作与国企改革发展的契合点，把党的领导融入公司管理、生产各个环节中，通过"三个讲清、三个转变、三个管好、三个体系"的"四个三"党建工作法，让党建工作与国企发展"无缝对接"，让安钢在市场竞争的大潮中乘风破浪。

"三个讲清"拧紧思想螺丝

只有思想上清清楚楚，行动上才能明明白白。在全国钢铁产能严重过剩的大背景下，安钢也曾陷入生存危机，面对前所未有的压力和挑战，安钢集团始终保持党建工作与企业经营"一条心"，真正给广大干部职工"讲清形势、讲清任务、讲清责任"，凝聚起解危脱困的正能量，为打赢生存保卫战提供坚强的政治保证。

9 月 20 日 18 时 50 分，汽笛的一声长鸣划过天空，随着最后一罐残铁被火车缓缓拖离 2 号高炉，备受关注的安钢炼铁厂 2 号高炉放残铁工作顺利结束。在整个系统检修过程中，安钢充分发挥广大党员的先锋模范作用，哪里有困难，哪里就有党员冲锋在前。党员如同一面旗帜飘扬在每个干部职工的心中，成为激发干劲、共克时艰的强大动力。

安钢集团紧紧围绕"打赢生存保卫战"这一战略决策，持续开展"三个讲清"

教育，运用各种媒介，把严峻形势讲透、任务讲明、责任讲清。集团领导、各级班子成员面对面向岗位职工集中宣讲 1200 余场，建立各层次微信平台 700 余个，通过层层宣讲，把责任主体讲清楚，利益攸关讲清楚。同时，围绕"止血倒逼"目标，安钢集团以"三个讲清"发动、引导、激励职工，先后举办各类劳动竞赛 200 余项，参与职工超过 2 万人次，组织 4000 多人参加青工网上大练兵，收集网上"金点子"1100 项，并征集"讲、比"立项 300 余项，通过"守承诺、保目标、向我看、保家园"竞赛、党员攻关、"晒指标，晒成绩"、"指标比比看"等活动，组织评选"最美安钢人"、创新创效先进班组、标杆个人，宣传报道先进典型事例 300 多人次，进一步统一了干部职工的思想，凝聚了创效合力，强化了责任担当意识，点燃了安钢人再创辉煌的热情。

"三个转变"激发企业动力

作为曾经的全国钢铁行业领军者，安钢集团的辉煌还深深烙在老一辈安钢人心中，新形势下如何在困境中突围，面对严峻的生死考验，安钢旗帜鲜明地提出要"以变求生存"，把"转思想、转模式、转作风"作为实现逆势突围的法宝。

一提起清理焦油原料槽，安钢人都明白这是一项又脏又难又险的工作，长期以来这项工作都是外包出去，但账经不起细算，2015 年，焦油车间 5 个罐体共产生清理费用 80 万元，每年下来也是一笔不小的开销。"自己的活自己干，老一辈安钢人能吃的苦我们也能吃！"在焦油车间主任郝学民的带领下，焦化厂主动向集团公司请战，由本单位承接这项业务。面对高温、油污、有害气体等"拦路虎"，安钢人咬紧牙关，在科学防护的前提下，党员干部身先士卒进入焦油罐体清理焦油渣，用无声的行动诠释着对安钢的热爱、忠诚和担当。据统计，安钢集团共精简科级机构 34 个，清退劳务人员 4975 人，减少外委支出 2.54 亿元。

思想一转天地宽。安钢集团以上率下引领思想观念的转变，立足行业发展新常态，提出了"1143"战略构想，确立了"稳炼铁、强销售、降成本、严管理"的工作思路，做出了打一场"止血倒逼保生存"攻坚战的决策部署，转变生产经营管理模式，建立"板块＋专题"的运作方式，成立 15 个非常设机构，以铁前、钢后、非钢"三大板块"为主要突破口。2015 年，新开发直供用户 58 家，当年非钢板块实现营业收入 108 亿元，实现利润 1.04 亿元。安钢以作风转变和工作实绩赢得职工满意，坚决贯彻执行中央八项规定和省委、省政府 20 条意见，出台了密切联系群众、加强调查研究、规范职务消费、精简会议文件等 10 多项制度规定。

"三个管好"夯实责任基座

国企改革的关键在于"领头雁"，要始终坚持党管干部的原则不动摇，才能在国企改革的大潮中披荆斩棘。安钢突出"管党、管人、管思想"的新思路，充分发挥党委政治核心作用、党支部战斗堡垒作用和党员先锋模范作用。

憨厚的脸庞带着一丝满足的笑意，沾满油污的双手轻轻地搭在一起，深蓝色的工作服上沾满了一层灰白色的尘土，2015 年 10 月 17 日，这张灰头土脸的"灰人"照片在安钢的许多微信群中蹿红，点赞的、鼓掌的、跟帖的、转发的络绎不绝，"灰人"马超成了安钢朋友圈里的大明星。"企业遇到了困难，苦脏累的活我们不干让谁干？""谁也救不了安钢，只有安钢人才能救安钢。"在党员干部的带动下，安钢涌现出一个个充满正能量的一线职工。

安钢党委以"打铁还需自身硬"的要求，坚持党管干部原则，修订完善严肃党内政治生活、规范民主生活等 8 项党建工作制度，强化对党员干部履职行权的监督，严肃查处各类案件，对 15 人进行了党纪处分，建立规范有序的干部选拔任用程序，近年共交流调整干部 100 余名，同时加强人才队伍建设，评选 33 名首席专家，建立管理、技术、操作 3 种人才职业发展通道。安钢党委还坚持用党的理论、方针、政策凝聚党员干部的思想，坚持用安钢精神和企业价值观凝聚干部职工的思想，各级领导干部深入生产一线，倾听心声，关心关爱职工，提高中夜班岗位津贴，发放误餐补助，开展全员免费体检，推进保障房和医院综合楼建设，进一步凝聚了职工队伍，增强了党组织的感召力和影响力。

"三大体系"掌舵国企发展

党建工作始终是国企独特的政治资源和优势，围绕新常态下如何加强党的建设、发挥政治核心作用，安钢党委着力打造"决策、执行、监督"三大体系，使党委成为公司法人治理结构的有机组成部分，形成了职责明确、有机融合、运转协调的新型领导体制和运行机制，使党委发挥政治核心作用组织化、制度化、具体化。

在决策体系中，安钢集团党委对涉及"三重一大"和职工切身利益的重大问题认真研究，以董事会为主导，以董事长为主持和召集人，以科学、民主为核心，确保各项决策落实到位，保证党和国家方针政策、重大部署在国有企业贯彻执行，始终坚持党对国有企业的领导不动摇。

在执行体系中，安钢集团把党的领导融入公司治理各环节，把企业党组织内嵌到公司治理结构之中，以经理层为主导，以总经理为负责人，以高效、有力为核心，党委在执行体系中具有重要的促进作用、推动作用，方方面面渗透到执行过程中，做到组织落实、干部到位、职责明确。

在监督体系中，安钢集团由党委主导，以党委书记为牵头人，以及时、有效为核心，充分发挥纪检监察、监事会、巡查、审计、舆论、职工等监督资源作用，制定《集团公司党委进一步加强监督检查工作的意见》，建立了党委统一领导、党委工作部综合协调，监督检查部门组织实施的监督体系，实现了对集团班子、二级单位班子、生产经营关键环节、重要领域的全覆盖。

不忘初心，安钢集团把党建工作作为国企改革发展的"根"和"魂"，始终坚持党对国有企业的领导不动摇，发挥企业党组织的领导核心和政治核心作用，保证党和国家方针政策、重大部署在企业贯彻执行，并不断探索适合企业自身发展的新方法，创造性地通过"四个三"工作法延伸了国企党建工作的触角，走出了一条与国企改革发展"适销对路"的党建工作新途径。

（记者　王洪星　贺　瑛）（原载 2016 年 10 月 21 日《中国冶金报》）

中国冶金政研会在全行业推广学习
安钢"四个三"党建工作法

继 2016 年河南省委组织部、省国资委党委下发文件，在全省推广运用"四个三"党建工作经验之后，近日，中国冶金政研会专门下文，在全国冶金行业推广学习安钢"四个三"党建工作法。

文件指出：安阳钢铁集团党建思想政治工作"四个三"的经验和做法，是冶金企业战胜当前面临的困难，在逆境中生存发展的积极探索，是对当前钢铁企业特殊发展历程的分析与概括；是对做好思想政治工作，加强党建的深刻认识和总结；是学习落实习近平总书记系列重要讲话精神的生动实践；是落实中央国企党建工作会议精神，通过改革促进企业发展的宝贵经验。

中国冶金职工思想政治工作研究会是中国冶金行业最为重要的思想政治工作交流平台，会员单位包括宝武、首钢、鞍钢、河钢、安钢等中央和地方大型钢铁企业。

2015 年 11 月，在宝钢召开的冶金政研会理事大会上，安钢"四个三"经验介绍引起与会代表的热烈反响。会后，中国冶金政研会多次深入安钢，调研总结安钢思想政治工作"四个三"的做法和经验，中国冶金报、冶金企业文化杂志等媒体对这一经验做了深入的宣传报导。2016 年 10 月份，在全国国有企业党建工作会议上，安钢党委书记、董事长李利剑做了典型发言，受到中央领导的充分肯定，为国企党建思想政治工作起到了引领示范作用。2016 年 11 月 24 日，冶金政研会理事大会在安阳钢铁集团召开，来自全国钢铁行业近 50 家单位代表实地学习了安钢"四个三"的经验，深受启发。

冶金政研会要求各会员单位要认真组织学习并结合本单位实际借鉴运用安钢集团公司在 2016 年中国冶金政研会理事大会上所做的经验介绍——《深入贯彻落实中央从严治党新要求，推动安钢党建工作和转型发展再上新水平》，助推冶金企业加强党建思想政治工作，实现转型发展。

（记者　柳海兵）（原载 2017 年 2 月 16 日《安钢》报）

冶金政研会在安钢召开学习党建思想政治工作"四个三"经验交流会

3月10日，由全国冶金政研会组织的安钢党建思想政治工作"四个三"经验现场交流会在安钢举行。全国冶金政研会副会长王新平、中国冶金报社党委书记陈洪飞、全国冶金政研会秘书长张文喆、安钢股份公司党委副书记刘增学及来自全国29家冶金企业的80多名代表参加。

与会代表首先参观了安钢会展中心。在随后召开的交流会上，大家观看了反映安钢"四个三"党建工作法的专题片《迎风党旗别样红》。

会上，刘增学受安钢集团公司党委书记、董事长李利剑委派作了安钢"四个三"党建工作经验介绍。他说，"四个三"党建工作法，是安钢党委在钢铁行业发生重大变化和党要管党、从严治党的大背景下，立足于安钢解危脱困大局，积极探索、大胆实践、逐步形成的党建工作新思想、新思路。

"四个三"共十二条，每一条都包括安钢实际工作的一个重要方面，都是为了解决一个方面的重要问题，在安钢困难时期发挥了实实在在的作用。

刘增学在详细介绍了学习全国国有企业党建工作会精神的认识和体会后说，"四个三"党建工作法，为安钢打赢生存保卫战、加强党的建设发挥了实实在在的作用。去年10月份，党委书记、董事长李利剑同志参加全国国企党建会议后，对如何发挥企业党组织的领导核心和政治核心作用又进行了深入思考，并在2017年党委工作报告中，结合贯彻党的十八届六中全会和全国国企党建工作会精神，对安钢党的建设工作做出新的安排和部署，进一步明确了企业领导核心和政治核心的功能定位，明确了党组织发挥作用的途径方式，明确了抓好思想文化引领、建强干部队伍、夯实基层基础、严格党建考核等工作重点，着力提升、完善"四个三"党建工作。

刘增学最后表示，安钢"四个三"党建工作法，虽然得到了上级组织的认可，在工作实践中取得了一定成效，但与中央的要求相比，与先进企业的做法相比，还存在一些差距和不足。下一步，安钢将深入贯彻落实党的十八届六中全会和全国国有企业党建工作会议精神，认真学习兄弟企业的先进经验，在"四个三"的基础上，持续深化、完善、提高，进一步叫响安钢党建工作品牌，充分发挥党组织作用，为企业加快脱困转型、提质增效提供坚强保证！与会代表对安钢"四个三"党建工作法给予高度评价。大家一致认为，安钢经验是一个科学的体系，具有很强的系统性；是新形势下国企党建思想政治工作在理论上实践上的有益探索，具有很强的创新性；是在钢铁行业面临严重困难时期形成的行之有效的工作模式，具有很强的实践性。安钢党建工作"四个三"是自身进行深化改革转型升级的经验总结，也是安钢学习习总书记讲话精神而推动自身发展的经验总结，推广安钢"四个三"党建工作的经验具有重要意义。

大家同时认为，安钢"四个三"党建工作的可贵之处，在于自信自强，扎根定魂，从自身实际出发，契合时代要求，体现中央精神，扎根深厚实践，是树得起、立得住、叫得响的好典型、好经验、好品牌，为国有企业做出好的榜样，值得深入推广。

王新平、陈洪飞在讲话中希望与会代表认真学习安钢的经验，学到安钢经验的精髓，结合企业自身具体的实践，把自己所在企业党建和思想政治工作、企业文化建设的经验进行总结，相互借鉴，交流学习，进一步深化改善提升本单位党建思想政治工作水平，真正发挥整体优势。要利用好《中国冶金报》这个媒体平台，宣传推广安钢"四个三"的经验，全力以赴做好服务工作，为做强做优做大钢铁企业贡献一份力量。

当天下午，与会代表到安钢运输部、炼铁厂、第二炼轧厂实地参观学习安钢党建思想政治工作"四个三"工作在基层的经验，并进行了分组讨论。

（孟安民　邓　苗）（原载 2017 年 3 月 11 日《安钢》报）

省管企业学习运用"四个三"现场交流会在安钢召开

　　9月6日至7日，河南省省管企业学习运用安钢"四个三"党建工作先进经验现场交流会在安钢会展中心召开。河南省国资委党委副书记、主任李涛、党委副书记、副主任郑伯阳，安钢集团公司党委副书记、总经理刘润生、党委常委、纪委书记李福永、安钢股份公司党委副书记刘增学，以及来自全省29家省管企业、部分中央驻豫企业党委负责同志、党委组织部门负责人参加了会议。

　　会议由郑伯阳主持。

　　9月7日下午的会上，刘润生首先发表迎辞，在简要介绍了安钢近年来的工作后指出，在保生存、谋发展的实践中，安钢党委科学把握经济发展新常态、全面从严治党新要求，紧密结合企业实际，探索创建了"四个三"党建工作法，充分发挥党组织领导核心和政治核心作用，把方向、管大局、保落实，为企业脱困转型助力护航。全国、全省国企党建工作会以后，安钢持续深化"四个三"党建工作，在"1143"总体战略的基础上，进一步确立了"创新驱动、品质领先、提质增效、转型发展"的"十三五"总体战略，着力培育低成本竞争、产品竞争、产业竞争、管理创新、人才队伍和党建工作"六大优势"，努力打造创新安钢、品质安钢、精益安钢、绿色安钢、多元安钢、开放安钢"六个安钢"。全面打响生存、环保、改革、转型"四大攻坚战"，奋力开启安钢转型发展新征程，干部职工始终保持坚定的信心、高昂的士气和顽强拼搏的精神状态，汇聚起脱困转型的强大正能量。2016年，安钢一举扭亏为盈，今年以来生产经营持续向好，整体呈现出好的趋势、好的态势、好的气势。

　　刘润生强调，当前，安钢和其他省管企业一样，正处于深化改革的攻坚期和转型发展的关键期，对党建工作提出了新的更高要求。安钢将认真学习借鉴各兄弟企业党建工作的好经验、好做法，进一步深化、丰富、拓展"四个三"党建工作，不断提升安钢党建工作水平，为安钢改革发展提供坚强动力保证。

　　随后，与会人员一同观看了反映安钢"四个三"党建工作的专题片《迎风党旗别样红》，听取了六家单位的典型发言。

　　李涛在讲话中指出，去年以来，特别是中央和全省国企党建工作会议以来，省属企业加强党的建设工作得到了新的提高、取得了新的进步，初步转变了党建工作边缘化、虚化、弱化、淡化的状态，省属企业党的建设工作处在一个良好的状态。

　　谈到安钢党建工作"四个三"的产生历史和发展过程时，李涛指出，一是根植于安钢半个多世纪党建工作的基础。作为河南省工业的长子，安钢就是在火红的岁月里，在党的领导下产生的，安钢是党的孩子、是党动员全省致力于解决缺铁少钢问题，解决共和国发展急需的钢铁问题而产生的。

　　所以说，安钢有深厚的党建基础，有鲜明的红色文化，在长达半个多世纪的发展历程中，安钢的党组织是完善的、制度是健全的，党的作用发挥是好的，这是"四个三"产生的基础。二是来源于安钢生存保卫战的现实需要。改革开放以后，安钢始终处在快速发展中，是省属企业的一面红旗。但是，在金融危机后的新形势、新情况下，安钢历史性地遇到了重大困难和危机，干部职工一度出现迷茫和困惑。在这种情况下，谁能带领我们走出去？是党组织！大型的国有企业到了打生存保卫战的时候，能够帮助企业树立信心、指明方向、凝聚力量的，只有党和政府。上级党组织能够指明方向，企业党组织能够带领大家突围，所以说，它产生于安钢生存保卫战的现实需要。三是产生于安钢新形势下生产经营的实践。新形势下的生产经营主要是转型，主要是服务型钢铁、服务型制造，主要是适应市场，这就要求党的组织、党的领导、党的工作思想、政治组织、宣传工作都要围绕转型开展，围绕生产经营新的特点开展，这是很现实的。

李涛强调，安钢党建工作"四个三"是有生命力的。是理论联系实际的产物，是思想政治工作和生产经营工作融合的产物，也是广大干部职工信心智慧的产物。在谈到学习安钢"四个三"的启示和体会时，他指出，第一，党的领导是中国特色社会主义制度的本质特征，他能给人高昂的士气、坚定的信心和顽强拼搏的精神。第二，国有大中型企业党的领导是企业的生命线。党的领导和现代企业制度是相容的，党的领导和市场经济完全可以实现高度统一和融合。党的领导说到底就是把职工的思想建设好，把政治优势发挥好，把队伍建设好。第三，企业党的建设要和思想、宣传、人力资源、文化建设等方方面面的工作融合起来，形成合力。第四，党的建设在国有企业在省属企业就是落实主体责任，党的建设在一个企业能不能得到加强，能不能持之以恒、一以贯之，关键是党委和党委书记。

最后，就如何加强国有企业党建工作，李涛强调，一要坚定中国特色社会主义道路毫不动摇。几十年的改革开放，证明了这是让中国人民富强起来的唯一道路，在新的历史条件下，怎么实现这样一个梦想，这就需要我们不断实践和探讨。二要进一步加强党的领导。新的历史时期，党的使命就是中华民族伟大复兴，党在国有企业的领导，是实现这一使命的重要组成部分，要坚定不移地把国有企业做强做优做大，必须毫不动摇坚持党的领导，实现新的使命。三要以马列主义毛泽东思想为指导。马列主义毛泽东思想是党的指导思想，全国人民奋斗事业的指导思想，是实现中国梦的指导思想，这是毫不动摇、毋庸置疑的。当前，要坚持学好习总书记系列讲话和即将召开的十九大精神，要系统地学、有重点地学、有针对性地学，不断提高政治自觉性和敏锐性，提高执政能力。

9月6日晚，集团公司党委常委、工会主席张怀宾陪同与会人员观看了由安钢文艺工作者精心编排的文艺节目。

9月7日上午，在刘润生、李福永、刘增学等的陪同下，与会人员到冷轧公司和运输部进行了现场参观。

（孟安民　邓　苗）（原载 2017 年 9 月 9 日《安钢》报）

打造安钢新名片

——安钢 2017 年党建工作回眸

不忘初心，擘画新时代宏伟蓝图；牢记使命，开启梦想光辉新征程。

2017 年，对于安钢来说，是披荆斩棘、破浪前行的一年；对于安钢人来说，是砥砺奋进、大有作为的一年；这是再出发，硕果累累的一年；这是再攀登，闯关夺隘的一年。成绩鼓舞人心，成绩催人奋进。

2017 年，安钢坚持党的领导不动摇，不断丰富"四个三"党建工作内容，持续深化"四个三"党建工作内涵，深耕党建工作新布局，为企业解危脱困、转型升级添活力、增动力。一年来，安钢党委认真贯彻落实全国、全省国有企业党的建设工作会议精神，把加强党的领导与公司治理统一起来，真正做到"把方向、管大局、保落实"，切实为企业的生产大局提供强有力的政治、思想和组织保证。一年来，在"四个三"总体部署下，安钢党建工作以"五个紧紧围绕"为抓手，在生存、改革、环保、转型四大战场全面发力，把党的政治优势、组织优势和群众优势真正转化为企业的竞争优势和发展优势，也为新一年从严治企提供了坚强的政治保证。

深化"四个三"党建工作法，打造安钢新名片

时光的年轮，铭刻着安钢攻坚克难的精神，铭记着安钢奋进前行的步履。

回首 2016 年 10 月，集团公司党委书记、董事长李利剑在全国国有企业党的建设工作会议上做典型发言，向全国展示了安钢风采、安钢形象。

2017 年，20 多家单位 1000 多人先后到安钢交流学习党建经验，安钢的知名度、美誉度不断提升。"四个三"党建工作法已经成为安钢叫响全国的一张亮丽名片，为企业打开一扇全新的大门，让更多人认识安钢、了解安钢、走进安钢。

2017 年 3 月 10 日，由全国冶金政研会组织的安钢党建思想政治工作"四个三"经验现场交流会上，与会人员一致认为，安钢党建经验是一个科学的体系，具有很强的系统性，是新形势下国企党建工作在理论上实践上的一次重要探索，是在钢铁行业面临严重困难时期形成的行之有效的工作模式，具有很强的创新性和实践性。

4 月 1 日，河南省国资委主任、党委副书记李涛，率国资委各处室负责人，就深化国企改革和加强企业党建工作到安钢调研督导中，以安钢"四个三"党建工作法为蓝本，将加强党的建设放在了全省企业改革大局中进行谋划，以党建的政治优势点燃改革发展的熊熊火炬。

在河南省省管企业学习运用安钢"四个三"党建工作先进经验现场交流会

上，29家省管企业齐聚安钢，"安钢经验"成为了会上最亮眼的中心词汇。在这次会议上，安钢的党建工作受到了全省企业的一致赞誉，大家共同认为"四个三"党建工作法不仅仅是安钢专属的宝贵经验，更是全省党建工作值得推崇的典范。

作为国有大型钢铁集团，安钢始终坚持党的领导，保持着一贯的开拓创新和昂扬向上，开创了各项事业的崭新局面。

3月24~25日，安钢党委隆重召开第二次党代会，大会选举产生了集团公司新一届党委、纪委，明确了安钢今后五年的发展战略和工作举措，确立了建设"双千亿"现代化钢铁集团的奋斗目标，为推动安钢今后五年乃至较长时期的发展，以开放性的思维寻求企业发展的新方向，也为新时代的安钢标定了航程。

结合新形势、新要求，安钢立足当下，着眼全局，不断丰富、拓展"四个三"党建工作内容，响亮地提出了"五个紧紧围绕"的工作要求，即紧紧围绕基层基础抓党建、紧紧围绕生产经营中心抓党建、紧紧围绕"十三五"战略抓党建、紧紧围绕职工关切和思想动态抓党建、紧紧围绕党风廉政建设抓党建，为打赢生存、环保、改革、转型"四大攻坚战"提供了坚强保证。

深化"四个三"党建工作法，引导安钢新方向

集团公司党委书记、董事长李利剑指出，党建工作是大型国企的灵魂。面对前所未有的压力和挑战，安钢创新党建工作模式，全方位构建"四个三"工作布局，坚持变中求新、变中求进、变中突破，推进安钢转型升级，全力打赢生存保卫战。

一年来，安钢认识清醒，步伐坚定，始终以党建统领为法宝，充分发挥党组织领导核心和政治核心作用，坚持把加强党的领导与公司治理统一起来，推动企业全面发展。

为了进一步强化党组织在公司治理中的法定地位，安钢把党建工作总体要求融进公司章程，目前已经完成集团公司章程修订，报省国资委审批，27个分子公司章程修订工作正在抓紧推进，在子公司层面确立党组织书记和董事长"一肩挑"的双重身份。

2017年，无论是发展战略制定、生产经营目标设置、重大改革举措出台，还是机构设置、干部调整、涉及职工利益等重大事项，党委研究讨论已经作为固定的前置程序，优先于董事会、经理层的决定之前。围绕融入中心、服务大局，党委坚持做好重大决策的宣传动员、解疑释惑、激励引导，团结带领广大职工保证决策的执行到位。

2017年，安钢全面落实从严治党主体责任和监督责任，制定《落实党风廉政建设"一岗双责"实施方案》，细化追责标准，实行分层逐级追责，因抓党风廉政建设不力问责5人。同时，"以案促改""岗位廉洁建设年"活动和"强、促、推"

专项督查的相继开展，极大地促进了干部作风转变和经营管理水平提升。在内部巡察常态化的推动下，去年共完成了 30 家单位的巡察工作，发现问题 367 项，基本实现了对分子公司、主体生产厂和关键职能部室的覆盖。

深化"四个三"党建工作法，锻造安钢新队伍

"政治路线确定之后，干部就是决定因素。"在安钢深化改革、脱困转型的关键时期，尤其需要一支忠诚、干净、担当的高素质干部队伍，为安钢发展汇聚强大的正能量。

"六要六不"标准的提出，进一步明确了安钢好干部的标准和底线，像一把利刃，直击党员干部思想意识；似一架天平，全面评价党员干部工作绩效；如一座路标，引导党员干部的努力方向，促进了干部队伍的向心力、凝聚力、战斗力的大幅提升，转化成为安钢挺过难关、浴火重生的强大力量。

在提升干部的能力素质和破解难题的本领上，安钢党委以走出去、请进来的方式，举办专题讲座，开设"专家讲堂"，组织 3 期厂处级以上干部学习研讨班，适时为各级领导干部"充电加油"，切实增强干部队伍的责任感、使命感。

结合从严治党的要求，安钢党委制定出台《厂处级干部能上能下实施办法》《处级领导人员问责办法》，强化问责追究，倒逼责任落实。一年来，先后对不作为、慢作为、工作不力和在生产事故中负有领导责任的 18 名厂处级干部严厉问责，分别给予撤职、降职、停职检查等处理，营造了清新向上的党员干部生态环境。

党支部是一切工作的基础，也是全部战斗力的来源。安钢党委坚持每季度召开党建工作例会，并通过党委书记抓党建述职评议、党建工作交流等形式，开展评议，接受监督，形成一级抓一级、层层抓落实的党建责任格局。同时，扎实推进"两学一做"学习教育常态化制度化，强化抓基层的鲜明导向，坚持"三会一课"制度，开展庆祝建党 96 周年系列活动，举办基层支部书记培训班，加强党建基地建设，深化创先争优活动，广大党员党的意识、纪律意识和党性观念不断增强，立足岗位争做"四讲四有"合格党员。

知者行之始，行者知之成。2018 年是安钢"从严治企管理年"，在习近平新时代中国特色社会主义思想指导下，在持续深化"四个三"党建的进程中，安钢党委将继续探索党建融入生产、生产充实党建的全新之路，拿出奋勇拼搏之精神、求真务实之作风、争创一流之标准、只争朝夕之状态，努力开创安钢新的更加光明的未来。

(陈 曦)(原载 2018 年 1 月 9 日《安钢》报)

集团公司巡察工作大幕开启

首轮巡察 6 家单位

为落实全面从严治党要求，加强基层党的建设，延伸监督触角，集团公司党委决定对所属单位开展巡察工作，这在安钢历史上尚属首次。

3月1日，由集团公司领导李存牢、李福永、张怀宾分别带队的三个巡察组，正式进驻第二炼轧厂、永通铸管公司、工程技术总公司，开展第一轮巡察工作。巡察组成员由集团公司党委工作部、纪委监察部、人力资源部抽调精兵强将组成，巡察组驻被巡察单位集中巡察时间为两周左右。

此次巡察工作，是集团公司贯彻落实党要管党、从严治党要求，不断深化"四个三"工作布局，加强基层党的建设的一项重大举措；是落实党委主体责任、纪委监督责任，层层传导压力，深入发现问题，及时化解矛盾，不断加强基层党风廉政建设的一项具体措施；是落实巡视工作方针，创新党内监督形式，探索构建具有安钢特色的决策、执行、监督"三大体系"，发挥企业内部监督合力，强化对基层党组织和党员领导干部监督的重要手段；也是加强基层领导班子和干部队伍建设，督促各级党组织和党员领导干部更好地履职尽责，有力推进"一一四三"战略实施，确保公司"止血倒逼"保生存各项决策部署快速、高效贯彻落实的重要保证。对于安钢在当前形势下实现解危脱困、生存发展具有重要的促进作用。

据了解，巡察工作采取"一托二"的方式。巡察期间，巡察组将按照党章和巡察工作条例有关规定，通过听取汇报、民主测评、个别谈话、走访调查、受理信访举报、查阅会议记录、财务账目及各种文件资料等方式开展巡察。巡察组还进一步畅通信访渠道，设立了专门的举报信箱、电话和电子邮箱，以便于更深入地了解情况、掌握线索、发现问题。重点围绕违反政治纪律、政治规矩问题；落实党风廉政建设主体责任和监督责任不力问题；违反中央八项规定精神、省委省政府若干意见和集团公司有关规定及"四风"问题；搞变通执行集团公司的各项规定，违反"三重一大"决策程序及无视纪律和规矩的问题；违反国有企业领导人员廉洁从业规定等违纪违法问题；在奖金分配上违规截留、暗箱操作等侵害职工群众利益问题；在推动集团公司重点工作的落实及"止血倒逼"保生存攻坚战中不能作为、不会作为、不去作为、徇私作为等10类问题开展巡察。

随后，三个巡察组还要进驻销售总公司、附企总公司、缔拓公司开展巡察。

(华文涛)(原载 2016 年 3 月 3 日《安钢》报)

省人大副主任李柏栓到安钢调研

2008 年 12 月 26 日下午，河南省人大常委会副主任李柏栓等一行在安阳市人大常委会主任张锦堂的陪同下，到安钢参观调研。集团公司董事长、总经理王子亮陪同参观调研并介绍了安钢有关情况。

这天下午，李柏栓等到安钢后，在集团公司董事长、总经理王子亮的陪同下，先后参观了安钢会展中心、炼铁厂 2800 立方米高炉、第二炼轧厂 150 吨转炉—炉卷轧机生产线。

在会展中心厂区沙盘模型前，王子亮向李柏栓介绍了安钢厂区各生产线布局、工艺流程及今后预上项目情况。参观途中，王子亮简要介绍了安钢 2008 年生产经营及刚刚闭幕的安钢 2009 年工作会议暨五届一次职代会的情况。他说，2008 年，受国际金融危机的影响，安钢生产经营遇到了前所未有的困难。面对挑战，我们迅速采取有力措施，积极应对，牢牢掌握了生产经营的主动权，成功地化解了经营风险，有效地保证了生产经营的稳健运行，保全了效益。2008 年，集团公司产铁 819.4 万吨、产钢 900.7 万吨、产材 805.6 万吨；全年实现销售收入首次突破 500 亿元，达到 510 亿元，同比增长 168 亿元；实现利税 25 亿元，实现利润 2 亿元。2009 年，安钢将以低成本运行为主线，以综合效益最大化为目的，加快产量效益，向品种质量效益型转变，全面提高企业管理的整体水平，全面提高驾驭现代化钢铁集团的能力，全面提高抵御市场风险能力和竞争实力，取得良好的经济效益和社会效益，为实现中原崛起提供有力支撑。

李柏栓副主任对安钢在十分困难的情况下，生产经营仍取得骄人的业绩表示由衷的赞叹。在新的一年，他希望安钢广大干部职工面对新的严峻挑战与考验，要认清形势，振奋精神，把握机遇，加倍努力，克难攻坚，取得更加优异的成绩，为河南省经济社会发展做出新的贡献。

（记者　孟安民）（原载 2008 年 12 月 30 日《安钢》报）

省长郭庚茂到安钢调研

4月6日上午，风和日丽，百花飘香，十里钢城一派春意盎然。河南省省长郭庚茂、副省长史济春、省长助理、省政府秘书长安惠元及省直有关部门的领导同志，在安阳市委书记张广智、市长张笑东等领导的陪同下，到安钢实地了解调研企业应对金融危机情况，研究、探讨河南钢铁工业持续发展大计。集团公司领导王子亮、吴长顺、张太升、张清学、李存牢、刘润生、王新江、刘楠、安志平、集团公司二级单位的主要领导在会展中心参加了调研座谈。

一到安钢，郭庚茂省长一行就来到150吨转炉—炉卷轧机生产现场了解情况。

在3号150吨转炉主控室，集团公司董事长、总经理王子亮向郭省长介绍了安钢3×150吨转炉—连铸已经实现负能炼钢，并正在向自动炼钢迈进的情况。在炉卷轧机生产线，郭省长边走边看，不时询问安钢的工艺装备、产品规格、质量档次等情况，对企业在全球金融危机之下的生产经营状况非常关心。

在会展中心二楼会议室举行的座谈会上，集团公司董事长、总经理王子亮在对安钢装备水平、产品结构、产品档次、生产成本等基本情况进行介绍后，就企业受全球金融危机的影响程度、采取的主要应对措施以及下一步工作思路作了专项汇报。王子亮说，受金融危机影响，安钢的生产经营出现较大困难，为使企业尽早走出困境，从年初开始，我们以低成本运行为主线，强化企业管理，缩短主营周期，灵活生产组织，压缩各种库存，对标挖潜，优化结构，保存企业实力。随着市场形势的不断变化，我们在3月份建立市场倒逼机制，层层倒逼出每一个工序、每一个环节的成本，打响了保"零"攻坚战。自上而下压缩各种管理费用，提高劳动生产率。压缩各种劳务费用，增收节支，充分利用自有装备，大力修旧利废。创新产品研发和营销机制，抽调专人推进产品研发和市场推广工作，危机之中紧盯渠道建设不放松。王子亮还就下一步安钢的发展，希望政府支持、协调的有关事项提出了几点建议。

在王子亮总经理汇报工作过程中，郭庚茂省长不时地插话，饶有兴致地了解安钢在生产经营、产品质量、循环经济等方面的情况，王子亮总经理都一一做了回答。

郭庚茂省长发表了重要讲话。他首先对安钢在当前金融危机面前所采取的措施给以充分的肯定。他说，目前，河南钢铁行业发展总的趋势是巩固提高，增强核心竞争力。如何增强核心竞争力？就是要在发展战略、产品战略、规模战略、市场布局上做文章。他指出，钢铁行业有市场，但面临着激烈的竞争。我们有一定优势，但有短板。搞得好了就有市场，关键要看质量、产品是否有竞争力。我们要找到提高竞争力的办法，就能够扬长避短，或扬长补短，一定要进行竞争力的比较分析，这是我们解决发展战略问题的关键。要根据产品定位、市场定位、市场布局，研究河南钢铁工业和安钢的发展战略，主要从四个环节入手。第一，节能降耗，提高软实力。这方面安钢搞得不错，有的炼钢生产已实现负能炼钢。第二，技术进步，产品创新。第三，从弥补短板研究安钢联合协作。第四，产品延伸，产品要向"高、精、专"方向发展。

最后，郭庚茂省长要求省市有关部门对安钢要多支持、多帮助，希望安钢不断增强核心竞争力，把安钢建设成为现代化的钢铁强厂。

（记者　王广生）（原载 2009 年 4 月 9 日《安钢》报）

省委常委、常务副省长李克到安钢调研

8月13日下午，中共河南省委常委、河南省人民政府常务副省长李克一行在安阳市有关领导的陪同下，到安钢调研。集团公司领导王子亮、吴长顺、史美伦、张清学、李存牢、李利剑、刘润生、王新江、刘楠、安志平在会展中心对李克一行的到来表示欢迎并陪同参观调研。

在会展中心沙盘模型前，王子亮总经理向李克介绍了安钢实施"三步走"发展情况、各主要生产线分布状况和工艺流程、技术装备产品档次等方面的情况。

在参观炼铁厂2800立方米高炉、第二炼轧厂150吨转炉—炉卷轧机、1780毫米热连轧生产线途中，王子亮总经理向李克介绍了安钢的概况及今年以来的生产经营情况。他说，今年以来，受国际金融危机的影响和冲击，安钢生产经营遇到了前所未有的困难，前4个月连续出现亏损。

面对压力与挑战，我们认真贯彻落实省委省政府决策部署，非常时期，采取非常策略，把建立市场倒逼机制、推进低成本运行作为各项工作的主线，转变观念，抢抓机遇，调整结构，强化管理，广大干部职工坚定信心，振奋精神，迎难而上，扎实苦干，各项工作实现了在困难中前进，在逆境中提升，呈现了逐月向好的良性发展势头。

李克对安钢在生产经营十分困难的情况下，采取得力措施，取得较好的经营业绩表示肯定与赞赏。他相信安钢在省委省政府的正确领导下，树立必胜的信心，积极应对挑战，克服各种困难，生产经营一定能尽快走出低谷，实现又好又快发展，为河南省经济发展做出新的更大的贡献。

(记者　孟安民)(原载 2009 年 8 月 15 日《安钢》报)

省委副书记陈全国、副省长史济春到安钢视察指导工作

8月15日上午,阳光明媚、绿树成荫,十里钢城一派生机盎然的景象。河南省委副书记陈全国、副省长史济春及省直有关部门的领导同志,在安阳市委书记张广智陪同下,到安钢视察指导工作。视察期间,陈全国、史济春深入生产一线,考察安钢生产建设情况,并在会展中心进行座谈、听取汇报。集团公司领导王子亮、吴长顺、史美伦、张清学、李存牢、李利剑、刘润生、王新江、刘楠、安志平参加了座谈。

在会展中心安钢厂区沙盘模型前,王子亮向陈全国、史济春一行简要介绍了安钢生产工艺布局及生产经营情况。

陈全国、史济春一行在集团公司领导的陪同下,来到炼铁厂9号高炉主控室。宽敞明亮的主控室,操作台上指示灯不停闪烁、显示屏幕数据不断滚动,董事长、总经理王子亮介绍,大高炉采用先进节能环保工艺技术,和传统小高炉相比生产更环保、高效。炼铁厂厂长郭宪臻介绍了9号高炉生产工艺流程,陈全国副书记饶有兴致地手拿鼠标,认真查看了高炉现代化运行系统。随后,陈全国、史济春一行又来到第二炼轧厂。在150吨转炉操作室内,陈全国关切地询问一名炼钢工:"上班几年了,年收入怎么样?入党了没?家里生活情况怎么样",温暖的话语感染了在场的每一个人。陈全国、史济春称赞安钢的生产线现代化程度高,职工收入稳中有升,企业保持了良好的发展态势。

在会展中心二楼会议室举行的座谈会上,董事长、总经理王子亮就今年以来安钢应对金融危机采取的主要措施及今后的发展进行了汇报。王子亮说,受金融危机影响,安钢生产经营出现较大困难,为走出困境,安钢采取多项措施应对金融危机带来的挑战。

一是积极应对危机。加强对当前国内外行业形势的宣传,使广大干部职工做好应对危机的长期准备。对亏损的生产线进行了限产、停产。利用生产节奏放缓时期,对职工进行岗位教育、技能培训,从去年到今年4月份,累计培训2万人次,提高了职工整体素质。集团公司党委开展"坚定信心、应对挑战、岗位创效"主题教育活动,充分发挥党员先锋模范作用和干部的表率作用,激发了广大职工参与岗位创效的热情。集团公司工会开展了岗位技能大赛,重奖优秀技能人才,激励职工岗位成才。

二是强化管理。以低成本运行为主线组织生产,推行市场倒逼机制,进一步降低成本。通过建立市场倒逼机制,对成本倒推分解,最终达到效益保零、遏制亏损、鼓舞士气的目的。在效益保零的基础上进一步优化指标、创造效益,5月

份盈亏平衡，6月、7月实现盈利。我们在积极应对危机中，充分把握当前国内内需拉动效应的市场机遇，寻找产品出路，同时着眼长远，加大产品研发力度，上半年累计研发新产品18个，投放市场35万吨，成为创效亮点。进一步减少各种费用支出。今年劳务费用压缩了40%，管理费用压缩了50%，原料采购费用压缩了30%，在全员降成本的过程中，涌现出许多好的做法、好的事迹，充分体现了安钢干部职工强大的向心力和凝聚力。

三是超前谋划发展。围绕产品研发、质量改进、信息化建设、原料基地建设，不断加大投入。抓住现在投资成本相对较低的有利时机，推进1000万吨钢铁前系统配套完善项目实施。

四是逐步加大节能减排力度。过去6年间，安钢总计投入21亿元用于节能减排项目，占总投资比例的13%。随着铁前规划项目的实施，将加大对煤气的使用、余热余能的利用，不断减少煤气、蒸汽的排放，进一步提高自发电比例，逐步减少污染。安钢最终将建成无污染、园林式企业。安钢将通过加大节能减排力度，进一步降低成本，实现企业效益和社会效益的双丰收。

最后陈全国发表了重要讲话。他说，这次来安钢是想看看安钢这几年的变化，同时慰问安钢的干部职工。通过对安钢进行考察、听取汇报，对安钢有了更深的了解，感受到了安钢翻天覆地的变化、令人鼓舞的成就、令人振奋的前景。具体呈现的特点是：好班子引领大发展。在安钢发展建设的几十年间，历届领导班子都是好班子，涌现出许多好的领导干部、优秀专业人才，为全省的现代化建设做出了巨大贡献。安钢近几年的快速发展得益于安钢有一个团结协调、开拓创新、埋头苦干、廉洁勤政的领导班子。这几年能够建设成为产能达千万吨的现代化钢铁集团就是开拓创新、埋头苦干的结果。好思路展示大发展。近几年，安钢的发展思路越来越清晰，在高起点上创建一流企业。好路子实现大发展。安钢按照科学发展观的要求，制定了科学的发展思路，没有走弯路，形成了安钢的发展特色。安钢在发展中既重速度、又上规模，既调结构、又上水平，既抓改革、又抓管理，既上项目、又重环保。好氛围营造大发展。安钢从领导班子、到中层干部、到一线职工，上下一心思发展，谋发展，求发展。好队伍促进大发展。在发展过程中注重党的建设和职工队伍建设，造就了一支战斗力强的党员队伍，培养了一支好的管理队伍和好的职工队伍，这是安钢的希望所在。好势头见证大发展。安钢近几年发展速度快、效益好、规模大、前景好，营造了很好的发展局面。

陈全国强调，安钢作为省属骨干企业，要深入贯彻落实省委八届十次全会精神，在"大干三季度、奋力促发展、喜迎国庆节"中展示新作为，为我省经济发展做新贡献。陈全国对安钢今后的发展提出几点希望。一是希望安钢发展意识更强。从安钢领导班子、中层干部到全体职工，要按照科学发展观的要求，在应对危机中抓机遇，在化危为机中再发展，这是安钢发展的需要，也是为中原崛起起到支撑作用的需要。二是希望安钢发展理念更新。既要有发展的满腔热情，又要科学、集约、环保、和谐发展。三是希望安钢发展起点更高。从产品开发、到规模扩张、到管理水平的提升等都要做到高起点。四是希望安钢发展方式更优。在发展中要摒弃简单粗放的发展方式，要优化结构，不断技术创新，走在时代前沿。五是希望安钢发展步伐更快。安钢作为全省为数不多的国有大企业，要在加快中原崛起中率先发展，同时带动全省企业的发展，在全省形成千帆竞发、百舸争流的发展好势头。六是希望安钢发展质量更高。既要上生产规模又要注重经济效益，既要重发展速度又要讲社会贡献。

陈全国最后指出，安钢已经站在了一个新的起点上，创造了辉煌，做出了贡献。安钢人要抓住好时机，用好新机遇，在应对危机、化危为机的过程中实现新的发展，新的跨越，创出新的业绩，做出新的贡献，既展示安钢人的风采，又在中原崛起中奋勇争先。

(记者　孟　娜)(原载 2009 年 8 月 18 日《安钢》报)

省委书记卢展工到安钢调研

严冬时节，寒风凛然，十里钢城却涌动着阵阵暖流。1月10日下午3时许，带着对安钢发展的关注、关心，河南省委书记卢展工在省、市有关领导的陪同下，轻车简从，深入安钢生产一线考察调研。集团公司领导王子亮、吴长顺、史美伦陪同。

卢展工书记一到安钢就来到第二炼轧厂，登上火热的炼钢生产炉台。集团公司董事长、总经理王子亮、党委书记吴长顺在陪同调研中，简要向卢书记介绍了安钢生产经营、发展建设情况。安钢近几年来通过汰旧换新，用产能置换的方式拓展了发展空间，相继淘汰了装备相对落后、技术含量低、能耗高、污染较重的小转炉、小轧机等生产线，建成了具有国际先进水平的融炼钢、连铸、轧钢于一体的炉卷轧机和1780mm热连轧两条精品板材生产线，实现了工艺装备的升级换代和企业核心竞争力的垂直提升。

炼钢车间操作室内宽敞明亮，十分安静，操作人员通过电脑显示器正密切注视着生产情况。卢展工书记在操作室内仔细询问了生产工艺、产品规格等情况，王子亮一一进行了回答。在谈到炼钢能耗时，王子亮说，该厂对转炉煤气充分回收利用，已经实现负能炼钢，降低了生产能耗，实现了节能减排目标。

在1780mm热连轧车间，伴随着机器巨大的轰鸣声，火红的钢坯经过轧机轧制、卷曲，变成了一卷卷钢板，卢展工书记停下脚步，仔细察看了整个轧制过程。卢展工书记边看边听，不时颔首赞同。

随后，卢展工书记走到二炼轧企业文化展示平台，在观看安钢生产经营柱状图的同时，听取了王子亮汇报安钢"十五"以来生产经营情况。他对安钢的快速发展给予了充分肯定，他说，刚才在生产线上看到了一条"自主集成、打造精品工程、实现跨越发展、发挥优势、实施品牌战略、支撑中原崛起"的标语，理念很好，企业就应该这样，不断引进新的装备、新的技术，不断调整产品结构，实施品牌战略，自主创新，打造精品工程，这方面安钢做得很好。安钢经过近几年的快速发展，目前已具备了千万吨钢的产能，有一个比较好的整体发展规划，今年还准备配套完善铁前项目和炼钢轧钢工序，进一步提升装备档次、装备能力。卢展工书记对安钢发展寄予厚望，勉励安钢干部职工要继续努力，创造精品，发挥大企业在中原崛起的支撑作用，为河南省的经济社会发展做出新的贡献。

（记者 孟 娜）（原载2010年1月12日《安钢》报）

郭庚茂省长到安钢调研

要求安钢"两手并进"做大做强，努力推进技术创新、产品创新、工艺创新，增强企业核心竞争力

11月24日下午，河南省委副书记、省长郭庚茂到安钢调研，深入现场考察安钢铁前配套完善项目建设情况，对安钢的发展寄予厚望，要求安钢要"两手并进"做大做强，努力推进技术创新、产品创新、工艺创新，增强企业核心竞争力。安阳市委书记张广智陪同调研。

集团公司领导王子亮、吴长顺、刘润生、刘楠陪同。

下午3时许，郭庚茂省长一行来到安钢3号烧结机建设现场，工地上机声隆隆、焊花飞溅，挖掘机忙碌不停，一派火热场面。郭庚茂省长详细了解了3号烧结机项目进展情况，并就项目规划布局、配套项目等认真仔细询问，集团公司董事长、总经理王子亮一一进行了汇报。

随后，郭庚茂省长来到3号大高炉建设现场，登上高炉施工平台。塔吊正将焊接好的高炉炉壳吊装至指定位置，施工人员在岗位上焊接、切割、安装，紧张有序地忙碌着。王子亮简要汇报了3号大高炉的装备水平、工艺参数及施工进展情况，并就郭庚茂省长关心的原料供应问题进行了详细说明。王子亮说，3号大高炉是安钢淘汰落后工艺、实现结构优化、产品升级，提高核心竞争力的配套工程，高炉预计明年年底竣工投产。

调研途中，郭庚茂省长高兴地说："这次来安钢看了看，很不错，有几个大的动作，铁前改造、冷轧项目，包括开发取向、无取向硅钢品种，这说明安钢领导班子努力创业进取，这种精神值得表扬。"当郭庚茂省长听说安钢产品在河南市场占有率达到65%，加上中西部市场，占有率达到80%以上时，他十分欣慰，连声说："好！好！主要市场放在我们内地，特别是河南及周边市场，这样我们将来会有一定优势。"郭庚茂省长指出，河南是一个大省，处于工业化和城镇化快速发展阶段，钢铁工业是河南发展的重要基础产业，应当坚定不移地把河南钢铁产业做好，他赞扬安钢是达到一定水平的大型联合钢铁企业，处于国内钢铁行业前列，是河南钢铁业的标志，推动、带动了河南钢铁工业的发展，发挥了龙头作用。他对安钢发展寄予厚望，对安钢下一步发展提出两方面要求。

他说，首先，安钢要"两手并进"加快发展，即依靠自身发展和对外合作两个途径。安钢原料基地受到很大制约，技术、工艺水平在国内钢铁行业处于中等偏上。我们的优势就是能源优势，要变"一长两短"为"两长一短"，要发挥能源优势、挖掘市场优势，弥补矿石来源短板。怎么弥补短板、创造优势、增强竞争能力？解决这个问题，就是靠"两手并进"，安钢一方面要加快发展，把技术、

产品、工艺创新放在首位，解决好这个问题，可以增强竞争力，使我们立于不败之地。另一方面要寻求联合、合作，但合作前提是要有利于安钢、河南钢铁业的发展、壮大、提升。

其次，安钢要创造新的优势。一是技术创新，通过技术创新、技术合作，把自己的优势创造出来，部分产品要尽快提升到国内先进水平。二是创新经营理念，从单纯的生产型企业向生产服务型企业转变。三是推进产销衔接、联合开发，推动和省内、下游企业形成产业联盟，互为依托，优势互补，共同抵御市场风险。

他强调，安钢作为国有大型企业、河南钢铁工业龙头、支柱企业，要勇担责任，做别人做不到、不易做的事情，要率先突破，积极从提升技术、产品水平上求突破，从转变经营服务理念上求突破，提升核心竞争力，为中原崛起和河南振兴做出新的贡献。

（记者 孟 娜 王 辉）（原载 2010 年 11 月 27 日《安钢》报）

省长郭庚茂勉励安钢干部职工
危中求机绝地反击创出一片新天地

　　8月13日上午，河南省省长郭庚茂在省直有关部门领导、安阳市长马林青等的陪同下，就如何帮助安钢解困进行调研。

　　王子亮、吴长顺、刘润生、张怀宾陪同郭庚茂省长参观了安钢冷轧工程、钢材加工配送中心、安钢3号烧结机、3号高炉现场。

　　这天上午8时许，郭庚茂省长冒着蒙蒙细雨首先来到正在建设中的冷轧工程施工现场。早已等候在此的集团公司董事长、总经理王子亮、党委书记吴长顺、副总经理刘润生迎上前去，与郭省长等省市领导热情握手，表示欢迎。

　　在冷轧工程施工现场，王子亮总经理向郭省长简要介绍了该工程项目规划、工艺流程、产品规格档次及用途等方面的情况。当郭省长听到该工程全部完工后，年产量可达到300万吨时，高兴地称赞安钢"一上就是300万吨高端产品，有雄心壮志！"在钢材加工配送中心生产现场，郭省长在听取了该中心负责人的汇报并详细询问了该中心生产经营及市场等方面的情况后强调，结合当前严峻的市场形势，大家要研究市场，找准市场，摸清市场的需求，在现有装备的情况下，苦练内功，不断提高产品的竞争力，增创效益。

　　之后，郭庚茂省长一行又来到炼铁厂3号烧结机和3号高炉现场，该厂厂长简要介绍了新上3号烧结机和3号高炉的装备配置、工艺流程、技术档次、节能减排设施等方面的情况。在3号烧结机平台，郭省长还登上安全梯，一边认真听取情况介绍，一边神情专注地察看烧结机工艺流程，并不时插话询问。沿着参观通道，郭庚茂一行来到平台南端。在俯瞰安钢厂区时，王子亮总经理向郭省长介绍了安钢整个铁前配套工程情况。

　　随后，郭庚茂一行在会展中心召开座谈会，集团公司领导王子亮、吴长顺、张太升、张清学、李存牢、李利剑、刘润生、王新江、刘楠、安志平、李福永、张怀宾，总经理助理赵济秀、郭宪臻、总会计师闫长宽参加座谈。

　　座谈中，王子亮总经理向郭庚茂省长汇报了安钢今年1~7月份经营情况和钢铁行业发展走势、采取的应对措施、请求给予支持、协调解决的问题等。他说，今年以来，受宏观经济和钢铁行业整体下滑的影响，安钢集团公司生产经营遇到了较大困难。1~7月份，产钢447万吨、铁467万吨、材433万吨，同比分别减少20.52%、17.73%、19.37%；实现销售收入206.21亿元，出现较大亏损。未来一个时期，受经济减速、市场需求疲软、钢铁产量和多数品种供大于求、资金紧张等多重因素影响，钢铁行业仍将处于高产量、高成本、微利或亏损的经营状态。

　　王子亮总经理接着说，面对近年来尤其是今年以来日益严峻的困难和挑战，我们提前谋划，积极应对，非常时期采取非常举措，从扬长补短，增强市场竞争能力；立足创效，优化产品结构；转变观念，调整体制机制；算账经营，全力降本增效；加强财务管控，确保资金链条安全；凝聚合力，共迎市场挑战等六个方面采取措施，全力加快转型解困。

他还就安钢在加强产销对接、加大融资支持力度、减轻企业负担、优化资源配置等方面需要给予支持、协调解决的问题做了汇报。

最后，王子亮总经理代表安钢集团领导班子和全体职工表示，在省委省政府的正确领导下，安钢将继续坚持科学发展观，加快转变发展方式，进一步加大工作力度，全面提质提速提效，尽快走出经营困难局面。

安阳市委、市政府、省国土资源厅、发改委、国资委、工信厅等先后发言，表示将从各自分管领域出发，尽最大努力帮助安钢解决实际困难，使安钢尽快走出困境。

如何帮助安钢解困是郭庚茂省长此次调研的重要课题，他对安钢非常时期采取的一系列举措给予肯定。他说，河南是有着1亿人口的大省，正处在工业化、城镇化快速发展的阶段，钢铁工业不可或缺。安钢作为河南钢铁企业的龙头，安钢的经营情况，安钢的兴衰存亡是全省的大事，在困难的情况下，各级部门应当给予更多的关注，为中原崛起、中原经济区建设提供产业支撑。

针对安钢下一步如何解困，如何求生存，他着重强调了四个方面。

一是面临生存危机，安钢广大干部职工需增强忧患意识和危机意识。他说，安钢目前面临的不是一般问题，不是赚多赚少的问题，而是生存危机问题。安钢广大干部职工要意识到，现在钢铁市场需求不足，产能过剩，市场竞争白热化，最终结局将是优胜劣汰。在这场竞争当中，安钢存在着资源成本偏高、体制机制相对不灵活、技术优势不突出等三方面弱点，如果搞不好，出现连续亏损将会带来一系列问题，将有淘汰出局的危险。

二是危中有机，只要科学应对，前景依然光明。他进一步强调，钢铁产品不缺市场，而且从宏观形势看，中国正处于工业化、城镇化的进程中，钢铁产品的大容量市场将会持续一个较长的时期，这也正是钢铁行业的黄金时期和增量时期。对以安钢为代表的河南钢铁工业来讲，尽管在原料上有劣势，但在能源上有优势。而且，虽然技术上我们没有达到一流水平，但在管理、质量水平上，我们仍处于行业中上游水平，我们可以变"两短一长"为"两长一短"。如果能够发挥自身能源优势、培育市场优势、创新技术优势，去抵消资源劣势，用"三强"对"一短"，安钢的发展前景依然可观。

三是修订战略，明确主攻方向，努力实现科学发展。他指出，小企业靠算计，算计不到就要赔。大企业的兴衰存亡，主要靠战略引领。所以，安钢要审时度势，综合分析，根据内外条件，分析优势、劣势，制定正确的战略，靠战略取胜，靠战略补短。在谈到战略调整问题时，他强调，安钢首先要与时俱进，更新理念，最核心的是立足市场、着眼竞争。具体可以从三方面入手研究，一要立足本地、周边市场，发展服务钢铁。要能够根据客户需要，调整产品结构、推进技术研发、提高产品加工值，让生产更具多样性和弹性。二要延伸产业链条，走集群发展的道路。三要在服务上、体制上形成统分结合、灵活弹性的特点。服务要适应集群，集群要适应市场，不能简单地模仿别人。

四是标本兼治、稳定企业。当前情况下，安钢首先要稳定生产秩序。稳生产的关键是抓订单，没有订单，没有正常生产，各种问题将会接踵而至。安钢要生存下去，第一要力求生产经营达到盈亏平衡点，如果形势更加严峻，就要设定最低的目标，多方面筹措，死守目标。

郭庚茂最后强调，安钢的发展，不仅关系几万职工及家属的利益，也关系到河南工业的发展，既是民生，也是大事，省、市、各部门要从大局出发，一个实事一个实事的办，多尽职责、多伸援手，最大限度地给予安钢支持和帮助，同安钢并肩战斗、共渡难关。

郭庚茂最后表示，省委、省政府非常关心安钢发展问题，也始终关心、关注和惦念着安钢广大职工及家属，省委、省政府将尽最大努力全力支持安钢发展，他勉励安钢干部职工要同风雨、共患难，危中求机、绝地反击、创出一片新天地。

（记者　孟安民　王　辉）（原载 2012 年 8 月 14 日《安钢》报）

省委书记卢展工在安钢调研时，勉励广大党员干部职工凝聚合力攻坚克难早日解困

　　11月30日，在安阳调研党的十八大精神学习宣传贯彻情况的省委书记、省人大常委会主任卢展工来到安钢，勉励广大干部职工，要凝聚合力，攻坚克难，力争早日走出困境。

　　下午5点40分，在省委常委、秘书长刘春良、安阳市长马林青的陪同下，卢展工顶风冒寒来到安钢冷轧工程建设现场，看望施工人员，了解工程进展情况。集团公司董事长、总经理王子亮、党委书记吴长顺、副总经理刘润生对卢展工一行到安钢调研表示热烈欢迎，并陪同参观。

　　参观过程中，卢展工书记一边了解冷轧工程建设进展情况，一边关切地询问安钢的生产经营情况。对他提出的问题，王子亮总经理一一做了汇报。王子亮总经理说，受宏观经济形势的影响，今年安钢产生亏损主要有三个方面的原因：一是产量下降，二是钢材的降价幅度远远大于大宗原燃料的降价幅度，三是投资费用增加，投资项目的效能尚未完全发挥，进一步推高了生产成本。

　　听到安钢今年产量降低时，卢展工书记就如何处理好质和量的关系发表了自己的见解。他说，量和质是相辅相成的，有量才有质，没有一定的量做保证，就很难提升质；质在量前，没有质，有再多的量也没用。再好的质，没有量也是空谈，不能为国家服务，不能为社会服务，不能为人民服务。

　　卢展工书记非常关心安钢近几年的发展情况，在了解到安钢本部已经完成了1000万吨铁钢材的配套改造，冷轧工程的装备水平处于行业先进水平时，卢展工连声说，好，安钢坚持了科学发展，安钢还是很有希望的！参观即将结束时，卢展工语重心长地告诉大家，搞企业就会有风险，暂时的亏损并不可怕。

　　钢铁工业作为基础产业，必须从大处着眼。讲到这里，他还以美国、日本等发达国家为例，形象地进行了阐释。他说，美国和日本实现现代化是以多少吨钢、多少年为代价，而我们现在才用了多少年、用了多少吨钢，远远落后于人家。受多种因素影响，我们的钢材市场起起伏伏，这很正常。但作为基础产业，作为现代化建设的有力支撑，钢铁工业还是有相当强的生命力。他指出，企业在困境中，一方面保持生产的基本稳定，一方面下决心搞技改，思路是对的，是为企业发展打基础、留后劲。正因为安钢是这样做的，所以说安钢很有前途。最后，他勉励安钢全体党员干部职工，要认真学习贯彻落实十八大精神，凝聚合力，攻坚克难，力争早日走出困境。

　　12月1日上午，在安阳市学习宣传贯彻党的十八大精神汇报会上，卢展工书记发表重要讲话，在讲到坚持科学发展观，加快结构调整时，他指出，安钢这

些年在国际金融危机和国家宏观调控双重影响下，能够保持稳定的生产经营局面非常不容易。这是因为安钢坚持了科学发展观的指导思想，这是因为安钢坚持了以人为本的思想，这是因为安钢有一种攻坚克难的精神，这是因为安钢有一种对社会、对国家、对人民负责的精神，所以才能在如此困难的情况下保持稳定的发展局面。而在困难的情况下，安钢更加注重企业的技改和企业技术含量的提升，做得很好，效果也正在显现，我对安钢的发展充满信心，对安钢的明天充满期待。

（记者　魏玉修）（原载 2012 年 12 月 4 日《安钢》报）

省委副书记、省长谢伏瞻到安钢调研

6月28日下午，河南省委副书记、省长谢伏瞻在省市有关领导陪同下到安钢调研，先后参观了炼铁厂3号高炉、第二炼轧厂150吨转炉和冷轧工程建设现场。集团公司董事长、总经理王子亮，党委书记、副董事长李涛，副总经理刘润生、张怀宾陪同参观。

一到安钢，谢伏瞻首先来到炼铁厂3号高炉主控室，透过宽敞明亮的巨幅玻璃窗，看着正在生产的3号高炉，王子亮总经理向谢伏瞻省长详细介绍了3号高炉的生产运行情况。王子亮说，3号高炉自3月19日投产以来，生产运行稳定，各项经济技术指标良好，在全国同类型高炉中排名靠前。谢伏瞻省长十分关心安钢，询问企业今年以来生产经营情况以及行业形势，王子亮做了简要汇报，他说，目前，钢铁行业形势依然严峻，面对困难，安钢通过采取降低铁前成本、优化产品结构、提高销售能力等一系列措施，努力解危脱困，今年前5个月生产成本大幅度降低，亏损大幅减少。

来到第二炼轧厂，踏上150吨转炉平台，只见1号转炉炉火通红，吹炼正欢。谢伏瞻省长快步走入转炉操作室，站在1号转炉操作台前，认真听取了该厂负责人对生产流程工艺的介绍，当看到铁水罐从南侧缓缓向1号转炉移动时，他饶有兴趣地跨前一步，观看了铁水罐向转炉内兑铁的全过程。

在安钢冷轧，谢伏瞻一边参观工程建设施工现场，一边向冷轧工程负责人询问冷轧生产线的工艺和产品情况，了解工程进展和如何围绕市场需求开拓高附加值高效产品等。当听到该生产线计划于今年年底前建成投产时，谢伏瞻显得很高兴，他叮嘱安钢要抓住时机，克服困难，尽快发挥新产线效益，助力安钢早日走出困境。

（记者　魏玉修　孟娜　张丁方）

（原载2013年6月29日《安钢》报）

省人大副主任、省总工会主席张大卫到安钢视察

8月28日上午，在集团公司领导王子亮、李涛、安志平等的陪同下，河南省人大常委会副主任、省总工会主席张大卫到安钢视察，他先后深入安钢炼铁厂3号高炉和第二炼轧厂150吨转炉1780mm热连轧生产线，看望慰问一线职工，并向他们致以亲切的问候。

"什么时间交接班？""一个班多长时间？""中午怎么吃饭？"……每到一处，张大卫都与一线操作职工嘘寒问暖，亲切交谈，详细询问他们的工作和生活情况。

在炼铁厂3号高炉主控室内，集团公司董事长、总经理王子亮向张大卫介绍了3高炉的生产工艺及指标情况，他介绍说，安钢3号高炉投产顺、达产快、运行好，目前，高炉焦比、煤比等主要经济技术指标在全国同级别炉型中位居前列，高炉配套建设的TRT发电等一批节能减排项目正在发挥作用，自发电能力逐步提升。听到这里，张大卫表示肯定，他说，安钢的发展速度很快，下一步要下大力气加强内部管理，实现结构优化调整。

走进第二炼轧厂150吨转炉主控操作室，透过宽大的玻璃视窗，指着眼前炉火喷涌、钢花飞舞的火热生产场面，王子亮介绍说，通过近年来的积极探索和实践，三座150吨转炉装备达到了国际、国内先进水平，全部实现了计算机自动化、负能炼钢，钢铁料消耗等各项经济技术指标处于国内先进水平，走出了一条钢铁企业节能减排、发展循环经济的路子。

来到第二炼轧厂炼钢车间职工小家，集团公司工会主席安志平向张大卫简要介绍了安钢职工小家建设情况。看到宽敞明亮、布置整齐的职工小家，张大卫对工会工作做得如此细致贴心称赞不已，他说，安钢工会工作做得很有特色、很扎实，给企业的生产经营提供了有力支持，希望你们今后要带领安钢广大干部职工与企业党政一起凝神聚力、共渡难关。

视察结束时，刚刚走出第二炼轧厂厂房的张大卫语重心长地对陪同参观的集团公司领导说："请代表我，向安钢广大干部职工转达省总工会最真挚的问候！"

（记者　张丁方）（原载2013年8月29日《安钢》报）

河南省副省长张维宁到安钢调研

9月2日，在省国资委主任肖新明等有关部门负责同志的陪同下，河南省人民政府副省长张维宁到安钢调研。

集团公司领导王子亮、李涛、张太升、张清学、李存牢、李利剑、刘润生、王新江、安志平、李福永、张怀宾，总会计师闫长宽在会展中心与张维宁一行进行了座谈交流。

座谈会上，集团公司董事长、总经理王子亮首先对张维宁副省长一行的到来表示欢迎。就安钢目前的整体情况，王子亮从工作目标、生产经营、企业改革、转型发展、资金安全五个方面做了汇报。他说，安钢在2013年初的职代会上提出了实现盈亏平衡和转型发展两大任务，盈亏平衡是安钢的生存线，是安钢亟待解决的"当务之急"，转型发展是贯彻落实郭庚茂书记的指示精神，是安钢加快调整结构、发展服务型钢铁的长远之路。

在谈到安钢的生产经营状况时，王子亮说，今年1~8月份，铁、钢、材增长幅度均超过45%，销售收入增长21%，累计比去年同期减亏12亿元，7月份基本实现了盈亏平衡，8月份实现了盈利，可以说是"经营向好"。这主要体现在：一是亏损面逐月收窄，亏损额逐月下降。二是产销基本平衡。销售部门本着"立足河南、辐射周边、开发西部"的指导思想，在产量大幅增长的情况下，全力加大市场攻关，扩大市场占有；在此基础上，产品结构实现了同步优化，品种钢、品种材的比例在不断上升。三是向管理要效益。围绕年初制定的盈亏平衡目标，我们深挖"增效点"，确定了具体的增效目标，并将指标、责任落实到岗、到人，层层传递压力，层层落实责任，举全员之力促进减亏增效。今年以来，通过原料采购降成本、产品优化升级、增产之后摊薄固定费用、过程控制降成本、管理挖潜降成本、子分公司增效等措施有效降低了成本，增加了效益。四是3号大高炉投产之后的带动效益显著。一方面带动了铁前整体管理水平的提升，铁前一体化意识的形成，岗位标准化管理的形成，管理用数据说话意识的形成，以及采购部门、生产单位的市场意识形成；另一方面促进了1号、2号高炉生产指标的不断改进，使安钢的铁前管理水平步入了大钢行列。五是节能减排的效果明显加强。随着铁前项目的投产，配套设施的投用，自发电能力不断提高，现已达到53%。

王子亮强调，安钢目前仍然处于亏损状态，钢铁行业也尚未形成供需平衡的稳定经营状态，再加上市场的波动很大，今年要实现盈亏平衡和转型发展这两大任务，对安钢来说仍然"任务很重"。

谈到安钢的改革，王子亮从产权改革、体制改革和机制改革三方面做了汇报。他说，在产权改革方面，安钢的资产已经全部放开，采取"增资扩股"的形式、利用品牌优势广泛吸引民间投资；以"渐进式股权融合"的方式，联合重组安钢周边的四家钢材深加工企业和四家民营钢铁企业，开展产品延伸加工，打造与安钢优势产品紧密结合的产业集群。在体制改革方面，采取业务合并、专业整合的方式精简两级机关工作人员，不断优化人力资源配置。在机制改革方面，安钢对生产单位实行模拟法人运行机制，划小核算单元，建立上下工序间的买卖关系；对子分公司实行有效资产的有偿使用，纳入正常经营考核；对销售部门采取资金有偿使用，按利润提成；对供应系统比照市场价格、行业排序，按绩效提成；对新成立的冷轧公司实行用工、维检、经营三个市场化。总之，安钢改革的取向是面向市场，瞄准的是民营企业的机制。

安钢的转型发展始终是省委省政府关注的重点，在谈到这一问题时，王子亮指出，安钢将一如既往地坚持"一业为主，适度多元"的总体战略，大力发展服务型钢铁。

他说，一是做好钢铁产品的基础工作。降低生产成本，夯实竞争基础；优化产品结构，增加创效途径；稳定产品质量，做好优质服务；全力开拓市场、占领市场。在此基础上，与下游客户联合开发、设计、配送产品，开展"量身定做"式服务，拓展产品增值空间，培育忠实客户群。二是向上下游延伸产业链条。在上游原燃料的采购供应上，加强与国际国内煤、矿等资源型企业的战略合作，巩固和拓展供应渠道，增强资源保障能力，从源头降低采购成本。在下游产品延伸加工上，一方面要大力发展自有钢材深加工业务，另一方面要充分发挥利用好周边钢材深加工企业，大力发展产业集群。三是加强横向延伸。利用安钢的副产品优势，广泛吸引外部投资，积极研究进入金融、期货等领域发展，努力拓宽增效渠道。

王子亮还就安钢当前的资金链安全和融资问题向张维宁做了汇报。

最后，他表示，尽管安钢遇到了前所未有的困难，但是安钢广大干部职工队伍稳定、思想稳定、生产经营稳定，安钢班子成员心往一处想、劲往一处使，能够做到尽心尽力尽职工作。我们将继续坚定信心、鼓舞士气、上下一致，力争完成盈亏平衡目标。

随后，集团公司党委书记、副董事长李涛还就安钢在加大融资支持力度、减轻企业负担等方面需要协调解决的问题，请求省政府给予大力支持。

参加调研的省国资委、工信厅负责同志先后发言，表示将从各自分管领域出发，尽最大努力帮助安钢解决实际问题，使安钢尽快走出困境。

在认真听取汇报之后，张维宁副省长对安钢解危脱困取得的成效给予了充分肯定。他指出，安钢3号大高炉投产以后，产量大幅增长，产销基本平衡，铁前管理水平实现新提升；在市场开拓、细分市场、搞好服务、内部管理等方面，均取得了可圈可点的成效，这些成绩来之不易，也很令人振奋。

对于安钢今后的工作，张维宁着重强调了五个方面的内容，一是近期和远期要两手抓，两手都要硬。他说，目前，安钢的首要任务是实现盈亏平衡，要在这个任务的基础上进一步深化、完善各项工作措施。二是要把更大的精力放在市场开拓上，要认真思考如何使安钢的产品结构更加对路，如何更好地细分市场，使安钢在有效销售半径内，把 1000 万吨的产能落地，实现企业效益的提升。三是资金链问题。他强调，解决资金链问题，企业、省直部门以及省政府要形成联动，把它作为当前工作的重中之重，确保万无一失。四是要结合发展服务型钢铁，实现主辅分离。要拓宽思路，把各非钢产业作为一个独立核算的单位，推向市场，激发外拓市场的潜能，这不仅能解决安钢内部的各种问题，同时也可以增加创效途径。五是关于信息化的问题。不仅在生产环节，在绩效管理、市场开拓、产品开发等方面，都要加强信息化与工业化的融合，从中长期来说，这是促进企业降本增效的一个重要因素。

张维宁副省长最后表示，安钢的发展，不仅关系安钢数万职工及家属的利益，也关系到河南工业的发展，既是民生，也是大事，省、市各部门要从大局出发，尽最大的努力全力支持安钢发展，多尽职责，多伸援手，同安钢并肩战斗，共渡难关。

在安钢调研期间，在王子亮、李涛的陪同下，张维宁副省长一行还先后到炼铁厂 3 号高炉、第二炼轧厂 150 吨转炉—1780mm 热连轧生产线和冷轧工程建设现场进行了实地考察。

（记者 魏玉修 杨之甜）（原载 2013 年 9 月 5 日《安钢》报）

河南省委书记郭庚茂到安钢调研

10月30日下午，在省市有关领导的陪同下，河南省委书记郭庚茂到安钢调研。集团公司董事长、总经理王子亮，党委书记、副董事长李涛陪同参观了正在调试的冷轧工程。

冷轧工程是安钢实施结构优化、产业升级发展战略规划的重点项目，是安钢推进结构调整、发展服务型钢铁的重点举措，被列为河南省重大工程建设项目。经过紧张施工，目前，冷轧项目一期工程建设取得阶段性进展，大部分设备已经安装到位，并正在加紧调试，以确保12月份按期投入试运行。

这天下午4时许，郭庚茂一到冷轧工业园，就直奔工程主厂房，穿过干净整洁的原料跨、酸轧跨，听着焊接机、冷轧机隆隆的调试声，看着高速运转的机器，郭庚茂边走边询问冷轧工程工艺、技术、装备、产品规格档次等方面的问题，嘱咐工程建设者，在确保工程进度的同时，一定要保证施工质量。

调研中，王子亮总经理向郭庚茂书记现场汇报了安钢今年1~9月份生产经营情况、采取的应对措施、取得的成效等。他说，今年1~9月份，在钢材价格持续下滑的情况下，安钢不断加大管理力度，上上下下寻找"增效点"，特别是3号高炉投产后，固定费用大幅降低，生产经营形势持续向好，亏损大幅收窄，全年有望实现盈亏平衡。

汇报中，王子亮着重介绍了减亏增效的办法措施和取得的成效，他说，截至9月底，与去年相比，安钢共实现降本增效39亿元，其中包括，供销两头通过源头降本和产品结构优化增效；3号高炉投产后，产量增加摊薄固定费用；强化管理、过程控制和优化降低生产成本；加强自有矿山开发力度；非钢产业增效等方面成效明显。

最后，王子亮表示，在今年的最后两个月时间里，安钢一定会全力以赴克难攻坚，坚决打赢这场攻坚战，确保全年盈亏平衡目标的实现。

郭庚茂在听取王子亮总经理的汇报过程中，对于安钢在困境之中取得的成绩，不时地点头表示肯定，并就一些具体问题进行询问。他深情地告诉大家，安钢是一个几万人的大型国有企业，目前，正处于生死存亡的重要关头，我心里一直记挂着，一直放不下。

郭庚茂说，去年，安钢大幅亏损，如果今年能实现盈亏平衡，说明安钢人付出了很大的努力，也说明安钢还有潜力，并不是无路可走，一定要建立起突围的信心和决心。

郭庚茂指出，当前钢铁行业仍然处于严冬期，生死竞争、优胜劣汰这个过程还没有结束。他说，钢铁行业的形势并不是市场问题，因为中国正处于工业化、城镇化的快速发展阶段，对钢铁产品的需求还很大，我们河南对钢材的需求也处于上升趋势，从汽车板、家电板到结构钢，方方面面都有发展的空间。有广阔的市场需求，就看谁的质优价廉，就看谁能抢占更多的份额。所以说，钢铁行业的优胜劣汰实际上是一个竞争力的问题。

郭庚茂强调，要提高竞争力，一是要加强内部改革，大力推行节本降耗；二是要加快发展服务型钢铁。他说，就我们省内市场而言，汽车、家电对板材的需求量很大，这就是安钢冷轧的市场优势。

怎么和省内的企业搞好对接，搞好服务，抢占到制高点，这是发展服务型钢铁的关键所在。不研究这个问题，不研究竞争点，不研究自己的竞争招数，是肯定不行的。

总的来说，要一切着眼于竞争，一切着力于发挥自己的优势，要想方设法抢回属于自己的市场。从今年的经营实践来看，安钢在艰难中迈出了可喜的一大步，我对安钢很有信心，省委肯定会支持安钢发展的。

（记者　魏玉修　高伟刚）（原载 2013 年 11 月 2 日《安钢》报）

河南省委副书记、省长谢伏瞻到冷轧公司调研

　　10月8日下午，在省市有关领导的陪同下，河南省委副书记、省长谢伏瞻到冷轧公司调研。集团公司董事长、党委书记李涛，总经理、副董事长、党委副书记李利剑陪同调研。

　　这天下午3时许，谢伏瞻到达冷轧工业园后，直接来到酸洗轧机生产线。在厂房入口处工业园规划示意图前，李涛向谢伏瞻详细介绍了园区规划情况，并汇报了项目建设进展情况。他说，冷轧工业园占地约2250亩，建设项目分三期进行，一期为1550冷轧项目。产品定位高端家电板、建筑板和汽车用结构板，设计年产能120万吨。二期为1750冷轧项目。产品定位汽车板、高档家电板，突出高强度和超深冲等产品特色，设计年产能150万吨。三期为冷轧硅钢工程。规划项目建设全部完成后，年生产能力为300万吨，年销售收入预计可达150亿元左右。届时热轧、冷轧两大工序产能匹配将更趋优化，1780mm热轧卷转化率可达70%以上，处于行业领先水平。

　　在谈到当前项目发展建设情况时，李涛说，冷轧项目一期工程进展顺利，酸洗轧机机组已经建成投产，8月份进入正常生产阶段，当月生产销售产品3万多吨，超额完成原定2万吨的月产目标。下一步，安钢将及时启动一期工程后续的连续退火机组和连续热镀锌机组建设，以及配套精整处理机组和公辅设施等。项目建设完成后，将形成一条贯穿150t转炉—1780热连轧—1550冷轧的完整生产线，具备自主生产终端冷轧产品的能力。

　　介绍冷轧情况的同时，李涛还汇报了集团公司今年前9个月的生产经营情况。他说，今年前9个月，面对比去年更为恶劣的市场环境，安钢全体干部职工解放思想、振奋精神、迎难而上，生产经营形势逐月好转，全年预计钢产量比去年增长10%，达到860万吨左右，实现产销平衡。

　　对着规划示意图，谢伏瞻看得仔细，听得认真，并不时插话，询问安钢当前生产经营情况、冷轧产品市场前景等。

　　当听到冷轧项目进展顺利，后续工作正有条不紊展开，安钢整体生产经营状况在逐步好转时，谢伏瞻显得很高兴，给予了充分肯定。对安钢及冷轧今后工作，谢伏瞻提出了几点具体要求：一是整体生产要定位中高端，积极适应市场变化，发展优势产能，搞好差异化竞争；二是要做好冷轧既有产线生产经营增收创效工作，尽快使已有建设成果转化为经营创效优势；三是要加快配套项目建设，抓紧实施并完成连续退火机组、连续热镀锌机组以及配套精整处理机组等项目建设，形成综合配套生产能力；四是要以开放合作促进发展，进一步加强与省国控集团及国际一流企业交流融合与深层合作，实现更高层次发展，创新建设具有较强竞

争力的国际一流水平冷轧生产线，为促进企业持续健康发展、区域经济优化升级和中原崛起河南振兴富民强省提供有力支撑。

随后，谢伏瞻实地参观了酸洗轧机生产线，查看了解酸洗轧机机组生产情况。

(记者　柳海兵)(原载 2014 年 10 月 11 日《安钢》报)

河南省委常委、统战部部长史济春到冷轧公司调研

10月22日上午，在省市有关领导的陪同下，河南省委常委、统战部部长史济春到冷轧公司调研，集团公司总经理、副董事长、党委副书记李利剑陪同调研。

上午10时许，史济春到达冷轧工业园后，直接来到酸洗轧机生产线。在厂房入口处工业园规划示意图前，冷轧公司负责人向史济春详细介绍了园区的规划概况、当前的生产情况，并汇报了项目建设的进展情况。

随后，史济春参观了酸洗轧机生产线，查看了解酸洗轧机机组的生产情况。他看得仔细，听得认真，并不时询问安钢当前的生产经营情况以及冷轧产品市场前景等。

当听到冷轧项目进展顺利，后续工作正有条不紊地展开，安钢整体生产经营状况在逐步好转时，史济春显得很高兴，给予了充分肯定。他说，冷轧的装备很先进，初步来看管理也都比较到位。特别是试生产第一卷的成功轧制，与冷轧职工在宝钢刻苦学习本领、努力钻研技术是分不开的，这也充分体现了安钢职工精益求精的工作态度以及任何工作都从细处着手、任何工作都要做到极致的可贵精神。

对于安钢及冷轧今后的工作，史济春语重心长地说，现在的生产和过去不一样，过去的生产是靠经验，现在的生产是靠数据、靠自动化程度。对冷轧公司来说，如果拥有一批精通自动化等各方面的专业人员，就能够提高产量效率，提升设备运转水平，就能够保证产品质量，从而赢得市场。

因此，进一步加强职工队伍技术培训应当是冷轧公司下个阶段的一个工作重点。

史济春指出，冷轧工程对安钢来说是一个新的经济增长点，更是转型发展的一个关键点，希望安钢能够克服困难，抓紧时间筹集资金，争取尽快完成后道工序建设，形成一条完整的生产线，真正释放出投资的效益和投资的效果。他说，安钢这几年比较困难，但是再困难，安钢的拼搏精神没有丢；再困难，安钢人的斗志没有丢；再困难，安钢人的责任感和使命感没有丢，这就是安钢最宝贵的财富。他要求安钢领导班子成员要带领全体职工艰苦奋斗、精打细算、核算成本、增加效益，要全力保障职工权益，把人心凝聚起来，把困难渡过去，使广大职工仍然以安钢为自豪，以安钢的发展为己任，对安钢的未来充满希望。

最后，他叮嘱安阳市有关领导对于安钢冷轧工程项目下一步的建设，要给予全力支持和配合，帮助冷轧公司解决好实际困难，协调好有关问题，创造好外部环境，使公司能够静下心、安下心，全力以赴地投入到后期工程建设中去，力争早日建成、投产、达效。

（记者　杨之甜　通讯员　詹　玉）

（原载2014年10月23日《安钢》报）

河南省委书记郭庚茂在安钢调研时强调
要在改革中谋发展在转型中求生存

11月26日，河南省委书记郭庚茂、副省长张维宁在省市有关部门领导的陪同下，到安钢进行调研。

郭庚茂强调，安钢要在改革中谋发展，在转型中求生存。

在会展中心召开的座谈会上，集团公司董事长、党委书记李涛首先向郭庚茂书记汇报了安钢今年以来的生产经营情况。他说，今年年初，为了在最短时间内打赢安钢生存保卫战，新领导班子成立一周内，立即采取非常举措，分板块、分专题成立了15个非常设机构，并召开了解危脱困誓师动员大会，分别下达了全年挖潜增效任务目标，实现重点领域重点突破。

10个多月来，铁前板块抓"经济料"使用、优化高炉操作降成本，钢后板块抓增产增效、灵活创效、优化产品结构增效益，非钢板块抓内外部市场开拓、全力实现解危脱困，"三大板块"运行成效显著，成为公司解危脱困的重要支撑。二季度快速实现了"止血"目标，三季度整体实现了盈利。在资金稍有缓解，负债率略有降低的同时，安钢必需的节能项目、环保项目、冷轧项目都在加快推进。此外，在国内钢铁同行一片降薪声中，安钢着手提高职工待遇，为职工提供了误餐补助、全员体检等福利，职工年人均收入增加5000元。目前，安钢保持了人心稳定、队伍稳定、思想稳定，干部职工干劲十足，企业整体展现出了好的态势、好的趋势和好的气势。

汇报中，李涛说，安钢2012年陷入严重亏损、面临生存危机，原因就在于经济运行进入新常态的情况下，安钢结构调整、转型升级的步伐没有及时跟上。2014年之所以取得逐月向好的成绩，缘于省委省政府的大力支持，缘于安钢广大干部职工思想的大力解放，缘于铁前降本、钢后创效、非钢创利"三大板块"工作的强力推进。目前，安钢已经初步形成了一套面向市场、适应市场、赢得市场的生产经营理念。

汇报时，李涛还重点向郭庚茂书记介绍了指导安钢生产经营的"一个中心"和"四大战略"。他说，安钢经过将近一年时间的板块运作，专题推动，概括提炼出"一个中心"和"四大战略"。一个中心就是以市场为中心，适应市场，提高效益。四大战略即"服务型钢铁战略""低成本战略""多元发展战略""国际化战略"。服务型战略是树立用户与安钢利益共同体观念，对营销体制进行变革，强化服务市场，服务用户理念，扩大直供用户，与用户形成产业链同盟，共同实现价值链延伸。"低成本战略"是把低成本作为重要措施和手段，真正做到全系统、全方位、全覆盖。"多元化战略"方面，安钢提出"一业为主，适当多元"的指导方针，计划到 2020 年，形成营业收入和资产总额"双千亿"的总体规模。"国际化战略"就是要提高全球资源配置能力，购买安钢需要的经济料，进行国际化融资，输出安钢的产品和技术，力争在不远的将来实现 10% 的产品出口目标。

李涛表示，经过四五年的努力，安钢钢产能将实现一千万吨。近期主要经济技术指标要由国内钢铁企业的后三分之一进入中间三分之一，2015 年底进入前三分之一；长期要实现资产总额和营业收入"双千亿"的目标，进入国内钢铁行业的第一方阵，成为具备较强竞争力、影响力和带动力的现代化钢铁强企。

汇报的最后，李涛还就安钢在降低企业负债率、加大融资支持力度、环保工作等方面需要给予支持、协调解决的问题做了汇报。

在听取李涛汇报的过程中，郭庚茂书记对于安钢在困境之中取得的成绩，不时地点头表示肯定，并就一些具体问题进行询问。听取完汇报后，郭庚茂书记发表了重要讲话。他指出，安钢是一个有着几万名员工的大型国有企业，在全省的工业企业中占有举足轻重的地位。省委省政府高度重视安钢的前途和命运，它的兴衰荣辱，关系到安钢几万人的生计问题，关系到河南省长远经济结构调整的大局。近几年来，安钢处于生死存亡的危险境地，安钢的前途和命运，紧紧地牵动着我们的心。今年以来，面对巨大的压力，面对生存的危机，新成立的公司领导班子团结带领广大干部职工，解放思想，认清严峻形势，总结经验教训，找准战略方向，采取一系列重大举措，打了一场漂亮的生存保卫攻坚战，使安钢初步走出了危机，生产经营出现了重大转机，止住了失血，度过了危险期，生存战役取得了阶段性的成果。虽然根本性问题还没有解决，但经验弥足珍贵，成绩来之不易，非常鼓舞人心，我感到十分欣慰。这说明新组建的安钢领导班子是坚强有力的，说明安钢的广大干部职工是战斗力强的，安钢的文化底蕴是良好的，安钢人的胆魄是过人的。

在压力面前没有变形，在危机面前没有改色，在困难面前没有退缩，没有被吓倒。安钢提出的以市场为中心，实施四大战略的思路是对头的，方向是正确的，抓住了问题的症结，要在初步见到成效的基础上，继续大力向前推进。省里主管领导，省市有关部门，也要一如既往对安钢高度关注，继续加大对安钢的支持力度，帮助安钢早日根本性走出危机。

就安钢今后的工作，郭庚茂书记提出了三点具体要求。

一是要准确判断形势。他说，尽管钢铁产能整体过剩，但河南省正处在城镇化进程，制造业也大量向河南转移，米字形高铁正在快速推进，每年的钢铁产品需求是一个庞大的数量，现在是 3000 万吨，并很快会上升到 5000 万吨。安钢的生存之忧，不在于有没有市场，而在于能否危中寻机，把挑战当作机遇，加快结构调整、转型升级，快速提升竞争力，在激烈的市场竞争中脱颖而出，占领中原这个广阔的市场。

　　二是要树立正确的发展观。要把大方向大路子大格局树立好。低成本战略要发挥本地市场的优势，守住本地市场，开拓外地市场。同时发挥好要素成本、交易成本、物流成本、财务成本等再造成本优势。服务型钢铁战略要系统考虑，研究透产品战略、产品结构、生产结构、生产布局、企业结构布局、个性化服务等问题，培育几个主打品种，开拓好市场。国际化方面要适度开拓国际市场，转移生产能力。当务之急是先把重点放到引进国外的人才和技术，找好合作伙伴，让自己强起来。这些都要根据轻重缓急，一项一项落实好，实现脱胎换骨的变革，增强企业抵御市场风险的能力。

　　三是要下决心进行改制、改革、创新。要充分利用好当前进行改革的良好时机，从企业制度上和运行机制上，下决心创新。要在关心职工群众，保障职工基本生活待遇的前提下，以市场化为导向，大刀阔斧地进行改革，进行体制机制创新，为干部职工搭建发挥才能、干事创业的平台，形成多劳多得、奖罚分明的绩效考核机制，激发活力，形成合力，上下同心，全力打赢安钢生存保卫战。

　　最后，郭庚茂希望安钢广大干部职工要坚定信心，危中求机，在改革中求发展，在转型中求生存，在逆势中再奋起，创出一片崭新的天地。

　　集团公司领导李利剑、张太升、张清学、李存牢、刘润生、王新江、刘楠、安志平、李福永、张怀宾，总经理助理郭宪臻、总会计师闫长宽参加了座谈会。

　　在安钢调研期间，郭庚茂一行还先后深入炼铁厂3号高炉、冷轧公司酸洗轧机生产线进行了现场参观考察。

　　　　（记者　魏玉修　柳海兵）（原载 2014 年 11 月 29 日《安钢》报）

河南省人大常委会副主任李文慧到安钢调研

11月28日上午，河南省人大常委会副主任李文慧到安钢冷轧公司进行调研，集团公司董事长、党委书记李涛陪同调研。

调研中，李文慧首先深入到酸洗轧机生产线，兴致勃勃地参观了该机组生产现场，听取了冷轧公司经理姚忠卯关于酸轧机组装备水平、工艺技术、品种规格、产品质量、市场销售等情况的汇报。在了解到该机组具备世界一流装备水平，试生产稳定顺行时，李文慧表示出极大的兴趣，他不时地停下脚步，仔细观看生产中的每一个细节，耐心地询问技术方面的具体情况。

在随后举行的座谈会上，李涛董事长首先介绍了冷轧工程建设的总体情况，他说，冷轧工程是安钢实施结构优化、产业升级发展战略规划的重点项目，是安钢推进结构调整、发展服务型钢铁的重要举措。安钢冷轧工业园总占地面积2000多亩，建设项目共分三期进行，现已投入试生产的是一期1550酸轧机组，与之配套的后道工序连退、镀锌生产线已于近期开工建设，一期工程全部完工后，将可形成年产120万吨高端家电板、建筑板和汽车用结构板的生产能力。二期工程为1750冷轧项目，产品定位汽车板、高档家电板，三期为冷轧硅钢工程。下一步，安钢将与国际、国内知名的钢铁企业洽谈合作，加快建设进程，整个冷轧规划项目全部建成后，不仅要拥有世界一流的装备，更要掌握一流的技术，生产出一流的产品，成为安钢走向高端的标志性工程。

在介绍安钢的基本情况时，李涛指出，经过多年的发展，安钢已经形成了年产1000万吨钢的综合生产能力，主体设备也已实现了大型化、专业化。近年来，由于多方面不利因素的累积，安钢出现了生存危机，今年以来，我们积极采取措施，全面打响了生存保卫战，板块运作、专题突破成效明显，生产经营逐月向好，止住了"失血"状态，生存危机得到有效缓解。目前，安钢正在大力推进"四大战略"，朝着"双千亿"的目标奋力迈行。

座谈中，李文慧还就一些关心的具体问题进行了详细询问，对安钢采取的应对措施和取得的成绩表示肯定，称赞安钢大有前途、很有希望。

（记者 魏玉修）（原载2014年11月29日《安钢》报）

河南省人大常委会副主任刘春良到安钢调研

12月18日下午，在安阳市委书记丁巍陪同下，河南省人大常委会副主任刘春良率领省人大代表一行40多人到安钢冷轧公司进行调研，受到集团公司董事长、党委书记李涛、集团公司总工程师姚忠卯的热情接待，并同代表们一起参观了1550冷轧工程酸轧生产线和正在建设中的冷轧连退、镀锌项目。

调研中，刘春良首先深入到酸洗轧机生产线，兴致勃勃地参观了该机组生产现场。走在光可鉴人的参观通道上，姚忠卯详细介绍了酸轧机组装备水平、工艺技术、品种规格、产品质量、市场销售等情况。

在了解到该机组具备世界一流装备水平，试生产稳定顺行时，刘春良表示出极大的兴趣，他不时地停下脚步，仔细观看生产线的每一个细节，不厌其烦地询问技术方面的具体情况。

在边走边谈中，李涛董事长向来宾介绍了冷轧工程建设的总体情况。他说，冷轧工程是安钢实施结构优化、产业升级发展战略规划的重点项目，是安钢推进结构调整、发展服务型钢铁的重要举措。安钢冷轧工业园总占地面积2000多亩，建设项目共分三期进行，现已投入试生产的是一期1550酸轧机组，与之配套的后道工序连退、镀锌生产线已开工建设，预计明年6月份建成。一期工程全部完工后，将可形成年产120万吨高端家电板、建筑板和汽车用结构板的生产能力，可满足包括深冲级、超深冲级等不同深冲性能和高强度级别等使用要求；二期工程为1750冷轧项目，产品定位汽车板、高档家电板；三期为冷轧硅钢工程。下一步，安钢将与国际、国内知名的钢铁企业洽谈合作，加快建设进程，整个冷轧规划项目全部建成后，不仅要拥有世界一流的装备，更要掌握一流的技术，生产出一流的产品，成为安钢走向高端的标志性工程。

在介绍安钢的基本情况时，李涛指出，经过多年的发展，安钢已经形成了年产1000万吨钢的综合生产能力，主体设备也已实现了装备大型化、生产自动化、产品专业化。近年来，由于多方面不利因素的累积，安钢出现了生存危机，今年以来，我们积极采取措施，全面打响了生存保卫战，板块运作、专题突破成效明显。

交谈中，刘春良还就社会普遍关心的安钢生产经营状况、应对生存危机的措施和办法、职工收入、社会职责等问题进行了详细询问，对安钢采取的应对措施和取得的成绩表示肯定，嘱托安钢领导和职工一定要坚定信念，危中求机，克服困难，把冷轧后续工程建设好、管理好，为河南工业发展再立新功。

（记者　徐长江）（原载2015年12月22日《安钢》报）

送温暖　鼓干劲
全总副主席李玉赋到安钢走访慰问

1月7日，全国总工会党组书记、副主席、书记处第一书记李玉赋带领慰问团来到安钢，看望慰问劳模和困难职工，送上慰问金、慰问品，致以节日的问候与祝愿。

省人大常委会副主任、省总工会主席张大卫，省总工会党组书记、常务副主席李建庄，以及全国总工会、省市相关领导陪同参加慰问活动。集团公司领导李涛、李利剑、张怀宾对李玉赋一行到安钢走访慰问表示衷心的感谢和欢迎，并陪同参加慰问，做工作汇报。

一到安钢，李玉赋一行首先来到安钢一生活区，看望慰问困难职工赵鹏。在赵鹏家中，李玉赋详细询问了他的工作、患病、治疗和家庭情况，鼓励他要坚定信心，积极治疗，克服困难，与安钢一起共渡难关。在全国劳模李震廷创新工作室，李玉赋仔细聆听工作室工作开展情况的介绍，勉励李震廷要继续发扬劳模精神，做好技术上的带头人，做好主人翁精神的示范者，带动工作室团队成员，带动更多的职工积极投身到企业创新发展工作中来，为企业渡过难关做出更大的贡献。

在随后召开的座谈会上，集团公司董事长、党委书记李涛在简要介绍安钢生产经营情况后说，安钢作为一个省属大型国有企业，近年来，在抓好生产经营的同时，始终注重发扬优良传统，抓好党的建设，把党的政治优势和现代企业制度优势，和党群组织的优势有机融合，全方位构建"四个三"党群工作新格局，干部职工整体精神饱满，士气高昂，企业具有较强的凝聚力和向心力，为战胜困难、解危脱困提供了根本性保障。

集团公司工会主席张怀宾从凝心聚力，提振士气；岗位创效，共渡难关；关爱职工，稳定队伍；陶冶情操，激发能量等方面，对安钢工会工作情况进行了介绍。

部分一线职工、劳模、基层工会管理者参加了座谈会，他们结合各自的工作实际，先后汇报了基层工会工作开展、立足岗位创新创效、做好困难职工帮扶等情况。

听取情况汇报后，李玉赋代表全国总工会向安钢广大干部职工表示亲切慰问，送上诚挚的祝福，并转达了中共中央政治局委员、全国总工会主席李建国对安钢广大职工的节日问候。他对安钢整体生产经营和工会工作给予了充分肯定，对安钢在困难情况下一手抓好企业改革发展，一手抓好党群建设给予了高度赞赏。

　　李玉赋强调，职工是企业的主体，企业发展离不开职工。越是在困难的时候，越要充分发挥工会的优势和特点，把职工的聪明才智激发出来，把职工的利益维护好，帮助困难职工解决实际难题，同时要做好普惠性服务，让广大职工能在转型过程中有获得感，感受到安钢这个大家庭的温暖，增强主人翁意识，与安钢共迎挑战，共渡难关。

　　李玉赋强调，工会工作要适应新的形势、新的任务、新的要求，进一步加强工会干部的素质和能力建设。要增强"三性"，保持和增强党的群团工作和群团组织的政治性、先进性、群众性。要做强基层，把更多的资源向基层倾斜，充分发挥基层工会作用。要在工会组织建设中充分发挥党组织的领导核心作用，团结动员广大职工积极投身到企业解危脱困工作中。

　　张大卫在讲话中要求全省各级工会组织要按照李玉赋同志的讲话要求，努力改进和提高工会工作水平，进一步提升工会组织的凝聚力、影响力、战斗力，在促进经济社会发展中更好地发挥作用。

　　座谈会开始前，李玉赋一行还来到炼铁厂3号高炉，向生产一线职工致以节日的问候。座谈会上，李玉赋还代表全国总工会向安钢赠送慰问金20万元。

　　　　　　（记者　柳海兵　杨之甜）（原载 2016 年 1 月 9 日《安钢》报）

河南省省长陈润儿在安钢调研时强调
要大力推进结构调整，加快企业转型发展

6月2日上午，在省、市有关部门负责同志的陪同下，河南省省长陈润儿到安钢调研并主持召开国企改革座谈会。他强调，安钢目前面临的困难不少，发展压力巨大，转型压力巨大，因此，一定要大力推进结构调整，加快企业转型发展。

在实地察看安钢冷轧酸轧机组生产情况和连退镀锌项目建设情况后，陈润儿在冷轧公司会议室主持召开座谈会，听取安钢关于企业改革、转型发展的情况汇报，并就安钢下一步改革工作做出明确指示。

座谈中，集团公司董事长、党委书记李涛首先对陈润儿一行的到来表示欢迎，对省委省政府长期以来对安钢的大力支持表示感谢。在简要介绍安钢的基本情况之后，李涛重点汇报了安钢依靠改革推动转型升级、解危脱困的做法。

他说，两年来，为了应对严峻的市场形势，安钢主要做了五件事：

一是转变观念，适应市场，调整战略。果断提出"低成本、服务型钢铁、多元发展和国际化"四大战略，全面向以适应市场为导向的经营战略转型。

二是适应战略需要，对经营管理模式进行创新，推进"板块＋专题"运作。打破原有的单位部门界限，再造企业管理流程，对铁前、钢后、非钢"三大板块"实施一体化运作，对工程、项目、物流、库存、资金、体制机制等重点领域实施专题突破，全力构建了适应市场、精干高效、快速反应的经营管理机制。

三是深入推进各项改革。积极推进产权制度改革，发展混合所有制经济，在具备条件的子公司引入民营资本，实施产权多元化；推进公司治理体制改革，集团层面以健全法人治理机制为重点，进一步明确董事会、党委会、职代会、监事会和经理层的责权利，努力打造职责明确、有机融合、有效制衡、运转协调的新型管理机制。子分公司管理层面以集团化管控、市场化运作为重点，把母子公司管理体制改革作为产权改革和市场化改革的重要突破口，核心是突出子分公司的市场主体地位；推进人事、用工、分配三项制度改革，着力解决"干部能上不能下、员工能进不能出、收入能增不能减"的问题，积极稳妥推进企业办社会职能的剥离。

四是强化资金、资本及期货运作，为解危脱困、转型发展提供金融支撑。重视金融市场研究，持续增强筹融资能力，提升资金运作效率，保证了资金链安全；重视资本运作，优化盘活存量，积极拓展增量，持续提升资产质量和增值能力；重视期货运作，规避经营风险，获取资本收益。

五是发挥政治优势，构建"四个三"党建布局。把党建工作与企业生产经营结合起来，与现代企业制度结合起来，为各项改革举措推进，为企业转型升级、

解危脱困提供了政治保障和强大的精神动力。

李涛说，两年来，安钢在省委省政府的正确领导和大力支持下，以战略为引领，以管理模式创新和体制机制改革为手段，以党的建设为保障，理清了方向，找准了路子，提振了信心，取得了一些成绩。但是，我们也深刻认识到，与省委省政府的要求相比，与当前的形势任务相比，还有很大差距，安钢仍然处于困难之中，很多工作亟待突破，特别是在国企改革方面，还需要进一步加深认识、迈开步子、打消顾虑、尽快突破，当好新一轮改革的排头兵，全方位加大改革创新力度，实现企业转型升级、解危脱困、持续发展。

集团公司总经理李利剑就安钢在富余人员出路、内退人员五险一金缴纳、发展非钢产业税费缴纳以及低成本融资等需要政府协调解决的具体问题进行了汇报。

座谈会上，陈润儿还听取了安阳市、安钢有关部门领导以及部分子分公司合资方代表的意见和建议。

在讲话中，陈润儿说，在钢材市场持续低迷、行业竞争日益激烈的背景下，安钢为摆脱困境转型发展，积极深化企业改革，取得了一定成效，摸索了一些路子，对此要充分肯定。目前安钢面临的困难不少，转型压力巨大，在困难和压力面前要深刻认识到，摆脱困境的根本之策在改革，加快结构调整的必由之路在改革，实现转型发展的关键之举在改革。习近平总书记强调，改革是决定中国命运的关键一招。同样，改革也是决定安钢未来发展的关键一招。

陈润儿强调，推进结构改革、加快转型发展，要在三个方面做好文章：一是从生产导向向需求导向转变。中央一再强调要深化供给侧结构性改革。对钢铁企业来讲，怎么更好地满足市场用户对中高端钢材产品的需求，保证有效供给，是企业必须明确的产品定位。二是从规模效益向结构效益转变。很多钢铁企业过去追求规模效益，盲目"归大堆"，造成主业大而不强，臃肿虚胖，难以应对市场竞争。要突出调结构、上质量、增效益。三是从粗放增长向集约增长转变。钢铁企业资产规模往往几十亿、几百亿，管理粗放一点，造成的浪费问题就十分突出，安钢一定要走出一条从粗放型到集约型发展的路子。

陈润儿强调，国企改革的重点是推进产权制度改革，完善公司治理结构，强化企业内部管理；而在具体实施中，要注意科学谋划、因企施策、分块搞活、整体推进。具体到安钢，陈润儿说，安钢盘子大、板块多、转型难，在改革举措上绝不能一刀切、一招鲜，要量身打造、因企施策。脱困转型、激发活力，也需要坚持问题导向，"分头突围、分灶吃饭"，根据不同特点分块搞活，特别是要处理好三个关系：

一是"主"与"辅"的关系。要注意抓住主业、壮大主业、提升主业，对辅业这一块则根据市场情况和发展需求，该退出的退出，该剥离的剥离，通过做强主业、剥离辅业，实现"瘦身"强体。

二是"进"与"退"的关系。在拓展与钢铁相关的产业链、供应链、服务链上，我们要毫不犹豫地抢占市场，积极主动地占有资源，该进的要进。同时，对非钢板绝不能一味追求"摊子大、产业全"，该退的要退，盘活有限的国有资产投资拳头产品。

三是"国"与"民"的关系。改革中要注意国有资本与民营资本的有效融合，只有多元的产权才能健全完善真正意义上的法人治理结构。要鼓励国有与民资之间的交叉持股，共同参股，混合发展。

陈润儿最后表示，安钢的发展前景良好，希望大家在解危脱困的道路上继续努力，迎难而上，省委省政府一定会全力支持安钢。

省政府秘书长郭洪昌、省发展改革委主任孙廷喜、省工业和信息化委主任王照平、省财政厅厅长朱焕然、省人力资源社会保障厅厅长刘世伟、省政府国资委党委书记丁福浩、省政府研究室副主任王作成，安阳市委书记李公乐，安阳市委副书记、市长王新伟，集团公司领导李涛、李利剑、李存牢、刘润生、王新江、李福永、张怀宾、赵济秀、郭宪臻、闫长宽、姚忠卯陪同调研。

（原载 2016 年 6 月 4 日《安钢》报）

河南省纪委书记尹晋华到安钢调研

9月22日上午，在安阳市委书记李公乐等领导的陪同下，河南省委常委、纪委书记尹晋华一行到安钢调研。集团公司领导李利剑、刘润生、李福永、姚忠卯陪同调研。

作为安钢结构调整、转型升级的重大项目，冷轧工程自开工建设起，就得到了省市各界的广泛关注。到达安钢后，尹晋华一行首先来到冷轧公司，了解冷轧项目进展情况。在酸轧机组入口处的规划示意图前，尹晋华听取了解了整个园区规划情况。当前，已经投产的酸洗轧机生产线，正抢抓市场机遇，精心组织生产，释放产能创效益。正在建设中的一期工程后续的冷轧连退、镀锌生产线，已经进入最后的冲刺收官阶段，连退机组计划10月底进行热试，镀锌机组计划11月底进行热试，最终完成120万吨的综合配套生产能力，实现全产业链生产。产品定位高端家电板、建筑板和汽车用结构板等，可满足包括商业级、深冲级、超深冲级等不同深冲性能和高强度级别的使用要求，河南省将结束高端家电板、汽车结构用钢等产品主要依靠外省企业的历史。

走进酸轧机组厂房，生产线正紧张有序进行生产，干净整洁、一尘不染的生产环境给尹晋华一行留下了良好的印象。连退、镀锌生产线施工现场，天车在穿梭运行，焊接现场发出呲呲的响声，技术员正商讨着方案，两条庞大的生产线已经成形。尹晋华认真听取了关于工程生产、建设等方面的介绍。他指出，面对当前困难的市场形势，要树立困难越多机会越多的理念，下定决心、难中求进、坚持到底，瞄准行业中高端目标，精准发力，攻坚克难，在加快项目建设的同时，多渠道、多领域加强合作，强化产品研发，积极开拓市场，力争早日投入生产，早日实现营销创效，在市场竞争中站稳脚跟，占据市场制高点。

在炼铁厂3号高炉平台上，只见铁水奔涌，热浪袭人，生产呈现出一派热火朝天景象。尹晋华认真听取了关于3号高炉的装备配置、工艺技术、环保设施等方面的介绍，并对当前安钢的工艺装备水平表示了称赞。

尹晋华还特意来到出铁口，查看了出铁情况。在宽敞、明亮的主控室，尹晋华仔细了解了整个铁前的生产流程，并兴致勃勃地与面向社会公开招聘的炼铁厂技术厂长万雷进行了交谈，勉励他为河南钢铁事业多做贡献，传经送宝，为安钢炼铁高炉的稳定顺行、低成本运行献智献力。

参观的第三站是第二炼轧厂1780热连轧生产线。现场轧机轰鸣，生产井然有序。尹晋华冒着高温，沿参观通道查看了整条生产线的生产流程。每到一个关键生产环节，都会驻足观看，仔细询问生产工序、环节、流程上的相关情况，并对整条生产线的装备水平和产品结构进行了询问，了解产品市场销售和效益情况。

　　尹晋华指出，长期以来，省委省政府一直对安钢高度重视，十分关心企业发展。近年来，受多重因素影响，安钢发展遭遇严重困难，但越是困难的时候，越要咬紧牙关，迎难而上，秉持先进的管理理念，加强内部管理，降低运行成本，强化市场分析，加快更新换代，促进转型升级，突破发展瓶颈，提高盈利能力，力争早日实现解危脱困，实现企业的稳健、持续发展。

　　　　　　（记者　陈　曦　邓　苗）（原载 2016 年 9 月 24 日《安钢》报）

中钢协党委书记刘振江到冷轧公司参观调研

11月24日，正在安钢参加冶金政研会理事大会的中钢协党委书记刘振江到冷轧公司参观调研，集团公司副总经理郭宪臻陪同参观调研。

到达冷轧公司，刘振江参观了酸轧生产线，以及即将建成投产的连退、镀锌生产线。他边走边看，详细询问了解企业生产经营和发展建设等方面的情况。

郭宪臻向刘振江介绍了冷轧工程整体规划。他说，冷轧工程是安钢结构调整、产业升级发展战略规划的重点工程。近几年来，在生产经营处于极端困难的情况下，安钢大力解放思想，通过多元化的合作，多元化的创新，使冷轧工程建设驶上了快车道，取得了突破性进展。2014年3月18日，安钢1550冷轧工程的酸洗轧机生产线成功进行热负荷试车，7月底酸洗机组热负荷试车结束，8月份正式转入生产状态，产品质量得到客户充分认可，市场影响力不断提升。1550冷轧工程的后道生产工序连退、镀锌生产线也于2014年11月10日正式开工建设，工程建设进展顺利，当前连退机组已经进行穿带冷调，具备热试条件，计划于今年11月底进行热试。镀锌机组正在进行单体调试，计划于12月底进行热试。

届时，1550冷轧工程生产线将实现全线贯通，形成综合配套生产能力，具备年产100余万吨高端家电板等终端冷轧产品的条件，河南省将结束高端家电板、汽车结构用钢等产品主要依靠外省企业的历史。

刘振江对安钢借力合作，加速冷轧建设进程表示肯定。他说，面对新装备、新工艺，要充分做好建成投产前的准备工作，通过到其他同类型企业进行学习交流等途径，抓好人员培训、技术储备、市场开发等，确保投产后生产线能够尽快实现稳定顺行，尽早发挥效益。

（记者 柳海兵）（原载 2016 年 11 月 26 日《安钢》报）

河南省常务副省长翁杰明到安钢冷轧公司调研

3月8日，河南省常务副省长翁杰明在省市相关领导的陪同下，到安钢冷轧公司调研指导工作。集团公司总经理刘润生、总工程师姚忠卯陪同调研。

在冷轧公司酸轧机组入口处，姚忠卯向翁杰明详细介绍了安钢冷轧项目的整体规划，以及发展建设情况。当前，经过前期紧锣密鼓的工作，一期1550冷轧工程的连退机组正在进行热试，预计3月15日结束热试，转入正式生产。镀锌机组3月7日刚刚结束全线穿带，已经进入冷负荷试车阶段，即将进行热试，距离正式投产仅一步之遥，这标志着历经10年艰辛历程，代表国际一流水平的1550生产线全线贯通指日可待，凝聚着安钢人大量心血和汗水的冷轧项目终于到了激动人心的全面收获阶段。

走进宽敞明亮的厂房，沿着原料跨、磨辊间、酸轧生产线一路向前，翁杰明兴致勃勃地参观了酸轧生产线和连退、镀锌生产线。在连退、镀锌机组区域，看到蓝黄相间的连退、镀锌生产设备高耸林立，一个极具现代化气息、大气高端的生产场景呈现在面前，翁杰明显得很高兴，连声称赞。产品库内，从连退机组下线的冷轧卷，在阳光照射下，散发着耀眼的光芒。翁杰明快步上前，饶有兴趣地端详一卷卷精美的冷轧产品。

参观过程中，刘润生向翁杰明介绍了冷轧工程具体情况。

他说，1550冷轧工程是安钢结构调整、转型升级的标志性工程，是安钢实现解危脱困、做大做强的支撑工程，是凝聚人心、鼓舞人心的信心工程。该生产线采用的是当今世界一流的工艺装备，科技含量高，经济效益好，资源消耗低，产品定位高端，可以满足汽车、家电、轻工机械、建筑等行业对高档冷轧产品的需求。近几年来，在生产经营处于极端困难的情况下，安钢大力解放思想，通过多元化的合作，多元化的创新，解决了资金、技术等种种困难，使冷轧工程建设驶上了快车道，取得了突破性进展。

一期1550冷轧工程的酸洗轧机生产线于2014年8月份正式转入生产状态。后续项目连续退火机组、连续热镀锌机组预计今年3月份全面投产，形成综合配套生产能力，具备年产100余万吨高端家电板等终端冷轧产品的条件，河南省将结束高端家电板、汽车结构用钢等产品主要依靠外省企业的历史。

参观完生产现场，听取情况介绍后，翁杰明充分肯定了安钢冷轧项目建设所取得的成绩。他说，在行业处于"严冬"，企业生产经营极端困难的情况下，安钢咬紧牙关、排除万难，确保了投资如此巨大的工程项目顺利进行、开花结果，结构调整、转型升级取得重大进展，这是安钢逆势而上、危中求机、抢抓机遇、奋力拼搏、敢于担当的集中体现。在下一步的发展中，要从三个方面进一步加大力度，实现突破，一是要进一步优化股权结构，积极推动股权多元化；二是要进一步延伸产业链条，提高产品附加值；三是要再接再厉，寻求合作，推进冷轧二期工程建设，实现更高层次的发展，打造国际国内一流水平冷轧生产线。

（记者　柳海兵　陈　曦）（原载 2017 年 3 月 9 日《安钢》报）

许甘露到安钢调研指导大气污染防治工作

3月10日，在省市相关领导陪同下，省委常委、政法委书记许甘露到安钢调研指导大气污染防治工作。集团公司领导刘润生、李福永、郭宪臻陪同调研。

到达安钢，许甘露先后到炼铁厂3号高炉、第二炼轧厂1780热连轧生产线进行了实地察看，详细了解企业环境治理、节能减排等情况。

集团公司总经理刘润生介绍说，安钢始终严格履行大型国企的社会责任，在实现装备大型化、工艺现代化、产品专业化，加快结构调整、转型升级的同时，确立了"绿色转型、生态发展"的战略目标，坚持以环保为前提，严格做到不环保不生产。近年来，安钢响亮提出环保问题就是安钢的生存问题，把环保工作上升到第二场生存保卫战的高度，持续加大环保资金的投入，层层传递环保压力，全面实施清洁生产，强力推进污染治理。大气污染防治攻坚战开展以来，面对环保新形势、新要求，安钢高度重视，积极响应，迅速行动，坚决贯彻落实好省委省政府的决策部署，举全公司之力，盯紧目标发力，压实责任，铁责担当，坚决打赢大气污染防治攻坚战。

刘润生说，2017年，安钢在全面落实省、市大气污染防治攻坚各项工作要求的同时，进一步自我加压，立足环境提升、总量削减，积极实施环境提升行动计划，将投入20多亿元，采用最先进的技术、最成熟的工艺，解决好超低限值排放问题，从根本上彻底解决安钢的环保问题。3月9日，安钢举行了提质增效、转型发展暨环保提升项目集中启动仪式，多个重大环保项目密集开工。安钢将全力构建企业与城市和谐发展、共同成长的环境新格局，为美丽安阳增色添彩，为全省环境空气质量改善做出应有贡献。

许甘露对安钢环境治理工作取得的成绩表示肯定，并要求继续加强大气污染防治工作，争取更大胜利。他指出，长期以来，作为省属大型国有钢铁企业，安钢为河南省、安阳市的经济社会发展做出了突出贡献。在新的时期，安钢作为城市钢厂、殷墟邻居、大气污染传输通道城市重点企业，必须充分认识到开展大气污染防治是党中央、国务院的重要决策部署，是人民群众的热切期盼，是一项重要的政治任务，必须痛下决心，加快环保改造，提高治理水平，履行好政治责任、法律责任、社会责任，早日达到最新的超低排放标准，为企业永续经营，夯实环保基础，为打好蓝天保卫战，加强大气污染治理，改善空气质量，做出新的更大的贡献。

（记者　柳海兵）（原载2017年3月11日《安钢》报）

省委书记谢伏瞻在安钢调研时强调
坚定不移走好环保与发展共赢道路

3月22日，在省市有关领导陪同下，省委书记、省人大常委会主任谢伏瞻到安钢调研。谢伏瞻强调，安钢要一手抓环保，一手抓发展，做到两手抓，两手都要硬，坚定不移走好环保与发展共赢道路。

一到安钢，谢伏瞻首先来到90/105平方米烧结机拆除现场，察看环保工作开展情况，听取安钢环保提升整体规划。集团公司总经理刘润生介绍说，2017年，安钢根据环保新形势新要求，全面启动了环保提升工程，进行新一轮的环保提标升级，从根本上解决制约安钢生存与发展的环保问题。90/105平方米烧结机拆除后，在进一步减少排放的同时，也将为1号、2号、3号烧结机烟气脱硫脱硝、烧结矿缓冲仓等环保提升重点项目建设，置换出宝贵的空间。项目建设完成后，三台烧结机在原来达标排放的基础上，将可实现超低排放，满足特别排放限值要求。

集团公司党委书记、董事长李利剑说，安钢作为一个省属国有大型企业，始终重视抓好环保工作，履行好社会责任。在实现装备大型化、工艺现代化、产品专业化，加快结构调整、转型升级的同时，确立了"绿色转型、生态发展"的战略目标，坚持以环保为前提，做到不环保不生产。近年来，更是将环保上升到第二场生存保卫战的高度，持续加大环保资金的投入，强力推进污染治理。

李利剑表示，安钢将坚决贯彻落实好省委省政府的决策部署，举全公司之力，打好大气污染防治攻坚战，为企业长久健康发展奠定坚实基础。当前安钢面临巨大的环保压力，企业生产经营遭遇严重挑战。他同时希望省市能够充分考虑到安钢的实际情况，在环保治理中能够区别对待、精准发力，给予先进产能更大支持力度，帮助安钢渡过难关。

谢伏瞻对安钢环境治理工作取得的成绩表示肯定，并要求继续加强大气污染防治工作，满足环保治理的最新要求。他指出，大气污染防治是一项政治任务，也是民心工程，关乎国家形象、关乎地方发展，也关乎群众身体健康，开展越早越主动，越快越主动，要全力以赴、背水一战，一手抓发展，一手抓环保，早日达到最新的超低排放标准，实现环保与发展的双促进、双提升。省委省政府会继续加大对安钢的支持力度，帮助安钢早日走出困境，实现持续健康发展。

3月20日，冷轧公司镀锌机组正式进入热负荷试车阶段，这标志着安钢1550mm冷轧工程三大机组全线贯通。谢伏瞻一直关注着冷轧项目进展情况，早在2013年6月和2014年10月，先后两次到冷轧参观调研，了解项目建设进展，并多次询问项目建设情况。离开安钢本部，谢伏瞻来到冷轧公司，沿着长长的生产线，详细察看酸轧、连退、镀锌机组的生产情况，并询问了生产调试和产品市场情况。

在连退、镀锌机组南端，整齐码放着一卷卷明光锃亮的冷轧卷，谢伏瞻快步上前，饶有兴趣地端详产品，并用手摸了摸，感受高端技术生产出来的高品质产品。谢伏瞻对安钢在极度困难时期解放思想、难中求进，确保了冷轧重大工程的快速推进给了予了充分肯定，并希望安钢再接再厉，继续走好合作道路，以合作促发展，以合作谋共赢，打造具有较强竞争能力的国际一流冷轧生产线。

省委常委、省委秘书长穆为民参加调研。集团公司副总经理郭宪臻、总工程师姚忠卯陪同调研。

（记者　柳海兵）（原载 2017 年 3 月 25 日《安钢》报）

副省长张维宁在安钢调研时强调
要以环保为前提探索企业发展新模式

3月31日，河南省政府副省长张维宁在省有关部门领导的陪同下，就生产经营近况、环保治理工作的开展情况到安钢进行实地调研。

他要求安钢要把环保治理作为一项长期的工作来抓，自我加压，拔高标准，在转型升级、产品结构调整上下功夫，在环境治理和生产经营中探索出新的发展模式。

上午，在集团公司领导刘润生、李存牢、郭宪臻的陪同下，张维宁一行先后来到3号高炉、原料场、90/105烧结机拆除现场、焦化分公司、转炉一次干法除尘建设现场等地，实地了解企业生产、环保配套设施的运行和建设情况。调研中，张维宁语重心长地说，安钢环保工作要立足国家、省、市大气污染防治的具体要求，瞄准短板，深入挖潜，再加压、再发力，尽快达到最新的超低排放标准。

下午的座谈会上，刘润生向张维宁一行介绍了安钢的生产经营、环保治理工作的整体情况，以及下一步的工作打算，并针对目前的突出问题，提出了具体的建议。集团公司副总经理刘楠、郭宪臻出席座谈会。

刘润生说，2016年，在省委、省政府的正确领导下，安钢持续抓好转型发展、经营改善、国企党建三件大事，打响了生存保卫战、改革攻坚战、环保攻坚战三大战役，一举实现了全年整体盈利的目标。

2017年，安钢将继续按照全面降本、全面增效、全面挖潜、全面堵漏洞"四个全面"的工作安排，做到跑赢自己、跑赢竞争对手、跑赢市场的"三个跑赢"，保住全年盈利"一个底线"，抓好经营改善、企业改革、环保提升等工作，全力提质增效、转型发展。

刘润生在介绍安钢的环保工作中说，从整体上来看，安钢的环保情况可以概括为三句话：安钢的工艺装备是先进的，安钢环保是达标的，安钢的认识是清醒的。今年，安钢将认真贯彻落实省第十次党代会、省委经济工作会、省"两会"精神，按照省大气污染防治有关要求，全力抓好环保提升工作，在坚决实现超低限制排放目标的基础上，加快提质增效、转型发展步伐，实现环境治理、经营发展两不误、两提升。刘润生还针对科学治污、精准治污，结构调整、转型升级以及资金等问题提出了具体的建议。

刘楠、郭宪臻还就当前生产经营与环保工作中的突出的问题提出了针对性的建议。

张维宁在讲话中首先对安钢环境治理工作中取得的成绩表示肯定。他指出，在抓好大气污染排放以及深度环境治理、改善安阳大气环境上，安钢认识到位，工作主动，措施得力，履行了国有企业的责任和义务。

张维宁指出，此次调研就是要了解安钢贯彻落实省委、省政府的相关要求，推动钢铁企业环境深度治理的具体情况，为解决制约企业生存与发展的环保问题提供参考和依据。他说，大气污染防治管控形势是刚性的，企业面临着许多挑战也是突出的，这就需要企业与政府一道，在两者之间寻找出既能做好深度治理，还能使企业在目前的市场环境下，实现盈利目标的发展模式，同时还要尽可能地减少后遗症。作为企业来讲，要担负起主体责任，全面做好市场预测，深入研究环保政策，立足现场，下足功夫，加大力气，多动脑、多琢磨，找到破解的办法和应对的措施，为宏观政策的制定提出意见和建议，还要把控好意见、建议的站位和角度，使之能够转化为具体、科学的政策，更好地服务于企业的长足发展。

最后，张维宁着重提出了三点要求。

一是要系统研究，做好标准制定。安阳作为河南省钢铁板块集中的城市，按照国家实施大气污染管控的要求，应该制定出统一的标准作为管控的基础和前提。从目前的形势来看，必须要从环保的门槛标准、国际最先进的标准或国际一流标准两个层面去综合考虑。对于安钢而言，必须把握好两个标准的概念和与之产生的待遇，明确改造实施的目标。

二是要配合地方政府，在技术层面上完善管控标准。要立足科学精准，实事求是，与权威部门一道，结合面临的实际问题，在公平、公正的基础上，量化环保排放的管控指标，为科学判定排放标准提供参考。要结合环境深度治理的方案，梳理环保项目内容，主动找差距、补短板，做好对比和测算，全面优化项目进程，努力为生产经营创造良好的环境，实现早开、少停、多产。

三是要进一步优化整治措施，积极探索环境治理和生产经营新的发展模式。要通盘考虑，抓根源，抓关键，抓排放大头，科学组织生产，大力推进转型升级项目的实施，努力实现环境治理和生产发展的双促进、双提升。

（记者　陈　曦）（原载 2017 年 4 月 1 日《安钢》报）

省长陈润儿在安钢调研时强调
加快改革创新实现转型发展

　　6月22日，在省、市有关部门负责同志的陪同下，河南省省长陈润儿到安钢调研并主持召开座谈会。他强调，面对当前严峻形势，安阳市要科学配置环境容量，支持安钢在环保达标的前提下，坚守规模底线，加快改革创新，推进减量提质，实现转型发展。

　　一到安钢，陈润儿首先来到安钢四生活区，走进居民家中，实地察看了解"四供一业"进展情况。在75岁的退休职工牛金仲家中，老人高兴地让省长看新安装的天然气。他说，原来做饭用的是企业自产煤气，现在"四供一业"移交后改成了天然气，比原来的煤气做饭快，"还不黑锅底"。

　　陈润儿欣慰地表示，剥离企业办社会职能是国企改革的一项重点工作，政府和企业共同破解这一难题，就是要让广大职工认可、为企业"瘦身强体"。

　　之后，陈润儿先后到第二炼轧厂150t转炉湿法改干法除尘改造工地、炼铁厂烧结机机头烟气深度脱硫脱硝工艺改造2个核心环保项目施工现场，实地了解安钢环保提升项目推进、完成时间、工艺路线等相关情况，并到炼铁厂4800立方米高炉、第二炼轧厂1780热连轧生产线，了解安钢生产经营运行情况。看到高炉实现了装备大型化，采用了国内最先进的工艺，了解到高炉焦比、燃料比、利用系数等均居国内同类型高炉前列，实现了绿色环保、节能降耗时，陈润儿高兴地说，这是智能化改造的成效。在1780mm热连轧生产线，陈润儿仔细察看生产流程，对企业抢抓高强板市场商机，抢占产品、技术高端的做法"点赞"。

　　车辆行驶在厂区，看到一排排繁茂的大树，一片片绿油油的草地，到处绿意盎然时，陈润儿点头称赞，你们安钢的绿化做得好。

　　在随后举行的座谈会上，集团公司党委书记、董事长李利剑首先对陈润儿一行的到来表示欢迎，对省委省政府长期以来对安钢的大力支持表示感谢。在简要介绍安钢的基本情况之后，李利剑重点汇报了安钢改革进展情况以及转型发展的思路。

　　李利剑说，河南省深化国有工业企业改革工作会议以来，安钢认真贯彻全省改革工作部署，紧紧抓住产权结构、组织结构、治理结构三个重点，坚定不移地把各项改革引向深入，部分领域实现大头落地，取得实质性进展，主要表现为"三打破、三加快、一完成"。"三打破"：一是打破干部"终身制"，初步建立了干部"能上能下、能下能上"的管理机制。二是打破收入平均主义"大锅饭"，将收入与效益指标紧密挂钩。三是打破国企职工身份的"铁饭碗"。近两年取消外委用工9000多人，截至今年5月底，共办理协议离岗、中断劳动关系、解除劳动合同652人。"三加快"：一是法人治理结构加快完善。今年12月底之前，集团及下属的所有子公司，都要健全和规范、完善法人治理结构，全面实现运作主体市场化、治理结构现代化。二是混合所有制改革加快推进。今年，对旗下自动化公司、冶金炉料公司、冶金设计公司、金信房地产公司、安淇农业公司、加工配送公司、汽运公司等7家单位将重点突破，12月底之前取得实质性进展。截至目前，已有自动化公司和汽运公司2家企业混改取得实质性进展。三是僵尸企业加快处置。安钢今年将出清2家"僵尸企业"，完成总任务的50%。"一完成"：即剥离企业办社会职能基本完成。目前，燃气、供电、供水维修改造完成率均达到100%，暖气改造正加快进行施工，月底可全面完成；物业管理5月31日移交完成；医院改制和退休人员社会化管理基本完成。

关于安钢的转型发展思路，李利剑说，面对钢铁行业发展新形势，结合企业自身实际，安钢进一步明确了下一步的转型发展思路。一是适时调整发展战略。制订了"创新驱动、品质领先、提质增效、转型发展""十三五"总体战略。二是实施"减量提质"工程。从追求规模效益转移到追求结构效益上来，加快新旧动能转换。三是实现绿色生态转型。总投入近30亿元，高起点、高标准，抓好环保提升改造，确保实现超低排放，再造一个全新的绿色安钢。四是大力发展非钢产业。围绕钢铁的产业链延伸，重点培育装备制造、节能环保、钢结构、水处理、城市立体车库、汽车拆解等新的产业板块。五是整体谋划重组整合。进一步优化河南省钢铁企业战略布局。李利剑还就安钢在环保资金等方面需要给予支持、协调解决的问题做了汇报。

集团公司总经理刘润生重点围绕环保提升、提质增效、深化改革等几个方面，进行了工作汇报。一是大力推进环保提升工作，环保提升项目已于3月9日集中启动。二是全力抓好提质增效，正在打造一批技术领先、附加值高、竞争力强的拳头产品、特色产品，实现由中低端向中高端的转型，由普钢向优钢的转型。三是向改革要活力、要动力。在产权制度改革、法人治理结构完善、三项制度改革和剥离办社会等方面，解决了许多过去认为不可能解决的问题。四是进一步强化强销售、降成本、抓基础，重点抓好节铁增钢、优化炉料结构、灵活经营三项工作。五是优化能源结构，加强水、电、风、气等能源介质管理，充分挖掘节能创效潜力。刘润生还就进一步优化河南钢铁产业布局等提出了意见和建议。

听取汇报后，陈润儿对安钢的深化改革、环保提升和转型发展工作给予了充分肯定。

他指出，在行业竞争日益激烈、环保压力与日俱增的背景下，安钢直面挑战，迎难而上，工作取得了新的成效，主要体现在三个方面：一是企业改革全面深化。无论是进行产权制度改革，发展混合所有制，还是完善法人治理结构，健全和完善现代企业制度，各项改革均快速向前推进，并取得明显成效。特别是"四供一业"改革，始终走在全省国有工业企业改革的前列。二是环境治理大力推进。在企业仍然处于严重困难的情况下，安钢卧薪尝胆、勇于突围、投入巨资进行环保整体提升，体现了安钢对环保工作的深刻认识，体现了一个大型国企的高度社会责任感。三是转型发展态势良好。安钢认真践行习近平总书记提出的"创新、协调、绿色、开放、共享"新理念，注重调结构、提质量、定位中高端，大力实施信息化、智能化，抢占产品高地、技术高地，以新的发展理念推动企业转型发展，在环境治理、绿色低碳等方面迈出了实质性步伐。

关于安钢下一步发展，陈润儿提出了长短结合、统筹谋划、减量提质、创新增效的总体指导思想。对安钢所面临的困难，特别是环境制约，他要求省委省政府和市委市政府，要当作大事，提上议事日程，长短结合、统筹谋划。从眼前看，就是要加快推进减量提质、创新增效。减量要坚持适度减量、坚守底线原则，按照三座高炉的系统配套要求，以及实际测算的盈亏平衡点，在确保一定的规模效应基础上，合理确定安钢的产能目标。围绕既定产能，安钢要下定决心，及时根据市场需求，调整产品结构、提升产品质量，尤其是要发展一些特色产品，向高端进军，提高吨钢销售收入水平、价值水平，这既是消减环境污染的现实需要，也是摆脱眼前困难的唯一出路。提质是企业增效的主要途径，关键的问题还是要靠创新。重点要抓好三个方面的创新，即：抓好技术创新，提高竞争能力；抓好产品创新，适应市场需求；抓好管理创新，提高资源效率。

陈润儿还就一些具体工作提出了要求，一是环保改造要抓紧推进。务必抢在新的国家环保标准实施前完成改造任务。二是企业生产要科学调度。安阳市要通过加大控尘、控煤、控油、控排等环境治理力度，科学配置环境容量，优先保障有效益、有税收、实现达标排放的企业，特别是要保障安钢这样的先进企业能够正常生产，使其保持适当的规模效益，助其渡过难关，推动转型发展。三是企业改革要持续发力，企业办社会职能、僵尸企业处置等要尽快全面完成、不留尾巴；产权结构、组织结构、治理结构改革要深化推进，推动安钢尽快脱困转型。

省政府秘书长朱焕然、省政府党组成员、国企改革领导小组副组长郭洪昌、省国资委主任李涛、省环保厅副厅长焦飞等陪同调研，并在座谈会发言，就支持安钢提出具体意见；安阳市委书记李公乐、市长王新伟参加座谈会并汇报工作。

集团公司领导刘楠、李福永、张怀宾、赵济秀、闫长宽，股份公司领导朱红一、刘增学、张纪民、成华，以及相关单位和部门的负责人参加了座谈会。

（柳海兵）（原载 2017 年 6 月 24 日《安钢》报）

省委书记王国生到安钢调研

刚刚履新一个月的河南省委书记王国生，在省市有关领导陪同下，冒雨到安钢进行调研。集团公司党委书记、董事长李利剑，总经理刘润生陪同调研。

雨中的安钢，草木葱茏，生机勃发。带着对安钢转型升级和绿色发展的高度关注，带着对安钢职工的深切关怀，王国生先后到3号高炉、烧结脱硫脱硝项目现场，实地了解安钢的生产经营情况和环保治理工作。

王国生首先来到3号高炉，雨中的大高炉巍峨壮观。在高炉生产现场，王国生详细询问了高炉装备和生产运行等具体情况。走到党建宣传栏前，安钢"四个三"党建工作法简介引起了王国生的注意。"'转模式'是转哪些模式？"王国生饶有兴趣地边看边问。李利剑详细汇报了安钢"四个三"党建工作法的产生背景、具体内容，以及其对生产经营巨大的推动作用和产生的良好社会效果。李利剑说，安钢"四个三"党建工作法与生存保卫战相伴相生，源自于生产经营，又实践、指导于生产经营，在企业生产经营中，特别是困难时期，起到了凝聚人心力量、激发干事创业活力的重要作用。2016年10月，安钢作为唯一一家地方国有企业，在全国国有企业党的建设工作会上作了经验介绍，向全国展示了安钢风采、安钢形象，引起社会各界广泛关注，"四个三"党建工作法已成为安钢的亮丽品牌。王国生边听边点头称赞，给予充分肯定。

走进烧结脱硫脱硝项目现场，只见高达60余米的脱硫脱硝系统如钢铁巨人一般巍然矗立，气势雄伟。在烧结脱硫脱硝主控操作室内，当看到主控电脑显示屏上显示的二氧化硫、氮氧化物、颗粒物数据均远低于国家特别排放限值时，王国生点头表示满意。

调研中，李利剑向王国生重点介绍了安钢转型升级、高质量发展、绿色发展的情况。他说，近年来，我国经济由高速增长阶段转向高质量发展阶段，安钢主动顺应这一趋势，制订实施了"创新驱动、品质领先、提质增效、转型发展""十三五"总体发展战略，坚定不移走品种、质量、效益之路。把着力点放在提高供给质量上，坚持中高端的市场定位和产品定位，以高端用户促进安钢高端产品，持续优化产品结构。2017年，安钢品种钢、品种材比例分别达到75%、84%；直供直销比例接近50%，较两年前翻了一番。其中，安钢在商用汽车轻量化用钢方面拥有多项核心技术，已成为国内该领域的引领者。高强板连续多年保持国内市场占有率第一，并成功应用于8.8m全球最大矿用液压支架。安钢在产量下降、排放减少的同时，去年实现利税36.12亿元，同比增加22.51亿元，实现利润20.6亿元，创建厂59年以来最好水平。

李利剑说，安钢高度重视环保治理工作，既要企业发展，更要碧水蓝天。

2016 年，国家大气污染防治攻坚战全面展开，对环保提出了特别排放限值的要求，我们提出要用"世界最先进的技术、最成熟的工艺、最高标准的装备配置"，一步到位、高起点抓好环保提升，走绿色发展道路。2017 年 3 月，安钢在生产经营仍然十分困难的情况下，想方设法克服困难，多方筹措资金，创新合作方式，集中启动了总投资达 30 亿元的一大批环保提升项目建设，全力推进绿色转型、生态发展。短短不到一年的时间，5 套焦炉脱硫脱硝项目、3 座烧结脱硫脱硝项目、4 套转炉一次除尘改造项目、原料场封闭项目等已经全部建成投用。安钢成为国内第一家实现全干法除尘的钢铁联合企业，指标远低于特别排放限值，主要工序环保治理效果全部达到了世界一流、国内领先水平，成为国内钢铁行业大气污染治理的新标杆。特别是烧结机烟气治理采用国际国内最先进技术，焦炉烟气治理技术为全国首创，治理效果显著，得到业内一致认可，达到国际领先水平。下一步，安钢将推动该技术在行业内的推广应用。

李利剑说，立足环保新起点，安钢正致力打造"公园式""森林式"园林化绿色企业，计划投入 10 亿元，按照 4A 级旅游景区的标准，对厂区实施绿化、美化、亮化、硬化工程，把工厂变公园、厂区变景区，加快推进生态转型，走出一条环境保护与转型升级、提质增效、经营发展协同共进、企业与城市和谐共生的发展道路。

王国生对安钢转型升级、绿色发展取得的成绩给予了充分肯定。他指出，环境治理工作"晚干不如早干，早干早主动，晚干就会被动"。刚才在路上看到有条宣传标语"你若想做好，总会找到办法"讲得很好，你们在环保治理中想了很多办法、克服了很多困难、取得了明显效果。希望你们再接再厉，进一步加快绿色发展和转型发展步伐，全力争取更大的成绩，为河南经济社会发展做出新的更大的贡献。

省委常委、省委秘书长穆为民、副省长刘伟参加调研，安阳市委书记李公乐、市委秘书长李向前，集团公司副总经理赵济秀、郭宪臻等陪同调研。

（魏玉修　柳海兵）（原载 2018 年 4 月 24 日《安钢》报）

委员长走进绿色钢城

5 月的钢城，阳光明媚，满眼苍翠，生机勃勃。

5 月 25 日上午 8 时 50 分左右，中共中央政治局常委、全国人大常委会委员长栗战书乘坐的中巴车缓缓驶入安钢。车辆行驶在厂区大道，当看到窗外掠过的碧绿草地、高大树木、假山、水榭，以及色调明快的厂房时，栗战书感慨地说："现在的钢铁企业的面貌和过去是大不一样了。"

5 月 24~28 日，栗战书在河南检查大气污染防治法实施情况期间，专程来到安钢，查看焦炉烟气治理情况和烧结机脱硫脱硝装置的运行情况。

栗战书首先来到安钢焦化分公司四炼焦车间，考察焦炉烟气治理情况。安钢股份公司副经理张纪民详细介绍了焦炉烟气治理项目的具体情况。当听到氮氧化物、二氧化硫、颗粒物运行指标均远低于特别限值排放指标时，栗战书表示肯定。

"党的十八大以来，以习近平总书记为核心的党中央对生态文明建设高度重视，提出了'绿水青山就是金山银山'的绿色发展理念。安钢对此认识清醒、行动迅速，在生态环境部、河南省及安阳市的大力支持和帮助指导下，逐步探索出了一条环境保护与转型升级、提质增效、经营发展协同共进、企业与城市和谐共生的发展道路。2014 年以来，安钢先后投入近 38 亿元资金进行环保提升。特别是 2017 年，一次性投入 30 亿元，采用最先进的技术、最成熟的工艺、最高水平的装备配置，高起点抓好环保改造，覆盖所有生产工序。"安钢集团公司党委书记、董事长李利剑介绍了安钢的大气污染治理工作情况。

"安钢的焦炉烟气治理效果非常显著。截止到目前，在世界范围内，还没有其他任何一座焦炉能达到安钢这样的水平。我们正在全行业推广安钢的焦炉脱硫脱硝技术，进一步推动焦炉生产烟气治理上水平。"生态环境部大气管理司司长刘炳江介绍说。

"在环保提升工作中，没有成熟技术，我们就通过创新和合作，创造最先进的技术。这项焦炉烟道气治理技术就是由安钢牵头，与南京泽众、上海宝冶等共同研发的，是具有自主知识产权的。2018 年 1 月 5 日，该技术通过了中国金属学会成果鉴定，被评定为国际领先水平。"李利剑汇报说。

"活性炭供应情况是否紧张？"栗战书进一步问。

"当前很多焦化企业都在上类似项目，活性炭供应比较紧张，但安钢准备与中冶长天、鞍山焦耐院共同成立公司，开发新型活性炭技术，不仅要一劳永逸彻底解决活性炭原料供应的后顾之忧，更是要把新型活性炭作为安钢的新兴产业来培育和发展，届时行业使用活性炭的成本会更低、效果会更好。"李利剑介绍。

接下来，栗战书又来到烧结脱硫脱硝项目现场。只见 3 套脱硫脱硝系统两北一南，相向而立，气势雄伟。炼铁厂厂长魏群向栗战书介绍了烧结脱硫脱硝装置运行情况。

栗战书随后又来到烧结脱硫脱硝主控操作室，只见宽敞明亮的主控室内大显示屏醒目地显示：烧结烟气排放指标稳定在颗粒物 ≤ 10 毫克 / 立方米、二氧化硫 ≤ 50 毫克 / 立方米、氮氧化物 ≤ 100 毫克 / 立方米，远低于国家特别排放限值标准的颗粒物 ≤ 40 毫克 / 立方米、二氧化硫 ≤ 180 毫克 / 立方米、氮氧化物 ≤ 300 毫克 / 立方米。

"指标是自己检测的还是其他单位检测的？"栗战书问。

"数据是由生态环境部、河南省环保厅认可并确定的第三方机构检测的，并且数据与生态环境部和河南省环保厅的监测系统互联、实时传输显示，真实客观性绝对没有问题。"李利剑回答。

刘炳江向栗战书介绍道："当前安钢整体的环保提升都走在了同行业的前列，成为国内第一家也是目前唯一一家全流程干法除尘的钢铁联合企业，所有工序的大气污染物排放均远低于特别排放限值要求，达到了世界一流、国内领先水平。"

李利剑也向栗战书介绍说，2018 年初，安钢已经启动了新一轮环境提升工程，计划投资 8 亿 ~10 亿元，打造"公园式""森林式"园林化工厂，使工厂变公园、厂区变景区，真正做到绿色发展，与城市和谐共融。

结束在安钢的行程，栗战书对安钢的环保工作给予肯定，并语重心长地指示："你们要以习近平新时代中国特色社会主义思想为指导，按照全国生态环境保护大会的要求，学习好、贯彻好大气污染防治法，继续努力、再接再厉，保持现有的领先水平，争取做出更大的成绩。"

"请委员长放心，安钢一定会继续努力，发挥国有特大型企业的引领示范作用，争取打造成为城市钢厂的典范，实现企业与城市的和谐共生，与社会的和谐发展，为美丽中国增光添彩。"李利剑坚定地回答。

（记者　魏庆军　通讯员　柳海兵）

（原载 2018 年 5 月 31 日《中国冶金报》）

后　记

当诞生于1958年的安钢，历经风雨淬炼，昂首跨入2018年时，已是一甲子的岁月。为如实呈现安钢2008~2018年的发展足迹，我们于2017年7月成立了《转型之路》编写小组。

编写过程中，编写小组成员不讲条件、不讲客观，在不耽误正常工作、不降低工作质量的情况下，加班加点收集、翻阅、查找了十年的报纸及相关资料，并认真筛选、精细分类，经多次商讨拟定提纲，提交领导审阅后又经过认真修改，现即将付梓。本书编写中得到了各级领导的大力支持和精心指导，书中参考、引用的部分资料经由不同单位及个人提供，在此一并感谢。全书由党委工作部负责统稿工作，编校由阎国强、张步宇完成。其中，第一、二部分由阎国强编写，第三、四、十、十一部分由张步宇编写，第五、六、九部分由窦玉玲编写，第七、八部分由徐长江编写。

由于工作繁忙、时间紧迫，难免有疏漏缺憾之处，敬请读者谅解。

《转型之路》编写组
2018年4月